中国现代语言风格学史稿

张德明　著

海风出版社

内 容 提 要

　　语言风格学是研究语言风格的涵义、成因、类型和应用规律的现代新兴的语言学科。其中"狭义风格学"只研究或主要研究语体风格,"广义风格学"则研究各种语言风格。同时,语言风格论也是汉语修辞学和辞章学的一个重要内容。本书作为中国现代第一本语言风格学史著作,坚持以论带史,史论结合,系统论述了中国20世纪现代语言风格学从发凡草创到繁荣发展的历史过程、客观规律、传承关系以及在新世纪的发展趋向。内容不仅包括各个时期的语言风格学专著和论文,而且还论及语言学、语体学(文体学)、修辞学、辞章学和语言美学、文学风格学等著作中的语言风格论。全书除绪论和结语外,共5章,以编年史为经线,以相关著作为纬线,线索分明地阐明了语言风格学基本原理的导论、本质论、成因论、类型论、应用论和方法论等方面,对具有代表性的有关语言风格的论著进行历史评价,指出其主要贡献、时代局限和美中不足。因此,本书有助于高校相关专业加强语体风格教学和进行专业语言训练,从较高层次上提升言语修养和辞章修养,提高研究能力和写作能力。

目 录

中国现代语言风格学史稿

中
国
现
代
语
言
风
格
学
史
稿

海峡两岸教授·博士辞章学丛书(第一套)

　　"辞章",又称"词章"。古书中简称"辞"或"文"、"语"、"言"、"言语"。它是和内容("意"、"情"、"理"、"物")相对待的概念,是承载着内容的话语艺术形式。

　　汉语辞章学扎根于中华文化沃土之中,它源远流长。早在先秦时期,就产生了许多精辟的理论,如《易经》说的"修辞立其诚";孔子说的:"情欲信,辞欲巧";荀子说的"言语之美,穆穆皇皇"等。到了梁朝刘勰的《文心雕龙》中出现了"辞章"一词,明清时期,已有"辞章之学"的称说。它内容丰富,但是多为零珠片玉的,未形成严密的科学体系。

　　20世纪60年代,语文学家、语言学家吕叔湘、张志公等先贤呼吁要建立自己的汉语辞章学。他们认为辞章学最符合汉语言文字的特点,最适合于语文教学、语言教学的需要。张志公先生提出,语文教学要走辞章学之路。

　　40多年来,海峡两岸学者对此进行研讨。在大陆相继推出了:《辞章学概论》、《辞章学发凡》、《大学辞章学》、《辞章艺术示范》(同类书5本),《辞章学辞典》及其姐妹书"辞章艺术大辞典"(正式出版时改称《中国文学语言艺术大辞典》)、《辞章学论文集》(上下册)、

《小说辞章学》和几十篇的论文。在台湾也推出了从辞章学角度研究的《章法学新裁》、《章法学综论》、《章法学论粹》、《文章结构分析》、《篇章结构类型论》、《章法新视野》、《中国辞章章法论》、《文章章法论》、《篇章辞章学》、《汉字辞章学》与《辞章学导论》、《辞章学新论》等等。上述论著的总字数近千万计。同时,在一些大学成立了辞章学研究室,辞章学研究所,并筹办、成立了全国性的辞章学研究会。台湾的《国文天地》、两岸学者合办的《中文》杂志及其网站、澳门的《语言学刊》等都不定期设了辞章学专栏、专辑。

这种新学科,由原来在北京、福建、台湾的几所高校列为选修课,到如今渗透入中小学语文(国语、国文)的教学之中。由两岸19位教授博士合作的《大学辞章学》也要在两岸几十所高校试用。

40多年来,辞章学这门新学科的发展,速度之快,成果之多,影响之大,令人瞩目。

在这样的基础上,两岸学者合著这套《教授、博士辞章学丛书》自然水到渠成。书中有从字词、句法、辞格的运用进行探讨的;有静态的理论分析,也有动态的双向的辞章艺术示范;有对古代辞章理论进行整理、总结的,有结合新时代最新科学(如计算机)成果进行开发的;还有从风格学史,辞章学史作纵向总结的。

这套书,既弘扬了中华文化的优良传统,又紧密结合时代的需要,具有鲜明的融合性、民族性、时代性和科学性。

但愿此书的发行,能对语言运用、语言教学、语文教学和理论研究发挥一个方面军的作用。是为序。

汪敬之

2004.12.8

序 一

程祥徽

1993 年 12 月，我受中国修辞学会常务理事会委托，在澳门筹办一个汉语风格学的国际研讨会。与会者报到那天，我领着一班朋友"出城三十里"恭迎内地学者。这些学者都是汉语风格学的"顶尖人物"（于根元语），我们特别感谢张德明教授的应邀，这不仅因为他路程最远，而且因为他带来了《语言风格学》专著。暨南大学的校车把学者们送到翠亨村，澳门方面的汽车早已在那里等候。办完了"交接手续"，大家兴致勃勃地瞻仰中山先生的故居，然后驱车直奔澳门，下榻于旅游娱乐公司赞助的豪华酒店。第二天举行研讨会开幕式，想不到中葡联合联络小组中方组长过家鼎大使、新华社澳门分社宣教文体部副部长、澳门政府文化司副司长前来祝贺并且发表学术性的讲话。志公先生则"因身体一时欠佳，医嘱暂勿远行，故不克与会"而发来贺电。当天的《澳门日报》发表我的一首《恭迎语言风格学者》的七律：

> 权将濠海比濠梁，踏遍双桥觅惠庄。
>
> 无意观鱼真苦乐，有心会友假文章。
>
> 启航未远曾搁浅，搁浅经年再启航。
>
> 今日盟师扬大纛，相逢笑说满头霜。

诗的附记说："60年代语言风格学传入中国，热心者致力于汉语风格学之创立，惜启航未远即告停顿。80年代重整旗鼓，是次澳门举行研讨会，与会者多属当年佼佼者，故有笑说满头霜之叹云。"那真是一次难忘的盛会。鉴于德明兄提交的论文既有很高的质量，又完全适合会议主题，于是只请他一人在开幕仪式上发表主题演讲，题目是《风格学的基本原理》。这份演讲立意高远，逻辑严密，仿佛为一部理想的风格学拟定了科学的纲领。研讨会论文集《语言风格论集》由与会的王希杰带回南京大学出版，德明的论文列于首篇。

研讨会后我们看到，德明兄不仅继续思考如何把汉语风格学的研究引向深入，建立属于中国自己的语言风格学，而且我们看到他带领一群生气勃勃的小将身体力行地履行自己的纲领。他在锦州师院（现改为渤海大学）参加创建了的语言应用研究所，担任兼职研究员，不断地发表论文，出版《文学语言描写技巧》的专著。现在想不到他又来了一个更惊人的大动作——编著一部中国现代语言风格学的历史！这是一项浩瀚的工程，也是一件前人没有做过的事，任务的艰巨不言而喻，因为中国从来没有一部独立的语言风格学，当然也就没有一部系统的语言风格学史。中国关于风格现象的议论大都散置在哲学著作、文体论著作、作品的评点、诗话词话、文艺理论著述以及语言学著作里。在上个世纪80年代以前，语言运用的研究在许多学科中都是当作附庸而占一席之地的。孔子的《论语》是一部人生哲学的经典，也是语言风格学的先驱之作。书中不少地方阐明了交际目的、交际任务、交际内容与交际场合的关系，强调语言的运用必需与特定的交际场合相配合，营造出和谐的气氛；他把"言语"科定为入门弟子必修课之一，要求学生具备达政专对与出使四方的能力。实际上言语科就是今天的"政府行政语言学"、"公关语言学"、"外交语言学"。这些有关语言运用的阐述还可以统称为"辞令学"。只可惜孔子这些闪光的东西欠缺详尽的记载，也没有人将他的学说发扬光大，以致闪光的东西还埋在地下。孔子以后的哲学家、语言学家关于语言风格的论述更加丰富，但也都限于零星的记载，没有形成系统的理论。到了现代，文艺学著作总是不忘在最后部分列举几个文学作品的语言特色的例证，交代文学是语言的艺术这条定律。修辞学的所谓辞格，讲语言结构多于讲语言应用；修辞学大师早已察觉辞格的研究不应该脱离具体的言语环境，于是加入题旨、情境等内容，将修辞学既靠挂在语言学上又不离开言语学，然而重点依然是作语言结构的分析。志公先生说："以往对风格学多作为修辞学一部分，鄙意似可单独研究或更妥切。"(《语言风格论集》第 292 页)长期以来，汉语风格学处于建设发展、理论研究的阶段，至今还没有真正完善建立起来。如今德明兄要编语言风格学的历史，就得将各类著作中有关语言风格的材料和论点过滤出来，然后既要照顾编年的顺序，又要顾及理论的统一，编成一部主线分明、史论结合的"风格学"著作。也就是说，必须面对浩如烟海的文字材料用一把"语言风格"的标尺认真筛选，沙里淘金，把真正属于"语言风格"的资料留下来，把似是而非的东西剔除掉。完成了这项工作，具备中国特色的语言风格学的面貌也就大致描绘出来了。因此，德明兄所做的事情不仅仅是材料的收集，而且这项工作的本身就是在创建汉语风格学，至少是在为汉语风格学的最终形成提供充分的资源和依据。德明和他的伙伴们所从事的事业是十分有意义的。

有人说"文人相轻"，我们风格学界的朋友却是"文人相亲"。中原的郑远汉，华南的黎运汉，渤海之滨的丁金国，……都为德明兄的壮举感到振奋。金国兄在给德明兄的信中说："一门成熟的学科，不仅要有本体理论，而且还应有科学史。倘能在先生风格论的基础上，再完善一部风格学史，岂不是功德无量的事业，在下翘盼着。"

我还想，如能将编著风格学史的副产品——风格学史的资料汇集成册，岂不更加配套成龙？我们一并翘首以盼。

2001 年 11 月 19 日于澳门

序　二

黎运汉

　　张德明教授是我的老朋友，1980 年以来，在中国修辞学的多次学术讨论会和澳门举行的"语言风格学与翻译写作国际研讨会"上相互切磋，研讨学术，使我获益良多。德明兄勤奋好学，努力探索，锲而不舍，潜心研究语言风格学二十多年，出版了专著《语言风格学》，发表了《风格学的基本原理》等语言风格学专论二十多篇，还发表修辞学和作家语言研究的论文总共近百篇，在中国现代语言风格学的建立和发展上起了促进作用，他是有条件和能力编撰好中国现代语言风格学史的。

　　语言风格研究，在我国历史悠久，早在汉代扬雄《法言·吾子》中说的"诗人之赋丽以则，辞人之赋丽以淫"，就是关于语体风格的最早论述。自此以后，魏朝曹丕的《典论·论文》，晋陆机的《文赋》，南朝·梁刘勰的《文心雕龙》，唐司空图的《诗品》，宋陈骙的《文则》，元陈绎曾的《文说》，明徐师曾的《文体明辨》，以及清代刘大櫆的《论文偶记》等著作，都在论述文体和作品或文章中讨论了语言风格。进入 20 世纪以后，中国语言风格学继承了传统的语言风格论并在西方语言风格理论的影响下，开始向现代风格学发展。龙伯纯《文字学发凡·修辞》(1905)，王易《修辞学通诠》(1930)，陈望道《修辞学发凡》(1932)，宫廷璋《修辞学举例·风格篇》(1933)等汉语修辞著作都在不同程度上论及了中国现代语言风格的基本原理。1949年以来特别是近20年，中国现代语言风格学研究有了长足的进步，发表了大量风格学论文，出版了一批语言风格学专著，现代汉语风格学已是一门独立的学科并立于现代语言学科之林，并展现出广阔的发展前景。对此，张德明《语言风格学·古老的研究传统和新兴的边缘科学》(1989)、黎运汉《汉语风格探索·汉语风格研究概述》(1990)、《语言风格学研讨述评》(会议总结报告)(1994)、《建国以来汉语风格理论研究综述》(1996)、《1949年以来语言风格定义研究述评》(2001)，以及郑子瑜、周振甫、宗廷虎、李金苓、袁晖等先生编撰的几本《修辞学史》，于根元《汉语现代风格学的建筑群——读四部有关的专著》(1992)、《二十世纪的中国语言应用研究》(1996)，李运富、林定川《20世纪汉语修辞学综观》(1992)和袁晖《中国古代语言风格研究的回顾》(1994)、《二十世纪的汉语修辞学》(2000)等，都各自从语言风格或修辞学的角度，历时或共时、系统或部分地进行了考察与经验教训总结，对现代汉语风格学的建立、发展和进步起了启发与促进作用，但都嫌单薄，缺少深度与广度。从整体上说，我国语言风格学史的研究，如果不说是空白，也得承认是个薄弱的环节。既然汉语风格学源远流长，且已独立成学，理应有独立的汉语风格学史，这对汉语风格学的研究和教学，对现代汉语风格学的进步和繁荣发展，对中国修辞学史、语体学史和文体学史乃至语言学史的研究和发展都有理论价值和实用意义。因此，近年我有编写汉语风格学史的想法。现在张德明和他的同事先我而动，编撰《中国现代语言风格学史稿》，顺时应势，我很高兴。看了全书结构细目和部分样稿，我觉得有好多论述相当精辟，富有启发性。

　　史料丰富翔实，评论细致中肯，这是语言风格学史成功的首要条件。语言风格学史就是总结研究各种语言风格学理论的科学。没有史料，就无法研究。而本书广泛收集了从1905年龙伯纯《文学发凡·修辞》中的文体风格论到2001年黎运汉、肖沛雄主编的《迈向21世纪的修辞学研究》中的语体、语言风格论，包括中国现代语言风格学从萌芽、草创、形成、繁荣、发展等历史过程中出版、发表的语言风格学和语体学专著、单篇风格学论文，汉语修辞学专著中的风格论，现代汉语教材中的风格论，语言专著和语言学概论中的风格论，外译汉著作中的外语风格论，作家语言研究和文学风格学、文章风格学中的语言风格论等，洋洋大观，广全详尽。以往学者们研究风格学史大都着眼于语言风格学、语体学、文体学论著和修辞学专著中的风格论，忽略了众多的文章风格学和文学风格学中的语言风格论，以及语言学论文集和语言专著中的语言风格论。本书作者花费艰巨劳动，发掘了很多未被人注意到的史料，从而拓宽了中国现代语言风格的研究领域，为总结语言风格学理论研究的特点和现代汉语风格学发展的规律打下坚实的科学基础。

　　诚然，语言风格学史的价值不只在于史料的丰富，更重要的还在于对史料的审慎细致的评论。本书对各个时期的风格学史料都在不同程度上运用风格学的定义、本质、对象、成因、手段、类型、应用和方法等基本原理，进行了深入而中肯的分析评论：既对被忽略了的语言风格论作了开拓性评析，也对学者们评论过的语言风格论著作了创新性的评价。例如，对王臻中、王长俊《文学语言》中文学语言风格论、赵元任《汉语口语语法》中的句法风格论、赵世开《现代语言学》论风格学和赵纯伟《古汉语的言语美学》中的语言风格论的评论都发前人所未发，既新鲜又有深度；对程祥徽、张德明、郑远汉、黎运汉的风格学专著的评论都能在继承已有评论的基础上评出了新意，而且语多中肯、公正、客观。

立足语言风格本体，史料精当，这也是语言风格学史成功的必要条件。我国传统文论、诗话、文体以及20世纪初的修辞学论著中常用"体"、"体性"、"体式"、"文体"、"品"等表示风格的概念，古代学者都没有明确提出语言风格的概念，也没有对语言风格进行独立研究。他们大都是在论述文体和作品或文章风格中涉及语言风格问题。现代学者大都认为风格与文体，语言风格和文体风格、文章风格、文学风格既密切相关，又有质的区别，但也有常常混为一谈的。因此，研究语言风格必须把握研究对象，明确取材范围和研究视角。本书作者基于对中国现代语言风格学由"附庸"走向"独立"的历史事实和发展规律的认识，既选取文体学和修辞学著作如陈介白《修辞学》、蒋伯潜《文体论纂要》中的文体风格论等，又选取文章风格、文学风格和文学作品语言研究著作，以及语言学论著，如张寿康《文章学概论》、老舍《文学概论讲义》、吴功正《文学风格七讲》、周中明《红楼梦》的语言艺术和赵世开《现代语言学》中的语体论和风格论等。而对这些文章、文学、语言等论著中的风格论分析，大都能爬梳剔抉，扣紧语言风格主体，划清语言风格论与非语言风格论的界域。这样从中国语言风格论传统和现代汉语风格学的发展史实出发，广泛取材而又大都精当，就体现了作者尊重客观史实和科学精神，增强了风格学史的科学性。

语言风格学有狭义和广义两类，前者只讲或主要讲语言功能风格，认为语言风格就是语体风格，亦即语体；后者只把语体风格作为一种基本类型，同时还研究语言的民族风格、时代风格、地域风格、流派风格、个人风格和各种表现风格，认为语体与语言风格有关，但有区别。本书作者持宽容态度，二者兼收并蓄，把语体也列入语言风格范畴,不偏爱,不以某一学派的观点来决定史料的取舍,这也是公正、客观的科学精神的体现。

体例安排合理,写作方法得当,这是语言风格学史成功的又一重要条件。现有修辞学史和语言风格学史的写作体例大体有以下几种:(一)以朝代或时期为纲目,将同一时期的修辞论按性质和各家意见之异同而加以归类分别阐述于其中,如郑子瑜的《中国修辞学史稿》;(二)以特定的项目为纲目,将所选取的每一个时代的各家论著分别阐述于各个特定的项目之中,如易蒲、李金苓《汉语修辞学史纲》;(三)以修辞学史的各个时期为纲,用学者和专著相结合的方法,对有重要著作的学者立专节详述,对一般的学者扼要介绍修辞观,如袁晖、宗廷虎《汉语修辞学史》;(四)按时期和朝代分别概述有代表性的文体和作品或文论以及修辞、语言风格论著中的语言风格论,如黎运汉《汉语风格探索·汉语风格研究史概述》;(五)综合评述古代主要语言风格论著的内容特点和研究方法,如袁晖《中国古代语言风格研究的回顾》等。本书吸取了各家之长,而又有明显的变革。在体例上,以中国现代语言风格学历史过程的各个时期为纲目(章),各章根据成果多少和论著情况安排内容。先综述本时期语言风格学理论研究的特点和主要标志,后按节分条逐一评论本时期对汉语风格教学和研究产生影响的各类专著和代表性的单篇语言风格论文,让各学者的各类风格论著各就各位,各章各节互相关联、照应,井然有序,宏而不杂,构成了宏大而又有比较完整的语言风格学史体系。在写法上,采取语言风格论文分类概述和代表性风格学论文点评,以及学者与专著结合评述法,对重点学者、重点专门著作详细评述,对一般学者、著作只作扼要介绍。这样,史论结合,夹叙夹议,有点有面,该详该略,视内容表达需要而定,体现了写作体例的科学性。

上面写这些，既是我读完本书的结构细目和若干样稿的心得，也作为应作者之约的序言。我认为《中国现代语言风格学史稿》是一本成功的开拓性著作，尽管还有值得商榷之处，比如，外译汉著作中的外语风格论可否割爱，一些内容过于单薄又与语言风格论无关重要的著作可否删削等。

2001 年 12 月于暨南大学
羊城苑 21 栋得道居

序 三

宗廷虎 李金苓

一

五年前李伯超君的《中国风格学源流》①问世前，邀宗廷虎写序，宗序中欣喜地指出：该书是"此领域的开创之作，风格学终于开始有了一本'史'。"现在，张德明先生主编的《中国现代语言风格学史稿》即将"杀青"，要我们作序，我们披读了部分书稿及有关材料后，也欣喜地说："这是此领域的又一部开拓之作，我国20世纪的语言风格学终于有"史"了！

德明先生是我们交往二十多年的老友了，他做学问一向以学风严谨朴实，资料翔实丰赡，论析细致公允著称。他长期从事汉语风格学研究，1989年即出版了《语言风格学》，这是我国大陆第一部该领域的专著，具有拓荒性质，宗廷虎曾在香港《大公报》发表书评予以评介②。现在十余年过去了，德明先生主编的现代语言风格学史即将问世，这也是一本具有拓荒性质的专著。它与伯超君的史

---

① 李伯超《中国风格学源流》，岳麓书社，1998年4月。
② 见香港《大公报》1990年10月15日。

著相比，有两点不同。一是研究的范围不同，伯超的史著只评古代；德明的史著专评现代，从 20 世纪初评析到 2000 年。二是研究的领域不同，前者所评的古代，文学风格与语言学风格混杂在一起难以区分，伯超在评论时，也就只能既评文学风格论、文体风格论，也评语言风格论。德明的史著因体现当代史，故以现代语言科学的标准，集中评论语言风格论。因此，如果说德明此书是我国第一本专门从语言学角度探讨的风格学史，是一点也不过分的。

先师陈望道先生 1965 年曾经说过："我国古代关于风格的研究材料，是我们丰富的修辞学遗产当中一宗宝贵的财富。我国研究风格，包括语文'体裁'与表现'体性'，是很早的，现在更是在研究，今后还要继续研究下去。不过，我们的研究有我们自己的样子，不一定是人家（引者按：指外国）的那个样子。"① 1965 年时所说的"现在更是（有人）在研究（风格学），"从那时至今，时光又已流逝了三十多年，不论是研究的成果方面，还是研究的队伍方面，语言风格探索可说已令人刮目相看，远非上一世纪六十年代所能望其项背，而且完全"有我们自己的样子"，不是"人家的那个样子"。对语言风格学的"我们自己的样子"的流变史进行深入探讨，是完全必要的。

不重视学术史研究的人，往往任意贬低它的价值。英国近代著名哲学家培根，曾高度评价知识发展史、科学史和学术史的重要作用，他说："我现在讨论人文史……是很恰当的，它在人类的书籍中，具有很高的权威性和尊严。"② 陈望道先生也说过："学术上也有提倡爱国主义。应当注意中国的学术史，要了解和总结我国古代以

---

③《陈望道修辞论集》第 309～310 页，安徽教育出版社，1987 年。

④ 引自何兆武主编《历史理论与史学理论——近现代西方史学著作选》第 17 页，商务印书馆，1999 年。

至近代在语文学术上的研究成就。这决不是向后看,而是为了向前看,为了发展今天的研究。"① 20世纪的语言风格学研究既然已经取得了显著的成绩,就应该有人对它的发展演变史进行系统地梳理和总结。现实和历史是紧密相连、一脉相承的。探讨风格学的昨天和前天,总结它的规律,对于发展风格学的今天和明天,至关重要。鉴往才能知来,推陈方能出新,创新和开拓,必须建立在对前人优秀遗产的批判继承上面。德明先生这本语言风格学史著的问世,不仅对语言风格学的研究向纵深发展,对语言风格学从目前的繁荣走向新的成熟,会起到有力的促进作用;还为许多高校的语言风格学教学,提供了重要教材。可说这是填补这方面空白之举。

二

本书具有以下特点:

第一,紧扣语言学角度。

如前所述,本书紧扣语言学角度,即:

(一)只评议中国现代史上各个历史时期对语言风格教学和研究产生影响的各类专著和语言风格学论文。

(二)它既包括汉语修辞学专著中的风格论、现代汉语教材中的风格论以及语言专著(包括语言学概论)中的风格论;也包括作家语言研究中的语言风格论或文学风格学,文章风格学中的语言风格论。这就鲜明地标明其属性,与文学风格学史划清了界限,表明文学风格论不在本书评论范围之列。

第二,论域宽广。

(一)本书坚持广义风格学史的研究范围。作者把风格学分为

---

① 《陈望道修辞论集》第309~310页,安徽教育出版社,1987年。

狭义、广义两大类。"狭义风格学""只讲或主要讲语言功能风格的学科体系"。"广义风格学""只把语体风格作为一种基本类型，同时还研究语言的民族风格、时代风格、地域风格、个人风格和各种表现风格等。"①本书持后一种观点，不仅写语体风格学的研究史，还包括民族风格、时代风格、个人风格、表现风格和作家语言风格的研究史，所以论域宽广。

（二）本书关注国外语言风格学理论的影响。因此不仅分时期写了汉语风格的研究史，还写了汉语翻译著作和译文集里的语言风格论。作者考虑到中国现代语言风格学受国外语言风格学的影响很大，所以决定收入中国现代史上各个历史时期中，对汉语风格教学和研究产生影响的各类汉语著作中的外语风格论。例如本书1949—1966"建设期"中就收入了[苏]格奥兹节夫《俄语修辞学概论》中的语体风格论、[苏]叶菲莫夫《论文学作品的语言》中的文学语言风格论、苏璇等译《语言风格学和风格学论文选译》中的语言风格论、[法]布封《论风格》中的个人风格本质论、[美]爱德华·萨丕尔《语言论》中的民族语言风格论等。由此亦可看到我国语言风格学在20世纪50、60年代受国外语言风格论影响的几个侧面。与此同时，本书也收有其他历史时期有关这方面的论述。

第三，学风严谨。

（一）收集资料全面周详。本书资料的收集大约有三方面来源。一是主编张德明先生从事修辞学、风格学和文学语言的教学和研究几十年，积有大量语言风格学的资料，德明先生还曾与宗廷虎等主编过《中国现代修辞学目录索引》，其中就有风格学部分。②二是作者查阅了中国社会科学院语言研究所和吉林省图书馆部分藏

---

① 本书《后记》
② 该《索引》未出版，内部参考。

书及论文目录，这也获得了一部分线索。三是德明先生委托学界同行和友人帮助提供资料。其中我们就曾提供过一些有关情况和论著线索。上述几方面一凑合，使本书所涉及的论著具有全面周详的特点。

（二）评析力求准确、客观、公允。评论论著时最忌凭个人好恶，偏执一端。譬如两本专著有着相似的优点和弱点，如果史著者由于偏爱甲著而故意渲染其成绩而略去不足，与此同时却对乙著的特色略而不说，却对某处偏执地认为是"不足"而肆意夸大，这样不但会对读者误导，也会令历史失望。古人早已指出这一点。如刘勰提出忌"会己则嗟讽，异我则沮弃"，必须"无私于轻重，不偏于憎爱"，才能"平理若衡，照辞如镜"。[①]柳宗元也提出"鉴之颇正，好恶系焉"[②]的观点，要求"夫观文章，宜若悬衡然，增之铢则俯，反是则仰，无可私者"。[③]这些从正反两面所作的"正确之鉴"的提醒，值得我们记取。令人高兴的是，德明先生深深注意到这一点，他在《绪论》中说道："要做到准确、严谨、客观、公正，就必须从大量事实出发来得出科学结论，而不是只从某种风格定义出发来评论有关风格论著的历史贡献，更不能以个人的偏爱和某一学派的观点来决定取舍。"因此，本书坚持采用"摆事实、讲道理"的做法，是十分可取的。作者在论析中坚持用事实说话，在列举大量事实的基础上进行分析，这就有理有据，说服力强。例如书后所附的多张语言风格学专著风格"类型"、"定义"、"成因"、"手段"等比较表，通过数据对各自的有关论著进行逐项比较，令人信服。

第四，微观研究与宏观研究相结合。

---

①南朝·梁刘勰《文心雕龙·知音》。

②唐代柳宗元《与友人论为文书》，《柳河东集》卷31，上海人民出版社。

③唐代柳宗元《答吴秀才谢示新文书》，《柳河东集》卷34，上海人民出版社。

本书除较为详细地评析了各本专著中的语言风格理论外,在每章开头还结合时代背景,专门论述"本时期语言风格学理论研究的特点,主要标志,"证明作者在重视微观研究的同时,不忘宏观探索。这就使读者既认识了具体著作中的有关理论,又提纲挈领地看清每个时期语言风格研究有哪几方面主要的成就,点面结合,就能使研究比较全面。

三

德明先生非常谦虚,反复来函要我们对如何治史以及治史应该注意哪些问题发表意见。我们也殷切地期望老友能主编出一本高质量的语言风格学史著,对我国的语言风格学研究有所推动,所以两年内多次在通信中积极建议,相互讨论了以下问题。

第一,如何从史料中概括出规律来。

我们从多年的修辞学史研究中深深体会到,写史不能一味地堆砌史料或满足于对一本本书的评论,因为史著不是史料罗列或"书评汇编"。写史更重要的是要从史料中概括出规律来,这就要具备史家的眼光。要把史料放置在整个历史时期的政治、经济、文化、学术思想的大背景下,站在历史的高度审视、评论,并从史料中总结出发人深省的启示来。这些启示可以包含正反两面,既有成功的褒扬,也有缺失的醒悟等。以上也说明:在重视微观研究的同时,不忽视宏观探讨。

第二,如何正确处理几种关系。

(一)古今关系。正如陈望道先生所说,我国古代风格学有着丰富的遗产,这是我国民族遗产中的一个重要组成部分。现代语言风格学与古代风格学有着千丝万缕的传承关系。现代语言风格学史似应回答在哪些方面继承了古代的优秀遗产,并有所发展创新。(二)中外关系。我国现代语言风格学发展的各个时期,均在不同程度上受到国外语言风格学的影响。作为史著,似应厘清各个不同时期所受到的不同影响,找出这些不同影响间的联系和区别,抓到历史的领悟点。(三)前后关系。史著似应回答:上一时期语言风格学的发展,对下一时期学科的演进有何影响,下一时期对上一时期有哪些传承和创新等。

第三,如何突出重点。

各个时期语言风格学的发展常常是不平衡的,即使是每个时期内,各个侧面的发展,往往也不会平衡。史著如何突出观点,对重点时期的重点章节重点论著作详尽深入地探析;对有些一般章节或可作一般性探讨,不必平均使用笔墨。重点和一般相结合,才能突出重点。

总之,治史的关键是以史促论,以论带史,史论紧密结合,从历史中得到借鉴,最终还是为了服务于当今。

最后,如果要说本书有什么不足之处的话,我们感觉恐怕还是在理论方面。本书虽然看到了微观研究与宏观研究结合的重要,但在高屋建瓴的气概上,在理论深度的提炼上,在规律的概括总结上,似总感到还欠缺点什么,有待进一步提高。当然这是很难的,我们自己做得也很不够,作为一本开创性的语言风格学史专著,能写到这个程度,已属不易了,应该向作者表示热烈的祝贺!

德明先生已经退休,但退而不休,给研究生讲课,不为评职称,不为当"导师",不为经济效益,只为奉献社会,笔耕不辍,实堪钦佩!他思维敏捷,心宽体健,甚望他继续做出奉献,为21世纪我国修辞学、风格学的更大发展,捧出更多的硕果!

2002 年秋于复旦园

绪　论

　　本人从 20 世纪 80 年代中期以来,在"语言风格学"的教学和研究过程中,深感编写一本《风格学史》的重要性和迫切性。风格学作为现代语言学的一个分支,是一门新兴的边缘性学科,因此多半在语言学、修辞学、文艺学和文体学等相关学科中论述。现代汉语断代描写性的风格学专著直到 20 世纪中期才陆续问世,更谈不到历时性的"风格学史"了。因此教学中常常感到各种风格论"百花齐放"、莫衷一是,却看不出一些理论学说的传承关系、来龙去脉、历史发展和独特贡献。可喜的是不久郑子瑜、周振甫、宗廷虎、李金苓、袁晖、吴礼权、邓明以等先生编写的几本《修辞学史》专著相继出版,他们各自从修辞学史的角度对语言风格或修辞风格的有关论著进行了系统的论述,做出了历史的评价。近年来,更有李伯超著《中国风格学源流》一书问世,这使我们的风格教学和研究增加了新的信息,进入了新的阶段。其中袁晖、宗廷虎两位先生还在《汉语修辞学史》一书中提出可以编写独立的风格学史。诚然,风格学和语法学、修辞学等一样,作为一门独立的学科,要从开拓走向成熟,必须有自己的历史性著作。为此,本人 1993 年出席澳门语言风格和翻译写作国际研讨会时发表了《风格学的基本原理》。在导论部分开宗明义地提出:"任何一门成熟的科学都有一套自己的基本原理,它是基本的规律,包括基本理论、基本概念和基本范畴。""风格学是一门古老而又年轻的学科。经过学者们长期的探讨,它逐渐形成了一套特有的概念和范畴,并用相应的专用术语来概括"。这就为我们研究和编写风格学史打下了客观基础。上世纪末和新世纪初,我在锦州师范学院中文系给语言学和应用语言学专业研究生讲授"语言风格学"课时更感到编写风格学史的重要性和迫切性。于是便发起编写《中国现代风格学史》,立即得到了系、处领导的积极支持和研究生们的热烈响应。并向全国同行专家去信征求目录,征取意见,丰富资料,完善基础工作。很快收到了回信,得到了各位先生的大力支持和热情鼓励。如山东烟台大学中文系研究生导师丁金国教授在回信中说:

来函收到,得知先生正在收集有关语体风格方面的资料,这是一件很有意义的工作。一门成熟的学科,不仅要有本体理论,而且还应有科学史。倘能在先生风格论的基础上,再完善一部语体风格学史,岂不是功德无量的事业,在下翘盼着。……

像这样的热情来信使我们深受鼓舞,充满信心,同时也感到重任在肩,不容推卸。说来,无独有偶。这句"功德无量"的话使我想起上世纪70年代末,刚粉碎"四人帮"不久,我在延边大学进京办事,顺路到社会科学院去搜集"语言风格学"的资料,负责接待我的同志(未记住姓名)听说我要探讨"风格学",便意味深长地鼓励说:"你如果搞成功了,那就是功德无量啊!"十年后,我终于出版了《语言风格学》。虽不够成熟,但拓荒之作总要有人去写吧!我们决心群策群力、知难而进,为"繁荣学术、振兴中华"编成一本《风格学史》!这乃是应时而写、应运而生,即使不成熟,也可以抛砖引玉,为中国现代风格学史的科学大厦添砖加瓦,为中国现代语言文化的建设填补空白!

在绪论中,我们主要阐述以下6个问题:

一、内容体例

风格学史的内容体例涉及古今中外方方面面。拙著《语言风格学》一书曾有专章论述"古老的研究传统和新兴的边缘科学"。外国从古希腊亚里斯多德《修辞学》中的风格论到现代著名语言学家索绪尔的学生巴里的《法语风格学》、《风格学概论》乃至当代结构主义和西欧大陆各个学派的风格论。中国从古代先秦典籍中的语言风格论、魏晋南北朝的文体风格论,特别是刘勰《文心雕龙》的风格论到现代的修辞风格论、当代的语体风格论,可分多角度、多卷本编写风格学史。显然工程浩大,时不我待。考虑到我国建国后当代语体风格教学或语言风格、汉语风格研究主要是在苏联语体风格学理论的直接影响下并继承了中国传统风格论兴起发展起来的,因此决定编写"中国现代语言风格学史",主要是现代汉语风格学史。这样虽然也存在能力有限,资料不足的困难,但毕竟比编写通史性的《中国风格学史》要切实可行,即可早日完成。至于具体内容和章节安排则要全面考虑中国现代语言风格学发生、发展过程中如何受到古今中外各种风格论的影响,由"附庸"走向"独立"的历史事实和发展规律,所以决定收入中国现代史上各个历史时期对汉语风格教学和研究产生影响的各类专著和代表性的单篇语言风格学论文。每章大体包括:单篇风格学论文,语言风格学或语体学专著,汉语修辞学专著中的风格论,现代汉语教材中的风格论,语言学专著或语言学概论中的风格论,作家语言研究或文学风格学、文章风格学中的语言风格论等。各个时期均根据成果多少和论著情况适当安排内容。评论各个时期论著的理论体系是根据风格学基本原理的各个组成部分,即绪论或导论(研究对象论、目的任务论、学科性质论等)、本质论(概念定义论、特点论、相邻概念关系论等)、构成论(成因论、手段论等)、类型论(各种风格分类标准论、范畴论、风格类型及其互相关系论)以及应用论和方法论等。

22

任何科学史研究都有一些共同的基本的必备条件。

著名哲学家冯友兰在《我研究中国哲学史的一点经验》一文中说：哲学史是一种专门史。研究一个什么事物的历史，就是要研究这个事物的发展。发展必有其规律，不会杂乱无章。发展必有其线索，有个来龙去脉。发展必有一定的阶段，有一定的环节。发展中的事物不是孤立的，必然受到它周围事物的影响和制约，而又反过来影响或制约它周围的事物。这些都是研究那个什么事物的历史时必须弄明白的①。

我们研究中国现代语言风格学史也是如此。要注意这3个"必有"和一个"必然"，首先要注意风格学史的发展必须有规律，不能是杂乱无章的现象排列；其次要注意风格学史的发展必须线条分明，看出其来龙去脉的传承关系；再次要注意发展必须有一定的阶段和环节，即从初创、建设、繁荣发展到成熟要分成几个历史时期。最后中国现代语言风格学史的发展不是孤立的，它必然要受到现代社会发展史，民族文化史、美学史、语言学史、文学史、修辞学史以及中国古代风格学史乃至外国风格学史等的影响和制约。只有从语言风格学史和有关学科的发展和联系中进行研究才能真正说明中国现代风格学史或现代汉语风格学史发生发展的客观规律。

二、理论基础(理论根据)

一门科学的理论基础是由其研究对象和学科属性决定的。语言风格学是研究语言风格的含义、成因、类型及应用规律的学科，它是语言学的一个分支，属于语言运用的学科，即属于"言语的语言学"或"言语学"的范畴。它和修辞学、辞章学一样具有一定的"边缘性"，要综合运用语言学、修辞学、美学、文学、心理学、逻辑

①《学人谈治学》第256页，浙江文艺出版社。

学等理论知识。它的形成和发展也同这些学科的繁荣发展有密切关系。因此研究语言风格学史离不开上述相关科学的理论,但主要应该运用语言学、修辞学的理论,作为汉语风格学,它是从汉语修辞学中脱胎独立出来的。所以"汉语风格学史"和"汉语修辞学史"的关系更为密切。不过它既然独立出来了,就有自己独特的体系和研究方法,有自己的研究角度和理论基础。具体说来,主要有以下几点:

1、语言学理论。研究语言风格学必须应用普通语言学、社会语言学关于语言的本质特点、社会功能、结构要素、发展变化、系统分类以及广义的"文学语言"的理论,同时还要批判地继承和应用国外现代语言学关于语言和言语,语言变体和言语变异,语言环境和语体风格等各个语言学派的理论,并结合汉语实际来阐明错综复杂的风格现象,具体说明语言风格的社会本质、形成因素、表达手段、各种类型和实际应用的规律及科学研究的方法。中国现代风格学史证明,只有以坚实的语言科学理论作指导,真正的语言风格学才能逐步的形成和发展建立起来。如30年代,陈望道在《修辞学发凡》中以语言本位说来讲"辞体"风格,40年代,岑麒祥在《风格论发凡》中以语言的"表情功能"和"逻辑功能"来讲语言风格,以语言三要素(语音、词汇、语法)来讲风格的表现法。50、60年代,高名凯、方光焘以语言和言语区别的理论来讲狭义的言语风格学。80、90年代,程祥徽的《语言风格初探》、张德明的《语言风格学》、黎运汉的《汉语风格探索》、郑远汉的《言语风格学》等都以"语言——言语"或以"语言运用"为理论基础来建树"言语风格学"或《汉语风格学》。所以本书各个时期都评论了语言学概论和语言学专著中的风格论。

2、修辞学理论。现代语言风格学是从传统修辞学的文体风格论或作家作品语言风格论中脱胎发展起来的。西方,从古希腊亚里斯多德《修辞学》中的风格论发展到现代语言风格学;东方,从梁代刘勰《文心雕龙》中的风格论和一系列修辞风格论发展到中国现代的汉语风格论。所以要建立现代的语言风格学,必须认真研究和借鉴古今中外修辞论著中的风格论,特别是其中的语言风格论。历史证明,现代汉语风格学的发生发展的历史和现代修辞学发生发展的历史以及翻译介绍国外修辞学、风格学著作的历史是密切相关的。仅就汉语修辞学来说,30年代,宫廷璋的《修辞学举例》(风格篇)是从修辞学角度讲语言风格的专著。陈望道的《修辞学发凡》是从修辞体式角度来概述各种风格,重点讲四组八体表现类的语言风格的。50、60年代张志公《修辞概要》,张弓《现代汉语修辞学》也是从修辞学角度来讲篇章风格和语体风格的。到了80、90年代,不仅在一大批修辞学专著中讲语体风格或语言风格,而且在多数的《现代汉语》教材的修辞部分作为广义的修辞理论,普遍讲授了语体风格知识。这使我们进一步认识到"语言风格是修辞效果的集中表现";"语言风格是语言运用的最高平面";"修辞手段是风格手段的重要方面";"选择修辞手段在形成语言风格中具有重要作用"; "风格学是从修辞学中脱胎出来"的等等。[2]因此,本书重点评论了修辞学、语体学、辞章学专著中的语体风格论。

3、文学、美学理论。研究语言风格学不仅要注意民族语言的一般交际功能和表达效果,而且要注意民族语言在文艺领域里的特殊运用,即美学功能和艺术效果,研究作家在语言艺术化中进行加工,选择修辞同义手段,创造各种风格的经验和规律。这对研究文艺语体和作家作品语言风格更有直接的意义。同时语言风格

---

[2]参见宋振华、王今铮《语言学概论》第170页,张德明《语言风格学》第100页。王焕运《汉语风格论》(胡明扬序)第1页。

和文学风格在外延上也有交叉关系。在语言学中,文学语言的风格只是全民语言风格的一部分;而在文艺学中,作家语言风格是文学艺术风格的一部分,当然是很重要的部分,其中表现风格类型概括的术语常常是语言风格学和文学风格学共用的,如简洁繁丰,朴实绚丽,幽默庄重之类。因为文学是语言的艺术,语言是文学的工具、媒介和材料。从风格学史上看,"语言风格论的产生和发展是与文学和文学批评的发展分不开的","因为风格是各种美感因素的整体反映的集中表现"。③从中国现代风格学史来看,文艺语体风格和作家作品语言风格研究在风格学研究中一直占有重要地位。20世纪20、30年代开始的修辞学的文体风格论和作家风格论就直接吸收了外国的美学、文学和心理学理论,如宫廷璋《修辞学举例》(风格篇)就以至善标准和至美标准划分风格类型。建国后学术界主要在苏联语言风格理论影响下研究汉语语体风格理论,普遍重视文艺语体和作家个人语言风格的研究。如60年代张弓在《现代汉语修辞学中》就借鉴了苏联叶菲莫夫《论文学作品的语言》等理论中以文艺美学的理论说明文艺语体的总特征,即在语言上高度形象性,抒情性、美感性和作家个人风格的多样性等。到80、90年代,各种语体论著,特别是风格学专著都进一步运用文艺美学的理论论述语言风格现象。如王焕运的《汉语风格学简论》、郑荣馨的《语言表现风格论》等都用语言美学的理论来指导风格研究,把语言风格看成是语言美的类型和类聚系统。因此,"要形成一种风格,首先要形成一种语言美学观。"④

此外,近年来学者们也重视运用文化学的理论来阐明语言风格的形成和类型。如王希杰的论文《语言风格和民族文化》,黎运

③李伯超著《中国风格学源流》第240页。
④王焕运《汉语风格学简论》第10页。

汉的《汉语风格学》等都论及了汉语风格与汉文化的关系等。

尽管语言风格学要运用多学科的理论,但主要是运用语言学、修辞学的理论和方法。许多学者在论著中都论及了这个问题,无须赘述。关键是在把握好学科角度的前提下综合运用,融会贯通。如"风格变异论"或"变体论"是分别在语言学、修辞学、文学语言和风格学中多角度论述的,各有侧重而又互相联系。

三、常用术语

纵观中国现代风格学史上有关风格论著所使用的术语是很多的,其中有些是风格学和其他相关学科共用的。如语音和语义、词汇和语法、语言和言语、共时和历时、常规和变异、表达主体和接受主体或表达者(说者、作者)和接受者(听者、读者)以及语用、语境、社会语境等是和普通语言学、应用语言学、社会语言学共用的;同义手段(同义形式)和表达效果,题旨情境(交际情境)和词语、句式的风格色彩以及辞格的风格作用等是和修辞学共用的;风格要素和风格手段、风格摹仿和风格创造、风格赏析和风格评论以及各种风格类型;民族风格、时代风格、地域风格、流派风格、个人风格等;还有朴实和华丽、庄严和幽默、婉约和豪放等一些表现风格的术语是和文章风格学、文学风格学共用的;美感、美学元素、审美功能、审美趣味、审美类型、语言形式美、语言形式美学效果等是和美学、语言美学等共用的;概念的内涵和外延,并列、从属和交叉关系等是和逻辑学共用的。有些术语则是语言风格学常用或独用的。这在语言风格学基本原理的各个方面不断发展、日臻完善,有些已被广泛应用。

在风格概论或导论方面,用于风格学的理论基础、研究对象、学科性质和目的任务等,有语言和言语、语言——言语性、语言特点和言语特点、语言变体和言语变体、语言风格和言语风格、语体风格和文体风格、广义风格学和狭义风格学、传统风格学和现代风格学、汉语风格学和外语风格学、语言风格学和文章风格学、文学风格学以及风格学和语体学、修辞学,记述科学和规范科学、风格学和语体学、修辞学的关系等。

在风格定义(界说)和本质论方面,有交际目的和交际任务、交际场合(交际情境)和交际领域、交际功能和言语风格、格调气氛(言语格调、言语气氛)、综合特点、表达手段、常规变异、结构模式的聚合和复现等。论风格特征则有整体性、特征性(独特性、区别性)、反复性、物质性、可感性以及和"文风"的联系性和区别性等。

在风格构成和成因论方面,有同义系列和风格色彩、语言变体和风格变体、风格要素和风格手段、风格成分和风格成因、风格表现和风格表现手段、主观因素和客观因素、外部因素和内部因素、制导因素和物质因素、共性因素和个性因素、时间因素和空间因素、格素和体素、"上层风格"和"下层风格"、语言风格手段和非语言风格手段(超语言风格手段)以及风格的话语体系和风格的话语印记等。

在风格类型和范畴论方面,有分类标准和分类原则、功能原则和体裁原则,多角度多层次的风格类型,外部风格和内部风格、主观风格和客观风格、共性风格和个性风格或群体风格和个体风格、共体性风格和非共体性风格、民族风格、时代风格、流派风格、语体风格(功能风格)、口语体(口头语体)和书卷体(书面语体)、谈话体、演讲体、科技体(科学体)、公文体(事务体、应用体)、政论体、新闻体(报道体)、艺术体(文学体)、交融体、翻译体、标准体、变异体、通用体等,表现风格(修辞风格),简约(简洁)和繁丰(繁富)、朴实和华丽(绚丽)、明快(直率)和含蓄(蕴藉)、通俗和文雅、庄严和幽默等,以及个人风格和作家作品语言风格等。此外,还有风格的类型系统和各种风格之间的关系等都使用了相应的术语。如"基本风格"和"专业风格"、"表层风格"和"深层风格"等。风格系统的特点有层级化、类聚化、封闭性、开放性或语体中表现风格的类型化、层级化等。

在风格理论的应用方面,有"得体性"和"适度"原则、语言风格和语言环境、功能风格和风格功能(风格作用)、"平衡作用"和"充实作用"、语言风格和言语交际及语文教学、风格赏析和风格评论、风格的相对性和风格的优劣性(优良风格和风格流弊)、风格的摹仿和风格的创造、风格规范和语言规范等。

在风格的研究和方法论方面,有分析和综合、定性和定量、感受(语感、风格感)和描写、静态和动态、比较和"对比"、观察和实验、归纳和演绎、微观和宏观以及系统论的方法等。常用的方法有分析综合法、统计法、比较法、描写法、动态研究法、实验法、归纳法等。

以上各类术语有些是比较公认的,有些还未被公认,有些正在争论,需要在新世纪进一步研究和规范。这里主要说明以下两组术语。

(一)关于文体、语体、风格及文体风格、语体风格、功能风格、语言风格、言语风格等章节标题和术语含义问题。

本人在《语言风格学》一书里曾简要的解释了"风格学的基本概念"和"风格术语的来源"。有专门术语意义,也有一般词义。

首先,"文体":分别指文章体裁、语体、风格或三者的总概念。来源于传统风格的"体"、"体性""体式"等术语。

其次,"语体":风格学术语,指"语文体式"或"功能风格"。还有20世纪30年代论"客观的文体",以"语体"和"文言"相对,即和书面语"文言文"相对的"白话文"叫"语体文"。

再次,"风格":一般用语指人的作风、品格、风度等等;作为术语指语言运用和各种作品中的风貌格调,即言语作品或艺术作品中各种特点和独创性的整体表现。在语言学、修辞学、风格学、文章学和文艺学等多学科中共用。

学术界公认任何一部严谨的学术著作都有一套术语和概念的体系。一部科学史著作涉及的术语和概念必然是复杂多样的,它要打上民族、时代、学派等烙印,有时还带有个人特点。如前所述,本书作为《中国现代语言风格学史》,它要收入"中国现代史上各个历史时期对汉语风格教学和风格研究产生影响的各类专著和代表性语言风格学论文",每个章节和论著的风格理论各有特色而又互相影响,我们没有一律标上某人某部著作的"语言风格论",而是根据原书已有的术语和内容,标明"文体风格论"、"语体风格论"、"语言风格论"、"言语风格论"或"文体论"、"语体论"、"风格论""功能风格论"、"表现风格论"、"作家语言风格论"或"文学语言风格论"等。这样既能反映风格学史的实际,又能突出有关论著的特点。当然,这同"风格"术语在形成发展过程的多学科性,多义性有关,也和外译汉著作中的术语使用有关。对此许多有关风格学专著都作了不同程度的阐明,如王伯熙《文风简论》一书在总论中指出在英、德等语言中 style、stil 同时含有汉语中的"修辞"、"风格"、"文体"、"笔调"、"文风"等义。唐松波《语体·修辞·风格》一书在"风格的多义性"一节,指出了 style(英)、lectyle(法)、stil(德)、СТПЛБ(俄)的共同语源是希腊文,发展成为现代西方语言的多义词:风格、作风、风度、文体、笔调、方式、式样等。所以翻译论著不能望文生义,而要看具体内容。如20世纪初开创的中国现代风格学,特别是文体风格论和修辞风格论,无论是中文译著,还是中文专著都常用"文体"一词,它的含义远不限于"文章体裁"。如当时龙伯纯、王易、陈介白等往往把文体分为"客观的主体"和"主观的文体"。所谓"客观的文体"包括文章的体裁、民族、时代等特点,"主观的主体"包括作家的"兴会"和"风格类型"。胡哲谋译的《英汉对照斯宾塞尔文体论》一书论及了语体风格的内容。80年代王佐良《英语文体学论文集》一书解释英语的"文体"包括口语和书面语体及其内部分体、作家作品风格的不同以及英语总的风格等四个方面。直至 20 世纪末童庆炳《文体与文体的创造》一书使用的"文体"都包括体裁、语体和风格三个层次。在有关语言学的专著中都不同程度地阐明了风格术语的含义。如程祥徽的《语言风格初探》一书中,开宗明义提出"现代风格学"不同于"传统文体论";张德明在《语言风格学》一书中第一章论述了"风格术语的来源和风格概念"的定义,并在第十二章论述了"语体风格和文体风格"。程祥徽、邓骏捷、张剑桦等在《语言风格学》一书中第二章专论了"语体和文体",指出文体是体裁的分类,语体是功能的分类。郑远汉在《言语风格学》一书中附录提到"风格与文体",并从术语的混乱说起,论述了风格与文体的区别和联系。显然,术语的混乱不利于学术的发展,而术语的规范又需要相关学科的专家合作,需要在学术研究和百家争鸣中逐渐取得共识。1999 年澳门召开的"语体与文体研讨会"对进一步明确二者的区别和联系是一次历史性的会议。会议出版的《语体和文体》论文集有助于术语的规范和学科的发展。据此,本书在史与论的结合中有所评议。仅就语言风格学这个学科体系和范畴来讲,我们主张用"语体"而不用"文体"来表示"功能风格",以免风格或语体同体裁相混,以利相关学科的概念精确和术语规范。并同意学术界多数人的看法,所谓"语言风格"和"言语风格"是同义术语,都是"言语特点"(语言运用的特点)的综合表现。原来本人的《语言风格学》一书受国内外影响所提出的"语言风格"和"言语风格"、"语言语体"和"言语语体"这两对范畴,目前根据汉语风格学的发展不再区分。当然,为了客观地叙述风格学史时提到这类风格术语那是另一码事。另外,对于"民族风格"是"静态风格"还是"动态风格"? 是"民族语言本身的特点",还是"语言运用中的特点"? 学术界有不同的理解,专著中有不同的体系,这乃是学科发展中正常的现象。程祥徽等著的《语言风格学》曾谈到 50 至 60 年代作者在《汉语风格论》一文中的观点。其实任何一位学者的理论观点都不是一成不变的。因为每个人所受影响不同,掌握材料不同,看问题角度和研究方法不同等在特定历史时期会做出不同的结论,这恰恰符合科学史的发展规律。从总体上看,语言风格学是属于"言语的语言学",而不是属于"语言的语言学",这在 60 年代关于"语言和言语问题"的讨论中已经基本解决了,至于风格范畴和理论体系的"同中之异"会在深入研究中发展、统一的。

(二)关于"狭义风格学"和"广义风格学"的含义问题,主要有两类不同的用法

1、用"广义风格学"和"狭义风格学"来区别"文艺风格学"和"言语风格学"。如方光焘在《语言与言语问题讨论的现阶段》一文中说:"可是作为术语的风格却含有两种广狭不同的意义。在文艺学里,风格——这是作品的一切要素的统一体,这是表现在作家的整个创作中的思想艺术特点的统一体。这里包括思想、主题、性格、结构和语言。但在语言学里,风格一词却用在较为狭窄的意义上。"(《方光焘语言学论文集》,第 64 页,江苏教育出版社,1986年。)接着,他在引证了维诺格拉多夫院士有关论述之后,强调:"在语言、言语问题讨论中所牵涉到的风格应该是狭义的,是一定世界观表达手段体系,是文体分类所涉及的言语风格。"他在下文阐明了风格学所涉及的文体是指具有不同功能的政论体、公文体、科学体、文学体等等。(同上,第 67 页)

可见,方光焘所说的"言语风格"即我们常说的"语体风格"或"功能风格"。他所说的"文体分类"即我们所说的"语体分类"。

2、用"广义风格学"和"狭义风格学"来区别语言风格学内部研究对象的不同、研究范围的大小或研究语言风格类型的多少,

即指语言风格学的理论体系而言。本人在《语言风格学》一书中谈到"狭义的风格"和"广义的风格"时说：

在了解有关风格的各种定义之后，对风格的广狭二义也要明确。这一点涉及到"狭义的风格学"和"广义的风格学"。如上所述，语言风格定义也有狭义和广义的不同。同样是讲"风格是表达手段的体系"，叶菲莫夫讲的是"作家语言风格"；维诺格拉多夫讲的是语言的"功能风格"，是从不同角度讲的狭义的风格。至于"常规变异论"和"各种特点的综合表现论"则显然都是讲广义的语言风格，即除了讲语言的功能风格、个人风格外，还讲到语言的时代风格、流派风格、民族风格等。(《语言风格学》第21页。)

本人在1993年参加澳门语言风格国际研讨会的论文《风格学的基本原理》的导论又说："当前学术界对'语言风格'的概念和'语言风格学的研究对象、范畴'等的看法不尽一致。总的看来，有广狭两种含义。"(详见《语言风格论集》第7页。)

黎运汉、程祥徽在澳门会议总结报告(语言风格学研讨述评)中，谈到"风格学的对象、范围与任务"时，首先引述了本人上述有关"广义风格学"和"狭义风格学"的论述及会议的争论，并谈到"王希杰认为狭义的语言风格的研究对象是语言材料的风格场。"(同上，第278页)

程祥徽等著的《语言风格学》一书在论述"语体领先"时谈到：现实学术界对语言风格的认识有广狭义之分，狭义的语言风格指"功能风格"，即语体；广义的语言风格指语言运用表达手段所形成的各种特点的总和。风格学和语体学亟须回答的课题是如何处理功能风格与民族风格、时代风格、流派风格、个人风格、表现风格的关系，它们之间的关系究竟是并列的，还是从属的？(第60页)本书主张"语体领先"，其他各种风格都要置于语体风格之下来进行研究。

综上所述,学术界对语言风格内部的"广义风格学"和"狭义风格学"的概念及各种风格之间的关系看法不尽一致,而对其概念外延和范围的看法比较一致,即广义的语言风格学研究的风格类型多,范围广,而狭义的语言风格学研究的风格类型少,范围小,(有时特指"功能风格")。至于对风格概念的内涵、风格形成的原因和风格类型之间的关系看法有些分歧,自有其理论来源和风格体系,在深入研讨和百家争鸣中会有所发展,乃至取得共识,加以修正。郑远汉在《言语风格学》(修订本)中说:"无论狭义或广义的风格都是言语特点的综合表现。"这显然是上述讨论的继续。

总之,两种风格学的体系反映了两种不尽相同的风格观和方法论,是现代汉语学内部的同中之异,即属于不同的风格学理论范畴。

四、历史分期

目前学术界论述风格学史分期问题的文章很少。不久前,我们高兴地看到了这类文章。程祥徽在为黎运汉著《汉语风格学》(广东教育出版社,2000年1月版)写的"序言"中说:"1994年,中国修辞学会海南会议充分肯定了这次研讨会(指1993年澳门语言风格和翻译写作国际研讨会——引者),认为它标志着中国的语言风格学的研究登上了一个较高的新台阶,在中国修辞学、风格学研究史上写了光辉的一页。"又说:"我在展望新世纪汉语风格学的文章中说,'如果说50年代末至60年代中是风格学的草创期,那么,经过70年代的春寒之后,从80年代到90年代风格学在学术自由空气中得到长足的发展。汉语风格学可望在即将来临的20世纪走向成熟。'"实践证明,任何一门成熟的科学或"显科学"都有其萌芽、草创、形成、繁荣、发展等历史过程,任何一门应时而生的新兴学科或"潜科学"也都有其比较公认的研究史或学术史。程祥徽先生上述看法大体上概括了建国后从50年代、60

年代到 80、90 年代语言风格从初步创建到走向繁荣的几个历史阶段。不过这只是当代语言风格研究的历史。作为"中国现代语言风格学史"或"汉语现代风格学史"也和中国现代各门科学史（如中国现代哲学史、中国现代文学史、中国现代修辞学史等）大体是同步的，即在建国前的 20、30 年代就进入了"发凡"初创的时期。笔者根据大量有关史料，初步认定从上一世纪初到上一世纪末中国现代风格学史似宜划分为以下五个历史时期。各个时期风格学的研究特点详见以下各章开头的概述，这里只作简要的说明。

第一章 初创期（从上世纪初至建国前 1949 年）

主要标志是吸收国外美学、心理学、语言学、文体学、风格学等理论研究中国修辞学和风格学，出现修辞风格专著和语言风格论文。

第二章 建设期（1949 年——1966 年）

主要标志是学术界贯彻执行国家的语文方针政策，有领导有组织地进行语言风格学的理论研究，翻译介绍（主要译介苏联的风格学论著）和学科建设。结合讨论文风和修辞学体系等问题出版有关风格理论的论著和教材。

第三章 复兴期（1977 年——1984 年）

主要标志是经过十年停顿，科学的春天来了，重新恢复了语言风格学的教学和研究，大量发表有关语言风格的论文，在语言学、修辞学等相关科学的著作和教材中普遍讲授语体风格或语言风格的理论知识。

第四章 繁荣期（1985 年——1994 年）

主要标志是在恢复期风格研究和风格教学的基础上发表大量有关风格学的论文，并出版了一批风格学、语体学专著，召开了语体学、风格学的国内外专题研讨会，出版了语言风格论文集并招收了汉语风格学研究方向的研究生，设立了有关语言风格学的学位课,开展了风格论著的评论等。

第五章 发展期(1995年——2000年)

主要标志是在语言风格学研究空前繁荣、成果辉煌的基础上,发表了一批新的论著,有些专著进行了修订,完善了体系,丰富了内容,有关刊物和论文集,增加了语体学、风格学的专栏,并和文化学、语用学、应用语言学等结合出现了新成果、新理论、新方法,召开了语体和文体研讨会,并出版了论文集,为迎接21世纪(新世纪)的风格学成熟期的到来奠定了理论基础。

五、理论线索

中国现代语言风格学的理论研究从发凡初创到正式建设,走向繁荣自然有其来龙去脉的发展线索。概括风格学基本原理的各组成部分,经过梳理,大体如下,(仅以"导论"为例,其余见各章概述和"结语"附表说明)

这里所谓"导论"或"绪论",一般包括本学科的研究对象、理论基础、内容体系、学科性质和目的任务等。

1、初创期,提出语言风格理论有两条线索:一是初步提出建立语言风格学的构想。如岑麒祥的《风格论发凡》吸收国外风格学理论,主张根据语言的表达功能研究"逻辑语言"和"表情语言"的特点,并提出"外部研究"和"内部研究"两种方法及风格表现之三种方法(语音、词汇、语法)。二是在修辞学,文章学专著和论文中讲授修辞的文体风格,包括语体风格和作家作品的语言风格。主张研究文章的"言语特征"和作家的"语言习惯"。如宫廷璋《修辞学举例》(风格篇)和叶圣陶、夏丏尊《文心》的风格论。前者属于"语言风格论",后者属于"修辞风格论"或"文章风格论"。

2、建设期,有组织有系统地提出建立语言风格学或"汉语风格学"的理论框架,比较全面。有三条线索:一是以高名凯,方光焘为代表的语言学家吸收国外"语言"和"言语"区分的理论和苏联语体风格学的理论,提出建立言语风格学,即"狭义风格学"的主张,在语言学论著中,论述了语言风格学的对象、内容、任务和学科属性(属言语范畴的语言学,记述的科学),认为风格学应研究特定交际场合中的言语风格(语体或文体,不是体裁),不同意在风格学中讲授修辞上的风格类型。二是以吕叔湘论文和北大中文系现代汉语教材(中册)的语言风格论为代表,主张借鉴中外的风格理论,建立汉语风格学或广义的风格学,前者主张风格学既研究不同文体的风格,也研究不同作家的不同风格,而首先是研究什么是风格,风格是怎样形成的等;后者主张以现代汉语为基础,研究语言的民族风格、时代风格、文体风格(不同文体的语言特点)和作家个人的语言风格等。三是以张志公、张弓、林裕文、周迟明等为代表的语文修辞学家,在修辞学专著中讲授修辞风格或语体风格,或以讲授语体风格为主,结合讲授某些风格类型。

　　3、复兴期,对语言风格学的对象,性质和研究方法都有了进一步明确的论述,明确了狭义、广义风格学或一般、个别风格学的区别。有几条线索:一是以宋振华、王今铮《语言学概论》为代表的,在语言学理论专著中把"风格学"和"修辞学"等并列,作为语言学一个分支,系统讲授风格学的研究对象和任务、风格的本质、风格的作用、风格的形成、风格的类型、个人的语言风格等。从语言理论上论述了风格的定义、成因和类型等,以此区别于文学风格,明确风格学的研究对象是"语言风格",不是"文学风格"或"艺术风格"。二是一些语言学家提出了"风格"变异或"言语"变体的理论。如叶蜚声、徐通锵在《语言学纲要》中提出了语言风格学要研究语言的"风格变异"。三是赵世开在《现代语言学》中提出"广义的风格包括除地区方言之外的各种语言的共时变体,狭义的风格研究文学语言的'语言特点'"。王德春在《现代语言学研究》中提出根据社会语言学理论研究言语变体或称言语的功能变体,即语体。同时王振昆在《语言学基础》中提出"一般的语言风格学理论超越具体的各种语言之上；个别的风格学研究，如汉语风格学。"可见复兴期的风格学研究引起了语言学家们的广泛重视，他们通过论述力求把语言风格学或汉语风格学建立在坚实的现代语言学和相关科学的理论基础之上。四是吕叔湘在讲话中提出风格学是"语言学和文学交界处的学科"，它是语文教学的进一步发展，和语言教学有密切关系。同时相继出版了胡裕树、张静、张志公等主编的《现代汉语》，这几套教材的修辞部分普遍讲授了"语体风格"或"语言风格"的知识，从理论和实践结合上打下了语言风格学和汉语风格学研究走向繁荣的基础。此外，郑远汉、王希杰等在汉语修辞专著中都讲授了"言语风格"或"语言风格"的知识。

4、繁荣期，在继承前期风格论的基础上出版了一批风格学专著和大批风格学论文，其中几本风格学专著的理论体系极具代表性，勾画了中国现代语言风格学的理论线索。一是狭义风格学的体系如程祥徽的《语言风格初探》，主要继承了高名凯的语言风格学理论、坚持语体先行，主张现代的语言风格学，不讲"语言特点"，不讲民族风格，时代风格和表现风格等。二是广义风格学的体系如张德明的《语言风格学》，郑远汉的《言语风格学》，黎运汉的《汉语风格探索》，王焕运的《汉语风格学简论》等，都主张讲授语言的民族风格、时代风格、语体风格、个人风格等，只是同中有异，张、黎、王著还讲"表现风格"等。从另一角度来看，张著、郑著似宜属"一般风格学"，而黎著、王著则属"个别风格学"。三是专讲语言功能风格和语体学专著，如王德春的《语体略论》、林兴仁的《实用广播语体学》、潘庆云的《法律语体探索》等。王著是全面论述语体的专著，林著、潘著是专论某一语体的专著。此外，在语言学、修辞学、辞章学专著和现代汉语教材中的风格论大多属于广义语言风格论的范畴。

5、发展期，这是语言风格学和汉语风格学发展完善的时期，主要线索：其一，程祥徽等著《语言风格学》是在《语言风格初探》基础上的发展完善了自高名凯语言风格论以来的狭义风格论的体系。其二，郑远汉著《言语风格学》(修订本)是在《言语风格学》基础上的修改提高，在风格理论和风格范畴方面有新的补正和突破。黎运汉著《汉语风格学》是在《汉语风格探索》的发展提高，进一步建立了广义风格学和汉语风格学的体系。其三，王德春、陈瑞端合著《语体学》是在王著《语体略论》基础上的发展提高，它完善了《语体学》的理论体系，对研究现代汉语的狭义风格学和广义风格学中的功能风格论都提供了科学的理论和研究方法。

六、史论结合

要写好科学史著必须做到史论结合，即史料和评论结合。风格学史也是如此。要以观点统帅材料，又要以材料说明观点，即以充分可靠的资料来说明、论述风格学理论发生发展、繁荣兴盛的历史过程和客观规律。为做到准确严谨、客观公正，就必须从大量事实出发得出科学的结论，而不能只从某种风格定义和个人某种概念体系出发来评论有关风格论著的历史贡献，更不能以我们的偏爱和某一学派的观点来决定取舍。这就是说，要从基础工作开始，全面收集资料，编辑目录，耙梳剔抉，拾遗补缺，博采群言，精研一理，以史为纲，博览约取，尽力做到对历史负责，对作者负责；尽力防止以偏概全，以点代面。陈望道在《修辞学发凡》的"结语"中说"一切科学都不能不是时代的"。我们编著《风格学史》必须"知人论世"，史论结合，看到有关论著的贡献和局限。本书的资料来源主要根据本人几十年在修辞学、风格学和文学语言学的教学中积累收藏的资料，包括有关专著、教材、报刊复印资料、图书馆的一部分目录索引以及本人参加主编的《中国现代修辞学目录索引》的风格论部分等。不足部分由当代学术界同行专家和友人提供,并派人到校内外图书馆查阅核实,这样才编好提纲,分工写作。

诚然,这是一项艰苦细致,"开垦荒地"的繁重劳动,又是一项需要较高的专业素养和鉴别力的学术工作。正如程祥徽先生在本书序言中所说"必须面对浩如烟海的文字材料用一把'语言风格'的标尺认真筛选,沙里淘金,把真正属于'语言风格'的资料留下来,把似是而非的东西剔除掉。完成了这项工作,具备中国特色的语言风格学面貌也就大致描绘出来了。"

那么,什么是具有中国特色的语言风格学呢? 我们认为符合中国特色的语言风格学或汉语风格学大体上应该具有以下特点:(1)继承中国古典风格论的传统,如重视风格类型、格调气氛和风格感的研究,包括用对立统一的观点和比较的方法研究文体风格和作家作品表现风格等;(2)符合汉语的结构体系、文字符号和修辞手段的语用特点;(3)符合汉语文化的民族传统、思维模式、风俗习惯和审美情趣的民族特点;(4) 符合现代汉语所表现的交际场合、社会生活和时代精神的语境特点;(5)吸收外国先进的语言科学和相关科学理论并和汉语实际结合起来独创新的语言风格理论体系和汉语风格学。从上述观点看来,目前流行的"狭义言语风格学"或"语体风格学"(功能风格)似乎更多地借鉴了国外现代语言风格学或语体学的理论和方法,同时也继承了中国古代的言语风格论;而"广义的语言风格学"似乎更多地继承了中国古代的风格学传统,同时也吸收了外国语体风格的理论来研究汉语的功能风格。两种体系的并存,争鸣有助于中国现代汉语风格学的发展。

第一章 初创期
(20 世纪初——1949)

第一节 本时期语言风格理论研究概述

一、本时期语言风格理论研究的主要特点

本时期从整个中国风格学史来看，是由古代风格学向现代风格学转变的过渡期。同时由于对西方学术思想理论的翻译介绍（包括哲学、美学、心理学、语言学、文体学等有关学科），形成了中西融合、革新创造的局面。在语言修辞学界，则具体表现在继承弘扬中国传统风格论的同时，也吸收了西方现代语言风格理论，写出了独立的新颖的修辞风格论著和单篇语言风格学论文。这样在风格论上就有如下几个特点：

第一，在"白话文学运动"和"大众语"运动中发表的一些论文和本时期有关文学语言风格的论文对现代汉语语体风格的形成奠定了初步的理论基础。如修辞学家、语文学家陈望道、吕叔湘，文学家、教育家鲁迅、叶圣陶、朱自清等论述语体风格或语言表现风格的文章在汉语修辞风格研究中都曾被广泛引用，产生了深远的影响。

第二，首次出现了独立的具有开创性的语言风格学论文。如

1

北京大学著名语言学家岑麒祥教授的《风格论发凡》(《时代中国》,第9卷第4期)。该文分"风格之定义""风格表现之方法""风格与语法之关系"3个部分,涉及风格学基本原理的本质论、构成论、类型论和方法论等。其独特贡献是建立了语言风格的本位说和本体论,显然把"语言风格"从传统的"语文风格"(语言风格和文学风格、文章风格混在一起)中分离出来。其风格定义是引用德国语言学家加伯林兹关于人类语言表现事物和表现自己的理论,导出"逻辑语言"和"表情语言"之不同,即语言的两种功能形成两种风格。在研究方法上分为"外部研究"和"内部研究"两种;这有助于我们理解语言的民族风格和各种内部风格。语言风格的表现方法包括语音、词汇和语法3个方面,即所谓"语言风格手段"。

第三,在汉语修辞著作中出现了体系新颖的风格学专著。如宫廷璋的《修辞学举例》(风格论)(北平中国学院,1933年7月)。其风格学说的基本原理涉及到本质论(风格概念的各种定义和原则)、表达论、构成论(引魏克列格尔的主观客观二因说)、类型论和应用论等。特别是风格定义的角度和方法反映了多学科的研究成果,是具有开创性的。

第四,修辞学专著中的文体风格论和表现风格论对后代广义风格论的研究也起了承前启后的作用。如王易、陈介白的"主观风格"中作家个人风格和风格类型研究以及"客观风格"中言语特征类的语体风格研究,陈望道的"四组八体"表现类风格研究等对现代语体风格论都作出了独特的贡献。

第五,汉语文体学和文章学著作中的文学语言风格论开创了现代语言风格学中"作家语言风格研究"的先河。叶圣陶、夏丏尊的《文心》在"风格的研究"一章以古代和现代名著为例,说明风格的特点、成因和形成条件等,强调了作家各自的语言习惯和受到的影响以及写作的习惯在形成风格中的重要性。

二、本时期语言风格理论的研究成果和传承关系

本时期语言风格学理论在诸多方面承前启后,取得了相当可观的研究成果,某些方面还有所突破。

1、在定义论、本质论方面 学术界已从语言学角度给风格下定义,即"语言风格"的界说。如宫廷璋《修辞学举例》(风格篇)在第一章概论定义部分,列举各种定义,其中以工具言者,即指语言文学的表达工具。如黑土奔日"作风之秘诀,在用字系纯粹代表性质,决非为其本身"。又谈到阿拉克之《实用修辞学》,历引诸说,而独倾向于斯宾塞之言,谓"在单字之适当选择与配置,子句之良好排列,主辅命题之合理顺序,显比隐比及其他词藻之运用,推而至于各句前后之音节和谐"。(见该书第45页)"此以工具言之最详者"。(甲篇风格论第11页)这个定义说明了语言风格是由选词造句、辞格运用和音节调谐等各方面特点综合形成的,是一种"解说式的定义"。为后来所说"语言风格是语言运用中语音、词汇、语法、修辞等各种特点的综合表现"打下了基础。也可以说是"综合特点论"的一个来源。至于本书为了抽象概括从吉伦之说,主张"风格泛指以辞达意之态度,特指措辞巧妙,能使观念具适当之尊荣与异彩",则是强调风格是运用修辞技巧增强表达效果独具的风采,类似后来的"格调气氛论",也可以叫"措辞巧妙论"或"修辞风采论",突出了语言的修辞风格。此外,本时期的文体风格论,在"主观文体"中往往从作家风格角度下定义。如王易的《修辞学通诠》认为风格即文气,"气者即风格之表现也",源于古典风格论的"文气"说。这和文章作者的气质有关,也和文章气势有关,但不同于现代语言风格的定义。建国后朱彤《鲁迅创作的语言技巧》的语言风格定义即运用了文气说。

2、在成因论、手段论方面 本时期的语言学、修辞学论著从多方面说明风格形成的原因(因素)和风格表达的手段(方法),包括主观、客观二因说,语言表达功能说,时空因素、内容和形式因素以及语言因素(语言三要素)是风格的表现方法和物质手段等理论。如宫廷璋引德国魏克列格尔的主客观二因论,岑麒祥引德国加柏林兹关于"表情语言"和"逻辑语言"的功能风格论,以及语音、词汇、语法是"风格表现之方法"论。此外,陈望道在《修辞学发凡》中关于"语文体式"的八种分类及四组八体表现类风格成因论,已涉及了风格形成的时间和地域、内容和形式、语言表现和个人特点等多种因素。至于所谓"风格因民族而异,因时代而异,因人而异"等说法更是当时普遍的理论,为当代语言风格成因论打下了有力的基础。

3、在类型论、范畴论方面 本时期是多标准、多角度、多侧面的风格分类,其中涉及修辞风格和语体风格的各种类型是交织在一起的。同时有广义风格论,也有狭义风格论。在术语范畴上也涉及到文学风格和文章风格的类型,而主要是在修辞学专著里讲述修辞风格的类型。如王易、陈介白在修辞专著里受国外文体论影响,在"主观的文体"和"客观的文体"两大范畴之下讲语体风格,即在"主观文体"中讲"作家风格"(包括个人表现风格类型);在"客观文体"中讲一些语体类型(言语特征的类型)。陈望道在"语文体式"的八类风格中讲到民族风格、地域风格、时代风格、文体风格、个人风格和表现风格等。而用对立统一规律分析的八体表现类的风格类型更是承前启后,影响深远。此外,宫廷璋吸收国外心理学和美学理论,根据心灵活动分出的 3 种风格,并根据审美的"至善标准"和"至美标准"划分的各种风格类型,对研究语言表现风格提供了新的科学理论。还有岑麒祥关于"表情语言"和"逻辑语言"两种风格的理论,也影响到当代语体风格或语言风格的分类研究。

4、在应用论、赏析论方面 本时期也有明显的成果。如宫廷璋的风格论就包括风格培养和应用的理论,论及了风格理论在言语写作和审美欣赏中的实用价值。蒋伯潜之《文体论纂要》的风格论,更是集中论述了文章风格的辨别方法(从具体和抽象两方面)其理论对写作赏析和语文教学以及修辞应用都是很有价值的。此外,夏丏尊、叶圣陶《文心》为指导青年作文,通俗易懂地说明要继承中国古典风格论和学习陈望道的四组八体风格论,主张培养自己的"语言习惯",形成独特的语言风格。

　　5、在方法论方面,本时期修辞学家,语言学家在论述文体(语体)风格或修辞风格时普遍重视研究方法问题。如王易、陈介白在修辞专著中都专章论述了修辞学研究法(包括风格研究法),主张修辞(包括文体风格)宜用整体研究法和动态研究法(即由结构或材料上的研究转为方法和技巧上的研究;研究表情达意和语言文字的应用过程,而篇章风格是修辞现象之总归趋)。陈望道在《发凡》结语则论述了搜集材料法,观察实验法、分类归纳法、说明论述法以及第一篇的"变化和统一的辩证法"和整体研究法等修辞学(包括风格)的研究方法。特别是岑麒祥在《风格论发凡》中谈到了风格的"外部研究"和"内部研究",两种方法一直影响建国后语言的"民族风格"和"内部风格"两大类型的风格体系和研究方法。

第二节　本时期有关现代汉语文体(语体)
风格论的单篇论文评述

一、本时期有关现代汉语文体(语体)风格论的单篇论文管窥

　　本时期是中国现代语言风格学理论的草创期或初创期。从历史背景和民族文化背景来看,正是"五四"新文化运动和"五四"新文学运动的发生期和发展期;从汉语史来看,正是近代汉语向现

代汉语的转变期和过渡期,也是现代汉民族共同语及其各种语体风格形成和奠基的时期。学术界公认,作为现代汉民族共同语的现代汉语是以北京语音为标准音,以北方话为基础方言,以典范的白话文著作为语法规范的普通话,它是现代汉民族用来交际的语言。它的形成和发展,经历了一个复杂的过程。宋元以后有两种明显的趋势在北京话的基础上发生:一种表现在书面语方面,就是白话文学的产生和发展;一种表现在口语方面,就是"官话"逐渐渗入各个方言区域。到了本世纪初,特别到了五四时代,随着民族民主革命的高涨,上述两种趋势就汇合为一,力量更加壮大,这就加速了现代汉民族共同语的发展过程。一方面,"白话文运动"彻底动摇了文言文的统治地位;另一方面,"国语运动"又给予以北京话为中心的北方话以一种民族共同语的地位。①就是在这一时期,发生了文言和白话的论战,学术界、文学界提出了大众语文学的建设等主张,使语言学、修辞学(包括文体论、风格论)的问题受到文学界特殊的重视。正如著名的新文化运动的老战士、修辞学家、语文学家陈望道所说:"当解决特殊,需要认识一般做出发点的时候,如白话和文言争、大众语和文言跟白话争的时候,语言学和修辞学的知识差不多就是文学批评的原理,而文学批评差不多就是语言学和修辞学的特殊应用。"(《文学百题》,1935年7月)就是在这种特殊的历史时期,语言学界的陈望道、吕叔湘等和文学界的学者型作家鲁迅、叶圣陶等纷纷撰写论文,参加论争,不仅从理论和实践结合上支持、发展了现代白话文学和大众语运动,而且也为现代汉语的文体(语体)风格研究奠定了一定的理论基础,写出了各种体式的范文,作出了卓越的历史贡献。

(一)陈望道的现代汉语文学语言论和文体(语体)风格论

---

①参见胡裕树主编《现代汉语》(修订本)第4~5页。

1、积极参加白话文的讨论和大众语文学运动,力主使用白话文和大众语,而又不一概反对和否认文言文和外来语。20年代,连续写了《对于白话文的讨论》、《文言白话和美丑问题》、《方言可取的一例》等文章。30年代又连续写了《关于大众语文学的建设》、《大众语论》、《这一次白话和文言的论战》、《建立大众语文学》、《文学和大众语》等。在《对于白话文的讨论(一)》(《民国日报》副刊"觉悟"1923年3月19日)一文中,通过给力子的信旗帜鲜明地表示:"请你认明我们是主张从今以后一律公用白话文。"在《文言白话和美丑问题》(《民国日报》副刊"觉悟"1923年3月22日)一文中针对有人说文言有"特别的美"而反对"白话文"的谬论,针锋相对地反驳说:"说话的人,似乎忘了文言白话只是文艺底工具。工具本身只有便利不便利的可说,——我前所说的'完美',就是指此而言,并无严格的美丑而言。""文言较利便,得构成美的可能性较大,并非说文言本身就是美。"下面并用各种艺术材料说明塑造美的工具不同,主要是在如何运用工具构成美。这对于我们研究如何运用语言工具表现优美的风格是很有启发的。

2、赞成支持在大众语运动中出现的"杂异体",认为语言运用中的"文体杂异"(相当于当今讲的"语体交叉")和出现新的文体风格是合乎语言发展规律的,自然是合乎语体发展规律的。如在《谈杂异体和大众化》(《译报》副刊《语文周刊》第5期1938年8月10日)一文中论述了"杂异体"的语体特点,它和"纯正体"抗衡,不断出现的原因、条件及其存在价值等,当时人们往往反对"用语有些不纯,造句格局有些不贯的杂异体式的文字";或则故意提高跟它相对的"纯正"体来压倒它。好象清朝桐城派对待宋朝以后的语录体。本文认为杂异式的出现大概有6条原因:(1)随意直写的时候,所以多见于书信、日记或幽默文字;(2)事烦心乱的时候;(3)重质轻文,不事修饰的时候,如杂考之类文字;(4)写写歇歇,不是一气呵成的时候;(5)故意抛弃原有文体,重新学习新的文体的时候;(6)一种新的内容才开始萌芽或者成长,还没有适应的形式可以恰当表现传达的时候。此外,还有青年时期的文字和民间艺人的文字。本文认为通行的主张"纯正",反对"杂异"的文体论,妨碍了新兴文体的发展,提出理论可以推进行动,那反面,理论也会拘住了行动。以此作为大前提,接着进行因果论证,得出结论"文言土语杂来一顿""彼此掺杂,颇为佳妙"。"确认杂异文体的价值,我以为是促进大众化,通俗化路程上应该留意的一个项目"。

这种理论观点在今天看来,对于我们研究"语体交叉"和"交融语体"问题仍有现实意义。任何民族语言的文体或语体都是在历史发展中相对独立而又互相影响的。"正式体"和"变异体"是相对而言的,不能要求保持绝对的"纯正体"。

3、以美学的理论说明文章的美质及其类型,有助于我们研究语言美的类型,培养各种优美的风格。如1921年,在《文章的美质——在上海女子体育师范学院的演讲》(《新青年》第9卷第1号,1921年5月1日)演讲开头将文章的美质,从表达效果上分为"明白"、"感动"和"有兴趣"三方面。有人叫做"知识的美质"、"感情的美质""审美的美质"三方面,这也涉及表达的内容和目的。接着论述三种美质及其语言修辞特点,实际上就是讲风格及其表达手段。如说知识的美质是"明晰",要求周到、显豁,显豁就是平易毫不费解。感情的美质是"遒劲",要求从思想和词句两方面努力。审美的美质是"流利",要求从自然的语言和谐和的声调两方面努力。看来这也是吸收了当时国外关于知文、情文和美文的三分法的文体风格论和语言风格论而结合汉语文实际有所创新的理论。

(二)吕叔湘的"文言白话观"和"语体风格论"

在40年代,时任大学教授和研究员的吕叔湘也参加了这场关系到现代汉语文学语言形成和发展的学术争论。他为此写了

《文言和白话》(《国文杂志》(桂林·重庆)3卷1期,1944年),本文全面、系统地论述了汉语文中"文言"和"白话"的相互关系,发生发展的规律及其对现代汉语文体、语体的特殊影响。全文共分7个部分:1、文言和白话的性质和二者之间的界限。2、以11篇文章为例,说明读者区别"文言"和"白话"的标准不一,意见不同。3、进一步论述"文言"和"白话"的区别。4、论述"言文一致"的问题及汉语"笔语"和"口语"的关系。5、汉语笔语所用符号(汉字)的性质。6、论述语体文产生的历史及其对汉语各种文体和语体的影响。7、总结全文,概括说明"口语"和"笔语"、"语体文"和"超语体文"的关系及其一般的情形和中国特殊的情形。

作者在文言和白话激烈论争,意见分歧的白话文运动中,从理论和实践,共时和历时的结合上,论述了当时比较复杂、难以说清的"文言"和"白话"的界限和相关的理论问题,这对初创期的现代汉语语体风格论具有重大的理论价值,其主要贡献有以下几方面:

首先,本文论述"文言"和"白话"的关系,初步奠定了"文白变体"的理论基础,有助于我们进一步探讨"汉语语体"(文体)和"语言形式"的关系,正确处理"书面语"和"书卷体"的关系。本文指出"文言和白话是两个不很确切而很有实用的名称。不很确切,因为不能'顾名思义',文言有很简朴直率的,白话有很多花言巧语。有实用,因为没有一对更好的名词可以拿来替代。'国语'和'国文'在字面上是显豁多了。但'国文'不一定只指文言,白话也不见得等于国语。国语只偏重口说的,白话多指笔写的;国语偏于现代的,白话的界限较宽。"

因此,我们不能简单地根据语体风格特点说"文言"都是"简朴直率"的,而"白话"都是"花言巧语"或"繁丰华丽"的。这里作者用了具有褒贬色彩的表现风格术语,意在二者的相反扬抑,而不是优良风格的互相对应,即不能认为"文言"是值得提倡的,而"白

9

话"是应该反对的。当然也不能认为"文言"都是"死语",而"白话"都是"活语"。为此作者在第三部分,进一步论述"文言"和"白话"的区别。不同意把"文言"和"白话"的区别简单化。不同意在讨论中有人说的文言是"古语"、"死语",白话是"今语"、"活语"。从中国语文的历史来看,从语言和文字的关系来看,文言和白话是中国特有的问题。中国用"口语"和"笔语"来区别其表现形式是声音的还是形象的。用"文"和"语"相对待。第四部分论述"言文一致"的问题及汉语"笔语"和"口语"的关系,本文认为笔语是口语的代表,但要绝对地做到"言文一致"是不可能的。

其次,本文论述了"语体文"产生的历史及其同汉语各文体(语体)的相应关系,有助于我们深入认识文体(语体)形成和发展的历史范畴,即"相对稳定性"和"发展变化性",从而树立正确的历史唯物主义和辩证唯物主义的文体(语体)风格观。作者在第六部分,论述了语体产生的历史及其对中国汉语各种文体和语体的影响。

此文虽谈的是"文言和口语"问题,但论及了汉语各类文体语体,特别是用汉字书写的"笔语"的特殊性。因此,对于我们进一步研究从语言功能角度划分语体类别及范畴体系具有理论价值。建国后学术界在借鉴外国语体风格理论的同时,从汉语文作为特殊的符号系统的实际出发,首先划分为"口头语体"和"书面语体"或"谈话体"和"书卷体"两大相对独立的语体范畴体系,这是有理论根据和事实根据的。因为它们的交际条件、交际场合和交际范围不同,因此在语言要素和修辞方法上形成了不同的类型体系,具有不同的格调气氛,自然会有不同的语言风格。对其下位语体,特别是以"笔语形式"表示的多层次语体和风格类型的研究有比较公认的看法,也有些争论的问题,因此认真探讨汉语语体风格学史是非常必要的。当然,要注意把"语言形式"和"语体特点"区别开来,注意把各种语体中的"口语形式"和"书面形式"(口语和笔语)区别开来等。

再次，本文论及了"国文"、"国语"同"文言"、"白话"等术语的关系，提出了和"语体文"相对的"超语体文"的概念，从而注意语言科学的术语规范，并在正确运用术语，明确概念关系的基础上搞好基础研究和应用研究。在借鉴外国语体风格论时不能简单套用，在继承中国传统文体风格论时也不因袭守旧，而是要融会贯通，创造发展。特别是要认识到汉语文作为"笔语"所用符号的特殊性，因为汉字不以标音为原则，在记录汉语时，"又使中国的笔语比拼音文字更容易保存古代成份"，"因此中国的超语体文特别发达，且一直成为流行的笔语"。所以，我们研究现代汉语的语体风格，特别是研究"书面语体"或"书卷体"的风格特点，不能忽视"源"而只注意"流"，即不能忽视汉语文本身的结构系统和符号系统的特点在形成语体风格中作为内因的重要作用。

(三)鲁迅的文学语言观和文体(语体)风格论

鲁迅（笔名周树人，1881—1936）是中国现代伟大的革命作家，又是文化革命的主将。他不仅进行了多种文体的创作和多种语体的写作，而且在论文学与艺术问题时，写出了一系列有关论文学语言、修辞风格和幽默讽刺等文章，形成了简约、含蓄、幽默、冷峻具有民族特点和时代特点的语言艺术风格。从理论和实践两方面为现代汉语形成和发展期的语体风格论作出了贡献，尤其是对现代汉语文艺语体和实用语体、交融语体（杂文小品）的建设以及作家作品语言风格的研究更有历史功绩。主要贡献有以下几点：

1、积极倡导"大众语文学"，博采口语，加工提高，反对使用古奥难懂的"文言"和生僻狭隘的方言土语。主张由提炼方言逐步实现全国语文的大众化。

鲁迅在《文艺的大众化》（载 1930 年 1 月《大众文艺》第 2 卷

第3期)一文中说:"所以在现下的教育不平等的社会里,仍当有种种难易不同的文艺,以适各种程度的读者之需。不过应该多有为大众设想的作家,竭力来作浅显易解的作品,使大家能懂,爱看,以挤掉一些陈腐的劳什子。""倘若此刻就全部大众化,只是空谈。大多数人不识字;目下通行的白话文,也非大家能懂的文章;言语又不统一,若用方言,许多字是写不出来的,即使用别字代出,也只为一处地方人所懂,阅读的范围反而收小了。"可见他主张从大众的实际出发逐渐实现文艺的大众化,不能完全靠使用方言来解决。他在《人生识字糊涂始》(1935年4月2日《且介亭杂文二集》)一文里又论述了写作白话文,使用文言词和方言词的原则:

说是白话文应该"明白如话",已经要算唱厌的老调了,但其实,现在的许多白话文却连明白也没有做到。倘若明白,我以为第一是在作者先把似识非识的字放弃,从活人的嘴上采取有生命的词汇,搬到纸上来;也就是学学孩子,只说些自己的确能懂的话。至于旧语的复活,方言的普通化,那自然也是必要的,但一须选择,二须有字典以确定所含的意义,这是另一问题,在这里不说它了。(《鲁迅论文学与艺术》下册,第837页)历史证明,急于推行汉字拉丁化和用"普通话"创造"大众语文学"是行不通的,因此用"文言"反对"白话"和"大众语文学"更是行不通的。建国后文艺界就文学创造中使用方言和普通话问题进行大讨论,结果认识是基本统一的,要正确处理好语言规范化和文学语言艺术化的关系,提倡用普通话写作,不提倡"方言文学"在必需吸收和运用方言土语时要注意加工提炼和文体特点,这对现代汉语全民文学的健康发展和各种语体的形成发展都是有利的。因此,今天我们重新学习鲁迅当年对"大众语文学"的论述仍然是有现实意义的。

2、精辟地论述了文学语言风格形成的各种原因,多样化的类型以及创造语体风格中应该注意的问题。鲁迅在有关文学语言、修辞风格的论文中,总是以全面发展的辩证观点和方法来论述和分析风格问题的。他和当时的许多修辞学家一样,认为风格的形成是有很多因素的。在《难得糊涂》(1933年11月16日《准风月谈》)一文中从刻图章和篆字反映的风格谈起,提出"然而风格和情绪,倾向之类,不但因人而异,而且因事而异,因时而异"。这里论及风格形成的主观客因素。反对不合时宜的维护正统和正宗的文学语言风格,即"要用生涩字,用词藻秾纤的作品"。反对用"汉以前的词,汉以后的字,西方文化所带来的字和词,可以拼凑成功我们的光芒的文学"。提出"人生却不在拼凑,而在创造,几千几百万的活人在创造。"语言文字的风格当然贵在创造,而不是"拼凑"。正是从这一理论出发,鲁迅论述了民族风格、时代风格、文体风格和个人风格的创造问题。他在著名的长篇学术演讲《魏晋风度及文章与药及酒的关系——九月间在广州夏期学术演讲会演讲》(1927年《而已集》)一文中详细地论述了中国文学的时代风格如何受某一时代精神、社会风习以及统治者所提倡的文学流派的影响。这一理论不仅为文学批评家引用,而且也为语言修辞学家所引用,被编进了修辞学教材。本文论及"建安七子"时指出:

七人的文章很少流传,现在我们很难判断,但,大概都不外是"愤慨"、"华丽"罢。华丽即曹丕所主张,愤慨就因当天下大乱之际,亲戚朋友死于乱者特多,于是为文就不免带着悲凉,激昂和"愤慨"了。

本文还谈到晋末陶潜的文章,看惯了战乱,又因为当时饮酒的风气相沿下,没有什么愤慨激昂的表示。"时代远,变迁极多,既经见惯,就没有大感触,陶潜之比孔融稽康平和,是当然的。"可见风格因时而变,因事而变,个人风格也打上了时代的烙印。

总的来看,鲁迅在语言风格上,主张树立好的,战斗的文风和多样化的个人风格。主要是简炼、含蓄、幽默、风趣、讽刺,反对与此相反的坏风格:繁冗、晦涩、油滑、庸俗、肉麻等,这是修辞炼字的目的。①同时又提倡注意不同文体的表现风格。在《月界旅行》辩言中谈到变科学论文为小说的目的就是"辍取学理,去庄而谐,使读者触目会心,不劳思索,则必须于不知不觉之间,获一班之智识,破遗传之迷信,改良思想,补助文明,势力之伟,有如此者!"显然,根据表达目的,将专门科学语体的论文转变为文艺语体的小说,其语言风格从庄严转变为诙谐之类的,这是适度得体的语体风格。一般来说,幽默风趣的"科学小说"是会使读者在"不劳思索"的阅读中获取科学知识的。

3、主张表现幽默、讽刺等语言风格时要看表达对象,采取真实的感情和正确的态度。他在《什么是讽刺——答文学社问》(一九三五年五月三日《且介亭杂文二集》)一文中开宗明义地说:

我想:一个作者,用了精炼的,或者简直有些夸张的笔墨——但自然也必须是艺术的——写出一群人的或一面的真实来,这被写的一群人,就称这作品为"讽刺"。这里也从写作表达和阅读接受两方面来讲"讽刺"。同时也谈到了艺术夸张的修辞手法。本文接着谈到了讽刺的条件和态度,认为"讽刺"的生命是真实,必须会有的实情,这是客观条件;其次讽刺要有善意的态度,这是主观条件。最后强调"如果貌似讽刺的作品,而毫无善意,也毫无热情,只会使读者觉得一切世事,一无足取,也一无可为,那就并非讽刺了,这便是所谓'冷嘲'"。

这里又区别了"讽刺"和"冷嘲"的不同态度。关于文学语言如何表现幽默,去其油滑,鲁迅主张要学习群众口语中的幽默,要学习外国文学中的幽默,如美国作家马克·吐温。"他的成了幽默家,

①参见中国修辞学会编《修辞学论文集》(第一集):张德明《鲁迅的文学修辞观和修辞技巧初探》。

是为了生活,而在幽默中又含着哀怨,含着讽刺,则是不甘心于这样的生活的缘故了。"(《夏娃日记》)可见这里所说幽默不是一般的"讲笑话",而是通过艺术语言表现作者的思想感情和战斗精神,是把幽默和讽刺结合起来,表现生活,抒发感情的。因为鲁迅是革命文学的主将,他把文学作为战斗的武器,对幽默讽刺强调战斗作用,而未谈幽默风趣的"娱乐作用"和"美感享受",甚至认为林雨堂的幽默不是幽默,都是"小摆设",这固然表现了时代的局限,同时也有他个人的特点。

(四)叶圣陶的文学语言论和社会语境论

学者型作家叶圣陶对当时白话文运动,大众语文学和文学的语言风格理论应用研究有自己的重要贡献。他在《杂谈读书作文和大众语文学》(载 1934 年 6 月 25 日《申报·自由谈》)一文中谈到了对当时提倡白话文和大众语文学的看法。首先,他从思想方法上揭露提倡文言文的人,批评他们没有理会到人是常常跟着环境而有改变的,他们没有理会到人的生活的改变从来没有象现今这般的迅速和激烈,他们更没有理会到生活有了改变,而其他应当一同改变的却停顿着没有改变。其次,他以内容和形式统一的观点反对把古书的内容和形式一古脑儿装进青年的头脑里去。再次,他主张在校青年从现实生活中建立自己的意识,写通足以表现他们自己的意识的文章。最后他明确表示支持几位先生在《自由谈》提出的"大众语文学",该是现实生活中最切用的工具。并呼吁大众语文学须由大众的努力,才能建立起来。教育家、语言学家、文学家等等尤其要特别努力。(《文学运动史料选》第 2 册,第445~447 页,上海教育出版社。)本文实际上已论及了文学语言的运用要适应社会语境的原则,并要注意表达内容和语言形式的关系,注意人民大众的在语用中的重要作用。

(五)朱自清的文学语言风格论

朱自清在文学创作和文学评论中非常重视文学语言和修辞风格问题,因此对语体风格,尤其是对文艺语体和作家作品的语言风格论述很多,贡献很大。《朱自清序跋书评集》就有很多分析作家个人语言风格、表现风格、流派风格及其修辞风格手段的论述。比如国内外语言风格学家都论及了选用语言同义结构或同义手段在创造语言风格中的重要作用。朱自清虽未使用这类术语,但他早在二十年代就具体地总结了自己为创造新颖生动、完整具体的文体风格,吸引感动读者,自觉地选用同义句式,化静为动的经验体会。他在《欧游杂记》序(二十三年四月,北平清华园)中写道:

记述时可也好费了一些心在文字上:觉得"是"字句、"有"字句、"在"字句安排最难。显示景物间的关系,短不了这三样句法;可是老用这一套,谁耐烦!再说这三种句子都显示静态,也够沉闷的。于是想方法省略那三个讨厌的字,例如"楼上正中一间大会议厅",可以说"楼上正中是——","楼上有——","——在楼的正中",但我用第一句,盼望给读者整个的印象,或者说更具体的印象。

这段话曾被语言修辞学家广为引用,正是这种选择修辞同义手段的"雕虫小技"增强了文学语言的表达效果,创造了独特的语言风格。

他在《背影》(1928年,7月31日清华园)序中还谈到不同文体的表现风格和流派风格都必须精心选择语言手段和表现方法。

我觉得体制的分别有时虽然很难确定,但从一般见地说,各体实在有着个别的特征;这种特性有着不同的价值。抒情的散文和纯文学的诗、小说、戏剧相比,便可见出这种分别。我们可以说,前者是自由些,后者是严谨些:诗的字句、音节,小说的描写、结构,戏剧的剪裁与对话,都有种种规律(广义的,不限于古典派的),必须精心结构,方能有成。

16

这里说明"谨严"和"疏放"(自由)这类表现风格是和文体特点也有关的,而不仅是由作者的写作态度决定的,这是广义的一般规律,而不是特指古典主义文学对语言风格的特殊规定。本文同时指出"散文体"由于主客观因素的影响而呈现出多样化的表现风格:"或描写,或讽刺,或委曲,或缜密,或劲健,或绮丽,或洗炼,或流动,或含蓄,在表现上是如此。"这里说的是语言艺术的表现风格,与广义的语言风格学,包括作家作品语言的"表现风格"是一致的。

总的来看,本时期是现代汉语全民文学语言各类语体风格的形成和奠定时期,因此其理论研究是和"五四"新文化运动之后的"白话文运动"与"大众语文学运动"紧密结合在一起的。所谓"以典范的现代白话文著作为语法规范"的现代汉语,就文艺体来说其代表性的作家不仅是上述鲁迅、叶圣陶、朱自清等,但这里也只能是"管窥蠡测",选择其中几位有理论影响的来谈,同时他们多数如陈望道所说是从文学语言角度"为解决表达工具"这个特殊问题而论述语言修辞和文体风格的。专门从语言学角度论述风格问题的是岑麒祥教授的《风格论发凡》。下面将进行分析评论。

二、中国现代第一篇语言风格学论文——岑麒祥的《风格论发凡》(1944)

岑麒祥(1903—1989),男,当代著名语言学家,广西壮族自治区合浦县人。青年时代留学法国,学习语言学,曾任中山大学教授、文学院院长及北京大学中文系语言学教研室主任等职。数十年中主要从事普通语言学和语言学史等方面的教学和研究。主要著作有《语音学概论》、《语法理论基本知识》、《普通语言学》、《语言学史概要》等。其《风格论发凡》是他于1944年发表在《时代中国》第九卷第四期上的一篇论述语言风格学理论的"发凡性"的论文,也是中国现代第一篇语言风格学论文,意在说明本学科的要旨,拟定体例,提出方法。论文共分三部分:一、风格之定义,二、风格表现之方法,三、风格与语法之关系,篇幅虽不长,论述虽不多,但却完全是从语言学角度来论述风格理论的,因此在中国现代语言风格学史上具有开创的作用,介绍引进国外的风格学理论,产生了一定的影响。

(一)关于风格学的研究对象问题。本文在"风格之定义"部分虽未直接给"风格"概念下定义,但引进德国语言学家加伯林兹(G·Yon Gabelentn)关于人类语言有用于表达事物和表达自己,即表达思想和表达感情之不同,因而形成"逻辑语言"和"表情语言"之两大类型,简要地说明了(相对来讲,非绝对的)科学家用"逻辑语言"则平铺直叙,只求显豁,而文学家用"表情语言"则须加以润饰,故意扭曲,以达其情。作者认为"若将此区别理而董之,成为有系统之研究,是谓风格论。"这样论述就明确了风格学的研究对象和研究内容。这样讲也符合西方现代结构主义语言理论的风格观。索绪尔的学生巴里在《风格学概论》和《法语风格学》中都谈到语言中的"感情成分"和"理智成分"以及从美学目的使用语言的问题。[1]今天看来,这种理论基本上符合语言两种不同的表达功能(科学功能和艺术功能)和两种不同的思维类型(逻辑思维和形象思维)制约和影响着两种不同的语言风格的理论。这种理论对我国当代的语言风格学研究颇有影响。宋振华、刘伶在《语言理论》(第243页,辽宁人民出版社,1984年。)一书中就谈到两种思维类型在语言运用中形成两种语言风格。在我国当代语体风格研究中,所谓"艺术语体"和"实用语体"以及"中间型语体"的划分也大体上说明了"艺术语言"(表情语言)和"科学语言"(逻辑语言)形

---

[1]参见张德明著《语言风格学》第29页。

成两大类语体风格的对应规律。

　　(二)关于风格学的研究方法问题。本文在第一部分,除论及两种语言类型之外,还谈到了两种研究风格的方法,指出:"从来研究风格之方法有二:一在将一种语言与他种语言互相比较,以寻出其表情之特点;一在将一种语言内表示感情之方法与表示纯粹思想之方法比较,探求其特异之处。前者谓之外部的研究,后者谓之内部的研究。二者皆有极大功用,不可偏废。"这种理论对后代学者亦有相当影响。所谓通过外部比较看出民族语言的风格特点,通过内部比较看出民族语言内部的各种风格变体。如60年代,周迟明在《汉语修辞》中就谈到各种语言互相比较形成语言的民族风格;同一种语言,人们选择不同的表现方法,表现出不同的特点,形成语言内部的各种风格。比较法是风格学研究中常用的最有效的方法之一。因为风格总是有特点的,而特点是通过科学的比较总结出来的。

　　(三)关于风格表现的方法问题。本文在第二部分论述的"风格表现之方法",即今天我们常说的"语言风格要素"或"风格手段"。这部分所占比重最大,可见作者重视这个问题,以区别传统风格学,讲风格范畴往往从文学角度去"形容描写",而不是从语言学角度分析语言材料。作为语言学家,他简明地概括说:"风格表现之方法,涉及语言之全部。换言之,语言之任何部分皆有表现风格之方法。"接着以文言文为例,分别说明语音、语法、词汇三要素是如何表现汉语风格的。首先,本文指出语音中可用以表现风格的因素甚多,如双声、迭韵、重读、音之长短等等。其次,本文指出:"兹所谓语法,乃包括形态、词类、句法等而言,其中以词类及词序为最显著。"强调"我国汉语属汉藏语之一种,形态比较简单,故词语在句中常有一定位置,其次序约为:主语+动词+宾语或表语。"再次,本文指出:"词汇在表现风格方面至为重要。"最后说明:"我国汉语,金谓含有音乐之成分甚为丰富,且结构优美,此乃就语音及语法方面比较而言,若就词汇方面言之,则汉语常较西方各近代语为具体。"这为研究汉语的民族风格打下了理论基础。最后,第三部分进一步论述"风格与语法之关系",说明研究"表情语言"与"逻辑语言"应注意的规律和方法。

总之,岑麒祥的《风格论发凡》论及了语言风格学的研究对象、研究方法和风格的表现方法,包括风格学基本原理的导论、定义论、构成论、方法论等,在当时起到了一定的"发凡作用",在中国现代风格学史或现代汉语风格学史的初创期有开创之功,值得重视。其美中不足是在"风格之定义"部分只阐述"风格论"之研究范围和研究方法,而未直接给"语言风格"下定义,在"风格之表现方法"部分没有展开论述,举例也都是文言文的语言材料,而无新文学的白话文或语体文例子,这从研究现代汉语风格的角度来讲也是美中不足。

第三节 汉语修辞学和文体风格学专著中的
文体(语体)风格论

从20世纪初开始,我国修辞学专著中的文体风格论、修辞风格论和语言风格论相当丰富,成果辉煌。如龙伯纯《文字发凡·修辞篇》(1905)、王易《修辞学》和《修辞学通诠》(1926—1930)、陈介白《修辞学》和《新著修辞学》(1931-1936)、陈望道《修辞学发凡》(1932)、宫廷璋《修辞学举例·风格篇》(1933)等都在吸收外国相关学科的理论和继承中国传统风格论的基础上从修辞学角度论述了风格问题,不仅对中国现代修辞学的教学和研究作出了重要贡献,而且对中国现代语言风格学的探讨和建设也具有历史功绩和现实意义。

一、龙伯纯《文字发凡·修辞卷》的文体风格论(1905)

龙伯纯是清末举人,曾游学日本。因此主要受日本修辞学理论的影响写成《文字发凡·修辞卷》,该书于清光绪三十一年(1905)八月,由上海广智书局出版。共四卷,合订两册出版,第一卷为"正字学",第二卷为"词性学",第三、四卷为"修辞学"。[①]全书主要引进日本岛村抱月的《新美辞学》的修辞理论,除论述字、句、章、篇的修辞和"修辞现象"(词藻)外,就是讲文体风格论。

本书的文体风格论是多层次的,首先分为"主观的文体"和"客观的文体",然后再进一步划分文体风格。可用下图表示(见22页)。

本书文体风格的划分源于日本的《新美辞学》,其理论对王易、陈介白、陈望道等修辞论著中的文体风格论或辞体风格论都有明显的影响,对我们当代的语言风格学研究也有学术价值,特别是对广义风格论的成因和类型论更有启发。概括起来有以下几点:

第一,"主观文体"和"客观文体"的划分有助于我们研究风格形成的主观因素和客观因素,以及据此划分"主观风格"和"客观风格"两大类型和风格范畴。联系后来引进威克纳格和卫尔史的主客观二因说,可以进一步认识这种理论学说在世界范围内影响之广泛,应用之普遍,证明世界先进文化的交流对人类文明,科学发展的必要性和重要性,明确中国现代语言风格学的研究和建设也必须借鉴弘扬中外的风格学理论。

第二,在"主观的文体"中,"见于外形者"的划分,即根据文体的外形,语句的形式多寡分简洁体与繁衍体,有助于我们研究语言表现风格的简洁繁丰,刚健柔婉,平实华丽等。这里还涉及到内容的气象刚柔和运用词藻的描绘程度。"见于著书者"的划分,有

---

①参见袁晖、宫廷虎主编《汉语修辞学史》第 334 页。

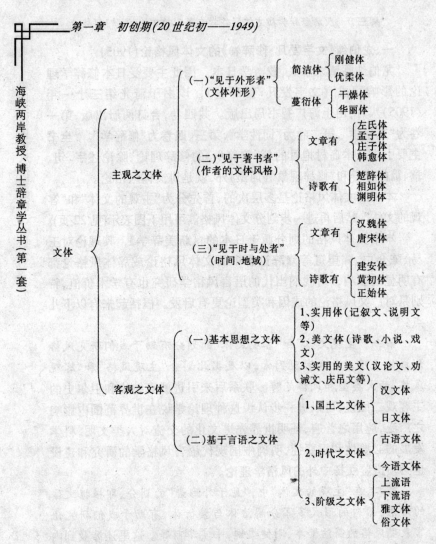

文体
- 主观之文体
  - (一)"见于外形者"（文体外形）
    - 简洁体
      - 刚健体
      - 优柔体
    - 蔓衍体
      - 干燥体
      - 华丽体
  - (二)"见于著书者"（作者的文体风格）
    - 文章有
      - 左氏体
      - 孟子体
      - 庄子体
      - 韩愈体
    - 诗歌有
      - 楚辞体
      - 相如体
      - 渊明体
  - (三)"见于时与处者"（时间、地域）
    - 文章有
      - 汉魏体
      - 唐宋体
    - 诗歌有
      - 建安体
      - 黄初体
      - 正始体
- 客观之文体
  - (一)基本思想之文体
    - 1、实用体(记叙文、说明文等)
    - 2、美文(诗歌、小说、戏文)
    - 3、实用的美文(议论文、劝诫文、庆吊文等)
  - (二)基于言语之文体
    - 1、国土之文体
      - 汉文体
      - 日文体
    - 2、时代之文体
      - 古语文体
      - 今语文体
    - 3、阶级之文体
      - 上流语
      - 下流语
      - 雅文体
      - 俗文体

助于我们研究作家作品的语言风格，主要是多样化的个人风格。"见于时处者"的划分有助于研究文章的时代风格和地域风格。不过从成因上看,除个人风格和流派风格在不同时间,不同地点的表现属于主观文体外,一般来说,时代风格和地域风格应属"客观的文体"或"客观的风格"。此可谓分类不当,互相交叉。下边谈到了"国土之文体"和"时代之文体"。

第三,在"客观的文体"中,"基于思想之文体"实用文体、美文体之类纯属文章的体裁范畴,不是风格分类。如果是风格分类,还应谈到由于文体功能不同所形成的言语特点。而"基于言语之文体"确和现代的"语言风格"研究有关,即所谓"国土之文体""时代之文体"的划分有助于我们研究语言的民族风格、时代风格和阶级风格等。国内外语言学家都提出过语体风格有文雅、通俗或典雅、粗俗的类型,表现风格亦有雅俗的对应关系。

总之,本书的"文体风格论"在 20 世纪初发表、流传,值得重视。尽管是"移植过来的理论",但仍在一定程度上结合了中国传统风格论,可谓开创有功,功不可没。诚然,正因为本书是较早引进外国理论,所以还没有结合当时新文化运动中汉语文学语言的实际特点来开展全面系统的研究,提出符合汉语实际的文体风格论,这也是中国现代开创期修辞风格论的普遍现象。直到 30 年代,新文化老战士、著名修辞学家陈望道才在论著中结合"白话文学"和"大众语文学"运动的实际,兼顾古今,引例论述。

二、王易《修辞学》和《修辞学通诠》的文体风格论(1926—1930)

王易,1889 年生,终年不详,字简庵,又名晓湘,江西南昌人。1911 年毕业于北京大学文学院。1922 年起相继任北京师大教授、南昌心远大学教授,1927 年任国立中央大学教授等。其专著《修辞学》1926 年 6 月上海商务印书馆出版。《修辞学通诠》,1930 年 5 月由上海神州国光社出版。该书是《修辞学》的扩充,系作者任中央大学教授时所著。两书系统地论述了修辞学的基本原理和独特的研究方法。同时也都论述了修辞现象和文体的关系。虽然也是

中国现代语言风格学史稿

模仿日本修辞学建立起的修辞理论体系,但比龙伯纯《文字发凡》中的修辞文体论更有独创性,学术性。可以说体系更严密,论述更明确,对文体风格在统一修辞现象中的重要性以及"主观之文体"和"客观之文体"内部的层次性和互相关系论述得更清楚;对文体中的风格色彩和言语特征更加重视。因而对中国现代语言风格的研究具有明显的理论意义。

首先,提出了文体风格在统一修辞现象中的重要作用。

第一章修辞论之组织(二)"修辞现象之统一",最后,强调提出"总之,文体乃修辞现象之归趋,诸种辞藻之运用,皆为其所统一焉。"也就是说在修辞现象中,辞藻所包含的"内容想彩"和"形式语彩"以及消极和积极修辞手法运用都要统一到文体之中。正如后来有人说的文体(风格)具有特征性、整体性,是修辞效果的集中表现,是语言运用的最高平面,"一个语体是仗着本语体风格的总色彩把各因素统一起来"。

其次,论述了"主观文体"和"客观文体"的层次性和内部的互相关系,建立了独特的文体风格的理论体系。

关于"主观之文体",本书在第四章谈到它包括"作家之风格"及"兴会"两方面,并说明二者的区别:"此项又可分作二面:一为静而常存,一为动而时变。前者谓之风格,后者谓之兴会。风格每系于作家之个性及修养;兴会则随作家一时之感触及外缘。"(第143页)据此:

(一)论述了"作家之风格",包括作家风格的本质表现、形成原因、语言特点及八种类型。本书引用魏文帝"文以气为主"的说法,认为"风格本乎作家之气,而气质却视其人之修养,""所谓气者,即风格所表现也。"根据上下文可以看出,这里所说的"气"即指作家的个性气质、气概,在文中则表现为某种气派,气象即气氛格调,如"雄健"风格所表现的"理直气壮,调响词高,宕荡纵横,浩瀚流转。";"隽逸"风格所表现的作者"超出凡近之气概,而又以跌荡出之。""诡曲"风格的"气格局势往往奔突奇崛,变化闪烁"等等。在语言特点方面,如"雄健"之"调响词高","富丽"之作者"才藻充溢",故能比事属辞,令读者觉其光彩耀目。"沉郁"则因"其利在吞","大抵作者感怀身世,俯仰古今,情志郁勃","将此心理曲曲传出,现于文字",因此多用婉曲法,既不像"雄健"之"其利在吐",也不像"正直"之"利在直辞,即文具义"等等。

(二)论述了"作家之兴会",认为"文章固随作家之气质而异其风格;而作家为事物所感触而生之兴会,尤为文章本体所凭依。凡人心灵之动作,多属事物发生之反应,故情感百变,文亦无常"。即作家因触景生情,发生喜怒哀乐的情感变化经常影响文章的抒情色彩,情调气氛。据此,本书根据作家之兴会区分为乐观、悲观、愤激、诙谐四种类型及其语言修辞方法(语趣、音调、想彩)和近似的风格类型。如:

(甲)乐观——乐观之文,必当作者兴会发扬之时,故能使读者生快感。其语趣多利用雅洁,音调多用和平;其想彩多利用譬喻、夸张、对偶、咏叹;其风格多近于富丽、隽逸、清新。文如颂赞,诗如正雅,及一切模山范水之作皆是也。(第167页)

(乙)悲观——悲观与乐观相反。作者于此必有忧患,欲说为难,不说又不能忍,故惟有本其悲感,发为文章。其语趣、音调多利用抑扬顿挫,以透发其悲感而唤起人之同情;其想彩常利用譬喻、顿呼、复叠、设疑、咏叹;其风格多近于沉郁。文如《骚》《章》,哀祭,诗如《变风》、《变雅》及一切伤时感逝之作,皆是也。(第171页)

以上实例说明20世纪我国现代的风格论已不像古代风格论那样主要只凭印象感受进行"形象描写",使人感到"只可意会,不可言传",而是在吸收国外修辞学、美学理论的基础上抓住了语言手段和修辞手法在表情达意中综合形成的气氛格调和表达效果、感人力量,即从这两方面来分析判断作家个人风格,并划分风格类型。这在当时已达到了相当高的水平,在今天也有借鉴意义。

关于"客观之文体",本书第五章谈到它包括"思想之目的"和"言语之特征"两方面,即从文体之本体论出发,以思想内容和言语形式统一的观点论述了客观文体的重要和以上两方面的互相关系。认为"客观之文体为辞之本体现象,即思想言语之性别也。此等文体,不随作者意向而自有本体之种种表现,故前云必然而确实者,大抵属于思想者,以事物之本体而分;属于言语者,以文字之本体而分"。"此项可分二面:一属内容,即思想之目的;一属外形,即言语之特征。"(第181页)据此:

(一)论述了"思想之目的",即从文体的思想内容和表达目的上决定选择什么体裁,又从文体的体裁功能上明确修辞的方法和要求。认为"思想之目的既属文体之内容,则凡为文者当先明定思想之趋向,而察其适用何种文体"。并以此把文体分为记叙、议论、讲释、告诫、歌咏五类。每类都指出由内容目的决定采取的积极和消极修辞手法。主张要注意"内容外形"两方面修辞,防止形式和内容相脱离而妨碍修辞效果。

(二)论述了"言语之特征",即从各国民族语言特征上给客观之文体分类,认为"文体之属于思想者,不专限于国别,其属于言语者,则各以其国语之特性而殊。所谓言语之特征者,乃由各国语文之习用间分出之各种文体也"。(第200页)并就中国文之习惯分为散体、骈体、韵文、语体等四类。可见此类对研究汉语风格及现代汉语的语体风格关系最为密切。(不过当时皆以语体(口语、白话文)和"文言"书面语相对而论,所以建国后有人为防止混淆,不称语言功能风格为"语体风格",而另起名称,如"语文体式",书中对每种类型的言语特征、修辞方法或形式美感等都作了重点概括,并举例说明。如:

（乙）骈体——骈体之特性为对偶，而佐以音调之变化统一，用以生出种种形式美及情趣。前论布置法中之对偶法及音调中之奇偶法已略言其原理。大抵思想之发展每由单而增为复，又加以情趣之融贯，故由散而化为齐。……（第 202 页）

（丁）语体——即以口语为文，宋代语录及元明以来小说戏曲多用之。其用较之文言为广；其发表能力亦觉文言为强。语体之所以行，因由社会多数习用之故，使人领会较易，又以直用口语，故描摹人之口吻可以毕肖。……（第 207 页）

综上所述，主观客观两大文体可用下图表示：

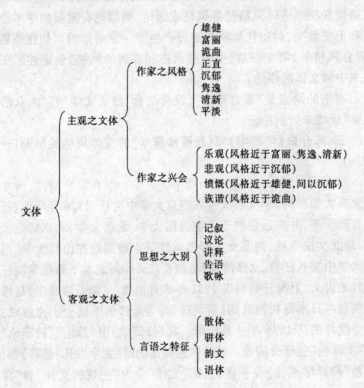

此外,本书在方法论上亦有独特见解。其强调修辞学的动态研究法包括文体风格的研究颇有现实意义。即只有运用这种研究方法才能达到修辞之归趋——形成特定的文体风格。本书第五章修辞之研究法,指出:

"修辞学之研究法,乃由未移为辞至已全移为辞之间经过之作用为主。前者之性属于静;后者之性属于动。前者属于结果或材料上之研究,后者属于方法或技巧上之研究。"(第29页)

总之,王易这两本专著的文体风格论及其研究方法论对我们研究中国现代语言风格学,尤其是对研究作家语言风格论、表现风格论和汉语语体风格论等风格成因论、类型论有重要的学术价值和历史意义,对当代风格学建设产生了一定的影响。如张德明《语言风格学》第十一章《主观的风格和客观的风格》就评述了王易书中的文体风格论。

本书的缺点是"厚古薄今",没有结合"白话文学"和"大众语文学"运动来选例论证。

三、陈介白《修辞学》和《新著修辞学》的文体风格论(1931—1936)

陈介白(1902—1978)河南西平人。中小学在家乡就读,后考入北京大学预科。毕业后又考入燕京大学中文系。1926年毕业,任教育部干事,并先后任教于北京民国大学、北京大学、北京师范大学、华北法政学院、河北女子师范学院等。建国后在山西大学、南开大学中文系任教。《修辞学》是作者在天津河北女子师范学院任教时的讲义,上海开明书店1931年8月出版。《新著修辞学》是作者在参考日本岛村抱月的《新美辞学》等著作的基础上扩充而成,上海世界书局1936年3月出版。其《修辞学》由"总论""词藻论"和"文体论"三部分构成。其文体论和龙伯纯《文字发凡·修辞》卷,王易《修辞学通诠》等一样,也把"文体"分为"主观的文体"和"客

观的文体"两大类,其中也有个人的特点和独创,图示如下:

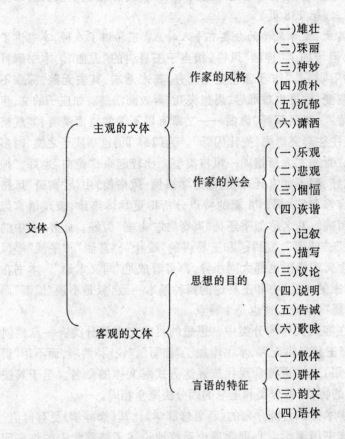

　　首先,理论阐述有个人特点。如在论述主观文体的风格成因时,陈介白和王易一样,都认为风格系于作家的个性和修养,但陈介白更强调风格独创而反对摹仿,认为"风格如面貌,因人而异;所以作者不能强为摹仿他人的风格。若作者摹仿他人的风格,则宛如戴一假面具,无论如何精美,势必不久使读者生不喜与厌恶,

以其无生气的缘故;因此最丑的个人风格,亦较优于极美的摹似风格"。(第138页)

其次,文体风格的分类有个人特点。王易讲了八种,本书讲了六种,但增加了"神妙"风格,相当于王易讲的"诡曲"。本书解释"神妙"风格是"作者思想变化无穷,其来无端,其去无踪,深藏不能够调变,发见也难形容,思想突兀,奔放而浩荡。如庄子的文,卢仝的诗"。王易解释"诡曲——文章有以不循常格而美者,其气格局势,往往奔突奇崛,变化闪烁"。(第151页)也举庄子之文,时多诡曲。看来二人所指同一风格类型。比较起来,"诡曲"也好,"神妙"也好,都不如宫廷璋在《修辞学举例·风格篇》中谈"离奇"风格对语言修辞字、词、句、篇的特点分析得更具体细致,表现语言风格更明确。其名称似乎还是"离奇"或"奇崛"为好。此外,书中的"雄壮"、"珠丽"、"质朴"和王易讲的"雄壮"、"富丽"、"平淡"等风格的含义和举例也都大同小异,都可看成是"同义术语"。本书在谈"作家的兴会"中和王易论的四种基本一致,只是不谈"愤慨"而谈"恫羅"(至诚),这也是个特点。

在客观文体的分类中,思想的目的之文体分类有一点独创性。即王易只讲五种,本书增加了"描写"、"说明"两项,而不用"讲释"一语,这样更符合现代按表达方式对文体的命名。至于其按"言语的特征"的分类和王易的四分法完全相同。

学术界认为陈介白的《新著修辞学》比其《修辞学》更有价值,因为该书用美学、心理学理论系统地论述了修辞学中的许多问题,并论述了文体的心理基础,即认为"主观文体"和"客观文体"的形成都是有一定心理基础的,包括定义论、类型论等。

关于风格的定义,在《修辞学》中谈到:"风格的如何?完全基于作家的个性及修养";在《新著修辞学》中则明确地提出:"风格乃精神激动,而以文字表出其特殊与众不同的态度。换言之,也就是作家个性的流露。"即以作者的精神个性和特殊的文字表现作为主观风格的决定条件,就是说风格是作者精神个性的文字表现。

关于主观文体中"兴会"的分类,在《修辞学》中只谈了"乐观、悲观、恓羅、诙谐"四种,而在《新著修辞学》中则分为"快乐体"、"忧郁体"、"激昂体"、"沉静体"、"神妙体"6类,减少了"恓羅",增加了"激昂体"、"沉静体"、"神妙体"3种,在概括作者感情变化和心理状态上更加起伏多样,分析每一类"兴会"时也说明触景生情,感触事物的心理特点。如诙谐体是"本于机警智慧,而表以温和有趣的情调,使人欢悦的文体"。其中"恓羅"(至诚)本是品性之类的,不属激情的"兴会",所以,去掉它表明作者认识的发展。

关于"客观文体"的分类,本书也认为和心理特点有关。如按"思想的性质"分为"知"与"情"两类,"知"的一类偏重于思考与理智,它的效力可使人知晓或理会,记事文、说明文、议论文可分入其中;"情"的一类多倾向于情绪与想像,它的效用可使人感动或神往,诗歌、戏剧、小说可为入其中。[1]这和国内外关于"逻辑语言"(表意)、"抒情语言"(抒情)的两种语言风格论是有一定对应关系的。

本书虽然有以上特点和创见,但从总体上看,仍没有建立起自己的语体风格体系,尤其对五四以来新的文学语言的语体风格论在引例和论述两方面都不够重视。

四、陈望道《修辞学发凡》的"语文体式"风格论(1932)

陈望道(1890—1977),现代著名修辞学家、语文学家,我国现代修辞学的奠基者。原名陈参一,浙江义乌人。曾就读于义乌绣湖书院、之江大学。1915—1919年赴日本留学,先后在早稻田大学、中央大学等校学习。回国后从事语文革新,为我国语言学的现代化、科学化立下了功勋。曾在多所大学任教,建国后任复旦大学校

---

[1]宗廷虎、李苓著《中国修辞学通史》(近现代卷)第343页。

长,兼任多种学术领导职务,并任中国科学院哲学科学部常务委员等。著有《修辞学发凡》、《文法简论》、《美学概论》、《作文法讲义》等多种专著,发表语文方面的论文百余篇。其中1932年出版的《修辞学发凡》是我国现代修辞学史上的里程碑。在现代语言风格史上也做出独特的重要的贡献,即兼顾古今,承前启后,产生了深远的影响。诚然,由于本书不是风格学专著,风格论尚不够全面系统,但在修辞学专著里这样重视"体式"风格就可以说是重要贡献了。郑子瑜著《中国修辞史稿》在"从《修辞学发凡》谈到风格"一节中说:"陈望道先生的《修辞学发凡》没有深入地谈到风格","不但陈著没有深入地谈到风格,其他的修辞学著作,也极少谈到风格"。(第523页)建国后,当代修辞学著作谈风格的越来越多,并出现了风格学专著。自易蒲、李金苓《汉语修辞学史纲》问世后,修辞学史专著对风格论的评述更是越来越多,对《发凡》的风格论也有新的研究成果和全面评价。《史纲》指出,《发凡》"八种分类从各种不同的角度进行,可以说把古今中外的体式包括无遗了","同时进一步从语言表达特点的系列上,去探索不同风格的特点"。(第586页)袁晖、宗廷虎主编的《汉语修辞学史》指出:"《发凡》从大量的语言事实出发,运用科学的方法构建了一个下起字句上连文体风格的修辞学体系"。(第382页)总的来看,《发凡》的"语文体式"风格论及语文体式和修辞系统关系论对我国现代语言风格学的研究和学科建设有以下几方面的重要贡献和广泛影响。

(一)本书对"语文体式"的八种分类概括论述,承上启下,奠定了现代广义风格学风格分类的理论基础。现代广义风格学包含的主要类型有民族风格、地域风格、时代风格、文体风格、语体风格、表现风格、个人风格等,其分类标准和划分类型在"发凡"论述之中,可以说在大的风格类型和风格范畴上是古今中外基本相似。从古代传统来说,本书引证了《文心雕龙》、《沧浪诗话》等的风格分类,其中"体性上的分类"在中外修辞书上和文论书上都争论得最热闹,本书加以重点论述。在当代的修辞学、风格学书上常有风格因民族而异,风格因地而异,风格因时而异,风格因人而异等说法。具体来说,(1)地域的分类,所谓汉文体、和文体等即汉语风格、日语风格等语言民族风格。(2)时代的分类,所谓建安体、黄初体等即讲时代风格。(3)对象或方式上的分类,如骚、赋等即讲文体风格或语言在表达方式上的分类等。(4)心理或目的上的分类,如实用或艺术上的分类,或智的、情的、意的分类,即今讲实用语体、艺术语体的二分法的理论,这和思维类型,交际目的等都有关系。(5)语言成色和特征上的分类,如所谓语录体、口头语体、文言体、欧化体等,显然属于我们今天讲的"语体风格"的历史范畴。(6)语言的排列声律上的分类,如所谓诗和散文等等,属于文体分类,是文学体裁,同时也和文学语体的下位分体——韵文体、散文体直接有关。(7)表现上的分类,即今天常讲的"表现风格"。(8)依所写的个人的分类,如苏李体、韩昌黎体等,则讲的是个人风格。

(二)本书重点论述"语文体式"在"表现上的分类",能以简驭繁,抓住关键,承前启后,影响深远。包括文章风格学、文学风格学、语言风格学的风格成因论和类型论等皆广泛引用,各有发展。《发凡》综合中外所说,用对立统一和变化统一的辩证观点,将体性上的分类分为以下四组八种,分析因由,论述严谨。

(1)组——由内容和形式的比例,分为简约和繁丰;

(2)组——由气象的刚强和柔和,分为刚健和柔婉;

(3)组——由于话里辞藻的多少,分为平淡和绚丽;

(4)组——由于检点工夫的多少,分为谨严和疏放。

以上各组风格,都用作品实例加以说明。最后说明了"语文体式的繁复情况"。强调:"其实语文体式不一定是这两端上的东西,位在这两端的中间的固然多,兼有一组二组三组以上的体性也不少。"这对我们的风格赏析和评论避免片面性是很有实用价值的。《发凡》四组八体的"表现风格论"或"体性风格论"广泛影响了相关学科的风格论。如叶圣陶、夏丏尊《文心》(1934年)中的文章风格论主要讲《发凡》的四组八种风格类型;张德明的《语言风格学》(1989年)在第十三章"体性风格和表现风格"部分,用三个圆圈图解说明刘勰《文心雕龙》的四组八体风格,陈望道《修辞学发凡》的四组八种表现类"语文体式"同该书八体十六种表现风格类型的传承关系,进而为郑荣馨《语言表现风格论》(1999年)的16种语言表现风格类型发挥创新,溯本求源,影响可见。

(三)本书提出修辞"两大分野"和"三个境界"的理论有助于我们认识语体风格和修辞手法的对应规律,也有助于语体风格类型的研究。《修辞学发凡》第三篇讲到了"修辞的两大分野"和"三个境界"。"两大分野"指"消极修辞"和"积极修辞","三个境界"指记述的境界(书面的法令文字和科学记载,口头实物说明和口语说明)和"表现的境界"(书面的诗歌,口头的歌谣),中间还有"糅合的境界"(书面杂文,口头闲谈)这和现今所谓"书面语体"与"口头语体"或实用语体(公文体、科技体等)、文艺语体(诗歌、散文)、交融语体(政论、杂文等)在思维类型和修辞手法上是有一定对应规律的。如一般来说文艺语体语言要求有力动人,生动形象,所以主要选用积极修辞手法,修辞格用得最多样、最集中,而各种实用语体语言要求清楚明白,准确恰当,所以主要选用消极修辞手法,要求意义明确,词句平匀等。而所谓"交融语体"(政论语体、通俗科学语体等)则兼用两类修辞手法,所以在辞格运用上文艺体,政论体、科技体、公文体呈递减状态是由语体风格的交际目的、交际任务决定的。参见张德明《试论"修辞两大分野"的理论基础》(复旦大学语言研究室编《修辞学发凡》与《中国修辞学》,复旦大学出版社,1983年7月)。

综上所述,《发凡》对语体风格的研究贡献很大,兼顾古今,符合中国风格论的特点。不过作者曾说:"没有深入地谈到风格",这既是谦虚之谈,也是有局限性的,因为它重点论述了四组八体表现类风格,而对其他各种风格类型都没有展开论述。另外,在核心术语的使用上,本书用"语文体式"或"辞体"就没有同时代人用"风格"一词流行广泛。当代的历史也证明了这一点。可见,即使是承前启后的名著也不能完美无缺,也会有一定的局限性。

五、我国现代第一部语言风格学专著——宫廷璋《修辞学举例》(甲篇风格论)的语言风格论(1933)

宫廷璋生于 1894 年,终年不祥,字崇翰,湖南省湘潭县人。曾任江西萍乡中学校长及西安中山大学、中国大学、国立北平师范大学等国文系教师,讲授修辞学等课程。主要著作有《人类与进步文化史》、《学生作文指导》等。其《修辞学举例·风格篇》,1933 年 7 月由中国学院国文系出版,15 万字, 是我国现代第一部语言风格学专著。宗廷虎、李金芩著《中国修辞学通史》(近现代卷)全面评论了此书,认为它是我国修辞学研究风格理论的专著,标志着风格理论研究的深入。它的特点和贡献:一是建立了修辞学的风格理论体系,二是吸取西方心理学、美学理论,三是多层次地总结语言综合运用的具体规律, 四是例证丰富, 说服力强。(第 492~501页)。我们从语言风格学的基本原理来看,其风格理论体系是比较新颖完备的,和此前的中国传统风格论有所不同,涉及了风格的定义论、成因论、类型论、应用论等各方面。

(一)定义论。本书第一章概论(一)定义,开宗明义指出:"风格之义,最为难定。"然后归纳引用国外从语言学、心理学、修辞学、文体学等多学科角度给"风格"术语所下的定义有:(1)以工具言者,如黑士奔曰"作风之秘诀,在用字系纯粹代表性质,绝非为其本身"。(2)以心理言者,如巴殿英曰"风格乃作者个性不觉流露,不免流露,而亦不可不流露之谓"。(3)抽象言者,如坚巴士曰"作者以字达意之特殊态度曰风格"。阿拉地曰"吾意风格乃精神激动,情绪所趋,而提高其言之态度,使名贵而添异彩者也"。以上三种都论及作者运用语言文字表情达意的性质和态度,不过各有侧重。然后本书又引阿拉克之《实用修辞学》历引诸说,而独倾向于斯宾塞之言,谓:"在单字之适当选择与配置,子句之良好排列,主辅命题之合理顺序,显比隐比及其词藻之运用,推而至于各句前后文字之音节和谐"。(见该书第45页)此以工具之最详者。但吾以为仍不免有举一漏万之虞。莫若抽象言之较为赅括。故吾从吉伦之说。"风格泛指以辞达意之态度,特指措辞巧妙,能使观念具适当之尊荣与异彩"。(见其《实用修辞学》第13页)

　　以上引用归纳几种定义,最后表示个人看法的论述对我们如何给"风格"下一个科学的定义有许多启示。首先,要把握好学科角度,因为是讲"修辞风格"或"语言风格"的定义,就必须紧紧抓住运用语言文字这个表达工具;其次,要注意运用语言文字这个表达工具以辞达意与抒情的主观态度和客观效果,涉及语文形式和表达内容在自然统一中形成风格;再次,风格定义之文字要简明概括,不能太长。因为阿拉克之倾心于斯宾塞的解说性定义涉及修辞的选词、造句、逻辑命题和辞格运用、音节和谐等,虽很具体详细,但仍有挂一漏万之弊病,所以要用逻辑定义揭示概念本质还是以简明的语句抽象概括为好,而不宜采取比较长的语句列举修辞方法和风格手段的形式来"说明定义"。在此基础上,本书概论(四)最高原则,引用卫尔史关于修辞理论的最高原则和风格定义的最高原则,即节省之理。并指出"节省之理,本自斯宾塞。"(参见胡哲谋译《文体论》第9~11页)这是以心理学、文体学理论,从表达和接受统一的角度来讲修辞理论和风格定义,是借鉴国外理论有所创新的。继引吉伦本斯氏节省之理,提出两条"节省之道",一是使读者少用力,二是刺激读者有所作为。

作者解释其所以同意吉伦关于风格的"泛指"和"特指"说,关键在于以辞达意的态度要"措辞巧妙",使表达的观念独放异彩。强调"风格之作品,则兼重措辞之特别态度,所用文字雄健惬意,能使思想丰富而适应时机"。并以《汉书地理志》使用数学表达事物和孟子使用数学表意说理相对照,认为"同用数字,意趣迥别。"这里作者认为平淡朴实的说明文不如生动有趣的议论文,显然没有论及"语体风格"的各有所适,贵在"得体",虽谈到"适应时机",也有所局限,不尽全面。

(二)成因论。本书的风格成因论是首次引用发展了德国修辞学家魏克列格尔和美国修辞学家卫尔史关于风格形成的主客观二因说, 此说于30年代首次引用对以后的各种风格形成的主客观二因说,对以后的各种风格形成因素的理论都产生了广泛而深远的影响。(建国后王元化译,歌德等著《文学风格论》一书收入威克纳格的风格论即有风格二因说,从修辞风格论、文学风格论到语言风格论,文章风格论的二因说皆源此。)本书在概论(二)主观客观方面开头引用魏克列格尔和卫尔史的话,说明主客观因素对风格形成的制约作用。

魏克列格尔曰"所谓风格,乃以语言文字陈述之方式,半由陈述者之特异心性决定,半由陈述之物质与目的决定。易言之,即风格有主观客观两方面"。这里魏氏认为风格即以语言文字的陈述方式,其形成有主客观两方面因素,主观因素指陈述者(作者、说者)的特异心性,客观因素指陈述的物质和表达目的。接着又引证卫尔史对主客观因素的详细论述。

卫尔史之论主观方面曰"作者风格乃其精神生活之具体表示,盖文字不过其观念之符号。观其选词造句,可知其智愚嗜好想像能力。文过华美,其人必好娱乐。文过简陋,其人必甚冷涩。文过浮夸,其人必好虚饰。文过平庸,其人必甚鲁钝。若巧言无常,其人必俭腹。若晦而不明,其人必糊涂,道德良风格之本也"。其论客观方面曰"风格虽受心力影响,亦因外力变迁。如识字之多寡强弱,词句之选择排列,练习之久暂,预备完全与否,注意工整与否,以及题目之性质,所抱之目的,对方之能力,皆足左右之。此内外天性人工合而表现于风格"。结果,风格变化多方,性格尤为主力。于是风格随民族而异,随时代而异,随个人而异。形容风格之各类,多至不可胜数。(见其《完全修辞学》第142~145页)

以上引用几乎论及了风格形成的主客观因素的各个方面,由此也决定和影响了后代学者所说的"主观风格"和"客观风格"或"民族风格"、"时代风格"、"个人风格"等多角度划分出来的风格类型,要想穷尽,不胜枚举。本书结合中国传统文论诗话和诗词文赋等作品实例,说明风格形成的民族因素、时代因素和个人因素等,是有个人特点和独创性的。它不同于王易、陈介白的文体风格论,与陈望道《修辞学发凡》之论述"语文体式"(风格)的成因和类型也是同中有异,各有贡献的。掌握了风格的成因论不仅有助于理解风格类型,而且也有助于明确风格培养和创造的途径以及风格理论的具体应用。

(三)类型论。本书在成因论中虽然讲了主客观二因说和风格因民族、时代和个人因素等不同,但并没有完全以此作为划分风格范畴和类型的标准,即不先划分"主观风格"和"客观风格"两大类型,而是根据西方修辞学、心理学、美学理论从两个角度论述风格类型。

首先,第一章概论,根据魏克列格尔关于风格客观因素的论述,以表达内容和目的影响官能活动为标准划分出智慧,想像和情绪三种风格。

魏克列格尔曰"风格乃以语言文字陈述之方式,自客观方面言之,其情形必视所述之内容与目的而后决定。惟创造目的时,心灵何部官能最活动,则在内容再造时(此为凡有陈述之第一目的)此特殊官能亦甚活动"。"今当讨论者,有三种官能,即智慧,想像,感情"。"由是风格有智慧风格、想像风格、感情风格三种之分"。"因此风格乃有三大类之特色:智慧风格之特色为清晰,想像风格之特色为生动,情绪风格之特色为热烈"。(见《风格理论集》第19页)

其次,第二章、第三章分别以"至善之标准"和"至美之标准"划分两大类6种风格类型及其表现风格之特色。

列表如下:

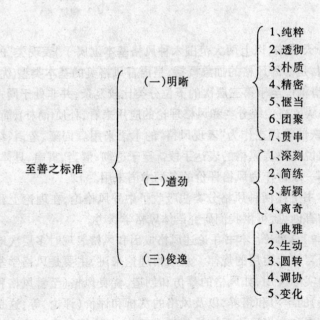

至善之标准

（一）明晰
1、纯粹
2、透彻
3、朴质
4、精密
5、惬当
6、团聚
7、贯串

（二）遒劲
1、深刻
2、简练
3、新颖
4、离奇

（三）俊逸
1、典雅
2、生动
3、圆转
4、调协
5、变化

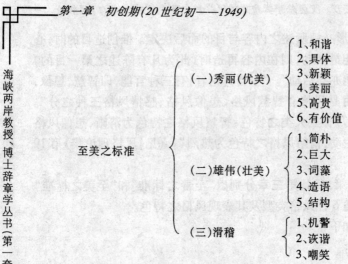

至美之标准
- (一)秀丽(优美)
  - 1、和谐
  - 2、具体
  - 3、新颖
  - 4、美丽
  - 5、高贵
  - 6、有价值
- (二)雄伟(壮美)
  - 1、简朴
  - 2、巨大
  - 3、词藻
  - 4、造语
  - 5、结构
- (三)滑稽
  - 1、机警
  - 2、诙谐
  - 3、嘲笑

　　今天看来,以上两大范围六种风格基本上属于"表现类"的风格类型,是修辞风格的抽象概括,是语言风格美的基本类型(优美、壮美、滑稽)。至于第三层次的下位分类比较复杂,并非处于同一平面上。从风格传统分类和风格理论的应用来看,朴质(简朴)、简练、典雅、诙谐等仍在作为"表现风格"的术语来用。词藻、造语、结构等可以说是语言风格的表达手段。至于透彻、惬当、贯串、具体、有价值等一般常作为风格评价的名词术语来用。

　　本书上述两种风格分类法吸收了中外风格论,在理论上和方法上均有创见,可供我们研究语体风格学参考。

　　(四)应用论。本书在论述风格成因和风格表现时多层次地总结了语言综合运用的规律。从风格理论来讲,主要是风格学基本原理的实际应用,如风格的摹仿和创造,优良风格(至善风格和至美风格)的学习和培养,以及风格的赏析和评价(评论)等,这是作者风格观和本书风格系统论的组成部分,如在第一章概论中谈到(三)"风格随个性而异",引叔本华曰"风格乃心之外貌,表示品性,比面容尤为可恃。模仿他人风格,如藏面具,必不佳,且不旋踵而厌,因其无生命也。故生人之面容,纵最丑,亦较好。"(《风格理论集》第 251 页)就是说表现个人风格,主观风格,最忌简单模仿,因无个性即无生命,所以贵在独创。进一步又结合中国古代作家作品实例说明"盖模拟之辞,厥途有二:一曰貌同而心异,二曰貌异而心同"。结论是"盖貌异而心同者,模拟之上也。貌同而心异者,模仿之下也"。可见本书并不一概反对风格模仿,关键是要用创新的文辞来"仰范前哲",表达个性。又如"概论"(三)"公共性质"论及培养风格要达到"大家风格"的境界固不容易,但必须从基础做起,包括刻苦学习文法、修辞逻辑等基础知识,养成斟酌字句、正确表情达意的良好习惯。这是一个普遍规律。为此,书中引证评议了吉伦《实用修辞学》中的有关论述:

虽然"风格中之个性,不可互相传授,固也。而其他方面,则可教而知,可学而至。盖风格中之文法与逻辑方面,实学文者服庸钻研之资,人不能到大家风格,而能学到忠实写法,不模棱,不矛盾,不虚伪,不鄙俗,养成斟酌字句而使思想直接确定之习惯,此固风格程度之较浅者。但程度较高之风格,不可不以此为基础。苟能如此,则彼亦可谓有达意之才,可以出而应世矣。是故风格之不限于个人者,如从文法逻辑发展而来之原理,皆于教科书讨论之列"。吉伦之言,良不诬也。(见其《实用修辞学》第 16 页。)第二章、第三章论述至善至美的风格表现法即包括字句章篇。如论至善遒劲风格之"离奇",包括(甲)奇在字句者。(乙)奇在篇章者。(丙)过奇之弊。在最后指出"离奇"新奇要适度,防止过奇之弊病。

总之,宫廷璋借鉴国外修辞学、文体学、心理学、美学理论和中国传统风格论,在本书中全面系统地论述了修辞风格的基本理论,这在中国现代语言风格学的草创期是无与伦比的,独树一帜的。全书从概论风格定义、成因、类型到具体应用风格理论,学习创造优美风格等方面,贯串了"语言文字"的表达特点和形式美感,因此对建立现代语言风格学具有较高的参考价值,应进一步加以研究,传播。至于其历史局限性,已在评述中分别指出,此不赘述。

六、郭步陶《中国实用修辞学》的文体风格论(1934)

郭步陶,生卒年月不详。原名成爽,后改成惜。四川隆昌县人。1910 年在上海《通信晚报》任见习编辑,1911 年改任上海《申报》编辑。1917 年任《新闻报》编辑主任,主笔。1930 年兼任上海复旦大学新闻系教授、青年记者学会香港分会中国新闻学院院长等。其所著《中国实用修辞学》由上海世界书局 1934 年 6 月出版。俞长源作序。全书共三章,特点是"实用",旨在指导青年学生运用语文修辞知识提高表达能力,所以对修辞理论的阐述和修辞方法的传授都是简明扼要,重点突出的。[1]总的来看,本书在修辞理论上无多大特色,但第二章修辞现象之过程,论述到作者"品格"和"兴会"的关系时,和王易、陈介白等文体风格论比较起来,仍有自己的特点,即把作者的品格、风格和兴会结合起来,对我们从心理学角度探讨主观风格或作家的抒情风格是有参考价值的。王易在《修辞学通诠》中也论及不同"兴会"的风格色彩,或所属风格类型,如说"乐观"其风格多近于富丽、隽逸、清新;"悲观"其风格多近于沉郁;"忿激"其风格多近于雄健,间以沉郁;"诙谐"其风格多近于诡曲等。而郭步陶的《实用修辞学》则在前人的基础上进一步论述了作者品格、兴会和风格的相互关系,概括了各种"兴会"表情的五种类型及与之相应的文体风格和文词品格。认为:

品格属于文字之本身,然与作家兴会,亦有几分关系。譬如作者兴致好,关于快乐一方之文字,自然容易做成。反之则悲感之词语,将摇笔即来。兹故以作者兴会为纲,而纬之以文词之品格焉。

---

[1]参见宗、李著《中国修辞学通史》(现代卷)第 530 页。

(一)属于乐观者,文以言志,而人之意志,常随环境以迁移。处境优越,则胸襟开阔,态度高华,发为文词自然雍容而华富,力大而声宏。故文体之雄健与丰润多属此类。(甲)雄健,谓气势雄伟而魄力稳健也。(乙)丰润,谓词藻丰富而声调圆润也。(二)属于悲观者,文之以传达哀情者,或痛哭流涕,以畅泄其久积之情思,或隐恨在胸不能直吐,不得已而出于抑郁低徊,以聊诉其难言之苦。前者之声高以亢,后者之词幽以抑。其源虽同,其流非一。析为二体,则悲壮文与沉郁文是也。(甲)悲壮,谓情势凄楚而词调激昂也。(乙)沉郁,谓胸怀抑郁而发响沉痛也。(三)属于超然者,所谓"超以象外,得其环中"是也。此类文,大抵气概超脱而闲逸,词语修洁而清明。作者多聪颖过人,处境多迥异流俗。昔人云"清新庾开府,隽逸鲍参军",可谓此文之代表矣。(子)隽逸,谓出语隽永,而神情超逸也。(丑)清新,不为俗缚之谓清,陈言务去之谓新。此乃文之高洁者。(四)属于庸常者,不矜持,不立异,事理不外寻常日用,词笔亦纯任自然。阅之一若毫不经意,而细味之,则陈事极忠实,意味极深长。绝非率尔操觚者所可轻言学步。此等文可分下列二类:(甲)平淡,谓绚烂之极归为平淡也。(乙)质直,谓本天然之性质以忠实陈述也。(五)属于特殊者,文有也乎寻常格律之外,而异见其美者。其气势笔力,往往奇肆奔放,变化无穷。至其用法,有时出以庄重,是曰诡曲体。有时出以诙谐,是曰讽喻体。而施之实际,则后者之效果为较多云。(甲)诡曲,谓词句诡异而局势曲折了。(乙)讽喻,谓意有讽刺,而词则借假他物以比喻也。(第151~171页)

　　总之,本书对各种"兴会"都简要地说明其含义,所属风格类型,文词品格和表情特点,并以"无韵者"和"有韵者"的古典诗文作品作例证加以说明。使我们感到本书无论在"兴会"和"风格"的互相关系论方面,还是在"兴会"分类和"风格"分类方面,其作为主观之文体论是有个人特点的,即有独创性的。今以图表概括如下:

作者"兴会"和
"风格"关系图

(一)属于乐观者 { 甲 雄健 / 乙 丰润

(二)属于悲观者 { 甲 悲壮 / 乙 沉郁

(三)属于超然者 { 甲 隽逸 / 乙 清新

(四)属于庸常者 { 甲 平淡 / 乙 质直

(五)属于特殊者 { 甲 诡曲 / 乙 讽喻

综上所述,本书根据作者的"兴会"和"文词品格"将主观风格分为五组十种确系个人独创,可谓与众不同,别具一格,应予肯定。当然有的类型也值得商榷,有待深研。如所谓"庸常者"乃心态平和,"不矜持,不立异"则出"平淡"和"质直"风格,这似乎不属于激情之"兴会",即无明显的喜怒哀乐之"触景生情",只能说是"零度感情"或"兴会"。又如这样分类主要能看出表现风格之相近类型而看不出风格之间的对应关系。相比之下,刘勰《文心雕龙·体性》和陈望道《修辞学发凡》的四组八体表现风格论,都是讲每组内两种风格互相对应,因此更能看出风格特点和形成原因。再如属于特殊者之"讽喻",学术界多作为修辞方法而不看作风格类型。此外,由于本书侧重"实用",所以在文体风格的论述上既有"简明扼要"的优点,又有"阐述不够"的局限,由于以上诸多原因,所以尽管本书的文体风格论很有特点,但影响不大。

七、夏丏尊、叶圣陶《文心》的语言表现风格论(1934)

夏丏尊、叶圣陶都是中国现代史上著名的文学家、教育家和语文学家,又是文坛上、学术界亲密合作的友人。夏丏尊(1886—1946),名铸,字勉旃,后改字丏尊,号闷庵,浙江上虞县人。1903年留学日本。1905年回国任浙江两级师范学堂(后改为"浙江第一师范学校")通译助教。曾与校内刘大白、陈望道、李次久三位教师推动新文化运动,被称为"四大金刚"。1925年与朱自清、朱光潜、叶绍钧等人在上海发起"立达学会",任"一般"月刊主编,并兼任暨南大学文学院院长,著有"现代世界文学大纲"等著作。叶圣陶(1894—1988),原名叶韶钧,笔名柳山、桂山等,江苏苏州市人。1921年在上海商务印书馆、开明书店任编辑,并应邀到中学、大学讲课。1945年复回上海开明书店。解放后历任国家出版总署副署长,教育部副部长、顾问,人民教育出版社社长等。编写语文教科书多种,出版语文专著也很多。在中国现代文学史上,他是公认的现实主义流派的代表作家,代表作品有小说《倪焕之》等,创作中非常注重修辞炼字和语言加工,有的作品语言修改达十几次才最后定稿,形成了朴实、严谨的语言风格,在社会上产生了广泛的影响。

夏、叶合著的《文心》1934年6月开明书店第一版,全书156千字。陈望道、朱自清作序。该书虽是指导作文的通俗性读物,但在传播普及修辞、风格知识方面也起了很大作用。内容采用陈望道《修辞学发凡》的观点,讲解了修辞的基本原则、修辞与情境的关系等。从语言风格学的角度来看,本书不仅弘扬了中国古代风格论的传统,运用了《修辞学发凡》的四组八种风格论,而且在培养风格上提出了关于作者的"语言习惯"和"写作习惯"等理论,在风格构成的理论上颇有创见,在语言风格论上有独特贡献。具体来说,该书在"三十一"篇"风格的研究"中,论及以下几方面:

(一)普及了中国古典风格论的知识,开拓了讲解风格知识的新路子。

本书以平易近人,通俗易懂的语言风格和说故事的形式讲解了我国古代有关风格论名著。如唐代司空图的《诗品》、清代姚鼎的《复鲁絜非书》、曾国藩的《求阙斋日记》等风格论。

早餐过后,他预备做功课了。坐到椅子里,书桌上一本薄薄的线装书吸引他的注意。这是唐朝司空图的《诗品》,他依从了王先生的指点,昨晚从父亲的书箱里捡出来的。他记起王先生对一班同学说的话:

"研究文章的风格,司空图的《诗品》不妨找来一看。《诗品》讲的是诗,分为二十四品,就是说好诗不出那二十四种境界,也就是二十四种风格。但不限于诗,鉴赏文章也可以用作参证的。"

昨晚上他已经约略翻过,知道这本书是四言韵语的体裁。此刻从头循诵,觉得那些语句在可解不可解之间,好像碍着一层雾翳似的。可是读到第三品"纤秾",他眼前就仿佛展开了一幅鲜明的图画。(第240页)

(二)应用了《修辞学发凡》的风格论,分析了风格的形成条件。本书在讲解古典风格论的基础上,又发挥了中国现代的修辞论,接着说:

王先生指定的参考材料,还有一本陈望道的《修辞学发凡》,大文站起来斟了半杯茶喝罢,重又坐到椅子里,便展开这本洋装金脊的书册。王先生吩咐大家看的是这书的第十一篇,题目是《语文的体类》。他说,所谓"体类"含义和风格实在差不多。……

大文把作例的八篇文章循诵一过,再细细辨认这四组八种的风格,就觉得这书的分类虽然也是用形容词来作类名,但是它分为四组,就有一种好处,这见得每组的成立是各有各的条件的。(第248页)然后导出各组风格形成的主观条件和客观条件。并借书中人物口吻强调说明"古人把文章看做了不得的东西,仿佛其中含有很多的神秘性,所以说来说去总带点玄味;今人把文章看作人类日常生活的一部分,研究文章惯用分析、归纳、说明的方法,其结果当然简单而明显。"(第248页)研究比较抽象难懂的风格现象,更应该这样做。

(三)提出了培养风格的方法,强调学习作家的"语言习惯"。这对研究作家的语言风格更有现实意义。本书最后在讲解陈望道关于四组八种风格类型、形成条件、风格特点的基础上,着重讲了作者的品性,即个人主观条件也是形成文章风格的一个条件。

他又记上"作者的语言习惯"7个字。他想一个人从小学习语言,一方面固然得到了生活上最重要的一种技能,而另一方面不能不受环境的限制,学会了这一套,就疏远了那一套。因此语言的差异和词汇的不同,精密说起来,差不多,每两个人之间就存在的。同样一个意思,教两个人说出来未必会是同样一句话,也许一个人说得很简单,以为这就够了,而另一人却说得很罗嗦,以为非如此不可;这是个人语言习惯不同的缘故。"各个作家凭了各自的语言习惯以及从别人的作品里受到的影响,提起笔来写文章,他们的风格就分道扬镳了。"(第249~250页)这种以"作家语言习惯"来说明作家个人语言风格的理论和国内外关于"作家的惯用的语言手段"形成个人语言风格的论点是一脉相通的,是通俗易懂的。尤其难能可贵的是向中学生和一般读者深入浅出的讲授似乎神秘玄乎、抽象难懂的风格理论,包括风格含义、类型、形成条件和培养方法等,本书开了先河,树立了榜样。

当然,由于本书是普及性的著作,在风格论的阐述上虽有独创性,但总使人感到引证有余,论述较少,如果能再举一些现代作品的语言风格为例具体说明,也许读者对"语言习惯"在形成作家语言风格中的重要作用领会更深。

八、蒋伯潜、蒋祖怡《文体论纂要》《体裁与风格》的风格辨析方法论(1939—1942)

蒋伯潜(1892—1956),名起龙、尹耕,字伯潜,浙江省富阳县人。1919年毕业于北京高等师范,先后在浙江省立第二中学,杭州第一师范学校任教。1937年任上海大厦大学教授,兼世界书局馆外特约编审。1947年任杭州师范学校校长。解放后任浙江省图书馆研究主任,1955年任浙江省文史馆研究员。著有《十三经概论》等著作,为国学研究家。蒋祖怡(1913—1993)笔名佐夷,蒋伯潜之子。解放前后曾任上海世界书局、海天书局编辑、编审,历任浙江大学、之江大学、杭州师范学院、杭州大学中文系副教授、教授。主要从事古代诗论文论的研究,著有《小说与戏曲》、《散文与骈文》等。

首先,谈谈《文体论纂要》中的文章风格论及风格辨别方法。

蒋伯潜著的《文体论纂要》,1934年6月由世界书局出版,后来父子合著于1942年由重庆正中书局出版,1946年10月又在上海出版。全书约14万字。主要内容共有3部分20章,第一至第五章评述各派的文体分类;第六至十八章,提出新的文体分类;第十九至二十章论文章风格。该书的风格论体系不同于龙伯纯、王易、陈介白等人,主要摹仿日本的"文体风格论",也不同于陈望道的"语文体式"风格论和宫廷璋的"语言风格论",而是在继承弘扬中国传统风格论的基础上,从文章风格的角度论述了风格的分类和风格的辨别方法。同时也综合论及了风格的表现手段和风格理论在实际应用中的有关问题,因此对中国现代的修辞风格论和广义的语言风格论的研究,特别是对风格的类型论和应用论的研究都有重要的参考价值,作出了独特的贡献。

(一)本书综合概括中国古代诗文风格分类的理论,明确提出了时代风格、地方风格、流派风格和个人风格等的成因和类型。有助于研究风格形成的主客观制约因素和相应的风格类型。第十九章"风格"(上)开宗明义指出：

文章体类，既分述如上，进而附论文章之风格。唐人司空图作《诗品》，论诗之风格，共分二十四品。(《诗品》有二，梁代钟荣所作，分上中下三品，评论诗人，与司空图所作不同)清袁枚作《续诗品》，鲍桂星又有《唐诗品》，都是单论诗的。诗有品格，其它各体文章也有它们的品格。作者底时代、地方、个性、学力、环境及一时内心底触发，对外面人事景物所携的印象，各不相同，所以不但一个时代有一个时代的风格(如唐诗和宋诗不同，魏晋文和唐宋文不同)。一地方有一地方底风格(如荀卿北人其赋与南方赋家屈原底作品不同，南曲和北曲也不相同)。一学派有一学派底风格(如老子、庄子和墨子、韩非各不相同)。一人也有一人底风格(如李白和杜甫底诗不同，韩愈和柳宗元底散文不同)。而且同一作者底作品，其风格，亦有不同者。(如李后主底词，在南唐时与降宋后迥不相同。)(201页)这种对文章风格的简明分类不仅对文章风格学，而且对文学风格学、语言风格学和汉语风格学的宏观分类和风格范畴论都产生了广泛的影响。

(二)本书在文体论中附论风格旨在对各种风格进行辨别。即从具体方面和抽象方面说明风格辨析的一般规律和操作方法，有助于我们从风格成因和表达手段上分析各种"表现风格"及其相互关系。本书在第十九章风格(上)中说：

文章底风格，可就两方面去辨别：一是具体的方面，二是抽象的方面。本章先就具体方面述说：如以文辞论，则有"繁缛"与"简约"之别；以笔法论，则有"隐曲"与"直爽"之别；以章句形式论，则有"整齐"与"错综"之别；以诗文格律论，则有"谨严"与"疏放"之别，以文章意境论，则有"动荡"与"恬静"之别。(第202页)

在第二十章风格(下)开头说：

上章所述，是从文辞、笔法、章句、格律、意境各方面去辨别文章底风格,着眼于文章具体方面,比较容易领悟。本章当更进而就抽象的方面来说明文章底风格了。抽象方面,或从声调上辨别,或从色味上辨别,这二者有迹象可寻;或从神态上辨别,或从气象上辨别,则更是抽象了。(第211页)

本书最后并对以上从两方面辨别风格作了总结,兹以图表示如下:

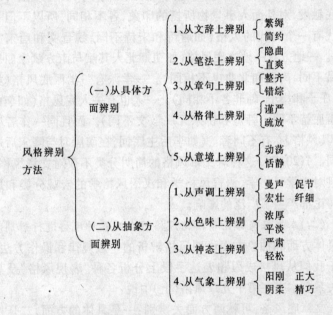

分项辨别各组风格时自然要论及风格成因和风格手段,如从章句上辨别"整齐"与"错综"时,以骈文散文,律诗古诗为例,说明"整齐类"的类型主要运用章句类的修辞格,如对偶、排比、层递等,因而在句式和章法上就形成了条理清晰的整齐之美。反之,散文不用排比、层递的章法,便形成变化错落的"错综"之美,因而别成一种风格。又如从声调上辨别风格,主要讲语音的风格手段。因为"文章由字与词组成,故文章的声调和字音有密切关系。"(第211页)书中除论文及汉字声韵调和平仄清浊之外,还从全篇文章的声调辨别风格,分为二组,一为"曼声"与"促节",一为"宏壮"与"纤细"。曼声与促节,譬如平剧的慢板与快板,是声调缓急之分;宏壮与纤细,譬如平剧中有大面旦角,是声调大小强弱之分。(第212页)这组风格和刚健与婉约的风格似有一定的对应关系。纵观学术界对语音风格手段的研究情况可以说,一般概括者多,具体分析者少,如对"声调"和"格调"的关系就缺乏细致入微的微观分析,所以应参考本书的分析方法,深入探讨。再如从文章的声味上辨别浓厚和平淡两种风格,因抓住了词语描绘色彩和修辞方法的特点分析风格特色,所以说服力较强,已广为引用。本书和陈望道在《修辞学发凡》中的论述可谓异曲同工(或许受了《发凡》的影响),认为:"凡注意于积极修辞技巧的,多用辞藻的,其色彩便浓;凡注意于消极修辞方法,少于辞藻的,其色彩必淡。"(第213页)此外,从声调上辨别和从气象上辨别各分两类四种风格互相交错也是本书的独创。

当然,从风格发展和术语应用来看,本书讲的某些类型现在往往不被看作风格类型,而是作为一种语言形式美和修辞方法或表达技巧来讲授。如"整齐和错综"、"动荡与恬静"等,似乎和风格的"严疏"、"刚柔"有一定关系,有待深入研究。

(三)本书在论述风格辨别方法时也论及了风格运用"各有所适"及"风格优劣"的一般原则和辩证规律。有助于探讨风格学基本原理的"应用论",并进一步理解"语言表现风格"在概括上和应用上的"多样性"、"广泛性"及"相对性"和"优劣性"。如从文辞上去辨别"繁缛"和"简约"的风格,本书举例说明了中国历史上繁简得当的发展规律,认为主繁主简都要注意得失,防止片面。在引证诸家论点之后,结论说:

盖繁简各有得失;繁之得者如春花,简之得者如秋实;繁之失者如燕草,简之失者如枯枝。繁之得,为丰缛,为明畅,为详尽;其失,为噜嗦,为肤杂,为懈慢。简之得,为老练,为紧凑,为峭劲;其失,为枯窘,为晦涩,为局促。以上所说,还是站在修辞底立场上来评论文章的繁简,如就繁简各得其当者观之,则亦各有其"丰缛"与"简约"的风格。(第203页)以下是就个人风格、时代风格等进行比较,说明风格的繁简,既有表达工具的物质因素,同时也有个人作风和时代风尚的决定因素。历史证明即使是同一时代、同一文体、同一题旨的不同作家作品的风格也有繁缛与简约的不同。这样讲就比较全面了。又如在从气象上辨别"阳刚"和"阴柔"两种风格时,既注意了题材气象的刚柔,也注意到了作者气质的刚柔;既注意了地域因素影响作品的刚柔,也注意了体裁因素影响文章的刚柔;同时也谈到刚柔不当所产生的流弊,这样讲也比较全面,便于人们正确运用风格理论指导写作实践。

其次,谈谈《体裁与风格》论风格类型和风格辨别的方法。1940年,蒋伯潜任教于上海大厦大学时,与蒋祖怡一起,为《国文自学辅导丛书》写了《体裁与风格》一书,由上海书局于1941年出版。此书和夏丏尊、叶圣陶合著的《文心》一样,是为具有中学程度的青年读者写的通俗性课外读物,因此采用讲故事的形式,生动活泼,深入浅出地介绍了体裁与风格的基本知识。其中论及风格的观点与《文体论纂要》基本一致,略有不同。书中说:"我们讲风格,只得从大体上去体味,从风格所以不同之点去辨别。[1]为此简括成表,转录于下:

---

①参见宗、李著《中国修辞学通史》(近现代卷)第580页。

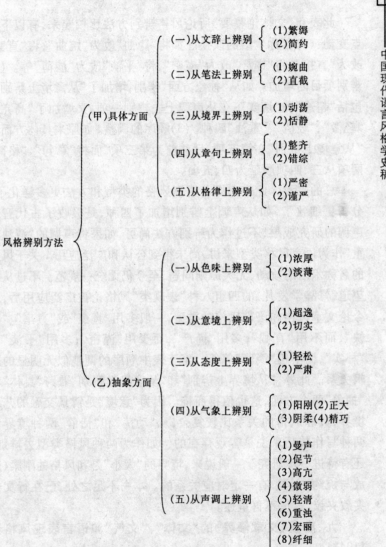

风格辨别方法

（甲）具体方面

（一）从文辞上辨别
(1)繁缛
(2)简约

（二）从笔法上辨别
(1)婉曲
(2)直截

（三）从境界上辨别
(1)动荡
(2)恬静

（四）从章句上辨别
(1)整齐
(2)错综

（五）从格律上辨别
(1)严密
(2)谨严

（乙）抽象方面

（一）从色味上辨别
(1)浓厚
(2)淡薄

（二）从意境上辨别
(1)超逸
(2)切实

（三）从态度上辨别
(1)轻松
(2)严肃

（四）从气象上辨别
(1)阳刚(2)正大
(3)阴柔(4)精巧

（五）从声调上辨别
(1)曼声
(2)促节
(3)高亢
(4)微弱
(5)轻清
(6)重浊
(7)宏丽
(8)纤细

此表和《文体论纂要》所论风格辨别方法比较起来,有以下几点变动:(1)名称术语的改换。如将"隐曲"改为"婉曲",将"直爽"改为"直接",将"谨严"改为"谨密",将"平淡"改为"淡薄"等。(2)辨别项目的增加。如从"抽象方面"辨别,增加了"从意境上辨别",包括"超逸"和"切实";在从声调上去辨别一项,又增加了"高亢"、"轻微"、"轻清"、"重浊"四种。(3)顺序的调整。如原来具体方面的"从意境上辨别"在第五项,后移前为第三项,而将"章句"、"格律"两项从三、四项顺延为四、五项。

总的来看,此表比原著辨别风格的类型和方法更多样化了,分析更细致了,如从声调上辨别增加了四种,是吸收了古代音韵声调的研究成果,不过作为辨别方法尚可,如果将声调的"清浊轻重"作为语言风格类型来讲,尚未得到公认和广泛应用。关于风格的名称术语的改动,无大原则问题,至今仍无统一规范。不过从陈望道《修辞学发凡》的四组八种"表现类"风格论被广泛应用后,当今论文章风格和语言风格的类型,一般多用"直爽"或"直率"、"明快",而不用"直截";多用"谨严",而少用"谨密";多用"平淡"或"朴实",而不用"淡薄"等等。至于表中顺序的调整似无明显的逻辑关系。此外,"从境界上辨别"和"从意境上辨别"兼跨"具体"和"抽象"两个方面,这也值得商榷。因为"意境"是情景交融的艺术境界,其和风格的关系比较复杂,从"动荡"和"恬静"两种境界和两种写作技巧来说是客观存在的,如作为两种风格类型去辨别,还有待进一步研究。一般说来,境界的"大小"是和风格的刚柔(豪放与婉约)之类,有一定对应关系的。本书不足之处,已在行文中夹叙夹议,这里不再重述。

九、唐弢《文章修养》的"文体"、"文气"和语言表现风格论(1941)

唐弢,我国现代著名批评家,鲁迅研究专家,其《文章修养》于

1941年印成合订本,1982年9月由生活·读书·新知三联书店重印第1版。是应青年学生要求而写的一本有关如何写文章的知识性读物。其中也论及了有关风格的知识,在中国现代风格学的初创期是有学术价值的,在今天也有现实意义。

(一)论述了文体及风格在性质和表现上的分类,有助于我们研究和分析语言的表现风格和修辞风格。作者在第五章关于文体中指出:

历来的所谓文体,大抵指方式和对象说的,这也就是普通书籍里分类的依据。(第53页)

西洋修辞学上的分别体类,大抵是性质和表现上的分类,例如简洁、高雅、平淡、华丽之类,正如《文心雕龙·体性》篇里所说的差不多。陈望道在《修辞学发凡》里,综合中外的说法,析成四组,共计八种:……就目前所有分类的方法看来,《修辞学发凡》里所定的体类,应该说是比较完备,比较适当的一种了。(第60页)

这是他在比较了中外的各种风格分类法之后,独尊陈望道《修辞学发凡》的在表现风格上的四组八体分类法。

最后谈到文体或风格分析的原则,即通常在一篇文章里同组内部的两种风格不能相兼,而不同组的风格可以相兼,这也是《发凡》在1932年所论及的。本书强调了文体或风格分析的多角度和整体性是有新意的。

不过立意虽然谨严,但一等到应用体裁,区分起文章来的时候,却仍然不免于笼统和含糊。因为通常一篇文章,往往具备好几种性质,并非专属于一体的。就方式和对象来说,记叙的文章里可以有抒情,辩论的文章里也可以有记叙;就表现的性质来说,简约的文章可以兼刚健,兼平淡,繁丰的文章也可以兼柔婉,兼绚烂。这样说来,可又似乎无法归类了,但其实是可以的,唯一的办法是抛开局部的性质,专以总旨上设想,这大概也就是所谓"大处着

眼"吧。(第60页)

以上多角度分析也和当时"文体"的多义性有关,即它包含文章体裁、表现方法和各种风格等。今天仍有人将文体分别用于体裁、语体、风格等含义。看来将语体、风格等术语从"文体"中分离出来,而以"文体"专示文章体裁,是有利于科学研究中保持术语的单一性和精确性的。科学语体中的术语规范仍待研究统一。

(二)论述了句式变化的表达效果和风格感,有助于我们研究语言风格的表达手段和物质材料。作者在第十章"句子的构造和安排"部分论述了句子的结构成分,人称转换,同义句式的选择以及句式的长短,单排和互参,排比和反复等,这些都是语法修辞知识。在讲句式变化的表达效果和风格感时就涉及语言风格范畴了,即句式的风格功能或风格色彩。如:按照惯例,反复的句子总是申诉同一意义,指点同一事物的,这里的第一个例子所指的是两株树,两件同样的东西。本来只用"两株枣树"四字,就可以说完了,作者却把它分成两部分来说。用以增加文章的韵味,使人对此有回荡的情调,朴美的感觉。而这所谓回荡的情调,朴美的感觉,也往往是所有反复的句子的同有的特性。(第119页)

(三)论述了"文气"的特点和作用,有助于我们研究语言风格的形成因素和表现类型。作者在第十四章"文气"部分写道:

古文家有所谓"文气",也叫做气势,至今老先生们在论文的时候,还有"气充词沛"、"气感言宜"、"浩荡磅礴"、"条达酣畅"……(第153页)

接着作者从古到今谈到古文讲文气的历史,提出个人对"文气"的理解:

……我们知道,一句句子的构成,或长或短,或张或弛,彼此是并不一律的,因此读起来的时候,我们从这些句子所得的感觉,以及读出来的声音,也就有高低,有强弱,有缓急,抑扬顿挫,这就

是所谓文气了。(第 155 页)

这样我们就会理解到文气和句子语气,语调(书面语的标点符号)以及句式变化的关系,说明文气也是通过语音、语法、修辞乃至文字标点等语言手段和非语言手段来表现的。因此文气也可以说明语言风格的成因,表现语言风格的类型。如:

古文家里面,文章的气势最为汪洋排荡的,是韩退之和苏东坡。据金圣叹说,明末清初的时候有一句话,说韩退之的文章像海,苏东坡的文章像潮,几乎成了两人的定评。这种见解,我想也是着眼于韩苏文章的气势的。(第 159 页)

文章的气势最能有力地说明表现风格根据气象刚柔的分类,即题材的气象和作者的气质影响和决定格调气氛的刚健和柔婉,所以建国后一些论语言风格的专著,把"气势"、"文气"等看成是风格的一种标志或表现也是有理论来源的。

总的来看,本书是从文章学角度来论述"文气"和"句式"之类的,所以从"语言风格论"或"语体风格论"角度来看,尚需深入研讨。

第二章 建设期(1949——1966)

第一节 本时期语言风格学理论研究概述

一、本时期语言风格学理论研究的主要特点

1949年新中国成立后，党和国家非常重视语文工作，提出了语言规范化和建立新文风问题。中国科学院语言研究所所长吕叔湘在《汉语研究工作者的当前任务》一文中谈到研究汉语修辞学、风格学或辞章学的方向和方法。(《中国语文》1961年4期)总的来看，本时期语言风格理论研究有以下特点：

第一，结合树立新文风和语言规范化问题的讨论，研究语言风格学。如北大教授高名凯发表的《文风中的风格问题》，从语言学角度，根据语言和言语区别的理论，认为建立新文风，反对公式化的党八股和提倡风格多样化是一致的。因为"语言的规范化并不等于言语的公式化"。论述了什么是语言的风格现象和语言的风格手段，说明了语体和风格都是言语问题。1960年，由科学出版社出版了苏璇等译的《语言风格和风格学论文选译》，集中介绍了苏联语言学界50年代中期关于语言风格学讨论的情况，并在概述《译序》中说："这几年来，由于我国社会的发展和党的正确领导，全国各地对改进文风问题曾经有过热烈的讨论，而语言风格问题也随着引

起我国语言学家的注意。文风问题所涉及的范围虽然是很广的(要求写作的人既要有高度的政治认识,正确的写作态度,又要有运用语言的丰富多彩的熟练的技巧),而语言风格的研究能够促进解决文风的一部分问题则是无疑的。不过尽管我国语言学家们注意到语言文风对改进文风所起的作用,我们却不知道如何研究语言风格问题,因为我们还缺乏语言风格问题科学的知识,在这种情况下我们有必要向苏联语言学家们学习他们的先进经验,作为我们研究汉语风格学的借鉴。"1965 年 9 月 20 日,陈望道先生在复旦大学的谈话对此发表了个人看法:"现在翻译出版了一本苏联语言风格学讨论的文集,使我们了解到苏联对风格学研究的情况。而看翻译者的序言,认为中国在风格学研究上如何不行,连有关风格问题的科学知识都没有,这就值得讨论了。"(《陈望道修辞论集》第 311页,安徽教育出版社,1985 年)他还谈到中国风格研究的丰富遗产,主张"我们要建立起有我们自己特色的科学的风格学。"

　　第二,结合语言和言语问题的讨论,研究如何建立语言风格学。除了上述北大高名凯教授的文章外,南京大学教授方光焘在《关于语言和言语问题的讨论》中,阐述了对"风格"和"风格学"的看法,认为"在语言、言语问题讨论中牵涉到的风格应该是狭义的,是一定世界观表达手段体系,是文体分类所涉及的言语风格。"并比较了风格学和修辞学的区别。他说:"两者虽然都是研究语言的表现手段,但修辞学是一种规范科学,而风格学却是一种记述科学。修辞学一方面从文学家、语言大师的文章中概括出用词造句的典范,教人怎样写;另一方面又制定一些节律,教人不要那样写,而风格学的对象却是研究语言的功能风格的体系。修辞学谈文体,所谈的是简洁体和细致体,刚健体和优美体,朴实体和华丽体等等;而风格学所谈的问题却是具有不同功能的政论体、公文体、科学体、文学体等等。修辞学的目的在于教人写好文章,而风格学的目的却在于发现表达手段和被表达的内容的关系。"(《方光焘语言学论文集》第119页,江苏教育出版,1986年)可见,方文从学科的性质、对象和目的上比较以上两门学科,旨在说明他主张狭义的风格学,即研究语言功能风格(语体风格)。这一点和高名凯是基本一致的。

第三,结合建立修辞学内容体系的讨论,研究如何建立语言风格学。当时主要有以下几种观点:一是主张以毛主席提出的文风"三性"(准确性、鲜明性、生动性)为纲,以辞格为目,建立修辞学的新体系。如中山大学的潘允中,吉林大学的唐漱石等都发表了文章。(潘文见《中山大学学报》1961年1期,唐文见《吉林大学学报》1960年4期)二是主张以语体风格为主要内容来讲授修辞学。如山东大学的周迟明,在《现代汉语》(山东人民出版社,1964年)中讲了风格的定义、构成和类型。认为"不论语言的民族风格或内部风格,也不论语言的个人风格和语体风格,都应该列为修辞学的内容。但是从修辞学的角度来看,语体风格却居于最重要的地位。"张弓根据国内外的研究动向编著了以语体为纲的《现代汉语修辞学》(天津人民出版社,1963年),开创了现代汉语语体风格研究的新局面。三是主张根据古代《文心雕龙》的文体风格论来建立符合民族特点的修辞体系。如彭坚、王祖献《从〈文心雕龙〉文体论谈到修辞学的体系》。文中提出,风格学除探讨风格的理论外,应偏重作家作品语言风格的研究。显然,以上二、三种主张和语言风格学直接有关。

第四,结合撰写专著和编写教材系统研究语言风格学。在这方面,北京大学中文系起了带头作用。该系的语言理论、现代汉语和写作知识普遍讲授风格理论。(见北京大学中文系汉语教研室编《现代汉语》(中册)和《写作知识》,商务印书馆,1964年)如高名凯的《语言论》(科学出版社,1963年)有专章讲授风格理论。同时他还写了《语言风格学的内容和任务》等一系列重要论文,构拟了现代语言风格学的新体系,并不断修改完善自己的理论。1960年,他在上述论文(《语言学论丛》第四辑)中指出:"风格是语言在特殊的交际场合中为着适应特殊的交际目的而形成的语言气氛或格调及其表达手段。"1963年,他在《语言论》一书中则不提"表达手段",即把"风格"和"风格的表达手段"分开。其语言风格论,尤其是"格调气氛论",对当代风格学的研究产生了深远的影响。

第五,结合翻译外国的语言学、修辞学、风格学著作研究语言风格学。除上述翻译苏联语言风格学论文外,还有[苏]格奥兹节夫的《俄语修辞学概论》(1959)中的语体论,[法] 布封《风格论》(1962)中的个人风格论,[法]丹纳《艺术哲学》(1963)中的语言风格论,[古希腊]亚里斯多德《修辞学》中的语言风格论,[美]爱德华·萨丕尔《语言论》中的民族风格论等。正是在中外语言风格理论影响下才产生了张弓《现代汉语修辞学》这样以各类语体为纲的新的修辞著作。

第六,结合上述讨论发表了一批有影响的语言风格学论文,论述了语言风格学的研究对象、目的、任务、学科属性和内容体系等。如张志公《辞章学?修辞学?风格学?》(1962)等。此外,在作家语言风格研究方面发表了很多论文,主要论述毛泽东、鲁迅、老舍、赵树理等著名诗人和小说家的语言风格。

二、本时期语言风格学理论研究的主要成果和传承关系

本时期的语言风格论研究进入了全面建设的历史时期,在基本理论的每一方面都有研究成果。

1、在定义论、本质论方面,学术界在继承前代传统和吸收外国理论的基础上,从多方面给语言风格下定义。大体上有四种提法:一是"独创个性论",如北大中文系编《现代汉语》(中册)指的是"不同的民族、不同的时代、不同的流派以至个人在运用语言时所表现出来的各种独创个性的总和"。强调各种语言风格的独创性。二是"综合特点论",如周迟明的《汉语修辞》指的是"语言运用上所表现出来的一系列特点的总和"。三是"格调气氛论",如高名凯的《语言论》,指的是语言在特定场合中所产生的言语气氛或言语格调。四是"表达手段体系论",如方光焘在论文中指的是:"一定的世界观表达手段的体系"。上述几种提法的共同点是都强调语言风格是语言运用中产生的现象,不同点是分别强调语用中的言语"独特个性"、"综合特点"、"格调气氛"和"表达手段"。①

2、在成因论、手段论,即构成论方面,本时期的独创性是弘扬了前代成因论和手段论,并吸收了苏联关于语言风格要素和风格手段的理论,提出了几种新的看法。一是林裕文的《词汇·语法·修辞》认为不同的语言环境、不同的词语色彩和个人使用语言的特点形成各种语言风格,以此发展了主客观二因说。二是北大中文系编的《现代汉语》认为民族语言在用词造句、修辞和篇章上各种特点和独创性的总和形成各种语言风格,突出了语言风格形成的物质因素和表达手段,并将"特点"和"独创"结合一体。三是高名凯《语言论》提出"言语风格手段系统"包括"语言的风格成分"(在孤立状态下可以显示风格属性的语言成分)、"语言风格手段"和"非语言风格手段"的理论等。以上几种理论的共同特点是主要说明语言风格形成的语言因素或物质手段,有的也论及了语境等客观因素和个人语用特点等主观因素。总的来看,多数是侧重语言形式的因素。同时,高名凯在《语言论》中也讲到了"言语变体"形成"言语方言"和"言语风格"的理论。

3、在类型论、范畴论方面,本时期主要有以下几种风格分类

---

① "格调气氛"的术语来源于中国古典风格论,"综合特点论"来源于柯尔尊《文艺学概论》第 178 页,转引《方光焘语言学论文集》第 78 页。

法,一是修辞表现风格的分类,如张志公的《修辞概要》从修辞角度讲三组六种表现风格,不涉及其他风格类型。二是继承前期理论,根据语言的"外部研究"和"内部研究"的方法,把语言风格分成"民族风格"和"内部风格"的二分法。如林裕文的《词汇·语法·修辞》和周迟明的《汉语修辞》,不过前者把"语体"和"风格"分开,而后者在内部风格中除讲"个人风格"外,还讲"语体风格"。前者强调风格类型从表达效果着眼,语言内部风格从属于民族风格,并把个人风格和风格类型分开;后者认为语言的民族风格是内部风格的总体名称,并主张语体风格在修辞中居最重要的地位。三是狭义的"言语风格论"的分类法,是以语体风格为主的分类法。如高名凯的《语言论》,把言语风格分成三大类,即"一般交际的言语风格"、"文艺作品的言语风格"和"两者之间的个人言语风格"。其中第一类包括六种实用性的语体风格。以上风格分类属于不同的风格学体系,第一种是中国传统修辞风格的范畴体系,二是现代广义语言风格学的范畴体系,三是现代狭义言语风格学的范畴体系。三种体系对当代语言风格学研究都有影响,以二、三两种影响为最大,其中广义风格学也讲第一种的"表现风格"和第三种的"语体风格",但角度不同,体系有别。一是以"民族风格"为前提的体系,一是以"语体"为中心的体系。在语言的民族风格问题上,学术界有不同观点,详见本书后面结语。

4、在应用论方面,即如何应用语体风格理论提高言语修养和交际能力,本时期也有一定的研究成果。如北大中文系编的《现代汉语》和《写作知识》中的语言风格论都讲到学习汉语风格理论知识要在说写实践中自觉地培养提高符合民族风格、时代风格、文体风格的表达能力和阅读欣赏能力,进而培养自己独特的语言风格。张弓在《现代汉语修辞学》中讲到,研究汉语修辞和各类语体的对应关系,可以掌握在各种交际场合中运用语言的技巧和规律,可以结合现实语境和语体特点,增美语言,增强交际效果。

5、在方法论方面,本时期学术界在专著和论文中专题论述研究方法的似乎不多。主要是在论述语体风格时贯串着科学方法论的具体应用,如北大中文系编《现代汉语》风格论广泛应用了比较法和分析归纳法,比较不同时代、不同文体和不同作家在语言风格上的共同点和不同点,并强调只有从整体上进行比较才能看出语言风格的特点。吕叔湘在《汉语研究工作者的当前任务》一文中则明确地讲到了"风格研究跟语法研究角度不同,需要更敏锐的风格感,更多的想像力,虽然排比之功也不可废,甚至统计工作也有一定的用处"。(1961)这里讲方法论比较全面,既考虑到风格研究的特殊性,古代风格研究的传统,也肯定应用现代数学统计方法的必要性,这是初创期没有提到的新方法。

第二节 本时期单篇语言风格学论文管窥

一、本时期单篇语言风格学论文分类概述

本时期发表的语言风格学论文比较多,据不完全统计,专门研究语言风格学的论文达 35 篇。按照语言风格学的原理来分类,大体分析如下:

导论部分:有 4 篇论文:高名凯《苏联学者关于风格学问题的讨论》(《语言学论丛》1957 年第一辑);高名凯《语言风格学的内容和任务》(《语言学论丛》1960 年第 4 期);张志公《词章学?修辞学?风格学?》(《中国语文》1961 年第 8 期);王德春《语言学的新对象和新学科》(《文汇报》1962 年 3 月 1 日)。

本质论部分:有 4 篇论文:逯遥《文体和风格》(《中国语文》

1961 年第 5 期）；张须《风格考源》（《中国语文》1961 年第 10、11 期）；余世培《语言风格浅论》（《河北文艺》1962 年第 3 期），高名凯《文风中的风格问题》（《新建设》1958 年第 4 期）。

构成论部分：有 1 篇论文：郑钦庸《浅谈风格的形成和创新》（《学术月刊》1964 年第 6 期）。

类型论部分：共 26 篇：

其中：对语体风格进行总体研究的有 5 篇：莫如俭《新闻的文字风格》（《新闻业务》1957 年第 2 期）；朱德熙《谈国防部文告的风格》（《新闻战线》1959 年第 2 期）；于竹梅《谈文章的风格》（《新闻战线》1960 年第 4 期）；唐松波的《论现代汉语的语体》（《中国语文》1961 年第 5 期）。

研究表现风格的论文有 2 篇：振甫的《简洁繁冗》（《语文学习》1954 年第 7 期）；程代熙的《言已尽而意有余》（《新港》1962 年第 6 期）。

研究作家作品风格的有 19 篇论文。其中，研究古代作家作品语言风格及风格理论的 8 篇：徐中玉《儒林外史的语言艺术》（《语文学习》1954 年第 6 期）；殷孟伦《通过〈魏其武安侯列传〉来看司马迁〈史记〉的语言艺术》（《文史哲》1956 年 6 月）；卫仲番《司马迁的讽刺语言艺术》（《文史哲》1958 年第 2 期）；彭坚、王祖献《从〈文心雕龙〉文体论谈到修辞学的体系》（安大、合肥 1961 年）（文体风格）；黄广华、姜宝福《刘勰论作家的风格——〈文心雕龙〉创作论问题研究之二》（《文史哲》1961 年第 3 期）；张煦侯《试论刘勰的语言风格》（《合肥师范学院学报》1962 年第 3 期）；邢公畹《〈红楼梦〉语言风格分析的几个先决条件》（《南开大学学报》1963 年第 12 期）。研究现代作家作品语言风格的 11 篇：张啸虎《学习毛主席的语言的大众风格》（《中国语文》1954 年第 1 期）；潘允中《毛主席的语言风格》（《中山大学学报》1960 年第 2 期）；中山大学中文系毛主席语言研究小组《毛主席的语言风格》(《中山大学学报》社会科学版1960年第2期)；唐启运的《毛泽东主席的语言风格》(《华南师大学报》中国语言文学专号1960年第2期)；哈尔滨师范学院中文系毛主席语言研究第一小组《毛主席大众化语言风格》(《哈尔滨师范学院学报》1960年第2期)；佛雏《论毛主席诗词的风格与语言》(《上海文学》1962年第6、7期)；北京大学中文系1956级语言班《试论赵树理作品的语言风格》(《北京大学学报》人文科学版1959年第5期)；徐文斗《漫谈〈红旗谱〉的语言》(《文史哲》1962年第4期)；罗斯宁《谈徐渭剧作的语言风格》(《中山大学研究生学刊》文科版1980年第2期)；《论老舍的语言风格》。

此外，比较综合的论文有1篇，徐青《谈谈语言的风格》(《语文知识》1959年第10期)系统地论述了语言风格的涵义、分类以及与其他风格的区别，既有本质的内容又有关于类型论的内容。

二、本时期代表性的语言风格学论文分析点评

(一)高名凯《语言风格学的内容和任务》

高名凯《语言风格学的内容和任务》一文(北大中文系编《语言学论丛》第四辑，上海教育出版社，1960年)全文系统地论述了语言风格学的对象、内容和目的任务，包括语言风格的概念含义和系统分类等。本文和下面的《文风中的风格问题》等论文一起为其后来的《语言论》中的言语风格论打下了理论基础。

关于风格学的研究对象，作者认为就是"语言变体"，即"在特殊交际场合中产生的言语气氛及其他表达手段系统的内容"。接着本文提出了作为研究对象或研究内容的风格类型有以下几种：

1、一般交际的言语风格

(1)外交辞令风格(2)时评或社论风格(3)科学论著风格(4)新闻报道风格(5)宗教仪式风格(6)大字报风格(7)社会事物风格

2、文艺作品的言语风格

3、两者之间的个人言语风格

最后,作者指出,风格学的任务是在于研究语言在其发展的过程中,在一般功能的言语风格、文艺文言语风格及优秀作家的个人的言语风格方面,到底产生了哪些风格系统及其规律,同时在于确定各风格的规范。

(二)高名凯《文风中的风格问题》

全文共分成 3 个部分:在第一部分的引论中,作者首先提出风格问题是当今需要探讨的问题。第二部分开始进行分析论证,主要运用了因果论证方法。提出由于对语法修辞规范化的错误理解而产生了语言风格的一般化和公式化的现象。作者认为,误解产生的原因,从语言学角度来说是没有理解"语言"和"言语"的区别。其实,遵守语法修辞的规则和创造语言风格并不是一回事,语言的规范化并不等于言语的公式化。在此作者提出一个很重要的观点,即规范化是语言问题,风格是言语问题。语言的规范化并不等于言语的公式化,语言和言语是两个不同的概念。我们所运用的语言固然是汉民族所共有的,但我们所说的具体的话则是说话的人的言语。因而形成不同的言语风格是有其根本原因的。作者进一步指出客观环境、语体对语言风格有一定的制约作用,论证了个人风格和语体风格都是言语风格。并且从五个方面说明,即语言和思维的关系、表达的需要、听众或读者的需要、场合的不同、语体或文体风格的不同都需要风格的多样化。接着作者论述风格公式化产生的原因和克服的办法。语言的规范化并不排斥语言风格,因为"许多语言都存在着同一个语法概念而有几种不同的语法成分的情形。这些不同的语法成分所表达的中心意义是相同的,但却有不同的风格色彩"。得出"这些语法的同义系列既带有不同的风格色彩,其间就有一定的规范,规定某一词法同义系列之中的某一成员担负表达某一个风格色彩。这些情形也是语法的规范化问题之一"。这是同义结构的风格色彩。在遵守语法规范的基础上通过选择同义手段表现个人风格。词汇规范也是如此。风格有不同的类型,但都要遵守共性风格的规范。关于个人风格可在语言规范化和语体规范的基础上表现出来。略论言语风格受言语内容的影响,避免片面性。

结论部分进行总结,突出本文的中心论点,即:本文只从语言学的角度就语言和言语的区别来讲解语言规范化和言语问题之间的联系及其差别,进而提出我国目前文风中的风格问题。

高先生的这篇文章结构严谨,层次清晰,深入浅出地论述,有理有据,令人信服,是一篇难得的佳作。

(三)唐松波《谈现代汉语的语体》

唐松波《谈现代汉语的语体》是第一篇以为语体为研究对象的单篇文章,文中首先就语体的定义进行规范,指出语体也有人叫言语风格。是人们在社会发展过程中,在不同的活动领域内运用语言特点所形成的体系。进一步提出现代汉语的语体可分为两大类,谈话语体(谈话体)和文章语体(文章体)。对口语和书面语进行了区分,认为口语和书面语是使用语音或文字来表达思想的两种形式;谈话体和文章体指的是运用语言时一系列的差异。

接着就两种语体分别进行了论述。认为谈话体是整个汉语语体体系的基础。谈话体的特点为:1、功能多样,是区别于其他语体的重要标志,涉及学生自学成才的方方面面。2、在交谈者直接接触的情况下,谈话生动、自由、感情丰富。3、谈话双方的言语相互衔接,每一个言语片断视具体的条件而可以有各种省略,用手势、表情就可以补充。4、句子的结构比较简短。5、语音上,速度快,有大量儿化词,语调富于感情变化。

文章体是在谈话体的基础上发展起来的,有四种变体:文学体、科学体、事务体、政论体。文学体最接近谈话体,距离较远的是科学体,再远的是事务体。在文章体中,文学体和科学体、事务体正好对立。而政论体却兼有文学体和科学体的特点。文学体的特征是(1)言语的形象性(2)大量运用积极的修辞手段以加强作品的艺术感染力。文学体又可分为:散文体和诗歌体,最大区别在语音上,散文没有韵律和节奏;诗歌有韵律和节奏。介于散文体和诗歌体之间有一种散文诗歌,主要特点是没有韵律,但有强烈的节奏。

科学体的功能是准确而系统地叙述自然、社会和思维的现象,论证它们的规律性,它服务于科学,技术和生产领域。在用词造句上,科学体普遍运用专门术语,倾向于完整而严密的句法。这是科学体在语言材料上的两个基本特征。

事务体的功用在于联系国家机关、社会团体及其他一切上层建筑的行政工作。按照适应场合形成若干固定格式,如命令、通知等,具有鲜明的民族特点。

政论体的功用是通过对社会政治生活的各种问题的阐述,动员群众,为本阶级、本集团的利益而斗争。政论体是一种宣传鼓动的语体,与其他语体比较起来,最直接地服务于政治斗争。政论体的特点基本上可以从科学的逻辑性与艺术的形象性这两方面来认识。

最后提出目前在语体的理论上还存在着许多有待深入研究的问题,如各种语体的相互作用,语体的阶级性,个人的风格和语体的关系等。

这篇文章对文体的分析比较全面具体,也很透彻。同时,对语体的定义概括得也比较好,明确代表了当时对"语体"的一种看法。

(四)潘允中《毛主席的语言风格》

这是论个人风格文章中较具有代表性的一篇,这篇文章分为五部分:

第一部分对语言风格的定义作了论述,认为"风格是指人们在思想方面所有特点的综合表现"。语言风格就是作家在运用民族语言特点上个人手法的综合表现，是作家的精神面貌的语言表达手段的体系,也体现着民族风格和色彩。这是语言风格学的本质论部分。在毛主席的著作中,就充分体现了生动活泼、新鲜有力的马克思、列宁主义的文风,它同时具有中国老百姓所喜闻乐见的中国作风和中国气派,具有鲜明的民族风格和个人风格。

从第二部分到第五部分具体论述了毛主席的语言风格。第二部分指出毛主席通过字里行间流露出了极其坚强的战斗性，主要表现在:1、通过准确、坚定和讽刺的语言,巧妙地运用逻辑,彻底揭露敌人的反动本质,痛斥敌人的罪行,给敌人以致命的打击;2、通过豪放真挚、诚恳等感情色彩的语言来歌颂党的事业,歌颂人民。

第三部分指出毛主席语言的大众化风格，主要表现在:1、吸收大量生动活泼富于表现力的人民口头语言作为自己的语言基础。2、吸收民间谚语来丰富自己的语言。3、善于运用准确生动形象的比喻来说明问题,把抽象的东西具体化,把深奥的东西通俗化,把枯燥的东西形象化。

第四部分指出毛主席语言具有浓厚的文学色彩。指出毛主席经常运用层递、排比、夸张、反语、拈连、仿词等一些修辞手法,使语言形象、生动、幽默、风趣。

第五部分指出毛主席语言具有浓厚的民族色彩。表现在:首先,毛主席善于使用古语来解释宣传马克思列宁主义思想,使它中国化。其次,毛主席还善于从古语中推陈出新,用来说明革命形势和党的方针政策,古为今用。最后,毛主席不但善于运用现成的古语,而且还善于在接受和继承祖国语言遗产的基础上,按照古汉语结构的方式,创造一些精炼、准确、概括、鲜明的文言词语来表达党和国家的路线、方针和政策。

总之：强烈的党性、战斗性，平易近人的大众化的风格，浓厚的文学色彩以及由于创造性地运用祖国语言产生的民族色彩，所有这些都汇成了毛主席的个人语言风格。

这篇文章对语言风格的定义的概括只注重了主观上的表现特点，言语实践的作用，属于语言个人风格的定义，因而作为"语言风格"的总定义概括不是很准确的。但在当时，能认识到这一点也是难能可贵的了。另外，本文把语言风格与文风混淆在一起，这是历史的局限性。

（五）徐青《谈谈语言的风格》

作者就语言风格和邻近风格的区别性和联系性进行了论述，首先区分了语言的风格和大跃进以来所提倡的共产主义风格与个人说话的风格或某一作家的语言风格是不相同的，指出共产主义风格是指人的品格、作风；个人风格和作家的语言风格是指个人在使用全民语言时的一系列特点的综合。从而得出了语言的风格内涵，就是全民语言的变化，这种变化是和人们的一定的活动范围相联系的，并且决定于人们在一定的活动范围内进行交际的特点和任务。为了说明问题，举了科学语言的风格和艺术语言的风格两个例子，得出科学的语言的特点是准确、清楚、深刻、严谨；艺术语言的特点是生动、形象，从而说明这些不同的特点是由人们不同的活动范围内的交际特点决定的，这是语言风格形成的客观基础。另外，作者又指出：作为全民语言的变化，词汇是最重要的。

因为风格的分类是常和词汇密切相联的，这部分是语言风格的本质论部分，主要论述了语言风格学的内涵问题。

下面的部分谈了划分语言风格的问题，指出：对语言风格进行分类有一些困难，但政论语言的风格、科学语言的风格、艺术语言的风格、应用文的风格是一般语言都具备的风格。人们在划分风格的同时，还应认识到风格之间是互相交叉的。这部分属于类型论中的问题。

最后作者又谈了一下语言风格和文风的问题,他说文风是指文章的风格,写文章的风气,二者有着密切的联系,文风的概念比语言风格更广泛,因此对于各种语言来说都有文风的问题,认识和掌握各种语言的风格,对于改进文风有很重要的意义,对于提高人们的语言修养也有直接的关系。这部分是本质论中语言和文风的区别问题。

这篇文章涵盖了语言风格本质论和类型论两部分,是一篇比较早的系统论述语言风格学的文章之一。它区分了语言风格与个人品格、个人风格、作家风格以及文风的不同,这一点是难能可贵的。

通过以几篇代表性的语言风格学论文的分析点评,我们可以看出:本时期学术界所论的"语言风格"或"言语风格"的概念含义,有的是指"语体"或"语体风格";有的是指语言运用中一系列特点的总和或综合(包括民族风格,作家个人语言风格等)。在此基础上形成了建国后"狭义风格学"和"广义风格学"两种不同的语言风格学体系。其理论来源、研究对象和风格类型等同中有异,又和"文风"都有区别。这基本上代表了"建设期"我国风格学的研究特点和研究水平。前者主要运用世界著名语言学家瑞士·索绪尔关于语言和言语区别的理论,借鉴国外主要是苏联语言风格学特别是语体学的理论和方法,后者主要是继承中国传统风格学特别是刘勰《文心雕龙》风格论的理论和方法,结合具体文章和作品分析汉语文章的各种风格和作家作品的语言风格,以此说明风格学和修辞学、词章学、文风学的区别和联系,说明语言风格的本质特点,形成原因,主要类型和研究方法等,为以后编著修辞学、语体学、风格学的专著和教材打下了一定理论基础。

第三节 汉语修辞学专著
和现代汉语教材中的语言风格论

一、张瓌一(志公)《修辞概要》的篇章风格论(1953)

张志公(1918—1999)笔名张瓌一,北京人。毕业于金陵大学外语系,先后在金陵大学、海南大学等任教。1949年后任开明书店编辑,《语文学习》主编。1955年起,先后任人民教育出版社编辑室主任,副总编辑等职,兼任中国修辞学会会长,北京语言学会会长等职。著有《汉语语法常识》、《修辞概要》等。主编了《现代汉语》(电大教材)。

张志公以笔名张瓌一在《语文学习》杂志1951年第1期至第3期连载了《谈修辞》。后来经过补充修订为《修辞概要》(由上海教育出版社出版),1953年11月由中国青年出版社出版。(1982年张志公将用笔名张瓌一发表的《修辞概要》和用笔名纪纯发表的《写作方法——从开头到结尾》合并整理、修订成《修辞概要》(读写一助),由上海教育出版社重新出版)本书的特色和贡献有以下几点:

(一)建国后较早地建立了用词、句、辞格、篇章、风格组成的修辞体系,突出了篇章风格的重要作用。

本书由小引和四章(用词、造句、修饰、篇章和风格)组成。在第四章中,作者分为两个小节,一篇章结构;二风格。第一节以六个部分即(一)材料的安排(二)段落的划分(三)开头和结尾(四)上下的过渡(五)交代和照应(六)详略的配合,来讲述篇章结构。第二节第三部分,用对比的手法谈了三组六种风格,(一)"简洁"和"细致"

73

(二)"明快"和"含蓄"(三)"平实"和"藻丽"。

此书从全书的布局来看，改变了以往修辞著作中按消极修辞和积极修辞两大分野，即按表达作用来安排内容的格局，而从组织结构着眼，将全书分为"用词"、"造句"、"修饰"、"篇章和风格"四部分。这种按语言结构的不同单位来安排内容，即从词汇、语法等学科的联系，给修辞教学带来了很大的方便。后来编写的不少修辞学教材和著作就吸收了这种编排体例。本书虽然主要讲的是修辞，也是从修辞的各个方面入手加以研究和阐述，但在第四章中，作者以约占全书三分之一——69页(全书共192页)的篇幅来论述"篇章和风格"的问题。这是在以往的修辞学著作中所不多见的。

(二)继承中国传统风格论的理论，以对立统一的观点讲了三组六种修辞表现风格类型。

此书是建国后第一本在修辞学著作中讲解表现风格的专著，并且在理论上吸收了中国传统风格论的术语，在材料上列举了现代文学的例文，在论证上比较简明易懂。

"风格"问题包括的方面很广，本书作者只从写作的角度论述了"简洁"和"细致"，"明快"和"含蓄"，"平实"和"藻丽"三组六种不同的风格。他认为"文章应该尽可能写得简洁。所谓简洁，'简'固然是重要的，而尤其值得注意的是这个'洁'字。'洁'是'干净'，把文章写得干净，就是不让文章里有一句多余的话，不让句子里有一个无用的字。一句话就能说得清楚的意思，不把它扯成两句；一个字就够了，不去用成两个字"。而"细致跟简洁之间是丝毫没有冲突的。……必须写得细致的地方往细致处写，而细致之中仍能注意到简洁，不使文章因细致而流于冗赘"。对于"明快"和"含蓄"，他说"明快"就是"……斩钉截铁的，有一句说一句，丝毫不保留，把要说的话明明白白的一古脑儿说出来，让人能一听就懂，而且懂得很透彻，……"。对于"含蓄"，他认为应该是"要说的意思不是不说，只是不说得那么露骨,或是不说得那么直接,因此人家听起来得揣摩才能懂得彻底,而且仿佛越揣摩意思越多,一句话抵得了好几句的内容"。然后,他说:应该根据具体的文章来选择明快的风格还是含蓄的风格。

谈到"平实"和"藻丽"一组风格时,作者认为"说话可以说得活泼巧妙,多用些形容词之类的修饰语,或是多用些比喻之类的辞藻。这样的话显得生动细致。说话也可以不多用那些修饰的手段,只是老老实实的叙述事实,铺陈景物,解析事理。……前一种风格可以叫做'藻丽',后一种风格可以叫作'平实'"。对于这方面的论述,过去都比较粗疏笼统,研究成果也不多,因此这部分不仅是对"风格学"理论的充实,而且对本书价值的提高,贡献都很大。

(三)本书还讲了风格培养的方法和风格创造中应注意防止的缺点。如写得详尽细致而不重复繁琐,写得含蓄而不"隐晦"等。以此丰富了语言风格的应用论。

此书的写作方法很有特点。它全部从现代文中选例,正反对照,浅显易懂,文笔通俗活泼,切合实用,有很强的指导性,而且也全无经院式的说教气息。因此它能够使许多理论问题论述得深入浅出,又富有新意。

不过和建国前的修辞风格论相比,本书讲的风格类型不够多样。特别是对用词造句,篇章修辞在形成风格中的作用没有具体论述,是美中之不足。

二、林裕文《词汇·语法·修辞》的语体风格论(1957)

林裕文,是华东师大教授林祥楣,复旦大学教授胡裕树和上海师大教授张斌合用的笔名。

林裕文的《词汇·语法·修辞》于1957年由新知识出版社出版,是为了配合当时课本《汉语》的有关章节而编写的。这本书的八、九两部分,论述了修辞的对象、任务、功用和内容,系统地阐述了修辞学的基本概念和理论原则,包括风格论和语体论。是建国后语体风格定义中的交际特点论和功能风格论的首倡者之一,也是主张讲授语言的民族风格和语言的各种内部风格的广义风格论的倡导者之一。

(一)本书对词的修辞色彩进行了具体的分析。把词的修辞色彩分成感情色彩和语体色彩,并且论述了不同语言环境对词语感情色彩的影响,有助于我们对词语表现风格与语体风格形成因素的理解和研究。

作者认为,词可以表现出说话人的态度和适用的交际范围,所以词的修辞色彩可以分为感情色彩和语体色彩。作者说:"任何语言的词汇中的词不是都带有感情色彩的。带有感情色彩的词与不带感情色彩的词的区别也不都是很稳定的。"所以分析词的感情色彩,既要注意历史变化的一方面,也要注意到:词的感情色彩的确定,必须通过一定的上下文去分析,孤立的词的感情色彩,往往是不明显或者不易确定的。

词的语体色彩也是如此。"有些词,不论什么语体中都要用,而另一些词,仅仅用于某种语体,或者常常用于某种语体,因此,依据语体色彩的不同给词儿分类就有通用词和专用词的区别"。当然,它们的界限也不是很稳定的。词的语体色彩,也只有在某一语体中使用时才能更鲜明地显现出来。作者认为,还可以利用与语体不相称的词来作为修辞手段。作者还认为,等义词作用的区别也大都在语体色彩方面。这些论述成为后来修辞学研究词的修辞色彩的基础,也有助于研究风格要素和风格手段。

(二)本书明确地较早地提出了"语体"的理论。这对当代语体研究产生了一定的影响,有助于我们研究语体风格的本质特点。认为"由于交际的目的、内容、范围不同,在运用民族语言时,也会产生一些特点,这些特点的综合而形成的风格类型,叫做语体"。并说明语体不是文章体裁,也不是特殊的独立的语言,而是民族语言由于交际功能不同而形成的一种风格类型。作者把语体分为政论语体、科学语体、文艺语体、公文语体、口头语体五类,也有个人特点。

(三)本书主张把"风格与语体"归入修辞学研究的范畴,提出了语言的民族风格和内部风格等的风格类型和范畴体系。

作者认为,每种语言有它的民族风格,语言内部的各种风格都是从属于语言的民族风格的。作者对语言的个人风格和语言的风格类型也进行了区分。他认为语言的个人风格与语言的风格类型不同,个人风格着眼于个人使用语言的特点,风格类型则从表达效果着眼,在多样性的风格中归纳出一些共同特点。

总的来说,本书对研究语体风格的定义、成因、风格手段和风格类型是有重要理论价值的,是建国后最早讲授语体风格知识的汉语教材,对当代语言风格学的研究产生了直接的影响。感到不足的是本书对语言风格和语体风格的互相关系阐述不够。

三、北大中文系现代汉语教研室编《现代汉语》(中册)的语言风格论(1959)

北京大学中国语言文学系现代汉语教研室编《现代汉语》(中册),高等教育出版社,1959 年 12 月第 1 版。全书共 5 章,505 页,16.9 万字。本书第五章修辞,第七节风格,是新中国成立初期(语言风格学建设期)继林裕文的《词汇·语法·修辞》之后,在高等学校中文系现代汉语教材中修辞部分系统讲授语言风格学基础知识的专书。它在中国现代语言风格学史上有以下几点贡献和意义:

(一)在继承中国传统风格论的基础上,比较系统地提出了现代汉语风格学的基本理论和基础知识,包括风格的定义、风格的成因、风格的类型、风格的学习、摹仿和创造不同文体的语言风格及其在语言风格上的交错等。关于概念定义,本书指出:"这里所说的风格,指的是语言的风格,即不同的民族、不同的时代、不同的流派以至个人,在运用语言时所表现出来的各种独创性的总和。"基本上是属于"综合特点论",强调了语言运用的独创性和总和性。为了克服古代研究风格往往把思想内容和语言风格混为一谈的缺陷,要求研究风格时应该做到:(1)以现代汉语为研究对象;(2)把语言风格和思想内容区别开来;(3)对语言风格要加以科学的分析。关于语言风格的成因,本书概括为两个方面:(1)时代特点、民族特点、个人特点所形成的语言风格;(2)因文章功用不同而形成的语言风格,即各种文体的语言风格。据此,本书认为"某一时代的语法、词汇、修辞等特点的总和,就构成了语言的时代风格","每一个民族都有自己的语言风格。这种风格也表现在用词、造句、表达方式、章节结构种种特点的总和中"。并说明了个人风格和民族风格、时代风格的关系:"个人风格是以民族风格和时代风格为基础的。换句话说,个人风格不能违反语言的民族风格和时代风格。"卓越的作家,差不多每个人都有自己的独特的风格"。就是说,只有成熟的作家才有自己的独特风格。并以鲁迅、朱自清等的语言特点为例说明什么是作家的语言风格。此外,本书还谈到了作家个人语言风格的多样性和发展趋向:"同一作家在不同的时期也可能有不同的语言风格。作家语言风格的转变,往往是转向更优美、更精致的方面"。关于风格的学习、摹仿和创造问题,本文在分析比较著名作家的语言风格之后,指出"文章的语言风格不但因人而异,而且有高下之分。因此,人们喜欢摹仿大作家的语言风格"。"但是我们学习大作家的语言风格,必须得其精髓,不能只从表面摹仿"。这样讲就比较全面。最后,关于文体的语言风格,不是指"现代语体风格",而是从文章功能角度来讲的。本书认为"文体就是由于内容的不同和风格的不同而区别出来的文章。文章可以分为两大类:文艺作品和非文艺作品。文艺作品的文体有诗歌、小说、戏剧、杂文等,非文艺作品有学术论文、政论、政府文件,应用文等"。又说:"文体的语言风格的差异,是由于文章功用上的差异决定的。"以此说明了各类文体语言风格的不同和由于文体交错形成的语言风格的交错。

(二)本书未单独提出风格研究的方法,但在讲述语言风格时运用了比较法和分析综合法等,对后来的汉语修辞风格论著的写法是有一定影响和启发的。如讲文体的语言风格时,通过比较论述了文艺作品和非文艺作品的功能不同,思维类型不同,语言特点和语言风格不同;讲语言的时代风格时,注意从整体上比较不同时代文章的语言特点。强调"孤立地看一个词,一句话,不一定能发现语言的时代风格,但是就一篇文章的整体来看,特别是把许多语言上的特点加以综合之后,时代风格往往就会很突出"。

(三)本书和本教研室编的《写作知识》(商务印书馆 1964)一书第七章文章的风格,从文章功能上讲各种文体语言风格互相呼应,有助于语言风格理论和语言运用实践相结合,以及教学和研究结合,为加强汉语风格学的学科建设提供了一定历史经验。同时在学科分工上也有教训,这也是现代汉语风格学建设时期的一个特点。宗廷虎著《中国现代修辞学史》评论本书风格论时指出本书"修辞部分的体系,实际上是文章学的体系",肯定书中的"风格论"颇有新意。认为"以往的修辞书对这个问题论述甚少或干脆不涉及。"这些论点对后来问世的修辞学著作论述语体风格,影响较大。"(第285 页)

本书的美中不足主要是在语体风格论上的局限,书中所谓"文体风格"是指"文章功能"(体裁)上的语言特点,并非语体风格学中根据语言交际功能的标准所作的功能风格的分类。

四、周迟明《汉语修辞》的语体风格论(1960)

周迟明(1885—1975)现代修辞学家,1916—1920 年就读于北京高等师范学校(北京师大前身)国文部。毕业后在多所中学任语文教师,1954—1965 年在山东大学中文系任教。代表著作《汉语修辞》。

周迟明的《汉语修辞》1960年第1版,1964年由山东人民出版社第7次印刷出版。全书仅70页,分为5章:一、什么是修辞学;二、语言的风格和语体;三、用词;四、造句;五、常用的修辞方法。作者在第二章中以占全书十分之一的篇幅来阐述语言的风格问题和语体。对语言风格和语体提出了许多宝贵的见解。是建国后语体风格的"综合特点论"和"语体中心论"的早期倡导者之一。也是"风格和语体不同论"的提出者之一。并较早地使用了"语体风格"这一术语。

(一)开门见山,突出语体风格。

从文章安排的结构来看,作者把语言风格和语体安排在用词、造句、修辞方法之前(前者在第二章,后者分别在三、四、五章),是由于作者认为"语言的风格和语体,同用词、造句、成篇以及各种修辞方法都有一定的关系。先概括地了解一下语言风格和语体,对于研究用词、造句、成篇以及各种修辞方法是必要的"。

(二)提出语言的民族风格和语言内部风格,明确了风格的定义和研究范围。

他认为风格是一个含义非常复杂的词。它泛指人表现在各方面的特点的综合。所以语言的风格"就是指人(或人们)在语言运用上所表现出来的一系列的特点的综合"。他说,"语言的风格有语言民族风格和语言的内部风格两个方面"。

各种语言由于它的基础不同,构造不同,就表现出它的各方面的特点,这些特点的综合,就形成为语言的民族风格。每种语言都有它自己的独特的风格……全民族语言总是非常丰富的,从语言的任何一方面看,都有选择各种不同的表达方法的可能性。人们有选择地、有分别地运用语言,就表现各种不同的特点,这些特点的综合,就形成为某一语言的内部的各种风格。

80

（三）论述了语言的民族风格与语言内部风格的关系,明确了各种风格类型。

在语言民族风格和语言内部风格的关系方面,作者认为语言的内部风格从属于语言的民族风格。同时民族语言越丰富多彩,语言的内部风格也越繁多。作者把语言的内部风格又分为两种,即语言的个人风格和语言的语体风格。他着眼于个人使用语言的特点来定义语言的个人风格。他说"每一个人使用语言,都有他自己的特点,这些特点的综合,就形成为语言的个人风格。因此,托尔斯泰的语言风格和法捷耶夫的语言风格不同,老舍的语言风格和赵树理的语言风格也两样"。

作者着眼于某一交际的目的复杂,交际的内容多样,交际所涉及的社会生活领域又往往不同,导致在使用民族语言时会有不同的风格。如政论文章有政论文章的语言风格,文艺作品有文艺作品的语言风格,科学著作有科学著作的语言风格。语言的个人风格,除了从属于民族风格之外还须从属于语体风格,受语体风格的制约。

（四）指出语体风格在修辞学领域中的重要地位,建构了本书的独特体系。

作者认为语体风格在整个修辞学领域中居于最主要的地位。这是因为语言的各种修辞现象差不多都集中地表现在语体上面。修辞学要研究语言的表达效果。但在进一步说明它们的理由时,就常常还得说出它们在语体上的区别来,才更为明确。

对于语体的分类,作者不同于林裕文在《词汇、语法、修辞》中提出的"政论语体、科学语体、文艺语体、公文语体、口头语体"五类, 也不同于宋振华主张的政论语体、科学技术语体、文艺作品语体、转化型(混合型)语体四类, 他认为应该分为以下四类:1、政论语体;2、科学语体(再分为专门的和通俗的两项);3、文艺语体;4、公文语体。

周迟明主张以语体风格为主要内容来讲授修辞学。本书论述了语言风格和语体,虽然篇幅不多,却提出了许多独到的见解,在风格学研究上作出了很大的贡献。美中不足是本书篇幅太少,一些重要问题只提出理论主张和初步构想来,没有充分展开论述。

五、张弓《现代汉语修辞学》的语体风格论(1963)

张弓(1899—1983),现代修辞学家。1920年考取武昌师大国文历史部。1924年起先后在天津南开大学、北京中国大学、中法大学、北京师院、北平临时大学任教。1949年在河北天津师院、北京师院任教授。后调入中国科学院河北省分院语文研究所任研究员,并兼河北大学教授、系主任等。长期从事修辞教学和研究,1926年出版《中国修辞学》,1963年出版《现代汉语修辞学》。

张弓的《现代汉语修辞学》1963年由天津人民出版社出版。它是在中外语言风格理论的影响下产生的。作为一本修辞学专著,它的出版在修辞学史上产生了重大的影响,它标志着这一时期我国修辞学研究的实绩和高度,是当代我们修辞学史上又一座丰碑,同时在风格学史上它开创了现代汉语语体风格学研究的新局面,也建立了不朽的功勋。

张弓早在1926年就出版了《中国修辞学》。根据长期的积累和探索,特别是学习了马克思主义和有关修辞学方面的新理论后,从1959年起花费三年时间,写出了这部"体系新颖,见解独到而又具有相当的理论深度的现代汉语修辞学专著"。(宗廷虎、袁晖《汉语修辞学史》)

本书共分10章,分别讲述了"什么是修辞、现代汉语修辞学的任务、现代汉语修辞方式、寻常词语艺术化、现代汉语语言各因素和现代汉语修辞手段的关系以现代汉语修辞和汉语语体的相应关系等问题。

作者在最后一章"现代汉语修辞和语体"中分 3 个部分：

(一)现代汉语语体类型

(二)现代汉语语言各因素、修辞方式和书面四类语体的关系

(三)现代汉语语体综说

该书语体论的主要特点和贡献如下：

首先，将"语体论"作为最新最重要的课题列入修辞学体系，奠定了现代汉语修辞学语体论的基础。

该书着重说明了现代汉语修辞和汉语语体的相应关系，特别着重各修辞方式在各类语体中的适应性、局限性。他认为表达的内容、交际的目的，群众(听众读者)的特点、交际的场合等等,是构成语体的基础因素。根据这些因素,他先把语体分为"口头语体"、"书面语体"两大类。而后书面语体又区分为"文艺语体"、"科学语体"、"政论语体"、"公文语体"四个变体,系统地论述了各类语体及其下位分体的语言因素,修辞方式的总特点。

其次,明确划分"语体"、"文体"(体裁)、"风格"的界限,初步论述了它们的区别。

作者认为,语体不是旧日所称的"文体"(文章体裁——叙事、抒情、论理等文体),而是由语言特点形成的体系,是全民语言体系中的支脉。他认为,对于语体研究,要紧的是根据语言学观点,从语言的角度来观察分析,一定要注意确保语言学角度,切不可跟研究文章作法中的文体论相混。同时又强调"语言形式"和"语体"不可混同。"口语"、"书面语"是语言形式。口头语体又名"谈话体",书面语体又名"文章体",两者既有区别又有联系,相互作用。在文艺语体中作者引用苏联学者关于作家语言风格的定义：它是作家在创作作品时所采取的组织语言的手法, 就是作家所特有的和惯用的选词,造句的方法,……(第 244 页),显然,这里指的"风格"是指作家个人的语言风格,而不是指语言风格的总概念。

　　书中指出"作者、说话人的语言独特风格在文艺语体中最容易鲜明地表现出来,政论也可能显现出个人风格"。作者在"现代汉语语言各因素、修辞各方式和书面四类语体的关系"这一部分里详细分析阐述了词汇、语法和各种修辞方式在四种语体中的适用性和局限性。在文艺语体、政论语体中还包括语音方面的特征。而且在文艺语体中词义方面,还常常利用词的转义条件,构成比喻代替等辞式。

　　再次,说明了语体的风格色彩在统一语体各因素中的重要作用。

　　最后,作者提出:

　　(1)各语体因素的联系与语体色彩的统一。一方面各种语体都有其各自的风格色彩,另一方面,一个语体是仗着本语体风格的总色彩把各因素统一起来的。

　　(2)各类语体间的交错情况和各语体的独立精神,各类语体虽各自独立,但是它们又互相关联,互相影响,彼此交错,彼此渗透。但是就各类语体的整体和主调说,还是各有其独立的精神。

　　此外,作者在论述修辞与现代汉语各因素的关系时,还突出地提出了同义手段的选择问题。这也是国内外修辞学家、风格学家关注的重要理论问题。

　　这里所说的"同义手段",是指同一种或极相近的意思,意义在民族语言方面有多种多样的表现手法。这种同义手段有广狭之分。例如,词汇的同义手段,同义词,包括了特定上下文中的灵活同义词和词汇中的固定同义词。灵活的同义词指的是在一定上下文中彼此可能构成同义关系,离开具体上下文就不是同义的一些词(第34页)。固定的同义词指的是不以上下文为转移的,词汇中公认的同义词。认清这两种同义词的实质和作用,对于修辞的研究和实践有很大的好处。

词法的同义手段,包括了词法和句法两种同义形式。词法的同义形式,如动词、形容词的原词和各种类型的重叠式就是。句法的同义形式,如句子成分上的顺陈和倒装;句子语气上的自动与被动,肯定与否定,直陈与反问,祈使和询问等。

这些具体的问题集中归集到同义手段的选择运用问题来论述,本书是首创的。作者提出的以上观点和所进行的研究是很有实际意义和理论价值的,至今仍有一定的指导作用。在语言风格学中选择修辞同义手段是成因论的重要话题。

不过,作者将"幽默""讽刺"这两个属于风格范畴的内容也作为辞式加以总结,似乎就值得商榷。风格,虽然其定义有多种多样,但有一点还是为众多学者所承认的,就是它是居于词汇、语法、修辞之上的最高平面,有别于三者,更不能与辞式等同。

总之,本书吸收国内外的研究成果,将"语体"和"文体"(体裁)区别开来,建立了新的修辞体系,在语体风格学上了作出突出贡献。

本书的主要缺欠是没有专章专节论述语言风格,而只是在修辞论、语体论的行文中夹叙夹议提到作家或作者的个人风格及语体风格色彩等,因此显得分散零碎而不够系统。

第四节 语言学专著和
语言学论文集里的语言风格论

一、高名凯《语言论》中的言语风格论(1963)

高名凯(1911—1965),1935 年毕业于燕京大学哲学系。1936年赴法国留学,在巴黎大学专攻语言学。1940 年毕业获博士学位。1941 年回燕京大学任教。建国后,50 年代起,任北京大学中文系语言学教授、教研室主任。在学术上,前期主要从事汉语语法研究;后期主要从事普通语言学理论研究。出版了《语言论》、《语言学概论》等专著和教材,并发表了一系列论文论述言语风格,是我国当代言语风格的开创者之一。

高名凯的《语言论》于1963年由科学出版社出版。本书是语言学的理论性著作,共分3个部分。在第三部分"语言的分化"一节中作者谈论了"言语风格和言语方言"。

高名凯建国后在翻译和吸收苏联语言风格论和西方现代语言学关于"语言"和"言语"分开的理论基础上,首次在语言学论著里提出了语言风格学的系统理论,包括语言风格的定义、成因、类型及风格学的理论基础和目的、任务等问题。其《语言论》第三部分"言语风格和言语方言"的言语风格理论,观点鲜明,逻辑严密,承前启后,自成体系,其主要特色和理论贡献有以下几方面:

第一,以"言语方言"的理论说明言语风格和全民共同语的关系,说明言语风格表达手段系统产生的原因,从而奠定了言语风格学的理论基础。

作者认为由于特殊的交际场合和交际目的的经常化,为了适应这种环境而经常地运用某些固定的词汇成员、语法成分,甚至于运用为了适应这种交际场合和交际目的的特制的表达手段,人们就可能把这些固定的词汇成员、语法成分和特制的表达手段,组织成一套特定的表达手段的系统。这种特殊的表达手段的系统,就称为言语方言。它是人们在具体运用语言的交际场合及交际目的的言语行为中所产生的特殊的表达手段的系统。这种言语方言事实上也就是言语风格的表达手段的系统。

第二,以特定的"交际场合"中所产生的"言语气氛或言语格调"理论,说明"言语风格"的定义,揭示其概念内涵和本质特点,产生了广泛的影响。

　　关于"言语风格"的定义，作者同意从言语的交际职能来理解风格，他认为语言中的风格就是语言在不同的交际场合中被人们运用来进行适应这交际场合，达到某一目的时所产生的特殊的言语气氛或言语格调。这种气氛或格调是由风格手段所造成的。他说"在具体的场合中来运用语言，这已经是属于言语的问题"，所以他提出的是"言语风格"而不是"语言风格"。

　　苏联的维诺格拉陀夫曾明确的指出："'语言风格'这个术语却只是强调这些言语风格是在'语言方面'加以理解和研究的，即在语言系统要素的范围内，只就这些要素的性质和应用的观点来加以理解和研究的。在这种情况下，'语言风格'并不被理解为语言结构本身所包含的各种表情手段的孤立和封闭的范围，而被理解为在不同的社会言语活动形式和类型里所显露出来的各种风格要素的相互关系和彼此结合的方式，这种方式并且是集体所认识到的。"

　　他这一段话的意思是，所以说"语言风格"，这只是因为某些风格的表达手段是语言中所具备的，它们是属于语言方面的，但是风格的表达手段本身却不属于语言本身，它是语言之内的言语变体，它应当被称为言语风格的表达手段。

　　第三，以"交际功能"和"言语变体或变形"的理论明确地概括"言语风格表达手段的系统"，包括"言语风格手段系统"和"非言语风格手段系统"，指出这种理论来源于苏联的语言风格论。从而说明了言语风格产生的社会根源和物质手段。

　　作者认为，言语风格是言语的某种气氛或格调本身，而风格的表达手段（或称风格手段）则是构成这种气氛或格调的表达手段，这种区分我们认为是十分必要的。维诺格拉陀夫说："风格是社会所意识到的，在功能上被制约的，内部相结合的，在某一全民的，全民族的语言范围内运用、选择、组合语言交际手段的方法的总和，它和该人民的言语社会实践中服务于另外的目的的，实现另外的功能的那些表达方法相互关联着。……言语风格是语言历史发展的产物，是由划分各种交际场合的合理性来支持的，因此，可以在各言语风格的不断的相互影响中找到言语风格。"

作者据此认为风格的表达手段是全民共同语在历史发展过程中，由于交际功能上的不同(包括交际场合、交际目的、交际任务的不同)而产生的变体或变形。这种变体或变形既是运用语言(在特别的交际场合中运用语言)，进行特殊交际时所具备的作为表达某种言语格调或气氛的手段，它就与言语问题有关。

第四，以言语格调气氛的理论，区分了言语民族风格与语言民族特点的不同。

他说："语言风格(更正确地说，言语风格)既然是在特殊的交际场合中为着适应特殊的交际目的而对语言的运用所形成的言语气氛或格调，语言风格手段的系统(更正确地说，言语风格手段的系统)既然是语言所具备的用以构成言语气氛或格调的风格手段和一些非语言的风格表达手段成分的总和，我们就不能把语言风格理解为与别的语言有所不同的某一语言的特点。换言之，如果我们说汉语的风格，我们的意思只是说汉语在不同的交际场合中所形成的气氛或格调；如果我们说汉语的风格手段的系统，我们的意思只是说汉语所分化的构成不同的交际场合和交际目的所促成的不同的气氛或格调的表达手段的系统；而不是指汉语和俄语之间的不同特点。"这一观点有助于我们认识当代学者关于民族风格问题曾发生的一些争论。

作者指出：从这个角度来看问题，某些人把不同于其他语言的汉语的特点说成汉语的风格，是不妥当的，汉语的风格只能指汉语在不同的交际场合中形成的各种言语气氛，汉语的风格手段的系统只能指汉语所分化的表达这些言语气氛的言语方言，作为适应

88

汉族人民的某一特定的交际目的在某一特定的交际场合中被运用的交际工具的言语方言。

第五，以言语交际的"功能原则"而不是以文章的"体裁原则"为标准来划分言语风格的类型，奠定了言语风格的范畴和类型体系。

作者参考苏联学者对风格划分的观点探讨了划分风格的标准。

（一）他赞同苏联某些语言学家抨击划分风格和风格手段系统的"体裁原则"的做法。他说："我们一方面固然要认识体裁和风格的联系，另一方面却不能拿体裁原则作为划分风格类型的标准，虽然对某一个别的语言的某一历史时代的情形来说，体裁原则可以偶然被用来划分风格的类型。"

（二）他批判以言语形式为划分风格及其表达手段系统的类型的标准。他说："口头语与书面语当然有所不同。但是它们的不同并不表现风格的不同，而只表现言语形式的差别。换言之，口头语和书面语是两种不同的言语形式，不是两种不同的言语风格。"

（三）他提出划分风格及其表达形式系统的言语方言的类型的标准只能是功能原则，即以交际场合、交际目的、交际任务的不同所产生的言语交际功能上的差别为标准。

作者又根据功能标准，把言语风格及其表达形式的系统，即言语方言分为三类：

1、一般的交际功能的言语风格及言语方言；

2、文艺作品的言语风格及言语方言；

3、附加的个人的言语风格及个人方言。

一般的交际功能的言语风格，指的是在一般社会交际场合中运用语言所形成的特殊的言语气氛或格调；一般的交际功能的言语方言，指的是这种风格的表达手段的系统。例如在外交场合中所构成的外交辞令的言语方言；……这些言语风格所以称为言语风格，因为它们都在交际场合和交际目的的制约下运用特殊的言语方言来构成某种特殊的言语气氛或格调。这些言语方言所以称为言语方言，因为它们都是由语言中具有风格色彩的成分，具有表情色彩的成分，为了适应某种交际目的或任务而组织起来的一套特殊的表达手段的系统。

作者认为，"文艺作品的言语风格及其相应的言语方言是一种特殊的言语功能的风格及其相应的言语方言"。作者不同意有些语言学家认为的文艺风格属于言语风格之外的观点。他认为：风格是属于言语问题的作为言语风格表达手段系统的言语方言是全民共同语的一种变体。所谓"艺术文语言"(即艺术文的言语方言)并不是全民共同语，而是全民共同语的特殊运用，而是全民共同的艺术运用。

作者认为，在一般的交际功能的言语风格及其相应的言语方言和文艺的言语风格及其相应的言语方言之下，有附加的个人的言语风格及其相应的言语方言。个人可以运用全民共同语的所有财富在这些言语方言上加以创新，构成自己所特有的和专用的附加的个人的表达手段，来体现附加的个人的言语风格。这正是文艺作家的文艺作品除了具有共同的文艺作品的言语风格之外，还具有个人的风格特点的缘故。

他说："在个人于不同的言语风格及言语方言之下可能具有不同的附加的个人言语风格的特点及个人言语方言的特点的情况下，这些不同的言语风格及言语方言的附加的个人特点之间总可能具有共同的性格。从这个角度来看问题，步封(Buffon)所说的'风格就是人格'的断言具有合理的内核。"而且他认为：个人的言语风格既可以表现在一般的功能的言语风格及言语方言里，又可以表现在文艺言语的风格及言语方言里。

　　此外,对于作家个人的文艺言语风格,作者也有论述。他说:"作家个人的文艺言语的风格及其相应的个人方言,不但可以表现作家个人的性格,同时也可以在语言的艺术运用中提供范例。它对一般社会公认的文艺言语风格及言语方言的规范起着重大的影响。……就因为这个缘故,对优秀的作家个人言语风格和个人方言的研究具有重要的意义。"

　　总之,高名凯在建国后第一个在语言学理论专著和教材中全面论述了言语风格学问题,建构了狭义风格学的理论系统,奠定了现代语言风格学的基础,其影响是深远的,广义语言风格学的一些论著也常常引用本书中的一些理论观点。

　　不过由于本书不是风格学专著,在论述中很少以举例来说明新颖的概念和深奥的理论,因此虽逻辑严密,但理论色彩太强,有些论题尚不够明晰。其次,从理论来源上看,作者主要吸收外国的特别是苏联的语言风格论,而对中国传统风格论则借鉴不足,弘扬不够。

二、《方光焘语言学论文集》的言语风格论(50、60年代部分)

　　方光焘　(1898-1964)1918年留学日本东京高等师范学院,学习英语,1929年留学法国里昂大学,攻读语言学,主要学习瑞士学者索绪尔的语言学理论。1931年回国后,一直在南京大学等高等学校讲授语言学。50、60年代写了一系列论文,重视言语风格和作家语言技巧的研究。

　　王希杰、卞觉非、方华编的《方光焘语言学论文集》(江苏教育出版社,1986年3月第1版)。书中收集了方光焘30年代至60年代的论文。其中50、60年代的论文参加了我国语言学界关于语言和言语问题的讨论,论及了语言风格和风格学(言语风格学)的一系列重要问题,提出了自己系统的看法,虽未能写成专著,但对我国现代语言风格学的建设作出了重要贡献。正如卞觉非在书后《方光焘传略》中所说的,"方先生认为,区分语言和言语,有助于认清语言学所研究的真正对象——语言;……有助于认清风格学的研究对象和风格学是不是语言学的一个部分"。(第261页)具体来讲,有以下几点:

(一)有助于我们认识风格学的对象、性质和目的任务,明确"言语风格学"是语言学的一个分支。

作者在《语言和言语问题讨论的现阶段》和《关于语言和言语问题的讨论》等文章中都论及了语言风格的定义,概述了国外特别是苏联风格研究的情况,并通过风格学和修辞学的比较提出了风格学的研究对象,学科性质等。

作者认为"在语言、言语问题讨论中所牵涉到的风格应该是狭义的,是一定世界观的表达手段的体系,是文体分类涉及的言语风格";认为风格学是"一种记述科学";风格学的研究对象"是研究语言的功能风格的体系",即研究具有不同功能的政论体、公文体、科学体、文学体等等;风格学的目的"在于发现表达目的和被表达的内容的关系"。(第119页)并引证柯尔尊《文艺学概论》中的话"语言学中认为风格就是指人的语言的特点而言,这些特点包括句子的构造和表达思想的形式"。(第65页)因此,作者认为"风格学在语言学中也应该有它的一席之地"(第66页)

(二)有助于我们认识语言风格和文学风格的关系,明确其区别性和联系性。

作者在谈到作为术语的风格有广狭两种不同的含义时,谈到了文学风格和语言风格的区别。他说:

在文艺学里,风格——这是作品的一切要素的统一体,这是表现在作家的整个创作中的思想艺术特点的统一体,这里也包括思想、主题、性格、结构和语言;但在语言学里,风格一词却用在较为狭窄的意义上。(第119页)

在《言语与语言问题的现阶段》一文中,作者也曾谈到语言学中的风格是用在较为狭窄的意义上。如上所述,主要指"一定世界观表达手段的体系",是"文体分类所涉及的言语风格",是语言表达的特点,即侧重于语言形式方面,而不包括主题思想等内容因素。

(三)有助我们认识作家语言风格和全民族语言规范,作家语言风格和作家语言技巧的关系以及作家运用语言技巧表现个人言语风格的重要性。

作者在《作家与语言》、《汉语规范化的几个原则性问题》等文中明确论述了这类问题,指出:"一个作家,使用任何一种语言进行写作,他都必须遵守这一语言的共同规范,这样才能获得广大人民的理解"。"作家在遵守规范的范围内,只要他能善于运用语言,能苦心搜寻适合于表现自己思想感情的语言,那他就能创造出自己的独特风格"。(第176页)

在谈到作家语言技巧时,他说:

……假如一个作家,有他自己一套语言工具,那么他就用不着去千锤百炼,镂刻推敲了。事实上,他所用的只是万人共有的、一般的语言工具,而他努力要表现的,却是特殊的个别人物,个别事件,和他自己的独特风格。其间显然存在着一大矛盾。为了解决这一矛盾,为了克服语言的一般倾向,作家必须掌握运用语言的伟大技巧。(第164页)

这里他论述了作家掌握语言技巧要克服"一般和特殊"的矛盾,以便表现自己的独特风格。这种理论是一种创见,对研究作家语言风格是一个重要的贡献。美中不足是没有集中系统论述言语风格的单篇文章。

三、《陈望道修辞论集》的修辞风格论(50、60年代部分)

复旦大学语言研究室编《陈望道修辞论集》 (安徽教育出版

社，1985年7月第1版。)共收文章、讲话66篇，时间是从1921年到1965年,其中50、60年代的讲话论及了陈望道先生对风格和风格学研究的看法。从中我们可以看出当时有关这些问题的讨论背景以及如何借鉴国外的风格学理论和继承中国传统风格论，以建立科学的具有中国特色的风格学。具体来讲，主要有以下几点：

(一)有助于我们认识语言修辞和语言风格的关系,在学科体系上明确其区别性和联系性。

1963年4月10日,他在复旦大学语言研究室的讲话中指出：

……风格有几种,个人有个人的风格,一时代也有一个时代的风格。讲风格,要从篇章着眼,风格是修辞特点的综合表现。(第305页)

这里简洁扼要，深入浅出地概括了风格和修辞的关系，说明风格在言语作品中的整体性、综合性的特点，以及修辞作为风格表现手段的重要性，说明二者既有密切的联系又处于不同的语言层次。

(二)有助于我们认识文体、体裁和风格的关系,明确"修辞风格"和"语言风格"的研究方法。

在上述讲话中,他还详细地论述了文体(辞体)、体裁、体致(风格)的关系,指出了风格研究的方法,他说：

关于文体,文体也叫辞体。"辞",包括口语和文章。有人把"文体"称为"语体",由于过去把白话文称为语体文,这样称呼是否容易混淆? 文体一般可以从两方面去探索,一是体裁(也称"体类"),一是体致(也有叫"文致")。体裁可有小说、诗歌、戏剧等分法,体致就是风致,风格。体致当然与体裁有关,用什么词、句,也要考虑体裁上合适不合适。(第304页)

接着他谈到,苏联也有风格研究。应该怎样研究呢?"可捡容易的先搞。对体裁的分类,一般流行公文、政论、文艺、科技的四分法,可以从政论、公文等的特点研究起"。

当代的"文艺文体学"、"语言文体学"或"语言风格学"的研究始终涉及体裁和风格的关系,而且"文体"、"语体"等也是多义术语,有待深入研究。1961年11月7日,他讲到研究风格学要知难而进。他说:"我们要研究风格。'风格'很难讲。(发凡)对这个问题探讨得还不深。希望大家研究。"

(三)有助于明确风格和风格学的研究方向和研究方法,正确对待所谓"古今派"、"中外派"、"新派"、"旧派"等不同学派的观点而融会贯通,独树一帜。

所以《修辞学发凡》才成为"中国第一部有系统的兼顾古话文今话文的修辞学书"。(刘大白"序言"),成为承前启后,驰名中外的修辞名著。同样,他对待风格学的研究也总是坚持这种观点和方法,并多次向他的研究生和学术界讲解。他在1961年9月20日的谈话中,针对苏璇等译的《语言风格和风格学论文选译》的序言中说"我们不知道如何研究语言风格问题"等话,而针锋相对指出:

现在翻译出版了一本苏联语言风格学讨论的文集,使我们了解到苏联对语言风格学研究的一些情况,而后翻译者的序言,认为中国在风格学研究上如何不行,连有关风格问题的科学知识都没有,这就值得讨论了。(第310页)

接着作者谈到我国古代关于风格研究的宝贵遗产,强调"我们中国是有风格研究的,是有这方面的学问的。尊重这种事实,是学术工作中应有的科学态度和爱国主义态度。我们要建立起有我们自己特色的科学的风格学。"

这种观点和吕叔湘关于"我国古代的'诗文评'里面也有可以继承的东西"的主张是一致的。当代关于广义、狭义的风格学之争,关于要不要中国传统"修辞风格"或"表现风格"的理论也涉及这个问题,应当深入研讨。有不同理论体系是学术研究中正常的现象,但继承中外遗产是共同的,怎样继承也有不同的理论和方法。本书美中不足也是缺乏专论风格学的文章。

第三章 复兴期(1978—1984)

第一节 本时期语言风格学理论研究概述

一、本时期语言风格学理论研究的主要特点

所谓"复兴期"就是在经过"十年停顿"之后,科学的春天来到了。党的十一届三中全会、全国科学大会、全国教育工作会议相继召开,中国语言学会、中国修辞学会等学术团体纷纷成立,学术研究逐步恢复,修辞学、风格学的研究也开始复兴。吕叔湘在中国语言学会成立大会上发表了《把我国语言科学推向前进》的讲话。指出:语文教学的进一步发展就走上修辞学、风格学的道路,也就是文学语言的研究,这是语言学和文学交界处的学科。

本时期的语言风格研究主要有以下特点:

第一,研究队伍空前扩大。主要力量在中国修辞学会,成员包括大专院校、语言研究机构和有关学术界的汉语教学和研究工作者。

第二,研究阵地不断扩大。研究成果持续增加,大量的风格学论文在《修辞学论文集》、《修辞学研究》、《修辞学习》等论文集、刊物和大专院校的学报上发表。

同时一些汉语修辞学专著都不同程度地讲到语言风格知识。

如郑远汉《现代汉语修辞知识》(1979年)讲到言语风格的知识,谭全基、郑奠《古代汉语修辞资料汇编》(1980年)介绍了古代汉语风格学资料,对编写《汉语风格学史》提供了丰富的信息。参照郑子瑜《中国修辞学史稿》(1984年),我们更明确了中国古典风格论的发展脉络和宝贵遗产,其中无论是文体风格论,还是作家风格论和表现风格论,对于我们建设现代风格学都有很多可继承的东西。还有王德春《修辞学探索》(1983年)论述了语体、风格和文风等理论;王希杰《汉语修辞学》(1983年)讲了公文、科技、政论、文艺四种语体和藻丽、平实、明快、含蓄、繁丰、简洁三组六种"表现风格"。吕叔湘在《序言》中说:"有所继承,但举例多而切当都胜过前人。"宋振华等主编的《现代汉语修辞学》(1984年)在语言风格部分讲了语体和七组十四种表现风格,其中庄严和幽默、通俗和文雅等组风格是前一时期没有讲到的。

第三,语言理论教学和研究普遍重视语言风格学的建树和开拓。大约有十多部"语言学概论"教材和语言学专著不同程度地论述了风格学理论。如宋振华、王今铮《语言学概论》(1979年),叶蜚声、徐通锵《语言学纲要》(1981年),李兆同、徐思益《语言学导论》(1981年),中山大学中文系编《语言概论》(1983年),王德春《现代语言学研究》(1983年),赵世开《现代语言学》,王振昆主编《语言学基础》(1983年),宋振华、刘伶《语言理论》(1984年)等。特别是东北师大教授宋振华、王今铮的《语言学概论》开专章讲授"风格学",包括风格学的研究对象和任务、风格的本质、风格的作用、风格的形成、风格的类型和个人的语言风格等,承前启后,综合独创,建立了由导论、本质论、作用论、构成论、类型论等组成的完整的语言风格理论体系。

第四,从修辞学角度讲授语言风格知识。几套在全国有较大影响的代表性的"现代汉语"教材都在修辞部分开专章专节讲解语体风格或语言风格。如张静主编《新编现代汉语》(下册)(1980年)讲了语言风格,胡裕树主编《现代汉语》(增订本)(1981年)讲了语体和风格,张志公主编《现代汉语》(下册)讲了文体、风格等,内容体系各有特色,但都涉及到风格的概念、成因、类型和功用等知识。复旦大学、暨南大学、华中师院和锦州师院等大专院校还开设了语言风格学的专题选修课和研究课。

第五,文学语言或作家语言研究中的风格研究取得了新的辉煌的成果。如张静《文学的语言》(1981年),王臻中、王长俊《文学语言》(1983年),老舍《出口成章——论文学语言及其他》(1984年)等对文学语言的风格理论都有独特的论述,包括风格的含义、形成、特点和语言表现等方面。同时,吴功正《文学风格七讲》(1983年)、严迪昌《文学风格漫说》(1983年)等书论及了形成风格的独特的文学语言和修辞风格论,对研究作家语言风格也是有价值的。此外,王伯熙《文风简论》(1979年)是在总结建国后树立新文风,反对党八股和"帮八股"胜利基础上写成的专著,有助于我们了解语言风格和文风的区别性和联系性。

第六,外语院校和翻译界、学术界系统地译介或编著了外语风格理论著作。如王佐良《英语文体学论文集》(1980年)、崔应久《朝鲜语文体学》(1981年)、王元化译,歌德等著《文学风格论》(1982年)(收入了德国语言学家威克纳格的《诗学·修辞学·风格论》)、[苏]科仁娜《俄语功能修辞学》(1982年)、[英]S.皮特《应用语言学导论》的言语风格论等(1982年)。特别是[瑞士]沃尔夫冈·凯塞尔《语言的艺术作品》第九章风格部分,论述了风格的概念、风格研究的历史、风格研究的方法等问题,其中讲到了世界著名语言学家德·索绪尔、威廉·洪堡特、查利·巴利等的语言观和风格论,这些对我国语言风格学的研究都产生了很大的影响。

二、本时期语言风格学理论研究的主要成果和传承关系

本时期是在"文革"十年停顿之后的恢复研究,语言风格学理论很快出现了全面复兴、"百花齐放"的时期,普遍应用了建国初期风格理论,有的方面比较深入,多有独创。

1、在定义论、本质论方面,主要是应用前一时期的"格调气氛论"和"综合特点论",以综合特点论居多。前者如胡裕树主编的《现代汉语》和王德春《修辞学探索》中的语言风格定义。后者如郑远汉《现代汉语修辞知识》、张静主编《新编现代汉语》、宋振华等主编《现代汉语修辞学》中的语言风格定义。有的还指出了语言风格具有整体性和反复性等特点,这也是新的观点。从语言上看,同样是:"综合特点论",有的只用简明的一句话揭示语言风格概念内涵,有的却用几句话来说明其概念属性及其与文学艺术风格的区别。如宋振华、王今铮主编《语言学概论》中的"语言风格"定义用了三句话逐层深入地说明语言风格 (1)"是在语言中存在的风格现象";(2)"是在语言材料的基础上,在实际运用语言中产生的现象";(3)"是在语言实践中语音、词汇、语法、修辞的基础上形成的许多特点的综合的结果"。作为定义,看来不够简明,但内涵准确丰富,全面地揭示了概念的本质属性,是前两个时期"综合特点论"的创造性发展。有助于区别"语言风格"同相邻概念的不同点。正如高名凯、胡裕树等的"格调气氛论"由于概括了语言风格形成的制导因素和物质因素,所以虽然句子较长,也常被引用。这种"分条解说式"的定义和"高度概括式"的定义在一定时期形成互补,其概念本质还是一样的。此外,本时期还有一种独创的定义,即张志公主编《现代汉语》认为"语言风格是语言艺术的综合表现"。下文解释强调要运用词语句章的语言技巧。各种定义方法几乎都暗含了语言风格的形成因素。

2、在成因论、手段论即构成论方面,本时期主要有以下几种

理论和说法。一是有些论著主要强调语言的风格要素(手段)和非语言风格要素(手段),即物质因素包括字、词、句、篇等。如张静《文学的语言》、《吕叔湘语言论集》、张寿康《汉语学习论丛》等。二是继承发挥初创期的主客观二因论,提出形成语言风格的"客观因素"和"主观因素",并从语言风格论角度作了全面的解释。如王希杰《汉语修辞学》,张静主编的《新编现代汉语》等。三是在前期言语变异论的基础上,进一步全面阐述"语言变体"和"风格变体"以及选用修辞同义手段的重要性。特别是本时期在语言理论著作中对"语言变体"和"言语变体"的区别及其同"风格变异"的关系,讲得比较集中、充分,如王德春的《现代语言学研究》即从语言和言语的区别上讲清了这个问题。宋振华、王今铮《语言学概论》概括了"形成风格现象的因素"和"风格的内部构造因素"。两大方面涉及内部因素和外部因素,主观因素和客观因素,形式因素和内容因素,时间因素和空间因素,共性因素和个性因素等多种因素,比较全面,富于综合性和独创性,对此后的风格成因论研究,颇有影响。

3、在类型论、范畴论方面,本时期主要是广义风格论的各种分类法。其中有二分法,如上海师院汉语教研室编《修辞》(修订本)讲了"语体风格"和"表现风格";有三分法,如胡裕树主编《现代汉语》在语言风格部分讲了语言的民族风格,时代风格和作家个人语言风格;有四分法,如郑远汉《现代汉语修辞知识》讲了言语的民族风格、时代风格、个人风格和言语的功能风格(语体);还有五分法,如张静主编的《新编现代汉语》讲了民族风格、时代风格、语体风格、个人风格和表现风格。并和前一时期周迟明《汉语修辞》所用的术语一样,将"功能风格"叫做"语体风格"。此外,还有两种分类法与众不同,一是张志公主编的《现代汉语》讲了"时代风格、社会风格——文风"和"个人风格"两大类。对"时代风格"、"社会风格"和"文风"三个既有密切联系又有一定区别的概念,学术界有不同看法,这在各个时期几乎都有论述。①二是宋振华、王今铮《语言学概论》的"风格类型"部分首先讲了根据三个标准对语体风格进行分类,然后又在"个人的语言风格"部分讲了语言的民族风格、时代风格与个人风格之间的共性和个性关系,显然是概括了狭义、广义两种语言风格的分类理论。本时期论述语言风格类型的单篇论文较多,共五十多篇,其中语体风格论15篇,表现风格论3篇,作家作品风格论三十来篇。

4、在应用论方面,本时期关于语言风格理论的应用问题论述虽不太多,但很有特点,一是将语言风格研究和语文教学相结合,如吕叔湘在《把我国语言科学推向前进》的讲话中谈到语言教学和语言风格问题,强调"语文教学的进一步发展就走上修辞学、风格学的道路"。这对本时期和繁荣期的语言风格教学的应用研究指出了明确的方向,产生了深远的影响。正是在这一理论指导下,从大学中文系的《现代汉语》到新编中学语文课本都增加了语体风格的内容。其次是有些论著重视语体风格知识的实际应用。如张寿康论述《政论语体的排用系统》就概括总结了研究语体修辞系统既有理论意义,又有实践意义。

5、在方法论方面,本时期论述研究方法问题主要有两方面代表论点,一是吕叔湘在上述讲话中谈到了语言研究"要处理好动和静的关系",指的是应用科学和纯粹科学的关系。语言风格和语言教学都适宜于动态研究,即研究怎样应用好语言,同时还有王希杰《汉语修辞学》结语谈到"修辞学的辩证法",它包括语言风格的研究,对指导风格学的具体研究方法,辩证法是有重要作用的。同时作者还在第一章专节谈到归纳法、比较法和统计法在修辞研究(包括语体风格研究)中的重要作用。以上方法论对后来的修辞

---

① 见王伯熙《文风简论》。

学、风格学研究都产生了广泛的影响。

第二节 本时期单篇语言风格学论文管窥

一、本时期单篇语言风格学论文分类概述

本时期语言风格学论文比前一时期增多,将近七十篇,按语言风格学理论来划分,大体上有以下几类:

导论部分:主要是关于汉语风格学或语言风格学的理论体系问题,即怎样建立该门学科问题。有程祥徽《汉语风格论》(《青海民族学院学报》1979 年第 1 期)、王焕运《关于建立汉语风格学的意见》(中国人大报刊复印资料《语言文字学》1982 年第 10 期)、丁金国《关于语言风格学的几个问题》(《河北大学学报》1984 年第 3 期)、王文融《从修辞学到文体学》(中国人大报刊复印资料《语言文字学》1984 年第 3 期)等。

本质论部分:主要是关于语言风格的定义及其与相邻概念的关系问题。有王伯熙《什么是语言风格》(《语文战线》1980 年第 4 期),马世瑞《文风与文章风格》(《四平师院学报》1981 年第 1 期),刘玉麒《风格是常规的变异——介绍文艺文体学的一个理论兼析弥尔顿和意识流小说的语言》(《外国语》1983 年第 3 期)、唐松波《文体、语体、风格、修辞的相互关系》(《修辞学习》1984 年第 2 期)等。

构成论部分:主要是关于语言风格的形成因素问题。有胡范铸《风格与人格的关系》(《内蒙古师范大学学报》1984 年第 4 期)、刘地生《杜诗韵字在形成风格的过程中所起的作用》、张德明《试论语言修辞和语言风格》(《修辞学论文集》第二集,1984 年)等。

类型论部分：文章较多，据所占有的资料，共有 49 篇，具体分类如下：

对语体问题进行总体研究的有 15 篇：

其中，整体论述语体的有乐秀拔《论语体》(《〈修辞学发凡〉与中国修辞学》1982 年)；黄宏煦《语体风格学与修辞学》(《修辞学论文集》第一集 1983 年)。

论述各类语体的有：余干生《科技语言的逻辑性问题》(《中国语文通讯》1980 年第 6 期)；黎运汉等《通俗科学体的语言风格特点》(《暨南大学学报》1982 年第 3 期)；王德河《科学文艺语体特征试析》(《修辞学习》1982 年第 4 期)；黎运汉、张维耿《通俗科学语体的风格特点》(《修辞学论文集》第一集 1983 年)；李熙宗《现代汉语科技语体述要》(《修辞学研究》第二辑 1984 年)；姚雪垠《关于散文的语言美》(《文汇报》1984 年第 61 期)；马威《戏剧语言要有质朴美》(《苗岭》1984 年第 2 期)；宁致远《谈谈法律公文的修辞》(《修辞学习》1982 年第 3 期)；徐丹辉《口语外交语体及其特点》(《修辞学论文集》第一集 1983 年)；宁致远《司法公文修辞诸弊》(《修辞学论文集》第一集 1983 年)；李熙宗《现代汉语公文语体论略》(《修辞学研究》第一辑 1983 年)。

研究表现风格的论文有 2 篇：

石云孙《华丽与朴素》(《修辞学习》1982 年第 3 期)；沈用大《刚健的文笔和柔婉的文笔》(《修辞学习》1984 年第 1 期)。

关于作家作品风格的论文有 27 篇：

其中，论述古代作家作品语言风格的有 2 篇：张炼强《〈红楼梦〉人物的语言风格浅谈》(《中学语文教学》1981 年第 2 期)；杜仲陵《从语言风格上看李杜之异同》(《语文天地》1984 年第 2 期)。

论述现当代作家作品语言风格的有 25 篇：董树人的《毛主席政论文章的语言风格》(《语言教学与研究》1978 年试刊 3 集)；潘

兆明《鲁迅杂文的讽刺语言艺术》(《语文教学通讯》1979 年第 4 期);林立《鲁迅旧诗的艺术风格》(《修辞学论文集》第二集 1984 年);孙钧政《论老舍的语言风格》(《北京文艺》1979 年第 11 期);王焕运《谈〈骆驼祥子〉的语言特色》(《唐山师专学报》1984 年第 2 期);姚殿芳《老舍小说叙述和描写的语言艺术》(《语言学论丛》1984 年第 12 期);刘元树《郭沫若的语言风格》(《安徽大学学报》(哲学社会科学版)1983 年第 1 期);张器友《雅俗交融、文野一体——郭沫若旧诗词语言艺术浅探》(《修辞学习》1984 年第 3 期);韩立群《论郭沫若历史剧的语言特色》(《山东师范大学学报》(哲社版)1984 年第 6 期);钱立言《试论刘绍棠小说的语言风格》(《文艺》1982 年第 1 期);钱谷融《曹禺戏剧语言艺术的成就》(《社会科学战线》1979 年第 2 期);詹开第《曹禺剧作的语言风格》(《语法研究和探索》北京大学出版 1983 年 12 月);陈启彤《杨朔散文的语言风格》(《吉大学报》1979 年第 6 期);柴春华《谈朱自清散文的语言艺术》(1980 年会论文);王惠廷《涉笔成趣，寓庄于谐——漫谈赵树理作品的幽默》(《福建文艺》1980 年第 5 期);杨一冰《略谈赵树理小说的语言特色》(《修辞学论文集》第一集 1983 年);汪启明《略谈赵树理小说语言的平实风格》(《安庆师范学院学报》1983 年第 2 期);袁振声《漫谈孙犁作品的语言风格》(《天津师范学院学院报》1980 年第 2 期);俞正贻《朴实、生动、简练——茅盾短篇小说语言特色初探》(《修辞学研究》第一辑 1983 年);庄文中《叶圣陶文学语言的风格》(《南京师范学院学报》1983 年第 1 期);张德明《简谈〈北国风云录〉的语言特色》(《锦州师范学院学报》1984 年第 3 期);王桂华《〈月迹〉的语言特色》(《咸宁师专学报》1984 年第　期);郑月蓉《〈在正红旗下〉的风格和语言》(《郑州大学学报》1983 年);林毓霞《青翠的秀竹与怪状的榆树——试论朱自清和俞平伯同题散文〈桨声灯影里的秦淮河〉的语言风格》(《东疆学刊》

1984 年);彭嘉强《峻青散文语言风格谈——访著名作家峻青》(《修辞学习》1984 年第 2 期);高文池《冰心散文的语言风格谈》(《修辞学习》1984 年第 4 期)。

方法论部分:有 2 篇论文:周发祥《意象统计——国外汉语研究方法评介》(《文学遗产》1982 年第 2 期);钱锋、陈光磊《关于发展汉语计算风格学的献议》(《修辞学论文集》第一集 1983 年)。

此外,还有 3 篇比较综合的论文:刘叔新的《语言功能变体和文学体裁》(《语言学论丛》第六辑 1981 年);李熙宗《〈修辞学发凡〉与语言风格学》(《〈修辞学发凡〉与中国修辞学》1982 年);周荐《作家语言风格研究的几个理论前提》(《新疆大学学报》1983 年第 4 期)。

二、本时期代表性语言风格学论文分析点评

(一)乐秀拔《论语体》

本文对语体进行了详细的分析论述,首先指出了语体的定义,提出了语体应属于修辞学中语言风格的研究范围。作者区分了语体风格与文学体裁或作家的语言风格,作家语言风格具有鲜明的个性;而语体风格具有很多共性。二者是共性和个性的关系。

其次,指出了语言的体式是历史形成的"语言变态"。语体的发展和变动性特别强,时代不同,对语体的研究也有所不同。语体的分类是一个复杂的问题,作者按照使用的目的和范围,按照使用的语言手段,可以把语体分为四种:政论语体、应用语体、科学语体、文艺语体。它们从选用的词语、句子的形式、修辞的手段以及谋篇布局等方面的不同而形成了各自的语体风格。而后,分别对四种语体进行了详细的论述:各种语体的区别是明显的,风格是迥然各异的,作者再次强调语体的存在是无可争辩的。使用语言就必须根据具体情况按一定风格来写。语体风格的研究,对语言的运用有实际的指导意义。目前,我们对语体风格的修辞特征知道得甚少。

可以看出,作者在前期研究的基础上,对语体风格的理论有了相当的重视。仔细地区别了语体风格和作家的语言风格,并为语体风格分类提供了必要的根据。同时,对所分的四种语体进行了界定,可以说是为语体风格的研究做出了新的贡献。

文章的不足之处在于,作者没有论述谈话语体,也没有划分出两大重要的语体:口头语体和书面语体,而且,没有注意到语体交叉的研究。

(二)李熙宗《〈修辞学发凡〉与语言风格学》(作者系复旦大学教授、博士生导师)

本文指出《发凡》中有关风格的部分,尽管比重较小,但却是全书最有特色的组成部分,在风格学研究的历史上具有不可忽视的意义和作用。

该文对我们有两点重要的启示:

1、以辩证唯物主义思想为指导,正确处理思想内容和语言表达形式的对立统一关系,从而最早开始了从语言表达形式入手研究语言风格的探索。人们大致同意如下风格的定义:语言风格是在语言之外的多种因素联合制导下,有选择地、有分别地运用民族共同语言所表现出来的特点的综合;它是语言运用的特点的系列及所具有的格调和气氛。本文作者所赞成的也是风格的气氛格调说。

《发凡》第十一章称风格类型为"语文的体类",在分析《发凡》时,本文作者指出了风格的类型区分离不开辞体的不同修辞效果。

《发凡》力求从语言表达形式特点入手对风格进行研究、说明,所以所述风格特点让人感到有"客观""条件"作依据,是可以把握,可以"言传"的。《发凡》明确从语言表达形式本身特点系列的角度来研究、说明语言风格,可以说是风格研究上的一个突破,本文作者把《发凡》分别和古代文论及同时期修辞著作加以比较，从而更加突出了《发凡》的开创性。作者又论述了陈望道先生之所以有这种新的探索的原因，就是辩证的思想才促成了陈先生在风格研究中的创新。

2、从变化统一的观点来理解语言风格的基本特性，并在此基础上开始了有关语言风格类型区分的新的探索；这是《发凡》关于语言风格研究内容的又一有价值的组成部分。本文作者从"修辞现象的变化和统一"而理解到风格的统一性和稳定性，涉及了个人风格、时代风格和地域风格等。由于风格具有稳定和统一性，所以可以对语言风格作出具体的分类；指出《发凡》借鉴了《文心雕龙》的分类，却有所创新，在于陈先生对风格本质有了深刻的认识。

《发凡》还对词语的语体色彩问题，对修辞手段与文体(语体)的适应性问题进行过一些探讨，也同样给我们以启发。本文作者也指出了《发凡》的不足，但这是由当时客观原因所决定的，陈先生在风格学上的历史地位是非常重要的。

本文作者从《发凡》说开来，就书中所提出的一些风格问题进行发挥，提出自己独特的见解，可以说对语言风格的一种总括性论述。在这篇文章中，涉及了语言风格本体论、构成论、类型论等多方面的内容，也表明了作者自身对于风格研究是较为全面的，如果说陈先生的著作是语言风格的一个点，那么，这篇文章可以说是语言风格研究的面。

(三)林毓霞《青翠的秀竹与怪状的榆树》

本文就朱自清和俞平伯的同题游记散文——《浆声灯影里的秦淮河》，用比较法评述他们不同的语言风格。朱自清和俞平伯是同时代的人。他们是一对情深意厚的朋友，又都是文学研究会的成员，但文章风格迥异。朱自清的文章浓郁婉约、清新俊逸，整篇文章自然柔和、细腻优美，看起来像青翠的秀竹；俞平伯辞藻繁缛，拗硬晦涩,看起来像一棵怪状的榆树,节粗皮糙,虽然根壮叶茂,老嫩荣枯,风雨明晦,飘摇弄姿,但缺少柔和的美,语言表现不同。

　　文章从两方面把朱自清与俞平伯的同题游记散文《桨声灯影里的秦淮河》的语言风格,做了比较。两篇文章在某些方面有共同的特点,但就其整篇的语言风格来看,却有很大的差异。首先,由于两位作家生活在同时代,同一社会环境里,学涉中西,语汇古今,因此,在他们的白话文章里不仅还保留着若干古语、文言虚词,而且在语词上、语法上,也吸收了一些外国的东西。其次,思想情趣和语言修养的不同造成两个迥异的风格,这也正是这篇文章论述的重点。文章是分别从朱、俞两人的遣词造句和运用修辞手段两方面来探讨和比较的。

　　另外,朱自清还精心选用各类形容词和迭音词,使生活的自然美提升为艺术美,更加显得文章典雅秀丽。而俞平伯在文中则调动了大量的文字去展现那种朦胧空灵的意境,显得辞藻繁缛,意境朦胧。

　　语言风格具有一定的时代特色,但风格毕竟是作家个人形成的。一个人的生活经历、文化修养、性格特点等因素,决定了一个人的风格特色。文章着重由语言特色方面来评析朱、俞两人不同的风格,得出的结论是恰当的。

　　(四)刘叔新《语言功能变体和文学体裁》(作者系南开大学中文系教授,博士生导师,出版《汉语描写词汇学》等著作十多种,在普通语言学和语言学理论课中讲授风格学。)

　　该文就艺术文是否因体裁的不同而出现多种功能变体的问题进行研究。在第一部分,作者指出了风格的两种涵义,一种是功能风格,一种是言语风格。风格只能是言语的。构成功能风格的基本成分是语言要素,语言适应于某种交际需要所形成的语言要素系列,能在很大程度上表明其所在的言语类型的形式特点,成为一种重要的风格手段,这样的系列是语言因风格现象而分化的功能

中国现代语言风格学史稿

变体。语言功能变体依存于言语,与一些言语手段相配合,共同造成一类言辞的格调。确定功能变体,要看是否有一系列语言要素稳定地适应于特定的交际场合和交际目的,并且这一系列语言要素在组成和相互关系上,是否具有独特性;功能风格,只要言语活动类型有别,而同时又稳定地适应于它的言辞表达手段的不同系列,即使这个系列中只有言语手段上的特点,也可以把这言辞表达手段的系列确定为独立的风格。

作者举了大量的例子,唐代一定时期的文学体裁并不各有不同的语言功能变体,但是诗歌基本上有一种仅只适应于它的语言要素系列。在第三部分中,作者又以我国现代文学的体裁为例检验自己的论断,进一步证明了文学体裁和语言功能变体之间有一种交错会合的关系,只有在特定条件下,二者才相对应。在第四部分中,作者又指出艺术风格是一种统一的功能风格,并加以论述。

总之,在这篇文章中,作者把语言功能变体和文学体裁的关系分析得极为透彻,所涉及的风格方面的特点也都有新意。

综述:从这一时期的论文来看,对于语言风格的研究逐渐深入,已有几篇论述了语言风格学的理论体系问题。特别是有关语体风格和作家作品语言风格的单篇论文数量较多,但仍有许多不足。例如作家作品语言特点,受时代的影响,侧重于朴实、平淡的风格,在论述上当然就有所局限。另外,在理论上,深度和广度都还不够。

第三节 汉语修辞学专著中的语言风格论

一、郑远汉《现代汉语修辞知识》的言语风格论(1979)

武汉大学教授、博士生导师(详见第四章)郑远汉编著的《现代汉语修辞知识》，湖北人民出版社，1979年8月第1版。该书是当代学术"复兴期"出版较早的现代汉语修辞学专著。全书除绪论外共五章。最后一章言语风格和语体类型，从修辞学角度系统讲解了言语风格和语体类型的基本知识。在言语风格部分讲解了什么是言语风格、言语民族风格、言语时代风格、言语个人风格和言语的功能风格(语体)，涉及了导论、定义论、类型论等风格学的基本原理的主要内容。

本书对语言风格学理论的贡献，主要有以下几方面：

（一）在定义论、本质论方面，所属学科的角度明确，对"边缘性"的"作家语言风格"研究关系清楚，对一些共性风格的"本"和"末"重点突出，颇有创见。

首先讲风格概念，作者说明了风格的各种涵义，指出"言语风格是人们在运用语言中形成的特点的综合"，即属于"综合特点论"。同时指出语言风格学和文学风格学不同。仅就作家的"语言风格"而论，可以从文艺学和语言学两个不同的角度进行研究，"就是说，作为语言学的风格学，它研究作家的语言风格要着重研究作家在运用全民语言中形成的个人特点"。同时指出风格学还要研究言语的民族风格和时代风格。认为民族风格的"本"是不同的民族语言，时代风格的"本"是古代汉语、现代汉语，……但是作为言语风格学，它所关心的仍然是"末"的方面，也就是不同民族语言在运用中表现出来的特点和这些特点的综合。（第184页）以此明确了风格学的研究对象。（第185页）

（二）在成因论、类型论方面，作为广义的言语风格学，对"言语的民族风格"、"言语的时代风格"和"言语的个人风格"等都能从言语特点和运用语言的民族、时代、个人特点等方面论述。这是对前一时期广义风格论的综合继承，避免片面。

关于言语民族风格，作者在引述茅盾有关民族风格的论述后指出,"言语的民族风格,是使用这种语言的人长期形成的,与民族习惯、民族心理有关系,与民族语言本身的结构特点也有关系"。(第186页)同时作者还谈到研究言语民族风格,对于写作和翻译工作都是有意义的。

关于言语时代风格,作者首先指出"不同的历史时代,在语言的运用上表现出不同的特点,这就是言语的时代风格"。并说明掌握言语时代风格必须了解各个时代的社会情况和言语活动自身的变化规律。文中通过不同时代同一文体语言特点的比较分析得出结论,"总之,不同的时代有不同的言语风格。这是全面地、综合地分析结果,不能只看某一点,某一面"。(第192页)强调了分析的系统性、全面性,防止以点代面,以偏概全。

关于言语个人风格,作者首先指出"言语个人风格是个人在遣词、造句等方面的特点的综合表现。"强调"不是任何人都有自己独特的言语风格的","形成独特的风格,是语言运用纯熟的结果"。同时还说明各种不同层次的风格之间的关系:"民族言语风格,时代言语风格是个人言语风格的基础,个人言语风格是一个民族,一个时代言语风格的表现,具有个性的体现"。(第192页)在具体比较分析个人风格的差异和特点时,作者说"要深入认识作家的个人言语风格,必须具体研究他们在遣词、造句上,表现方法上,表现出来的特性。有时甚至对于标点符号的使用,也能显示出作家个人使用语言的某些特色"。(第185页)这样就避免了抽象、笼统地使用一些传统表现风格的术语,即把抽象概括和具体分析结合起来。

(三)在方法论上,本书注意概括每种言语风格特点运用适当的方法。如对言语的时代风格要注意全面地、综合的分析,不能只看某一点、某一面;对言语个人风格分析,要注意作者个人遣词造句和表现方法上的综合特点;在风格特点的概括上要注意具体分析,避免抽象、笼统地使用传统风格论的术语等。此外,对"功能风格"的研究,则强调要从语言的交际功能出发,分析概括言语的风格类型等等。

在"语体类型"部分,本书谈到了语体含义、类型和各种类型的语言特点等。作者首先指出:"语言是人类的交际工具。随着交际任务、交际对象和交际方式等的不同,言语活动就形成许多不同的特点,不同的风格。"这种从语言的交际功能出发建立起来的风格类型叫言语的功能风格,一般称作"语体"或"文体"。(第197页)

对于语体风格的类型,作者认为可以分成口语体和书卷体两类。(书卷体又称"文章体")又可再分成口语——会话体,科学——技术体,公文——事务体,诗歌——文艺体,时评——政论体。即两类五体。

书中举例说明口语体和科学体、文艺体和事务体以及时评体的功用、范围及其语言材料、表达手段方面的特点,最后说明研究语体对于语言运用、语文教学以及语言研究都是很重要的。

总的看来,本书的言语风格论创造性地吸收了国内外前辈学者关于言语风格学的理论,具有论述简洁、例证精当、条理分明、不断出新的特点。如论各种风格的关系,谈民族风格、时代风格的"根"和"末"等等,可以说为其后编著《言语风格学》奠定了理论基础,在学术界产生了一定的影响,在风格学史上作出了独特的贡献。

本书的美中不足是对言语风格论的一些问题深入论述不够,对形成言语风格的语言风格手段和非语言风格手段等,没有明确归纳,对语体类型的讲解,主要是谈词语、句式等特点,对修辞方式的特点和语体的总特点以及风格色彩则概括较少。

二、王希杰《汉语修辞学》的语言风格论(1983)

王希杰,南京大学教授,博士生导师,曾兼任中国修辞学会秘书长等职,出版了《汉语修辞学》、《修辞学新论》等专著,参加了《新编现代汉语》、《语言学导论》等编写工作,对语言风格理论的教学和研究作出了重要贡献。

1983年12月,王希杰出版了修辞学专著《汉语修辞学》(北京出版社)。该书共分12章,其中第三章"语言的变体和同义手段的选择"中的第五部分"风格变体"、第十一章"语体风格"、第十二章"表现风格"等三处谈到风格学的内容。作者主要是从风格变体谈起,着重论述了语体风格和表现风格。

本书的著述特色和理论贡献,主要有以下几方面:

(一)在成因论方面,发展了前两个时期关于风格形成的"言语变体论"和"主客观二因论",并从语言风格学的角度,阐述得简明系统,多有独创。

关于语言风格形成的因素,作者认为语言风格形成有两方面的因素:一是客观因素,二是主观因素。客观因素是指"语言材料和修辞方式的特点及其风格色彩,交际环境和交际对象,也包括交际目的和内容等因素"。(第86页)在谈语言风格形成的主客观因素时,作者认为,"使用语言的人的条件、特点,是形成不同的语言风格的主观因素。人们的思想作风、生活经历和语言修养就是不同语言风格得以形成的主观因素"。(第90页)关于风格形成的主、客观因素问题,早在19世纪德国文论家、语言修辞学家威克纳格已有论述,本书有了创造性的发展。

关于风格变体。作者认为影响语言风格的主、客观因素的内容并不是一成不变的,如果影响语言风格的主、客观因素变化了,语言风格也就会随之发生变化,也就是说语言风格可能产生变体。该书给风格变体下的定义是"由于风格的不同而构成的语言的变体,就叫做风格变体"。(第83页)从这个定义中我们可以看出,作者所说的风格变体实际上就是风格类型形成的原因。作者把语言风格的变体分为语体风格变体和表现风格变体两种。

（二）在类型论方面，从语言风格学角度，阐述得全面新颖，特别是对语言的"表现风格"的理论概括和术语使用，发展了陈望道的"表现类"语文体式风格论，在学术界产生了广泛的影响。

关于语体风格。作者给语体风格下的定义是"交际的目的、内容、对象和条件等因素对语言材料和修辞方式的选择有着极大的制约作用。当这些因素相同时，在选择语言材料和修辞方式方面就会出现一些共同的特点，表现出比较一致的语言风格。这种风格就叫做语体风格。根据语体风格的异同划分出来的类别，就叫做语体"。（第91页）。作者使用了"语体风格"这一术语，可见作者是承认语体风格只是语言风格中的一类，语言风格包括语体风格。作者还给语体进行了分类，认为语体可以分为：公文语体、科技语体、政论语体、文艺语体四大类，每类下又可分出小类。该书在第十二章专门用了一章的篇幅对各种语体进行了详尽的分析。主要是总结各种语体的特点，以及各类语体下的小类的分类情况。另外，书中还提出了语体和文体的区别。作者认为"语体和文体是两个不同的概念。语体是根据语言风格的异同来划分出来的，文体指的是文章的体裁。语体不限于文章，也包括口头语体。一种语体还可以包括不同体裁的文章，如散文体就包括小说、散文、童话等"。（第92页）

关于表现风格。作者认为从表现手法上来看，由于表现的手法的不同，可以形成不同的语言风格类型，这样的风格类型就是表现风格。作者把现代汉语的表现风格分为三组六种类型：藻丽——平实，明快——含蓄，简洁——繁丰。作者在对每一种表现风格阐述时都尽量做到贯通古今，把古代有关表现风格的理论加以梳理。

作者在第三章谈到"风格变体"时指出，"表现风格，是由于表现手法的异同而形成的一种语言风格类型"。并强调"从表现方法方面看问题，不同的民族，不同的时代，不同的语体，不同的个人，在运用语言方面可以有某些共同之处；相反，同一个民族、同一个时代、同一种语体、在不同的个人那里,在语言运用方面也可以表现出某些不同之处;同一个人,由于交际的内容、对象、环境的不同,在语言运用方面也可以表现某些不同之处"。这段话全面概括了语言表现风格应用的广泛性、类型的多样性和概括的系统性,在学术界颇有影响。如张德明的《语言风格学》就曾经引用、发挥。

(三)在"方法论"方面,发扬前人的理论方法并有个人创造性的应用,在虚实结合,举例说明的论述方法上也注意不断出新。

本书在第一章"修辞研究的方法"中提出了"修辞研究主要方法是归纳、比较、统计等"。最后"结语"讲"修辞学和辩证法"。这些研究方法也贯串在本书的语言风格论的论述过程中,即影响到其"著述方法"。如讲"风格变体"和"风格类型"都运用了发展变化和对立统一的观点及比较、归纳的方法。作者还特别举例说明了比较法、统计法对修辞风格研究的重要性。(第15~17页)

总之,本书从修辞学角度系统地论述了语言风格学基本原理的各方面,比较深刻又多有独创。由于和张静主编的《新编现代汉语》是同一人执笔,所以二者的风格论基本一致。如语言风格定义论坚持"综合特点论",成因论坚持主客观二因论;类型论重点讲"语体风格"和"表现风格"等。不过《汉语修辞学》第三章"语言的变体和同义手段的选择",谈到四种语言变体,其中"风格变体"是风格论的理论基础,发展了国内外的"变异论"和"变体论"以及选择修辞同义手段在形成语言风格中具有重要作用的理论。

因此,本书的语言风格论受到了学术界的充分肯定和好评。如吴礼权、邓明以著《中国修辞学通史》(当代卷)在评价此书的独特贡献时,概括为三个方面,其中包括风格论:(一)理论化、系统化的特点十分突出。如第三章对"语言的变体和同义手段的选择"的论述,不仅有力地论证了"语言变体的选择"与"同义手段的选择"两者的同一关系,而且具体地论述了语言变体的四种表现形式(地域变体、言文变体、社会变体、风格变体)及其修辞特点。
(二)善于在继承中有所发展。如本书第十二章所论的六种修辞表现风格继承了《陈望道修辞学发凡》中的八种修辞风格而来,但在举例与分析方面与《发凡》相比,显得新颖而细密,有不少创见。
(三)强调辩证法的观点十分突出,如对表现风格中的藻丽与平实,明快与含蓄,繁丰与简洁六体三组关系的论述,都是将辩证法运用到修辞实践的典型表现。

　　本书的美中不足:吕叔湘在序言中指出本书忘了说明有一个原则贯串于一切风格之中,也可以说是凌驾于一切风格之上。这个原则可以叫做"适度",即"恰当"。另外,《中国修辞学通史》(当代卷)也指出,本书风格论三大板块之间的有机联系,在总论部分缺少必要的论述。(第180~183页)同时,我们认为对"语体风格变体"和"表现风格变体"之外的"其他风格变体"也应作"重点"之外的一般概述,以使语言风格变体论更加完善。

　　三、王德春《修辞学探索》的语体论、风格论、文风论(1983)

　　王德春,上海外国语大学教授,博士生导师(详见第四章)。作者在1983年2月出版了《修辞学探索》(北京出版社)一书。该书是研究修辞学的论文集,共收入论文10篇,其中除1篇专门论述风格学内容的文章外,还有5篇直接涉及到风格学问题。作者讨论的风格学方面的问题主要有语体、风格和文风等方面。本书在语体风格论方面的贡献主要有三方面:

　　首先,本书对50、60年代"建设期"讨论的建立汉语修辞学、风格学和树立新文风问题,提出了自己的整体构想和理论主张,对相关学科的研究和建设起了一定的推动作用。

　　关于建立新学科——风格学的构想。该书在《语言学的新对象和新学科——言语和修辞学》一文中提出建立风格学新学科的构想。"语言学中研究语言使用的这门学科究竟叫什么名称呢?可以叫修辞学。从提高表达效果这个角度来看,不仅要求用词造句确切生动,也要求段落篇章条理清楚、层次分明,还要求有一定的风格特色。也可以叫做风格学。语体是一种功能风格,文风是使用语言的作风,修辞现象和篇章结构也与风格有关。有人建议叫做辞章学或言辞学。只要它们研究的是使用语言的特点和规律,术语的采用,可以进行讨论。按照使用语言状况的各个方面,分设几个学科来研究也行。比如说,可以把研究语体的学科叫做语体学;研究文风和风格的叫做风格学;研究修辞方法的叫做修辞学;研究篇章结构的叫做作文法等等。也可以把语体、文体和风格列入风格学;把修辞和篇章结构列入修辞学等。究竟如何分科,要看研究的程度和需要";"为了研究语言的使用,语言学中除了现有的语音学、词汇学、语法学等分科外,还需要建立像修辞学或风格学这样的新学科"。(第18~19页)在这里虽然作者还没有把风格学作为一门学科时要研究的对象、性质等界定清楚,但作者提出建立新的学科——风格学这一构想,说明作者已经认识到风格学研究的重要性和必要性。

其次,本书对语体理论的系统内容作了比较全面的论述,对现代汉语语体学的研究和建设奠定了理论基础。

关于语体的论述。该书除了有一篇专门的文章论述语体外,其他还有五篇文章都不同程度,或从不同角度对语体问题有所探讨。

本书《论语体》共分 8 个部分,分别从语体的定义、语体分类、各类之间的关系,以及语体的意义等方面作了全面的阐述。第一部分主要论述了什么叫语体。作者这样说道:"由于人类社会生活的复杂性,在不同的社会活动领域内进行交际时,由于不同的交际环境,就各自形成了一系列运用语言材料的特点,这就是言语的功能变体——语体。"(第75页)可见作者认为语体就是言语功能变体,并且作者用了"语体"这个术语,而没有用"文体"或"语体风格"等术语。第二至六部分主要是对语体进行分类。作者首先把语体分为谈话语体和书卷语体,然后又把书卷语体分为科学语体、艺术语体、政论语体、事物语体,并且分门别类对各种语体的性质、特征进行了细致的分析;第七部分论述了各类语体之间的相互关系。作者认为语体与语体之间既相互排斥又相互渗透。语体虽然是在历史的发展过程中逐渐形成,但对于同一语体来说,在同一历史时期具有相对的稳定性,也就是说"每种语体具有自己典型的、公认的表达手段和方式,这些表达手段和方式对于其他语体却往往是不调和的,相互排斥的"。(第 92 页)语体之间具有相互排斥的关系,但并不是说语体之间就完全不能相互调和,有时为了取得某种表达效果,语体之间也可以相互渗透。语体之间的相互渗透表现在两个方面:"第一,语体的个别要素在一定的条件下可以向其他语体转化"。"第二,在人类社会的全部复杂活动中,不断出现种种中间的、混合的语体现象"。(第 93~94 页)最后第八部分主要论述了语体理论的实践意义。作者认为语体理论对语言的运用有很大的指导意义,文中主要谈了语体理论对语言教学方面的指导意义。"在语言教学中,语体理论可以指导编选教材和改进教学方法,更有效地提高学生使用语言的能力"。

除了《论语体》一文外,其他还有五篇论文(《现代修辞学的发展趋势》、《语言学的新对象和新学科——言语和修辞学》、《使用语言的环境》、《社会语言学、言语规律和修辞对象》、《语境是修辞学的基础——纪念〈修辞学发凡〉出版五十周年》)从不同的角度对语体作了说明。

在《现代修辞学的发展趋势》一文中,作者主要介绍了国外的一些语体理论。如"苏联修辞学自五十年代起就重视语体的研究,把民族语言的语体同作家个人风格区别开来。穆拉特的《论修辞学的基本问题》从普通语言学的角度论述了语体,格沃斯杰夫的《俄语修辞学概论》中,指出语体是依赖言语目的和内容的语言体系的变体。……谢格纽克也认为,语体一方面是具有一系列潜在特征的一种语言现实类型,另一方面是在话语中的具体实现";"英国功能学派语言学家哈利迪于1964年提出语域概念,认为语体就是由于使用语言的场合不同而产生的各种语域变体"。(第7~8页)除此之外,还介绍了美国社会语言学家费什曼和海姆斯的观点,这些介绍有利于我们的风格学研究。《语言学的新对象和新学科——言语和修辞学》一文主要是从语体的地位及作用来谈的,作者认为"语体是客观存在的,使用语言的人,除了受全民语言的一般规范的约束,还要受它的约束。所以,语言学也要研究语体。特别要研究文学作品中使用语言的特点"。(第16页)其他三篇文章《使用语言的环境》、《社会语言学、言语规律和修辞学对象》、《语境是修辞学的基础——纪念〈修辞学发凡〉出版五十周年》是从语体与环境的关系方面来论述语体问题的。作者认为"语体就是言语的功能变体,是由于语境不同而形成的使用语言特点的体系。语境的客观因素对使用语言起很大约束作用"。(第65~66页)

再次,本书对风格和文风关系问题有系统论述,发展了高名凯关于"文风中的风格问题"的理论。

关于文风和风格的问题。对文风和风格的问题作者主要谈了文风、风格与言语环境的关系,以及风格与文风的关系等。

1、文风和风格与言语环境的关系。作者在《使用语言的环境》、《社会语言学、言语规律和修辞学对象》等3篇论文中谈到了文风和风格跟言语环境的关系。作者认为"文风是人们使用语言的作风,它是思想内容与语言形式的辩证统一关系的表现;风格是人们使用语言的特色,是个人使用语言特点的综合。研究文风和风格要以分析特定的言语环境,特别是以分析使用语言的个人

及其表现的思想为基础,这是十分清楚的"。(第32页)

2、言语风格与文风的关系。作者认为言语风格与文风有着密切的关系,"文风是形成个人风格的基础。它也依赖构成环境的主观因素,特别是阶级思想这个因素;但同时还依赖于客观因素,特别是时代的因素;言语风格是在文风基础上的进一步创造,是个人使用语言的特色和格调。……言语风格以文风为基础,因而要受文风的约束。在一定时期、一定阶级的统一文风的基础上,个人依赖于构成言语环境的主观因素进一步创造而形成言语风格。文风和风格的关系是使用语言作风的一致性和格调多样性的统一"。(第43~44页)

总之,该书对语体、文风、风格等问题作了可贵的探索。有几个概念问题值得再提一下,书中所说的语体相当于我们现在所说的语体风格;书中除了"风格"这一术语外,还出现了"个人风格"、"言语风格"两个术语,但从上下文的内容来看,作者认为三者的内涵是一样的。故在该书中"风格"相当于"个人风格"、"言语风格",是与语体并列的一个概念,而与今天我们讲的广义上"风格"的外延不一致。

综上所述,本书作为《修辞学探索》的论文集,实际上是修辞学、语体学、风格学的论文集。从广义修辞学的角度论述了语体、风格和文风问题,从建国初期起步研究,时间跨度较大,以此打下了作者后来撰写《修辞学词典》、《语体略论》、《语体学》等专著的理论基础,我们从作者历时研究成果可以窥见中国当代语体风格论发展的一条线索,也可以看出作者语体风格观发展的一贯性和某些新探索以及理论渊源。美中不足的是作者在本书中对外国风格论译介有余,而对中国传统风格论借鉴不够。

四、宋振华等主编《现代汉语修辞学》的语言风格论(1984)

宋振华,(1922—1998)原东北师大中文系教授,研究生导师,长期从事普通语言学的教学和研究，是我国著名的理论语言学家。曾兼任东北修辞学会会长，语文出版社社外编辑等职，著有《语言学概论》、《语言理论》等书，参加主编了《现代汉语修辞学》等专著。

宋振华等主编的《现代汉语修辞学》(1984年9月，吉林人民出版社)，是现代汉语修辞学的专著，共分10章，其中专门辟出一章讲述语言风格问题。在这章中分两节谈了两个问题：一是语体风格；二是表现风格。在综合借鉴，继承传统的基础上发展了语体风格论。语体部分由辽宁师大赵德诛执笔，风格部分由延边大学张德明执笔。

首先，对语体风格的理论，本书善于吸收前一时期和同一时期的研究成果，进行全面系统的论述，从语言交际功能出发，说明语言特点和语体类型，口头语体和书面语体，语体分类和语言形式以及语体的相对稳定和交叉渗透等互相关系。

在语体风格这一节中作者主要谈了语体的定义、语体的类型、口头语体和书语体跟口头谈话和书面表达的关系以及语体的交叉等问题。

1、语体的定义。作者认为"由于交际的对象、内容、目的和环境的不同，在运用民族语言材料上，必然要形成一些不同的特点。这些不同语言特点所综合的语言表达体系叫做"语体"。作者认为语体的差异是由于语言手段的差异造成的。

2、语体类型。该书关于语体类型谈得比较详细。作者认为根据语体的社会功能和构成语体的语言材料及修辞方式选择上的差异，可以把语体分为两大类，即口头语体和书面语体。进而以对口头语体和书面语体的特点进行了分析。并且按功能把书面语体进行了再分类，分为文艺语体、科学语体、政论语体、公文语体四种。

3、口头语体和书面语体跟口头谈话和书面表达的关系。该书中作者还提出了口头语体、书面语体跟口头谈话、书面表达的关系。作者认为"并不是所有的口头谈话都是口头语体,任何一种语体都可能有口头和书面两种表达形式。口头语体可以用口头(声音)表达,也可以用书面(文字)表达。书面语体可以用书面表达,也可以用口头表达。反过来,任何一种表达形式都可能体现两种语体。"

4、语体交叉。作者认为:一般来说,语体是相对独立的,但是因为语言是为社会服务的,社会需要语言就得作出相应的变化。社会的发展变化对语言提出了要求,"随着交际范围的扩大和交际任务的增多,各个语体之间又互相影响、互相渗透、互相融合,这就形成了语体的交叉"。(第260页)但是需要说明的是,交叉并不妨碍各个语体的相对独立性,我们依然能辨认出各类语体来。

其次,对表现风格的理论,本书继承中国传统体性风格论和现代表现风格论的研究成果,并结合概括现代常用的表现风格术语、类型及其在语体风格、时代风格、流派风格和作家个人语言风格方面的分布情况,对语言表现风格的定义、形成、类型、应用和优劣对应关系等都作了比较全面的探讨。

对七组十四体的表现风格列表概括,为执笔人后来写《语言风格学》的表现风格论打下了理论基础,在学术界产生了一定的影响。

1、表现风格的形成。作者认为"表现风格,是由于人们运用语言修辞方式和表现方法的不同而形成的一种风貌、格调"。(第262页)语言的修辞方式和表现方法是形成表现风格的重要因素。

2、表现风格的类型。该书对表现风格作了细致的划分。把表现风格划分为七组十四种:一、简约和繁丰;二、含蓄和明快;三、朴实和华丽;四、庄严和幽默;五、文雅和通俗;六、谨严和疏放;七、豪放和柔婉。其中含蓄和明快、庄严和幽默、文雅和通俗等是前期很少讲到的。值得一提的是,作者总结了表现风格的成因和优劣的对立关系,并列出以下表格,以作对照,使人一目了然,体现了风格辩证法和风格的相对优劣的对应规律。

成　　因	优	劣	优	劣
1. 表现的含量用语的多少	简约	苟简	繁丰	繁冗
2. 表现的手法用语的曲直	含蓄	晦涩	明快	浅露
3. 表现的文采用语的浓淡	朴实	鄙陋	华丽	绮靡
4. 表现的气氛用语的庄谐	庄严	呆板	幽默	油滑
5. 表现的程度用语的深浅	文雅	古奥	通俗	庸俗
6. 表现的态度用语的严宽	谨严	拘谨	疏放	粗放
7. 表现的气象用语的刚柔	豪放	粗放	柔婉	纤细

（第280~281页）

3、风格培养。作者在最后一部分谈到了风格的培养问题。提出培养风格要注意3点:一、百花齐放;二、辨别优劣;三、加工锤炼。总结这些规律,具有指导实践的意义。

以上是《现代汉语修辞学》中对风格理论问题的探索。在语体风格部分主要讨论了语体分类,总结了各种语体类型的特征以及语体交叉问题。在表现风格部分,主要论述了表现风格的形成、表现风格的类型和风格的培养等。另外,作者还把表现风格的成因和优劣的对应关系作出总结,归总到一个表格,这些对风格学的研究都有借鉴意义。总之,该书对风格学的研究作出了独特的重要的贡献。

本书的不足主要是对各类表现风格的语言特点和修辞方式全面系统的归纳不够,如对豪放与婉约风格,制导因素谈的多,物质因素谈的少。

第四节 现代汉语教材和专著中的语言风格论

一、张静主编《新编现代汉语》的语言风格论和文风论(1980)

张静,1929 年生,当代语言学家,毕业于东北师大中文系,曾任郑州大学教授,河南信阳师范学院院长、教授,河南省教委副主任、河南语言学会会长、中国修辞学会会长等职。主编了《新编现代汉语》,出版了《语法比较》、《文学的语言》等专著,一贯重视文学语言和语言风格的教学和研究。

张静主编的《新编现代汉语》(上海教育出版社,1980 年)专门设有一章"风格和文风"。其中第一节是"语言风格",第二节是"文风"。"语言风格"这一节中共分三部分:第一部分"语言风格的概述"中主要论述的语言风格的定义、特点、形成、类型等;第二部分主要具体论述了语体风格;第三部分主要论述表现风格。

本书的语言风格论和本时期同类教材胡裕树主编的《现代汉语》、张志公主编的《现代汉语》中的风格论比较起来,共同点都是现代汉语修辞知识中的广义的风格论,不同点即本书的独创体系和历史贡献,主要有以下几方面:

(一)本书在高校现代汉语教材中首次系统地讲授"语言风格"知识,包括语言风格的定义、特点、成因、类型等理论,不专讲"语体"知识,而是把"语体风格"作为一种语言风格的变体或分体来讲授。

(二)在语言风格的定义论方面,本书主张语言运用的"综合特点论",并简明概括语言风格的两个特点:"整体性"和"反复性",这同宋振华、王今铮《语言学概论》的提法是"同中有异",即有独创性。

首先,作者给语言风格下的定义为"语言风格,是指运用语言所表现出来的各种特点的总和"。(第229页)可以看出作者的这个定义是综合特点论。这种观点在我国影响较大,也是学术界比较熟悉的、公认的观点。在这之前也有人持这种观点,如潘允中在《毛主席的语言风格》(《中山大学学报》1960年第2期)中,宋振华、王今铮主编的《语言学概论》(1979)中都有类似的看法。在这以后张志公主编的广播电大教材《现代汉语》(下册)中也持有类似的观点。

其次,作者认为语言风格的基本特点有两个:一是整体性,二是反复性。语言风格的整体性是指:语言风格是指运用语言的各种特点的总和,因此,分析语言风格时,必须从全局出发,从整体上把握对象,才有可能正确分析语言风格,这就是语言风格整体性的特点。语言风格的反复性是指:"语言风格是多次反复特点的总和,而不是某些个别的、偶然的因素的总和"。(第232页),全面认识语言风格的整体性和反复性特点,有利于我们正确分析语言风格。认识到语言风格的整体性,我们在分析语言风格的时候,就"不能简单地把各种特点一一罗列起来,而应当分清主次,看到各个特点之间的相互关系,抓住主要倾向"。(第231页)了解了语言风格的反复性特点,我们在分析语言风格时,就应"分清一般和个别,常例和特例,排除偶然性因素的干扰,抓住多次反复的稳定的东西"。(第232页)

(三)在语言风格的"成因论"方面,本书从语言风格学角度发展了国内外关于风格形成的"主客观二因论",进一步明确规定了"客观因素"和"主观因素"的具体内容。

作者认为语言风格的形成有客观和主观两方面的因素。"语言风格形成的客观因素,主要是指语言材料的特点、修辞方式的特点、交际环境(包括交际对象)的特点等因素"。(第233页)"语言风

格形成的主观因素,是指使用语言的人具备的某些特点和条件,包括人们的思想作风、生活经历和语言修养"。(第238页)

(四)在语言风格的类型论方面,本书从广义风格论出发概述了语言的民族风格、时代风格、个人风格、语体风格和表现风格等五种风格以及个人风格与各种共性风格的关系。重点讲述了语体风格和"表现风格",在理论观点、例证材料和术语使用上都有一定的独创性。

关于语言风格的类型。作者认为"从不同的角度可以把语言风格分为若干不同的类型。运用不同的民族语言表现出来的不同特色,叫语言的民族风格;不同时代的人运用同一民族语言,表现出来的不同特色,叫语言的时代风格;个人运用语言,表现出来的不同特色,叫语言的个人风格。语体风格是从交际的内容、目的、对象、条件等方面划分的语言风格类型;表现风格是从表现手法方面的特点来划分的语言风格类型"。这样从不同的角度来给语言风格分类,不仅仅局限于语体风格和表现风格两种类型,对语言风格考查的更全面,更详细。同时作者还提出了个人风格和时代风格、民族风格的关系,作者认为,"语言的个人风格和语言的民族风格、时代风格之间的关系是个别和一般的关系:语言的民族风格是该民族的一切成员的个人风格的概括,语言的时代风格是该时代的一切成员的个人风格的概括。既然是概括,当然只能包括那些共同的、稳定的、本质的特点。语言的个人风格是语言的民族风格时代风格在个人身上的具体体现。因此它更为丰富多彩"。(第241~242页)

本书把"语体风格"和"表现风格"作为重点,因此论述较多,除在"语言风格概述"部分对语体风格定义及简单分类有所论述外,还专门列出一部分详细论述各种语体。

首先,本书认为"语体风格"是由于受交际因素制约而形成的

中国现代语言风格学史稿

语体风格,即指"交际的目的、内容、对象和条件等因素,对语言材料和修辞方式的选择有着极大的制约作用。当这些因素相同时,在选择方面就会出现一些共同的特点,表现出比较一致的语言风格。这就是语体风格"。(第243页)然后对"口头语体"和"书面语体"及相互关系进行论述。

其次,表现风格也是作者重点论述的内容,除了在"语言风格概述"部分提到了表现风格的定义、分类外,该书还专门划出一部分详细分析了各类表现风格的特点和适用范围等。该书把作者表现风格定义为"根据表现手法的异同,可以把语言风格分为几种类型。表现风格,就是这些风格类型的总称"。(第244页)教材中又指出"语言的表现风格,是相当复杂纷繁的。不同时代、不同的民族、不同的语体、不同的个人,在运用语言方面可以有某些共同之处;而同一时代、同一民族、同一个语体,在不同的个人笔下,在语言运用方面也可以有某些不同的地方;同一个人,由于语体不同,所运用的语言材料和修辞方式也不全一样。根据我国传统的分析方法,结合现代汉语的实际,我们把表现风格分为以下三组相互对立的类型:藻丽——平实,明快——含蓄,繁丰——简洁"。(第244页)在这里作者把表现风格分为3类6种,还不算全面,前人对此已有很多研究,实际上表现风格远不止这6种。但值得注意的是,关于"表现风格"这一术语的使用问题。"表现风格"这一术语源于陈望道著《修辞学发凡》有关文体或辞体的"表现上的分类",但正式把"表现风格"作为一个术语引进大学教材的,就是这本张静主编的《新编现代汉语》。

(五)在"风格"和"文风"的关系上,本书继承前期的研究成果,进一步明确地把二者分开。在第五章作为两种相关的知识讲授,既主张培养各种语言风格,又主张建立准确、鲜明、生动的文风。

最后,该书在第五章第二节"文风"中还谈到了文风和风格的区别。"文风和风格是两个不同的概念。语言风格只指运用语言文字所表现出来的各种特点的总和，它不考虑语言文字所表达的思想内容方面的特点。文风则兼指思想和表达形式两个方面所表现出来的特点"。(第285页)

总的来看，本书风格论体系和后来王希杰的《汉语修辞学》中的风格论是一致的。

此外，作为教材，本书的语言风格论附有相应配套的思考练习题，便于巩固复习。

综上所述，本书在现代汉语教材中较早地讲解了语言风格理论知识，包括定义论、成因论、类型论、文风论等，其风格论是成体系的，在继承、弘扬前人风格论的基础上论述简明，多有独创。如定义论，在综合特点论的基础上，讲语言风格特点，一般是整体性强调多，本书又讲了"反复性"；在成因论上，继承前人主、客观因素的理论，对客观因素中的语言材料因素、修辞因素和语境因素讲得重点突出、条理分明，虚实结合；在类型论上，对个性风格和共性风格的个别和一般关系讲得全面深刻，并较早使用"表现风格"和"语体风格"等术语。美中不足的是对"语体风格"的各类语体风格特色概括总结不够(有的只在行文中说明)，其次对表现风格的适度原则强调不够。

二、胡裕树主编《现代汉语》(增订本)的语体论、风格论(1981)

胡裕树(1918—2001)当代语言学家，笔名胡附，上海复旦大学教授，博士生导师。兼任《辞海》编委及分科主编、《中国大百科全书》语言文学卷编委及语法修辞分支主编等。1945年毕业于上海暨南大学并留校任教。1955年出版《现代汉语语法探索》，1962年主编《现代汉语》，1981年出版修订本。

胡裕树主编《现代汉语》(增订本)(上海教育出版社，1981年)，该书共分为五章，在第五章"修辞"中有一节列为"语体和风格"，论述了风格学理论问题。第一部分是语体类型；第二部分是语言风格。

本书的"语体、风格论"和本时期同类教材张静主编的《新编现代汉语》的"语言风格论"、张志公主编的《现代汉语》中的"文体、风格论"相比，具有明显的不同点，其独特的体系和理论贡献主要有以下几方面：

（一）本书吸收前期语体风格的研究成果，将"语体"和"风格"并列分述，分别论述其含义、成因、手段、类型等知识。

关于语体类型，在这部分里作者主要分析了语体定义、语体类型、语体和表现形式的关系及语体交叉等问题。

1、语体定义。作者认为"语言，由于交际任务的不同，很早形成了不同的语体类型"。"随着人们交际范围、目的对象的不同，人们使用的语言材料在功能上出现了分化。不同的语体运用不同功能的语言材料。这些语言材料在语音、词汇、语法方面具有不同的功能特点，以适应不同语体的表达需要"。（第537页）

2、语体类型。作者认为"从大的方面来看，语体可以分为口头语体和书面语体两大类。口头语体又可分为谈话语体和演说语体两类。书面语体可分为事物语体、科技语体、政论语体、文艺语体四类"。（第538页）像这样先把语体分为口头语体和书面语体两大类，然后下面再分出几小类，是比较流行的分法，也是得到了公认的划分方法。作者还谈了口头语体和书面语体的关系，"口头语体和书面语体的关系很密切。一般说来，口头语体是书面语体的基础，书面语体又可以推动口头语体的发展，使之更为丰富"。（第538页）

3、语体和表现形式的关系。作者分析了语体和表现形式之间的关系，"口头语体和书面语体的典型表现形式是口语和书面语。但是它们并不等于口语和书面语。口语和书面语是人们运用语言的表现形式。许多书面语体存在着口语的表现形式,有些口头语体也有它的书面形式。语体,这是人们在完成特定的交际任务时所形成的书面的语言运用体系,它与表现形式不是一码事"。(第538页)关于这个问题,早在60年代,高名凯在《语言论》已有论述:"口头语和书面语是两种不同的言语形式,不是两种不同的言语风格"。(高名凯《语言论》,科学出版社,1963年)

4、语体交叉。作者认为"各种语体都是人们长期运用语言的过程中形成的,都具有各自的相对独立性。但是由于人们交际范围的扩大,交际任务的增多,各个语体之间也在相互渗透,互相影响,互相融合,形成了许多语体交叉的现象"。又指出"有些语体由于长期地相互影响,渗透,使得融合出现的一些语体样式逐渐稳固下来,就成为一种独立的体裁了。象杂文就是文艺语体和政论语体融合的结果,科技文艺就是科技语体与文艺语体融合的结果"。(第546页)语体的交叉是语体发展的正常现象,这种现象并不影响语体本身的相对独立性。

(二)在语言风格的定义方面,本书主张"格调气氛"论,是广义风格学的格调气氛论,同前一时期高名凯关于狭义风格学的"言语气氛"或"言语格调"的概念所指不尽相同,因为它还讲了语言的"民族风格"和"时代风格"等所具有的"格调气氛"。

关于语言风格的定义。作者谈到"风格"在我国古代文论中大都是用来指作品的言语格调气氛的。因此,作者把语言风格定义为"语言风格是指由于交际情景、交际目的的不同,选用一些适应于该情境和目的的语言手段所形成的某种言语气氛和格调"。(第584页)作者认为"语言风格是存在于言语之中,存在于具体的言语活动之中的。脱离了具体的言语活动,语言风格就失去了存在的意义"。(第547页)所以要把语言风格看成是一种言语格调和气氛。很显然,作者给语言风格下的定义属于"格调气氛论"。早在60

年代高名凯给语言风格下的定义中也提到了"言语气氛和格调"。不过高名凯所说的"言语气氛和格调",主要是指语言的功能风格,即其所谓"一般交际的言语风格、文艺作品的言语风格和个人风格等"。(见《语言学论丛》第四辑,第180页,上海教育出版社,1986年)而本书所说的"言语气氛或格调"则是指语言的民族风格、时代风格和作家个人的语言风格,而不包括作为功能风格的"语体风格"。

(三)在风格的成因论方面,本书从言语的"气氛格调"出发,在讲授形成语言风格的"交际情境"和"交际目的"等因素的基础上,重点讲了"语言风格的构成要素",包括"语言的风格要素"和"非语言的风格要素"(也称"超语言的风格要素")。虽然也吸收了苏联语言风格学的理论,但有所发展。本书认为:

形成语言风格的要素,也可以叫做风格表达手段,语言风格的表达手段可以分为两大类,一是语言的风格要素,二是非语言的风格要素。"语言风格要素存于语言的语音、词汇、语法之中。语音、词汇、语法中都存在许多同义表达手段,为了完成不同的交际任务,就要对这些同义表达手段进行不同的选择。这些体现不同的风格色彩的同义表达手段,是形成语言风格的基础"。(第548~549页)非语言的风格要素包括的范围相当广泛,"语言的风格要素,小到一个音素,大到一个句子为止。有的风格要素超出了这个范围,就称为非语言的风格要素,也称为超语言的风格要素"。(第551页)篇章风格,行文格式,标点符号,图表公式等都是构成风格的要素。

这里重点论述了语言风格形成的"物质因素",在学术界产生广泛的影响。

(四)在风格的类型论方面,讲了语言的民族风格、时代风格、个人风格等,不讲"语体风格"和"表现风格",其表现风格的类型(四组八体风格)是作为个人风格的类型来讲的。并认为"语言的个人风格，又叫做作家的语言风格"。在讲授各种风格类型时，都成功地运用了分析综合法，举例说明法和比较法等。如讲民族风格时比较了同一外文作品不同中文译本(版本)的语言风格；讲时代风格时，比较了解放前后语言运用的词语、句式的变化；讲个人风格时比较了丁玲、赵树理等作家作品的语言个性，既继承了前期语言风格论的研究成果，也有本书作者个人的独创。对各种风格论的理论阐述，严谨缜密，颇有说服力。如：

首先，关于语言的民族风格。在这一部分中作者主要讨论了什么是语言的民族风格、汉语民族风格的特点以及民族风格的作用等。语言的民族风格是指"不同的民族语言，由于语言要素的表现形式不同，语言内部的发展规律不同，必然表现出各自不同的特点来。即使在相同的交际场合，有相同的交际内容和交际目的，它们用来构成语言风格系统的风格手段也会有明显的差别，因而就自然形成不同的言语气氛和言语格调，也就形成了不同的语言民族风格"。(第533页)谈到汉语的语言民族风格，作者总结了两方面的特点："首先，从语言的风格要素来看，像一些汉语所特有的成语、谚语、歇后语及一些表现汉族人民实际生活所特有的词语，这些为广大人民所熟悉的词语，与汉族人民的生活是密切相关的，有的就是从汉族人民生活中提炼或创造出来的。如'愚公移山'……都是能够充分体现汉民族的语言风格色彩的词语。……其次，由于汉语一字一音，双音词占多数，单音词也有相当数量，这就很容易用来组合对偶句；另外在汉语运用中，大量地使用四字格，可以使句式匀称，节奏明快，悦耳动听，这也可以体现汉语所特有的言语气氛"。(第553~554页)谈到语言民族风格的作用，语言的民族风格在翻译中体现得最为明显。因此，研究语言的民族风格，对翻译工作有指导意义。"对翻译工作者来说，当他把别种民族语言的作品翻译成本民族语言的时候，除了在内容上应该忠实于原著外，在语言上就应尽可能做到合乎本民族语言的习惯，保持本民族的语言格调"。(第554页)在这里，作者的论述涉及到了风格的应用。

其次，关于语言的时代风格。在这一部分作者主要论述了语言的时代风格的定义和时代风格的功用。"不同的时代有不同的精神面貌、时习风尚，在语言上也就会有不同的时代风格。语言的时代风格往往就是时代精神的语言体现。它具有极为鲜明的时代感，而和其他历史时期的语言格调迥然不同"。(第556页)随着时代的发展，语言也是在不断地发展变化的，从词语和句式的改变上可以看出不同时代的语言风貌。另外，作者还谈到可以从同一作家语言风格上先后发生的变化，看到不同时代的语言风貌。(第558页)

最后，关于语言的个人风格。作者认为"语言的个人风格，又叫做作家的语言风格。作家在运用语言的时候，除了应该把不违背语言的民族风格和时代风格当作自己的写作准则以外，他还可以运用规范化的现代汉语中所有的财富进行新的创造，构成自己特有的语言格调，这就是语言的个人风格"。作者又说："语言的个人风格是作家的语言个性的体现。这种语言风格的形成与作家思想发展、生活道路和语言习惯是密不可分的"。(第559页)可见作者在这里提到的语言的个人风格，仅仅指作家的语言风格，也就是说仅指作家的个人语言风格，这个概念应属于狭义个人风格范围之内。

作家的语言风格分类。作者认为各个作家的语言风格虽然不尽相同，但某一类作家在运用语言时，还是有其大致相似的言语格调，所以可以划分作家的语言风格类型：1、豪放与柔婉；2、平淡与绚丽；3、明快与含蓄；4、简洁与繁丰。

总之，本书作为综合大学颇有影响的现代汉语教材，在修辞部分如此详细讲授语体风格知识，可见对风格理论非常重视，而且在语体风格基础理论知识的论述上是比较全面、深刻、系统，富有独创性的，在继承、弘扬中外风格论，特别是发展建国初期的风格论

134

方面独树一帜,明确主张将语体和风格分开,涉及了定义论、构成论、类型论、应用论和方法论等,对语体突出了语言的功能特点,语体形成的例证说明,在概括语言要素的基础上,多用语段篇章,准确生动。对风格的定义持"格调气氛论",对风格的成因,全面分析了语言的风格要素和非语言的风格要素,对风格的类型讲的也自成系统,特别是用比较法讲授语言的民族风格和个人风格等也很有说服力。美中不足是在章节安排上有点名不符实,需要调整。如第六节语体和风格一、语体类型,当然主要讲了"类型",同时也讲了"成因",不如改为"语体概说",还可以讲明语体定义。其次在语言风格部分,讲"语言的个人风格,又叫做作家语言的风格",这就不尽全面,因为还有非作家的个人语言风格。作家个人语言风格只是个人语言风格的一个突出代表。

三、张志公主编《现代汉语》的文体论、风格论(1982)

张志公主编的《现代汉语》(下册、试用本,人民教育出版社,1982 年 11 月)。该书是全套《现代汉语》教材中的汉语修辞部分,其中第五章为"文体、风格",是专门讲授风格学内容的。另外,在专题部分《中国修辞学简史》和附录部分"关于言语体和风格的论述"中都有有关风格学的内容。

本书的"文体、风格论"同本时期同类教材张静主编的《新编现代汉语》的"语言风格论"和胡裕树主编的《现代汉语》的"语体、风格论"相比,具有自己的明显特点,其独特体系和理论贡献,主要有以下几方面:

(一)将"文体"(书面语体)和"风格"分开,并按语用目的和思维类型讲授"应用性文体"和"文艺性文体"的形成原因和语言特点,构拟了独特的文体(语体)风格系统,发展了其"辞章风格论"的理论构想。

首先在第三章第一节,作者把文体定义为"为了解决、处理某些实际问题,语言运用上有某些特定的要求,为了感染、感动别人,语言运用上又有不同于前者的特定要求。在语言学科里谈文体,主要是从这个角度说的"。(第200页)作者认为运用语言所形成的文体有两类:一是应用性文体;二是文艺性文体。在这里谈的"应用性文体"和一般常说的"应用文"不一样。应用性文体的范围要比应用文的范围广的多,指除了文艺性文体以外都是应用性文体。另外,作者还探讨了应用性文体、文艺性文体运用语言的特点和要求。在这里作者用"文体"而没有用"语体"或"语体风格",这是有所则重的。据此把文体分为应用性文体和文艺性文体。

接着又把"应用性文体"按应用范围分为"用于生活的应用性文体"、"用于工作的应用性文体"和"用于科研的应用性文体"三类。并指出"应用性文体"在语言运用上有共同的特点,总的要求是简明、准确、平实,使人读了得到十分明白的印象,便于处理工作,解决具体问题。这就论及了实用文体的语言风格特色。对"文艺性文体",本书首先指出:作家创作"要靠抽象思维,但比较多的是运用形象思维",因此"在语言运用上,主要的特点是形象性和具体性"。所以在用词造句上要注意形象化,并运用更多的修辞手法。

本书文体(语体)分类的理论根据是前两个时期都有人谈到的,但在具体分类上本书是独创的,可以说是语言的功能标准和思维标准的结合。同时在举例说明,论述语言上也是通俗易懂,别具一格的。

(二)在风格的定义方面,主张语言运用的"综合特点论"或"综合表现论",但强调它是"语言艺术的综合表现",重视"语言技巧"在形成语言风格中的重要作用。作者给风格下的定义是"风格是语言艺术的综合表现"。(第22页)作者持的是综合特点论。这种观点在我国影响较大,是学术界比较熟悉、比较公认的观点。在这之前也有人持这种观点,如潘允中《毛主席的语言风格》(《中山大学学报》1960年第2期)、宋振华、王今铮主编的《语言学概论》、张静主编的《新编现代汉语》(下册)等都持有类似的观点。

作者强调:"所谓语言风格,就是前面各章节所讲的语言艺术在运用语言的各种场合(书面上表现为各种文体)中的综合表现。从斟词酌句到布局谋篇,到运用某些特殊的语言技巧,综合反映在一句话、一篇文章、一部作品里,就形成了它的语言风格"。这就把语言风格的定义、成因、表现技巧和表现的言语单位都简要地讲清楚了。(第222页)

(三)在风格的类型论方面,将"时代风格,社会风格——文风"作为同一的风格范畴,提倡社会主义现代化的文风;在"语言的个人风格举例"中,讲了三组六体(简洁和细致,明快和含蓄,平实和藻丽)个人语言风格类型,进一步发展了作者在《修辞概要》中的篇章修辞风格论。

书中指出:"一个时代,一个社会使用语言文字有这个时代、这个社会流行的风气、风尚,这就形成了这个时代、这个社会的语言风格——文风"。这里作者是把"文风"当作一种"语言风格"来看的,而且作为"时代风格"、"社会风格"的同义语来讲的,说明"文风的产生和形成与一个时代、一个社会的政治情况、经济情况、文化科学、道德风尚等,也就是物质文明和精神文明的发展情况紧密联系在一起"。(第223页)本文还以历史上朝代兴衰和文风的好坏为例,特别是以明清的八股文和毛泽东《反对党八股》为例,说明一代文风和"时代风格"、"社会风格"的一致性。然而学术界多数人主张要从理论上把"语言风格"和"文风"区别开来。本时期张静主编的《新编现代汉语》已论述过这个问题。同时,王伯熙的《文风简论》一书更作了系统论述。关键是因为文风一般指"具有倾向性的文坛风气",它是语言文字特点和思想内容特点的统一表现,而实质上是某一时代的社会风尚和作者政治观点在文章中的反映。因此,它往往和"文章的时代风格"联系在一起。而"语言风格"则主要指"语言艺术上各种特点的综合表现或语用特点综合表现的格调气氛,因此语言的时代风格和社会风格虽同一代文风有特定联系,但二者是有本质区别的。(详见张德明《语言风格学》语言风格和文风的区别性和联系性)因此本书的风格类型论虽有独特的见解,但尚未得到学术界多数人的认同。

(四)重视语言风格理论的实际应用和批判继承中国古典风格论的传统与现代文学语言风格论的理论。在专题附录中列入了"关于文体和风格的论述"供教学参考。

总之,本书风格论在 80 年代的现代汉语教材中也是颇有影响的,而且在术语、定义、理论上颇有独创性,如对文体(即语体)发展了以思维和交际领域作标准的分类法,提出"应用性文体"和"文艺性文体"相对应。在风格类型上提出"时代风格、社会风格——文风"的理论,在学术界与众不同,不过尚未被普通采纳,本书论证不足。从古典风格理论和现代文风理论来看,一般认为时代风格和文风既有联系,又有区别。

第五节 语言学理论著作中的语言风格论

一、宋振华、王今铮《语言学概论》的语言风格论(1979)

宋振华、王今铮合著《语言学概论》(吉林人民出版社,1979 年10 月),全书共分 6 个问题。其中在第三部分"语言的结构和语言学各部门的基本内容"中列出了"风格学"这一部分,专门讲述风格学的内容,其中包括风格学的研究对象和任务、风格的本质、风格的作用、风格的形成、风格的类型、个人的语言风格等。

本书在语言风格学理论上的突出贡献主要有以下几方面：

（一）关于"风格学的研究对象和任务"的论述，为现代语言风格学的建立进一步奠定了理论基础。这既有助于我们明确风格学和语音学、词汇学、语法学、修辞学的界限，又有助于我们划清语言风格学和艺术风格学、文学风格学等相关学科的界限。而且本书以生动形象的比喻说明语言风格的整体性及其在语言平面上的最高层次性，在学术界产生了广泛的影响。

本书开宗明义提出风格学的研究对象是语言风格。作者认为"风格学的研究对象是语言风格。……风格学的研究对象比语言学、词汇学、语法学、修辞学要复杂广泛的多。它要研究全部语言材料和语言结构，以及在具体运用这些语言材料、结构时所发生的一些情况"。（第170页）作者给语言风格下的定义是"在语言学中，风格是指语言风格，也就是在语言中存在的风格现象。语言风格是一种特殊的语言现象，是在语言材料的基础上，在实际运用语言时产生的现象，是在语言实践中语音、语法、词汇、修辞的基础上形成的许多特点的综合的结果"。（第170页）这个定义属"综合特点论"，在这之前，一些学者都持有类似的观点，但阐述不够。这种观点在我国影响比较大，学术界比较熟悉。本书界说更明确。

关于风格学的任务问题，作者认为"风格学的任务是研究语言风格的本质，语言风格的构成，语言风格产生和变化的规律，语言风格的类型和风格学的研究方法及历史经验"。（第172页）

关于语言风格和文学风格的关系问题。作者认为"语言风格和文学风格有密切的联系，但不能混同起来。文学风格是艺术风格问题，它直接探讨研究的对象，是文学作品的艺术风格问题。其对象是文学（艺术），研究文学作品的表现方法，体系特征及艺术规律"。（第172页）

（二）关于"风格学的本质"问题，这是其他论著很少明确论述的。本书则从哲学的主观性和客观性角度以及理论和实践的关系上明确指出："风格是在语言实践中发生的现象，是在长期交际过程中形成的"。"任何语言风格因素都是极其复杂的综合结果，是许多风格因素结合成的体系"。认为这种体系的特点是它的社会性、特征性和整体性。并在"特征性"中谈到了语言风格的"语感"即"风格感"以及风格的相对性等等，其论述全面深刻。

作者认为语言风格是社会现象，"风格是在语言实践中发生的现象，是在长期交际过程中形成起来的。离开语言的实践，离开交际活动的实践，就没有风格。风格并不体现在离开交际实际的语法的每条规则中，每个单独的音位中，每个单独的词中，每个修辞手段中。只有在交际活动实践中，在一定的语言环境中，形成风格的很多因素都进入语言实践中时，这种综合的结果——语言风格才显现出来"。（第173页）

作者在论述风格的本质时，还提到了风格的特点，认为语言风格是由许多风格因素综合而成的体系，这个体系有三个特点：社会性、特征性、整体性。语言是社会交际工具，语言具有社会性就不难理解了。风格的特征性，我们说的存在某种风格就是指存在着不同于其它风格的特点，也可以说风格就是特征。风格的整体性是指语言风格不是零散性的现象，是整体性的现象。因为风格本身就是一种综合的结果。作者在最后专门提到了不能把风格和形成风格的某些因素混同起来，"用风格因素代替风格、断定风格，是犯了把局部和全体混同，以局部代替全体的错误"。（第178页）这种错误常常给风格学研究带来混乱，如有人看到某一风格因素常出现在不同的文体里，就认为风格的界限是不存在的，因而就得出了不存在风格的错误结论。

（三）关于"风格的作用"的问题，本书非常重视风格的功能。不仅指出了语言风格系统在实现语言作为交际工具中的表达和感受方面具有的两大作用,而且提出了语言风格具体的"平衡作用"和"充实作用"的新概念、新理论,以此丰富了风格学的基本原理。

作者认为风格是从属于语言的现象,风格的作用也是服从于语言来起作用的。作者认为语言风格的作用有两个方面:"一是实现在语言实践中的交际形式、交际范围、交际对象(包括交际双方)、交际的具体环境、交际内容之间的平衡。二是用各种风格功能去充实语言的交际效果。前一种作用可以简称为平衡作用,后一种作用可以简称为充实作用"。(第178~179页)值得提出的一点是,作者在论述风格的平衡作用时提到"风格意义"这一术语,作者认为"风格的充实作用,是语言风格对交际内容的充实作用,也就是使语言增加意义的作用。这种作用通常叫做'风格意义'"。(第180页)很显然,这里的"风格意义"指的是"风格功能"。而我们现在谈到的"风格意义"通常指的"是从语义学角度来讲的风格色彩或风格含义,以区别一般词义中有理性含义或概念含义,是对词语的词汇意义、语法意义和修辞意义的补充和深化"。(张德明《语言风格学》第3页)

(四)关于"风格的形成原因",即风格的成因论问题,本书既善于综合继承,又善于独创概括,从许多方面说明风格成因。包括主观因素和客观因素,共性因素和个性因素,时间因素和空间因素等。在"风格的结构"部分提出了"风格功能",和上述"风格作用"互相照应,并提出了"风格单位"和"风格意义"等概念,形成了独特的风格学术语体系。在这一部分里谈了两方面的内容,一是形成风格现象的因素,二是风格的内部构造。

关于风格的结构。作者在论述风格的结构时运用了几个术语:风格功能、风格意义、风格单位等。风格功能是指语言中能体现语言风格的作用的(平衡作用和充实作用)功能。风格功能也叫风格意义。风格单位是指能独立地实现风格功能的各种单位。"语言风格的结构就是由这些风格单位组成的"。(第185~186页)作者进一步分析,"词、语(特别是熟语)、句子、大于句子的语言片断(段落)、篇章在不同的情况下,都有可能成为独立的实现语言风格功能的单位。从风格学的角度看,它们都是风格单位。也就是它们都有可能具有风格的意义"。(第186页)

(五)关于"风格类型"问题,本书吸收学术界比较公认的看法,也有自己的独创之处,比较全面细致。对语言的"功能风格"突出说明各种风格的语言手段。对个人风格,突出个人风格的决定作用,说明个人语言中的个性化部分,不过是个人在利用民族语言、时代语言作为交际工具时所表现出来的个人特点。强调"研究个人语言风格要注意个人风格中的共性和个性"。这就说明了个性风格和共性风格的互相关系,在学术界也被广泛引用。

本书主张按语言表达方式和交际功能(表达方式、交际双方参加活动情况、交际目的、范围、对象不同等)对语言风格进行分类。

首先是根据所采用的表达方式不同,可以把风格分为口语和书面语。"用嘴巴讲的,也就是直接用口头去表达的,叫做口语(有人叫口语形式)。用文字去书写的,也就是用文字去表达的,叫做书面语(有人叫书面语形式)"。由于口语和书面语的表达形式的特点不同,造成了二者各自具有不同的特点。

其次,本书谈到文体即语体分类。作者认为"按照交际目的、范围、对象的不同,使语言风格形成一些不同的类型。这些不同类型的体式叫做文体。一般可分为公文文体、政论文体、科学文体、文艺文体"。(第190页)各种风格类型的形成都要经过一定的历史演变,都不是偶然的,各种文体的特征也不是固定不变的。"在同时代的各种文体各种风格之间,也是互相影响或相互渗透的。口语和书面语相互渗透着,对话和独白相互渗透着,各种文体之间相互渗透着(如诗和散文渗透着,使散文诗化,使诗散文化,使诗散文化产生散文诗,……)。也有时为了需要,几种文体混合起来,像学校的教科书,展览会或电影中的解说词,也有人主张把这种混合起来的文体,算作一个特殊的语言风格类型,叫混合文体或转化型文体"。(第 204 页)

再次,本书突出谈了个人的语言风格。作者在列举了马克思、别林斯基、格罗特等人关于语言的风格的有关看法,最后归结为"个人语言风格,是个性化的风格或性格化的风格"。(第 205 页)

关于个人风格的内容。作者谈到关于个人风格的内容时这样认为"当我们说个人语言风格时,我们既要看到,个人风格始终是受社会制约的一面,又要看到个人风格是个性化的一面;在个人风格中社会性和个性是结合着的统一着的。个人语言风格中的个性化部分,不过是个人在利用民族语言,时代的语言作为交际工具时,所表现出来的个人特点。特点是每个人的,但他所用的语言却是民族的和时代的"。(第 206 页)

本书还谈到研究个人语言风格的途径。作者首先提出研究个人语言风格时,要注意个人风格中的共性和个性。并以研究鲁迅的语言风格为例,逐层分析研究个人语言风格的程序。这对我们的风格学研究有非常重要的作用。在理论上具有方法论的意义,在实践中具有现实的指导意义,这在当时的同类著作中是不多见的。

总之,该书在同时期同类教材和著作中可以说是研究风格学方面最重要的著作之一。因为该书详尽论述了风格学的研究对象和任务、风格的本质、风格的作用、风格的形成、风格的类型、个人的语言风格等,承前启后,综合独创,建立了由导论、本质论、作用论、构成论、类型论等组成的完整的语言风格理论体系。这是我国语言理论著作中,除高名凯的《语言论》之外,又一本系统论述风格学的专著。可以说,有关语言风格学基本原理的主要理论问题,本书几乎都作了不同程度的论述。

本书的美中不足是没有专题论述风格学的研究方法，只是在前面风格学任务中提出了这个问题，而没有具体说明组成风格学基本原理的方法论问题。这使人感到缺憾。

二、《吕叔湘语文论集》的汉语风格论和风格研究方法论(1983)

吕叔湘(1904~1998)，现代语言学家，中国社会科学院学部委员、美国语言学会荣誉会员、俄罗斯科学院外籍院士，1926年毕业于东南大学外国语文系。1936年留学英国牛津大学、伦敦大学。1938年回国在云南大学、华西协和大学、中央大学任教授、研究员。50年代后任清华大学教授，中国科学院语言研究所研究员、所长，《中国语文》杂志主编，中国语言学会会长等。语言研究涉及各个领域，重点是语法，专著有《中国文法要略》、《语法修辞讲话》(与朱德熙合著)、《汉语语法分析问题》等。在主持语言所工作中发表多次讲话，主张加强汉语修辞和风格研究。

《吕叔湘语文论集》，商务印书馆1983年7月第1版。文集共收入作者1944年至1982年的文章32篇。作者结合自己在语言研究所的领导工作，在谈语言研究和语文教学的文章中多次论及了语言风格学的对象、性质、地位、研究方向、研究内容和研究方法等问题，对我国现代语言风格学的研究和建设起到了引导和推动作用。

(一)本书论述了语言风格学的目的、对象、学科性质和研究方向，有助于我们认识风格学的特点、地位、坚持研究和建设有民族特点的现代汉语风格学。

1961年，他在《汉语研究工作者的当前任务》一文中指出：

修辞学，或风格学，或词章学——这是现代汉语研究的另一部门，目前在我国还是一个比较薄弱的部门。过去我们在这方面作的工作,重点在修辞格的研究和改正词句错误两方面(后一部分属于语法范围),这未免太狭隘,必须突破这两个框框,对这门学科的目的、研究对象、研究方法好好讨论一下,并且研究它的名称。……(第23页)

1983年,他在《把我国语言推向前进》一文中谈到语言学习和语文教学时又进一步指出:

语文教学的进一步发展就走上修辞、风格学的道路,也就是文学语言的研究,这是语言学和文学交界处的学科。(第9页)

早在1958年,他谈到"语言和语言学"时就论及了风格学的边缘性。

语言学和文学的关系也是很密切的。各体文章风格的研究,几乎可以说是语言学和文学之间的边缘科学。(第54页)

(二)本书论述了语言风格学的研究内容和研究方法,有助于我们掌握该门学科的方法论,建立风格学的内容体系。

作者具体指出:

……首先应该学习毛泽东同志关于说话和写文章的指示,苏联和欧洲大陆的'风格学',在方法上有可以供我们借鉴的地方。我国古典的'诗文评'里面也有可继承的东西。结合这几方面,我们能够逐渐建立起来自己的汉语词章学（或汉语修辞学,或汉语风格学）。欧洲学者称这门学问为风格学,既研究不同文体的不同风格,也研究不同作家的不同风格,而首先是研究什么是风格,风格是怎样形成的。风格要素虽然也不外乎字法、句法和章法,但是跟语法研究的角度不同,方法也就不会一样。语法研究主要从排比入手,而词章的研究则需要更敏锐的'风格感',需要更多的想像力,虽然排比之功也不可废,甚至统计工作也有一定的用处。(第23页)

以上谈到了语言风格研究的中外结合法,字、词、句、章排比研究法,统计法,动态研究法以及敏锐的风格感和更多的想像力等。

此外,他还论及了边缘科学一般是跨学科的,需要不同学科的人合作等等。(第11页)

(三)本书论述了语言风格学的成因、类型,有助于研究风格的构成和分类。

关于风格是怎样形成的,作者谈到字词、句、章等言语作品的构成要素,谈到"同义语逐渐取得细致的意义上和色彩上的差别在一般的修辞上,特别是在各种风格的发展上,有很大的好处"。(第43页)他在《简明同义词典》序中又说:

……有文体意义,或者叫做风格意义,例如,'儿童'和'小孩'适用于不同的文体。(第194页)

在《言语作为一种社会现象》中,他谈到语言应用所产生的民族的、地区的、文体的、个人的风格等。指出:

……社会是复杂的,因而语言也就不可能不是复杂的。不同民族的人说着不同的语言,不同地区的人说着不同的方言。……一种语言,写下来的跟嘴里说的不完全一样。书面语里边有各种文体,口语里边也有不止一种风格。……(第113页)

在风格类型上,他论及了语言的民族风格、文体风格和语体风格,文章风格和个人风格等。特别重视民族风格和"翻译体"的研究。他在《语言和语言学》中说:

一种语言的语法结构对于文章的风格有一定的影响,比如汉语里名词的定语一定要放在前头,用汉语写作就很难使用欧洲作家常常使用的包含好些'关系子句'的复杂句。诗歌的句法和格律最能表示一种语言的特点,用欧洲语言翻译旧体诗词,多高超的译手也难做到原诗那样简练,或者使原来的格律再现。甚至有些小玩艺,像回文诗、对联,某些类型的谜语,如果不是在汉语的基础上,也断然不会产生的。(第54页)

同时,他还论及了文章的一些表现风格和个人风格。如谨严和

流畅,简练朴实和花言巧语等。针对有人文章的文字晦涩,意思模糊,他指出:

> 换一种说法,可以说与文章有两个理想:一个是谨严,一个字不能加,一个字不能减,一个字不能换;一是流畅,像吃鸭梨,又甜又爽口。这两种美德,有人长于此,有人长于彼;当然也可以兼而有之,但是不容易。(第13页)

接着说明"这两种风格也可以说是各有适应的场合,都产生好文章",即一组好的风格是不分优劣的。

(四)本书论述了有关语言风格的一些专门术语,有助于探讨学科术语规范。

作者在《通过对比研究语法》一文中说:在普通话内部作比较研究,还涉及了一个方面:某些句式,某些虚词,用在某种环境很合适,用在另一种环境就不合适。比如'我们'和'咱们','被'和'叫、让','跟'和'同'与'及',都有这样的问题。这类问题过去叫做文体问题,有人嫌'文体'二字不好,近于'风格',主张用'语体',我看也不好,因为以前曾经管白话文叫语体文,这段历史离我们还很近。近年来英文的语言学著作里讨论这类问题,常用 resistir 这个字,我想可以叫做语域。语域的研究属于社会语言学范围,也可以说是语法和修辞的边缘学科,是以往探索得很不够的领域。(第150页)

此外,吕叔湘还谈到了新闻语言的准确性和文风问题,这些都是和研究语言风格学有关的问题。

总之,吕叔湘从80年代开始在一系列文章和讲话中论及了建立汉语风格学的意义、目的、理论框架和语言风格的含义、成因、类型以及研究方法和研究方向等问题,起到了理论指导的作用,可惜没有风格学的专门论著发表,因此其风格论显得分散,不够系统。

三、赵世开《现代语言学》的应用语言学和语言风格论(1983)

赵世开(中国社会科学院研究员)编著《现代语言学》(1983,知识出版社),该书共分 10 章介绍了现代语言学的知识,其中在第八章"应用语言学"中谈到了风格学的内容。首先,作者谈到语言风格学属于应用语言学。其次,作者谈到了广义的风格和狭义的风格。作者认为应用言语学有广义和狭义之分,"广义的应用语言学包括应用计算机或数理方法对语言现象作综合的研究,其中包括计算语言学和数理语言学。随着语言科学的发展,语言学应用的方面越来越广,例如,风格学的研究……"。(第 97 页)除此之外,作者在谈数理语言学时,谈到语言学想从统计学的观点进行语言类型的比较研究,"统计语言学也包括风格的研究,广义的风格包括除地区方言以外的各种语言的共时变体,狭义的风格专指文学语言的语言特点,它的目的之一是为了鉴别不同作家的语言风格。风格学研究也在试图运用现代语言学的理论和方法,这正是它属于应用语言学范围的原因"。(第 101 页)作者把风格学作为应用语言学的一个分支学科,指出了风格学的学科性质。有助于我们研究语言风格学的学科属性和内部分类。

四、王振昆等著《语言学基础》的风格学性质论(1983)

　　王振昆(天津南开大学教授)、谢文庆、刘振铎《语言学基础》(1983 年 9 月,中央广播电视大学出版社)。全书除专题和附录之外共分十章,主要介绍了有关语言学的基础知识,其中在第一章"导论"部分的第三节"语言学的分类"中论述了有关风格学的内容。作者在谈语言学的分类时,先把语言学分为两大类:应用语言学和理论语言学;又把理论语言学分为普通语言学和专门语言学;专门语言学又分出历时语言学和共时语言学;共时语言学又分为对比语言学和描写语言学;作者把风格理论放在了普通语言学的下面,而把风格学列于描写语言学的名下。可见作者是把风格研究分为两部分:一是一般的风格学理论,应超越具体的各种语言之上;另一类是个别的风格学研究,如汉语风格学等。这种分类类似于较为熟悉的语言学研究的分类。语言学的研究也分为一般语言学和个别语言学。一般语言学也就是普通语言学,"它是研究人类语言的普遍性质、一般结构与规律和探索语言学的研究方法以及语言的构成与性质等问题"。个别语言学也称专门语言学,"专门语言学,指专门研究某种语言或某几种语言的语言学"。作者也就是从语言学的区分上对风格作了归类。共时语言学、描写语言学的概念都是我们熟悉的,根据语言学的分类,我们也就不难理解,位于普通语言学之下的"风格学理论"和位于描写语言学名下的"风格学"的研究对象及研究性质了。给风格学做出这样的学科分类,对确定风格学学科的性质及研究对象有借鉴意义。

五、王德春《现代语言学研究》中的言语变体论和语体风格论(1983)

王德春著《现代语言学研究》(1983,福建人民出版社)。该书分十个专题讲述了现代语言学理论,其中在第四部分"社会语言学简论"中涉及到了"言语变体"的内容。

首先是"言语变体论"。作者认为"人们使用语言是在特定的场合,就特定的范围,为特定的目的,向特定的对象进行交际。也就是说在特定的言语环境之中。人类社会生活是多方面的,在不同的社会活动领域进行交际时,由于不同的言语环境,就各自形成一系列言语特点,这些特点的综合就是言语变体,或称言语功能变体,简称语体"。(第125页)作者认为语体是言语变体。这种观点是比较公认的观点。

其次是关于语体的划分。作者首先介绍了伦敦学派哈利迪等人关于怎样划分语体的观点:"哈利迪等人认为应从话语的范围、方式和风格三个原则进行分类。按话语范围可以分出政治、生活、科技等使用域。按话语的方式,可分为口语和书面语两类。按话语的风格,则是从交际者的地位、关系、身份等来区分使用域,大致分为正式和非正式两类。通过各种使用域语言特征的分析,描写出不同的言语变体。这三个原则实际上可概括为一个,这就是言语环境"。(第126页)因为语体是由言语环境不同而形成的不同的言语特点体系,所以根据不同的言语环境,可以给语体分类。语体首先可以分为日常谈话语体和公众书卷语体两类。"谈话语体适用于日常生活领域,是人们之间日常的、随意的、非专门性的交谈中形成的。它活在人们口头上,虽然有书面形式,但口头形式是典型的"。"书卷语体适用于社会集体活动领域,它同谈话语体互相对立,又互相制约、互相影响,从而不断发展变化。书卷语体一般分为科学语体、艺术语体、政论语体、事务语体,它们各自具有用词造句的特点"。(第126~127页)语体之内还以再分出小类。

最后是语体理论的应用。语体理论是专门外语语言教学的理论基础,现在外国流行的专门语言教学,即我国常说的科技外语,就是根据语体理论建立起来的。

该书主要论述了语体的划分,并且涉及到了语体理论的功用,即语体理论的应用问题,其它著作中这方面的内容谈的不多,实属难能可贵。

总之,本书的"言语变体论"、"语体分类论"和"语体应用论"等对探讨语体风格学具有重要的理论价值。当然,本书对语体风格的其他问题不如作者后来的《修辞学探索》和《语体学》等专著论述得更全面、系统。

第四章 繁荣期(1985－1994)

第一节 本时期语言风格理论研究概述

一、本时期语言风格理论研究的主要特点

经过前一段的复兴,语言风格理论的研究开始深入、系统,成果辉煌,逐步进入了繁荣兴盛的新时期。其主要标志是:

第一,出版了一组各有特色的语言风格学专著,即中国社科院杂志(《语言文字应用》1992年第2期)文章所论,被作者于根元称为"汉语现代风格学建筑群"的4本专著。(参见于根元《汉语现代风格学的建筑群——读四部有关的新著》,载《语言文字应用》,1992年第2期)同时又出版了王焕运的《汉语风格学简论》(河北教育出版社,1993年),王德春的《语体略论》(1987年)林兴仁的《实用广播语体学》(1988年)等语体风格学专著。

第二,召开了全国性的乃至国际性的语体学、风格学专题研讨会。即1985年6月在上海复旦大学举行的语体学学术讨论会,由中国华东修辞学会和复旦大学语言文学研究所联合举办。会后出版了我国第一本《语体论》文集(安徽教育出版社,1987年),共发表语体风格的论文31篇,论述了语体风格学的基本原理和基本方法,开创了语体风格学研究的新局面。1993年12月在澳门召开了语言风格和翻译写作国际研讨会,会议收到我国大陆、台港澳和新加坡等地区和国家专家学者发表的论文26篇。这些论文全面阐述了语言风格学的基本原理和风格研究的各个方面问题,由主持人程祥徽、黎运汉作了会议总结报告,指出了会议的成就,共同的认识,存在的问题和研究的方向。会后出版了《语言风格论集》(南京大学出版社,1994年)。以上两次学术会议是现代汉语语体学、风格学研究的里程碑。

第三,汉语修辞学、辞章学专著中的风格论丰富多彩,百花齐放,注意修辞风格的理论创新,并与修辞学新学科的探索相结合。如宗廷虎、邓明以、李熙宗、李金苓《修辞新论》(1988年)的语言风格论,郑颐寿《辞章学概论》(1986年)和《文艺修辞学》(1993年)的辞章风格论和文艺修辞风格论,姚殿芳、潘兆明《实用汉语修辞》(1987年)的语体论,黎运汉《现代汉语语体学》(1989年)的语体风格论,吴士文、唐松波主编《公共关系修辞学》(1989年)从交际领域角度论述各种语体的修辞特点。易蒲、李金苓《修辞学史纲》(1989年),宗廷虎《中国现代修辞学史》(1990年)等从学术史角度对一系列风格学论著的评价,还有骆小所的《修辞研究》(1988年),高长江、张万有《汉语修辞学新编》(1990年),张炼强《修辞艺术探新》(1992年),冯广艺《变异修辞学》(1192)等对修辞风格理论的应用和探索都各有特色,从各个角度丰富了现代汉语的风格学理论。

第四,语言学专著中的风格论不断出新,并和语言学新学科的探索相结合,广泛应用。如胡明扬《语言和语言学》(1985年)的语体风格论,胡范铸的《幽默语言学》(1987年)的幽默风格论和夏中华《交际语言学》(1990年)的交际语言风格论,姚亚平《人际关系语言学》(1988年)和黎运汉《公关语言学》以及濮侃等著《语言运用新论》(1991年)的风格论,各从新的角度和新的例证说明了语言风格学理论的学术价值和应用价值。此外,老一辈语言学家、修辞学家的谈话集和文集的出版对研究语言风格理论是很及时的,对风格学史的研究也是必不可少的。如《陈望道修辞论集》(1985年)、《方光焘语言学论文集》(1986年)等。

第五,现代汉语教材中进一步广泛深入地讲解语言风格知识,语言风格教学在普及的基础上向研究生教学的高层次提升。程祥徽、田小琳《现代汉语》从教学和研究结合的角度讲解了风格的定义、风格的类型、风格的功用和风格学的前瞻,并提出汉语风格学正式建立要解决的几个问题。黄伯荣、廖序东主编的《现代汉语》(增订下册)(1991年)修辞部分增加了语体风格知识。钱乃荣主编的《现代汉语》语用学专章讲了语体和风格,在风格分类上作出了新的概括和探索。广州暨南大学中文系招收了以语言风格学为研究方向的研究生和进修生,还有一些有关语言学和修辞学的研究生班,也开设了语言风格学的专业课。

第六,文学语言或作家研究中的风格理论研究成果很多,令人瞩目。首先是《修辞学论文集》、《修辞学研究》、《文学语言研究论文集》和《修辞学习》杂志都开辟了"文学语言"和"作家语言研究"专栏,发表论述作家语言风格的论文。其次出版了一批有关作家语言研究的专著,如吴家珍《曹禺戏剧语言艺术》(1989年),于根元《王蒙小说语言研究》(1989年),骆小所、李浚平《艺术语言学》(1993年)等都不同程度地论述作家个人的语言风格、语言特色或风格理论。许自强《新二十四诗品》(1990年)第三章论述语言风格和总体风格的关系对研究作家语言风格是有启发的。李润新《文学语言概论》(1994年)专章讲到了文学语言的风格,包括构成论和类型论。

第七,语言学、修辞学、风格学或文体学的翻译著作系统介绍了外国的语言风格理论。如徐家稹译《语言和情景——语言的变体及其社会环境》(迈克尔·葛里高利、苏珊·洛尔著)(1998年)、王德春《外国现代修辞学概况》(1986年)、秦秀白《英语文体学入门》(1986年)等。

第八，单篇的语言风格学论文数量增加，范围扩大，质量提高。除论述语言风格学的基本原理和本体论外，还有风格评论、风格教学、风格研究历史评述和风格研究方法等文章在全国语言学核心刊物、论文集和学报上发表。如于根元评论上述四本语言风格专著的文章发表在《语言文字应用》上。

二、本时期语言风格学理论研究的主要成果和传承关系

本时期的语言风格学理论研究在短暂的复兴之后很快出现了繁荣的局面，取得了辉煌的成果，在各方面都为本学科的进一步发展并走向成熟打下了坚实的基础。

1、在定义论、本质论方面，学术界的理论概括在广度、深度和新度上作出了贡献。一是有人对20年代初创期以来的语言风格定义的主要论点作出了系统的梳理。如张德明在专著和论文中把它概括为"格调气氛论"、"综合特点论"、"表达手段体系论"、"常规变异论"等四种，黎运汉在专著中概括为3种定义。(见张德明《语言风格学》风格概念的定义、黎运汉《汉语风格探索》语言风格的定义。)这在学术界产生了一定的影响。二是在一些专著里又出现了新的定义方法。如王焕运在《汉语风格学简论》一书中提出了"言语个性论"(类似"建设期"北大中文系编的《现代汉语》(中册)提出的"独特个性论")，认为语言风格是"在一种或一篇语言式样中，在语音、词汇、语法以及修辞诸方面表现出来的具有个性区分作用的综合言语个性"。当然，此论本质上和"综合特点论"是一致的，不过更强调个性特点。三是在一些论著中综合运用以上各种理论来阐释定义。如宗廷虎等主编的《修辞新论》主要用"综合特点论"和"表达手段系统"，同时在论述中也用了"格调气派论"和"语言变体论"。

四是一些论著在论述风格定义时，注意说明语言风格和相邻概念的交叉性和区别性。如张德明、黎运汉等风格学专著都专题谈到"语言风格"同"文学风格"、"文章风格"以及"文风"的关系。五是狭义的言语风格学专著坚持"格调气氛论"，如程祥徽《语言风格初探》继承了高名凯的风格定义。总的来看，本时期的语言风格定义，还是以言语风格的"综合特点论"和"格调气氛论"为主。

2、在成因论、手段论即构成论方面，本时期在继承前期各种理论的基础上，有传承，有侧重，有独创，有突破，也有综合运用。一是传承弘扬，如程祥徽在《语言风格初探》一书中引用并举例说明了高名凯关于在特定交际场合选用语言的风格要素，"语言的风格手段"和"非语言风格手段"形成语言风格的理论。二是有独创和突破性的进展。如黎运汉和张维耿的《现代汉语修辞学》、黎运汉的《汉语风格探索》和宗廷虎等主编的《修辞新论》首次提出了语言风格形成的"制导因素"和"物质因素"的理论，这是在成因论和手段论上发展了关于"题旨情境"的理论以及中外关于语言风格手段和非语言风格手段的理论而有所独创的新贡献，已在学术界产生了广泛的影响。三是在运用前期理论方面有个人独特的系统。如郑远汉《言语风格学》提出了形成言语风格的"外部因素"和"内部因素"、"风格成分"和"风格表现"的理论系统。四是综合运用各种成因论和手段论的系统，如张德明《语言风格学》论述了风格形成的主观因素和客观因素，语言因素和非语言因素，语言风格手段如非语言风格手段，并突出论述了选择修辞同义手段在形成语言风格中的重要作用。五是从语言变异理论上来说明语言风格的成因，特别是用它来说明文学语言风格的形成原因。如冯广艺的《变异修辞学》，骆小所的《艺术语言学》等风格的著作都论及了言语变体形成风格的理论。此外，郑颐寿在《文艺修辞学》中论述文学修辞风格的成因时，概括为"外观形态的风格要素"和"内蕴情意的风格要素"两大

海峡两岸教授、博士辞章学丛书(第一套)

方面,涉及到形式因素和内容要素、客观因素和主观因素、共性因素和个性因素等。这也是颇有独创性和概括性的。从学术界来看,论述较多的是"主客观二因论"、"制导因素和物质因素论""语言因素和非语言因素论"以及"语言风格手段和非语言风格手段"等理论。

3、在类型论、范畴论方面,本时期的突出进展是根据各种分类标准,多角度、多侧面、多层次的构拟了各种风格类型范畴的体系和风格类型互相关系图表,提出了一些探索性、独创性的分类。主要有以下几种:一是以语体(功能风格)为主,结合讲作家个人语言风格的类型体系。如程祥徽《语言风格初探》讲了日常交际、公文、科技、文艺等四种语体风格,又比较、归纳了老舍个人的语言风格。二是只讲作家个人语言表现风格的类型体系。如张炼强,张文田合著《修辞基本知识》讲了三组六种表现风格。郑颐寿、林承璋《新编修辞学》讲了五组十种表现风格。三是以共性和个性风格为标准,多角度、多侧面划分语言风格类型的广义风格学范畴体系。此类最多。列举讲解的风格类型从三、四种到七、八种。一般是讲语言的民族风格、时代风格、语体风格、表现风格、个人风格,有的还讲"阶级风格"、"流派风格"、"地域风格"等。如宗廷虎等主编的《修辞新论》,陈垂民、黎运汉合编的《现代汉语》,高长江、张万有合著的《汉语修辞新编》等。四是以"共体性风格"和"非共体性风格"为两大范畴,划分多层次的言语风格类型体系。如郑远汉的《言语风格学》。五是以"语言风格"和"言语风格"为两大范畴,划分多层次的语言风格类型体系。如刘焕辉的《修辞学纲要》,前者包括语言的"民族风格"和"语言的时代风格",后者包括"言语的民族风格"、"言语的时代风格"、"言语的个人风格"、"言语的表现风格"和"语体风格"等。六是以"外部风格"和"内部风格"为两大范畴,建立多层次的语言风格类型体系。如钱乃荣主编的《现代汉语》的语言风格类型图表。在语言风格的层次关系上，本时期还有两个体系富有独创性：一是倪宝元主编《大学修辞》的语言风格话语体系，共分5层：最上层是民族风格，其次是时代风格、地域风格，与上述风格相交错的是语体风格，再下层是群体风格和个人风格，最下层是语言的作品风格。二是王焕运《汉语风格学简论》中的语言风格分类图谱，以汉民族共同语为前提，通过表层、次表层、深层分析展示了语体风格的各种类型，并指出更深层是"表现风格"，最深层是"个人风格"。美中不足是未指出后面讲到的"语言的时代风格"处于何等层次。因为风格类型体系中有外部、内部，共时、历时，共性、个性，表层、深层，基础、上层等复杂交错的互相关系，所以要用一张平面图全面、正确地展示出来确实很难。学术界能搞出上述一些层次关系的风格类型图表，实属难能可贵。如果在这些图表的基础上再进一步创造出一个更好的风格类型图来，将会逐渐取得共识而广为传用。总之，本时期语言风格类型和范畴体系的研究可以说成果辉煌，不胜枚举。

4、在应用论，即风格理论的应用研究方面，本时期的成果也是丰富多采的，其论著数量较多，范围较广。大体上概括了风格理论的应用价值、应用原则、应用范围和应用途径。首先，从语言风格学专著来看，都不同程度地论述了这些问题。如程祥徽的《语言风格初探》专题分析（比较归纳）了作家个人的语言风格。张德明的《语言风格学》用3章分别论述"风格的相对性和风格的优劣性"、"风格摹仿和风格的创造"、"语言风格和语文教学"等，并专题分析了中学语文教材中的多种表现风格。黎运汉的《汉语风格探索》专章讲了"风格的摹仿和创造"，专节讲了"语言风格学的功用"。郑远汉的《言语风格学》重视各言语风格的实例分析和语体风格的规范问题。王焕运的《汉语风格学简论》专节讲了"个人表现风格分析举例"等。其次，在语言风格的相关专著中，则从各个交际领域扩大了言语风格理论的应用价值。如刘焕辉《言语交际学》、姚亚平《人际关系语言学》、夏中华《交际语言学》等专著中的语言风格论,说明了语体风格在言语交际中的应用价值。吴士文、唐松波主编的《公共关系修辞学》中的语体风格论说明了修辞的多角度和语体的多领域的关系及语体风格理论在社会各领域的广泛应用。黎运汉主编的《公关修辞学》中的公关语言风格论说明了言语风格和公关形象的关系。林兴仁的《实用广播语体学》、潘庆云的《法律语体探索》中的广播语体风格论和法律语体风格论等,都从理论和实践结合上开拓了新学科,也充分说明了语体风格学的实用价值和现实意义。至于语体风格学应用理论的论文在概述中已分类列举,内容丰富,相当可观。

5、在方法论方面,本时期风格研究方法的论述比前一时期全面系统,体现了“繁荣期”学术界对方法论的重视。首先,从语言风格学的专著来看,都不同程度地谈到了研究方法问题。如程著谈到了比较法和归纳法,张著在“导言”论风格学的系统观部分,专题论述了“风格学的基本方法”。在最后一章又论述了“风格的研究方法”,包括分析综合法、比较法、统计法等,并在书中突出引用了“统计法”。黎著在绪论中也谈到分析综合法、比较法和统计法。郑著虽未专题讲“方法论”,但书中贯串着“分析综合法”和“比较法”等例证分析。王著指出语言风格学的研究方法主要有两种,即“传统品察法”和“定性定量分析法”。其次,在语言风格的相关著作中论述研究方法的也不少。如唐松波《语体·修辞·风格》在“回顾和展望”一节谈到80年代开始,我国的语体风格研究走上新阶段的主要表现:一是研究范围扩大并不断深入,二是采用新方法,列举了应用统计方法和模糊理论研究语体风格的成果,并建议用语言科学和文艺科学结合的理论和方法来揭示作家作品运用语言的特点。林兴仁在《广播的语言艺术》一书中提出要用“两栖科学”的方法研究语体风格。特别是宗廷虎等主编的《修辞新论》总论第五论修辞学的研究方法（包括语体风格论）概括八种研究方法，发展了陈望道等老一辈学者从 30 年代开始提出的各种研究方法。至于本时期的风格学论文也有一些阐述方法论具有真知灼见、贡献独特的文章。如丁金国的《论风格分析的理论原则》（《语体论》第 100 页）论述了"无形分析与有形分析"、"微观分析与宏观分析"、"静态分析与动态分析"、"定性分析与定量分析"等几个问题。在单篇论文分类点评中，我们收入了十多篇有关方法论的文章，包括用系统论，信息论等方法研究语体风格的理论，都有各自的理论价值和现实意义。此外，本时期学术界对作家作品语言风格的研究也取得了很多经验，应用了新的方法。如于根元、刘一伶的《王蒙小说语言研究》，吴家珍的《曹禺戏语言研究》等。

第二节 本时期单篇语言风格学论文管窥

一、本时期单篇语言风格学论文分类概述

本时期发表的论文数量较多，据不完全统计（包括杂志和论文集收集的论文）共有 185 篇。按风格学原理分类，具体内容如下：

导论部分：论文共有 9 篇：查培德《谈文学语言风格问题》（《外国语》1985 年第 2 期）；郑振贤《国外语体学研究简况》（《语文导报》1986 年第 4 期）；尉文琬《话语语言学与风格学》（《修辞学习》1986 年第 6 期）；宗廷虎、李金苓《我国语体论源头初探——古代文体理论的发展脉络及其特色》（中国华东修辞学会编，厦门大学出版社，《修辞学研究》第四辑，1988 年 4 月）；徐岱《文学的文体学研究》（《学术月刊》1988 年第 9 期）；张会森《语体研究与修辞的现

中国现代语言风格学史稿

代化》(中国修辞学会编《修辞的理论与实践》,语文出版社,1990年2月);宗廷虎、李金苓《本世纪汉语语体理论发展简论》(中国修辞学会编《修辞的理论与实践》,语文出版社,1990年2月);吴承学《论中国古典风格学的形成及特色》(《学术研究》1991年2月);张德明《论风格学的基本原理》(《云梦学刊》1993年第4期)。

本质论部分:论文有8篇:王运熙《刘勰论风骨》(《修辞学习》1985年第3期);孔远志《文体学的产生及其流派》(《修辞学习》1985年第3期);乐秀拔《以语体为中心建立修辞学新体系》(《修辞学习》1985年第3期);张德明《谈"语言风格"的定义及特点》(《锦州师范学院学报》1985年第4期);唐松波《文体、语体、风格、修辞的相互关系》(中国修辞学会编《修辞和修辞教学》,上海教育出版社,1985年);宋振华《语体的性质和构成》(中国修辞学会编《修辞学论文集》第四集,福建人民出版社,1987年);谭永祥《语体和风格不是修辞学研究的对象》(中国华东修辞学会编《修辞学研究》第四辑,厦门大学出版社,1988年4月);宗世海《论语体与语言风格的关系》(中国文学语言研究会编《文学语言研究论文集》,华东化工学院出版社,1991年3月第一版)。

构成论部分:有23篇论文,具体如下:章文《也谈陶诗风格形成的原因》(《湘潭大学学报》1985年第2期);贾崇柏《从〈小二黑结婚〉看赵树理语言的句式特点》(《语文研究》1985年第2期);秦秀白《构成语言风格的主观因素和客观因素》(《外语教学与研究》1985年第2期);刘地生《杜诗韵字在形成风格过程中所起的作用》(《镇江师专学报》1985年第3期);蔡润田《风格与人生札记》(《批评家》1985年第6期);陈淑钦《比喻的运用与风格的体现》(中国修辞学会编《修辞学论文集》第三集,福建人民出版社,1985年);李平《论巴金创作风格的成因》(《山东大学学报》1986年第1期);刘云泉《语体的新手段——王蒙意识流小说的语言特色》(《杭州大学学报》1986 年第 2 期）；黎运汉《试论语言风格的形成因素》（《暨大学报》1987 年第 1 期）；黎运汉《语言风格表达手段初探》（中国修辞学会编《修辞学论文集》第四集，福建人民出版社，1987 年）；丁金国《构成柔婉风格的语言手段》（《大学文科园地》1988 年第 3 期）；张绍涛《影响语体变化的语境因素》（中国华东修辞学会编《修辞学研究》第四辑，厦门大学出版社，1988 年 4 月）；杨英达《复句与语体》（中国华东修辞学会编《修辞学研究》第四辑，厦门大学出版社，1988 年 4 月）；邹光椿《从小说的演变看小说语体特征》（中国华东修辞学会编《修辞学研究》第四辑，厦门大学出版社，1988 年 4 月）；林兴仁《广播的模拟语境和广播的语体》（中国华东修辞学会编《修辞学研究》第四辑，厦门大学出版社，1988 年 4 月）；王中和《思维与语体》（中国华东修辞学会编《修辞学研究》第四辑，厦门大学出版社，1988 年 4 月）；王建华《作家的风格创作与读者的信息反馈——以老舍的幽默风格为例》（《修辞学习》1988 年第 6 期）；孙洪文《隽永探因——钱伟长通俗科技演讲的话语风格手段分析》（中国修辞学会编《修辞学论文集》第五集，河南大学出版社，1990 年 1 月）；吴士艮《构成幽默言语的修辞方法》（中国修辞学会编《修辞学论文集》第五集，河南大学出版社，1990 年 1 月）；常敬宇《老舍语言的语用特色》（中国修辞学会编《修辞学论文集》第五集，河南大学出版社，1990 年 1 月）；刘超班《试论言语风格的表现因素》（中国人大复印报刊资料《语言文字学》1990 年第 2 期，原载《武汉教育学院学报》1989 年第 1 期）；王元仁《从口语里"活炼"出来的美文》（中国文学语言研究会编《文学语言研究论文集》，华东化工学院出版社，1991 年）；骆泽松、李昱《试论作家语言风格的主观性》（中国文学语言研究会编《文学语言研究论文集》，华东化工学院出版社，1991 年 3 月第一版）；李济中《制约语言幽默的因素》（中国修辞学会编《修辞学论文集》第六集，河南大学出

版社,1992年12月);

　　类型论部分:这一部分研究成果较多,共有116篇文章,具体如下:语体风格

　　对语体问题进行总体研究的文章有6篇:

　　良止《建国以来的语体研究》(《修辞学习》1987年第1期);李苏《语体和语体学简介》(《修辞学习》1987年第4期);张会森《语体研究的几个问题》(《修辞学习》1987年第6期);郑颐寿《论语体与修辞风格》(中国华东修辞学会编《修辞学研究》第四辑,厦门大学出版社,1988年4月);程祥徽《略论语体风格》(《修辞学习》1994年第2期);常敬宇《语体的性质及语用功能》(《修辞学习》1994年第4期);

　　语体分类是语体研究中的关键性问题,受到学者的普遍关注。关于这一问题的文章较多,有13篇:

　　傅承德《略论语言风格的分类问题》(《上海教育学院学报》1986年第1期);李嘉耀《关于划分语体类型的几点想法》(《修辞学习》1986年第4期);潘庆云《语体分类管见》(《修辞学习》1986年第4期);邸巨《语体分类的初步设想》(《修辞学习》1987年第1期);王维成《超语言因素和语体分类》(《修辞学习》1987年第1期);戴婉莹《思维活动制约语体类型》(《修辞学习》1987年第2期);士羽《"超语言因素"是语体分类的标准吗?——同王维成同志商榷》(《修辞学习》1987年第4期);李文明《语体分类之我见》(《修辞学习》1987年第4期);戴磊《论语体的分类》(《修辞学习》1988年第1期);李祖林《对〈语体分类的初步设想〉质疑》(中国华东修辞学会编《修辞学研究》第四辑,厦门大学出版社,1988年4月);邸巨《修辞教学必须以语体为"经",各修辞要素为"纬"——兼谈语体的分类》(《修辞学习》　1990年第2期);胡范铸《论语体分类的结构与功能》(《云梦学刊》社会科学版,1993年第4期)。

对下位语体、新兴语体语言特点的研究描写,更是这一时期语体描写研究的一个热点。具体可分为以下几类:

关于语体风格文章共有 46 篇:

乔全生《试谈文艺语言和科技语言的风格同异》(《山西大学学报》1985 年第 1 期);梁洁英《略论公文语体》(《修辞学习》1985 年第 1 期);张宁志《口语教材的语域风格问题》(《语言教学与研究》1985 年第 3 期);宁致远《试谈公文语体》(中国修辞学会编《修辞和修辞教学》,上海教育出版社,1985 年);王福河《科学文艺语体特征试析》(中国修辞学会编《修辞和修辞教学》,上海教育出版社,1985 年);李熙宗《公文语体的基本语言特征》(中国修辞学会编《修辞学论文集》第三集,福建人民出版社,1985 年);黎运汉《专门科学体的风格特点》(中国修辞学会编《修辞学论文集》第三集,福建人民出版社,1985 年);梁洁英《商业广告的创作原则及语言风格》(中国修辞学会编《修辞学论文集》第三集,福建人民出版社,1985 年);吴慧颖《新兴的文摘语体》(《修辞学习》1986 年第 2 期);任胜国《略论文艺语体时间的形象表达》(《修辞学习》1986 年第 2 期);谢浩范《从一则消息看消息语体的修辞要求》(《修辞学习》1986 年第 5 期);潘庆云《法律与语言》(《中国语文》1986 年第 6 期);王晓平《政论语体中比喻论证的语言结构特色》(《修辞学习》1987 年第 1 期);宋光中《不同书信的不同语体风格》(《修辞学习》1987 年第 2 期);林毓霞《书面语体与标点符号》(《修辞学习》1987 年第 3 期);李苏鸣《军用文书的改革与语体系统的最优化》(《修辞学习》1987 年第 3 期);穆春峰《试谈公文语言特点》(中国修辞学会编《修辞学论文集》第四集,福建人民出版社,1987 年);潘嘉静《现代散文体的语言》(中国修辞学会编《修辞学论文集》第四集,福建人民出版社,1987 年);潘庆云《立法语言略论》(《淮北煤炭师范学院学报》1999 年 1 期);曾裕民《论新闻语体》(中国修辞学会编

《修辞学论文集》第四集,福建人民出版社,1987年);陆稼祥《幼儿文艺语体的风格特色》(中国华东修辞学会编《修辞学研究》第四辑,厦门大学出版社,1988年4月);戴婉莹《口语的语体类型说略》(中国华东修辞学会编《修辞学研究》第四辑,厦门大学出版社,1988年4月);姚亚平《试论文艺语体中人物对话的二重性特点》(中国华东修辞学会编《修辞学研究》第四辑,厦门大学出版社,1988年4月);李嘉耀《词典的语体特征》(中国华东修辞学会编《修辞学研究》第四辑,厦门大学出版社,1988年4月);李熙宗《日常交谈语体简论》(中国华东修辞学会编《修辞学研究》第四辑,厦门大学出版社,1988年4月);秦旭卿《略论广播语体》(中国华东修辞学会编《修辞学研究》第四辑,厦门大学出版社,1988年4月);林立《科技语体句式特点述要》(中国华东修辞学会编《修辞学研究》第四辑,厦门大学出版社,1988年4月);潘庆云《汉语法律、诉讼语体简论》(中国华东修辞学会编《修辞学研究》第四辑,厦门大学出版社,1988年4月);林立山《试论〈邓小平文选〉语体》(中国华东修辞学会编《修辞学研究》第四辑,厦门大学出版社,1988年4月);蒋明《科教片剧本风格漫谈》(中国华东修辞学会编《修辞学研究》第四辑,厦门大学出版社,1988年4月);王晓平《政论语体中引用论证的语言结构特色》(中国华东修辞学会编《修辞学研究》第四辑,厦门大学出版社,1988年4月);张会森《关于科学语体的研究》(《修辞学习》1989年第1期);李济中《比喻与各种语体》(《修辞学习》1989年第4期);陈祥民《浅谈教学语体的语言特点》(《修辞学习》1989年第6期);余惠邦《试论电报的语言运用》(中国修辞学会编《修辞学论文集》第五集,河南大学出版社,1990年1月);黎运汉、刘凤玲《语体交叉的方式及其作用》(中国修辞学会编《修辞学论文集》第五集,河南大学出版社,1990年1月);时煜华《论广播语体的形成及其特点》(中国修辞学会编《修辞理论与实践》,语文出版社,1990 年 2 月);袁晖、陈炯《法律语体语言的表现风格》(中国修辞学会编《修辞的理论与实践》,语文出版社,1990年 2 月);吴慧颖《简论文摘语体及其写作》(中国修辞学会编《修辞的理论与实践》,语文出版社,1990 年 2 月);常敬宇《口头语体词汇的修辞特色》(中国修辞学会编《修辞的理论与实践》,语文出版社,1990 的 2 月);王十禾《口头辩证语体两特点简析》(《修辞学习》1990 年第 4 期);连晓霞《歌的语言、情的语言——浅析流行歌曲的语言风格》(《修辞学习》1991 年第 3 期);沈志刚《试论新时期诗歌的语言风格》(中国文学语言研究会编《文学语言研究论文集》,华东化工学院出版社,1991 年);孟建安《征婚启事语言风格说略》(《修辞学习》1992 年第 2 期);朱继华《解说语体初论》(中国修辞学会编《修辞学论文集》第六集,河南大学出版社,1992 年 12月);何伟渔《略论口语的特点》(中国修辞学会编《修辞学论文集》第六集,河南大学出版社,1992 年 12 月);童其兰《从灵动到凝固——语言交际中的另一类语体选择》(《修辞学习》1993 年第 1期);邹洪民《消极修辞与积极修辞的辩证统一——谈阐释性通俗科技语体的语言特点》(《修辞学习》1993 年第 5 期)。

研究时代风格的文章有 2 篇:

黎运汉《论语言的时代风格》(《暨大学报》1988 年第 3 期);黎运汉《语体的时代性》(中国华东修辞学会编《修辞学研究》第四辑,厦门大学出版社,1988 年 4 月)

研究流派风格和地域风格的论文有 3 篇:

陈建民《北京口语的语体比较》(《修辞学习》1986 年第 5 期);高远东《论七月派小说的群体风格》(《文学评论》1988 年第 3 期);吴承学《江山之助——中国古代文学地域风格论初探》(《文学评论》1990 年第 2 期)。

研究表现风格的论文有 8 篇:

黎运汉《试谈简约的语言风格》(《修辞学习》1986年第4期);黎运汉《略论蕴藉的语言风格》(《修辞学习》1987年第3期);徐青《幽默的语言表达特点》(《修辞学习》1987年第4期);黎运汉《谈豪放的语言风格》(《修辞学习》1988年第6期);张德明《风格的平易和奇崛》(《语文月刊》1988年第11、12期);白广林《林语棠幽默观略论》(《西北大学学报》1989年第1期);绿原《关于"幽默"的幽默》(《读书》1990年第4期);傅莉敏《豪放美说略》(中国文学语言研究会编《文学语言研究论文集》,华东化工学院出版社,1991年)。

关于个人风格的论文共有36篇。

其中,研究古代作家作品风格的有9篇:章沧授《论孟子散文的语言风格》(《安庆师范学院学报》1985年第4期);陆文蔚《〈论语〉的语言艺术初探》(中国修辞学会编《修辞学论文集》第三集,福建人民出版社,1985年);张维耿《〈老残游记〉的语言艺术》(中国修辞学会编《修辞和修辞教学》,上海教育出版社,1985年);夏扬标《浅谈〈醉翁亭记〉的语言风格》(中国修辞学会编《修辞和修辞教学》,上海教育出版出版社,1985年);陈坚《试论语言的幽默风格——兼论〈西游记〉的语言风格》(中国修辞学会编《修辞学论文集》第五集,河南大学出版社,1990年1月);张元岭《论〈水浒〉语言的粗犷美》(中国文学语言研究会编《文学语言研究论文集》,华东化工学院出版社,1991年);刘愫贞《〈吕刑〉语言风格三题》(中国修辞学会编《修辞学论文集》第六集,河南大学出版社,1992年12月);陆文蔚《〈孟子·齐恒晋文之事〉对话的语言艺术》(中国修辞学会编《修辞学论文集》第六集,河南大学出版社,1992年12月);陈坚《林黛玉的言语特点》(中国修辞学会编《修辞学论文集》第六集,河南大学出版社,1992年12月);

研究现代作家作品语言风格和当代专家学者个人言语风格的

论文有 27 篇：周斌《描摹细腻，抒发真切——巴金小说语言中的排比手法管窥》(《写作》1985 年第 10 期)；贾崇柏《〈小二黑结婚〉的语言风格》(中国修辞学会编《修辞和修辞教学》，上海教育出版社，1985 年)；昌寿福《从〈骆驼祥子〉看老舍的语言特色》(《中文自学指导》1985 年第 11 期)；木央《精描细叙　含蓄蕴藉——读老舍的〈月牙儿〉》(1987 年第 3 期)；郑远汉《老舍、赵树理言语风格比较》(《修辞学习》1988 年第 6 期)；陈淑钦《赵树理小说的语言风格》(中国修辞学会编《修辞论文集》第五集，河南大学出版社，1990 年 1 月)；李苏鸣《军人制式化口语浅析》(《修辞学习》1986 年第 5 期)；柴春华《朱自清散文的语言艺术》(中国修辞学会编《修辞和修辞教学》，上海教育出版社，1985 年)；周一农《谈朱自清散文语言的口语化风格》(中国文学语言研究会编《文学语言研究论文集》，华东化工学院出版社，1991 年)；寸镇东、曹素元《朱自清散文言语风格特点及成因》(《修辞学习》1993 年第 5 期)；刘一玲《语体的翻新——王蒙小说里的艺术化公文》(《修辞学习》1986 年第 2 期)；潘晓东《侯宝林相声语言略论》(《修辞学习》1987 年第 3 期)；邵敬敏《吕叔湘语言风格初探》(《语言教学与研究》1987 年第 3 期)；董菊初《谈谈〈论"基本属实"〉的语言风格》(《中国语文教学》1988 年第 7 期)；钟成林《试论钱钟书小说的幽默风格》(《语文园地》1988 年第 1 期)；珍溪《论刘白羽散文的语言风格》(中国华东修辞学会编《修辞学研究》第四辑，厦门大学出版社，1988 年 4 月)；唐松波《小说的叙述和人物话语风格探讨》(中国华东修辞学会编《修辞学研究》第四辑，厦门大学出版社，1988 年 4 月)；葛邦祥《鲁迅郁达夫文学语言之比较》(《中国现代文学语言研究》1989 年第 1 期)；陆稼祥《郁达夫小说的言语风格》(中国文学语言研究会编《文学语言研究论文集》，华东化工学院出版社，1991 年)；孙均政《语言指纹与作者风格》(《语言教学与研究》1990 年第 1 期)；贺锡翔《艾青诗歌的口语美》(《修辞学习》1990年第1期);郑远汉《毛泽东政论作品中的句法特点——毛泽东言语个人风格研究之一》(中国修辞学会编《修辞学论文集》第五集,河南大学出版社,1990年1月);池太宁《关于作家语言风格研究问题的一些探索》(中国修辞学会编《修辞学论文集》第五集,河南大学出版社,1990年1月);陈炯、任翌《年轻生命力的喷发——郭沫若早期诗歌的语言风格》(《修辞学习》1990年第3期);周天敏《不似小说　胜似小说——胡万春特写的小说手法及其风格》(中国文学语言研究会编《文学语言研究论文集》,华东化工学院出版社,1991年);沈志刚《试论新时期诗歌的语言风格》(中国文学语言研究会编《文学语言研究论文集》,华东化工学院出版社,1991年);张德明《论作家的语言风格和作品的语言风格》(中国文学语言研究会编《文学语言研究论文集》,华东化工学院出版社,1991年);张德明《论个人的言语修养和言语风格》(《锦州师院学报》1991年1期);马啸《江淮方言与王安忆小说的艺术韵味》(中国文学语言研究会编《文学语言研究论文集》,华东化工学院出版社,1991年);

研究民族风格的论文有3篇:

夏中华《语言民族风格和时代风格散论》(《锦州师范学院学报》1988年第1期);唐松波《汉语传统诗歌的语言风格》(《修辞学习》1993年第3期);姚亚平《论汉语修辞的简洁风格》(《修辞学习》1994年第4期)

应用论部分:共有10篇论文:邹光椿《略析曹雪芹灵活运用语体魅力》(中国修辞学会编《修辞学论文集》第四集,福建人民出版社,1987年);濮侃、蔚群《语境、语体、篇章》(中国华东修辞学会编《修辞学研究》第四辑,厦门大学出版社,1988年4月);孙爱褒《语感、语体和语文教学》(中国华东修辞学会编《修辞学研究》第四辑,厦门大学出版社,1988年4月);张德明《论风格的相对性和风格的优劣性》(《东疆学刊》1989 年第 4 期);张德明《谈新编中学语文课本的语体风格教学》(《语文教学与研究》1988 年 11 期);张德明《简谈新编中学语文课本的语言风格教学》(《修辞学》1989 年 9 期);张德明《谈语言风格学的重要地位和实用价值》(《营口师专学报》1993 年第 2 期);曹敦昌《语体与中学阅读教学》(《修辞学习》1989 年第 6 期);吴崇厚《华罗庚科普著作的语言风格》(《修辞学习》1992 年第 1 期);黄岳洲、陈本源《掌握口语语体特征　促进听说读写训练》(《修辞学习》1992 年第 6 期);郑颐寿《语体发展规律在广播语体内的体现》(中国修辞学会编《修辞学论文集》第六集,河南大学出版社,1992 年 12 月);

方法论部分:论文有 10 篇:李熙宗《多层次、多角度地开展语体研究》(《修辞学习》1986 年第 2 期);彭政策《作品语言风格的数量研究》(《修辞学习》1987 年第 2 期);丁金国《语言风格分析中的定性与定量》(中国修辞学会编《修辞学论文集》第四集,福建人民出版社,1987 年);王建华《从信息角度看老舍的幽默》(中国修辞学会编《修辞学论文集》第四集,福建人民出版社,1987 年);李苏鸣《系统论与语体学研究》(中国华东修辞学会编《修辞学研究》第四辑,厦门大学出版社,1988 年 4 月);徐炳昌《关于作家语言风格研究方法的思索》(复旦大学语法修辞研究室编《语法修辞方法论》,1991 年 8 月);林兴仁《风格实验法是语言风格学研究的基本方法》(《修辞学习》1994 年第 2 期);刘大为《语体是言语行为的类型》(《修辞学习》1994 年第 3 期);李文明《语体是言语的风格类型——兼与刘大为先生商榷》(《修辞学习》1994 年第 6 期);

除此之外,还有一些比较综合的论文以及国外风格学论文、著作的翻译和评价,共有 13 篇:比较综合的论文有 7 篇:胡范铸《语言风格说略》(《修辞学习》1987 年第 2 期);张德明《论风格学研究的基本原则和基本方法》(《语体学论文集》,安徽教育出版社,1987

年);戴昭铭《方言土语、语言风格和言语修养》(《语言建设》1987年第10期);王维成《语用环境、语体风格和修辞学体系》(《杭州大学学报》1988年第1期);张德明《建国40年以来语言风格研究评述》(《中国语文》1989年第4期);评论风格学论著的有于根元的《汉语现代风格学的建筑群——读四部有关的新著》(《语言文字应用》1992年第2期);有关国外风格学研究的有6篇:查培德摘译的《文艺语体》(《修辞学习》1985年第1期);潘庆云《英语法律文书语体特征概述——〈英语语体调查〉学习札记》(《修辞学习》1985年第1期);[苏]纳拉金基娜著、白音超摘译的《文艺语体和科学语体的比较》(《修辞学习1987年第2期》);[日]五十岚力著、陈家麟译的《文体的分类》(《修辞学习》1987年第4期);张德明《亚里斯多德的风格论及其现实意义——读亚氏〈修辞学〉新译本有感》(《修辞学习》1994年第3期);[英]G. N. Leech M. H. Short著、於宁编译《文体学》(《修辞学习》1988年第6期)。

二、本时期代表性语言风格学论文分析点评

(一)宗廷虎、李金苓《我国语体论源头初探——古代文体理论的发展脉络及其特色》

该文章主要对我国语体论源头、发展脉络及其特色作初步探讨。全文共分两部分:一、源远流长的古代文体理论;二、古代文体理论的特色及与现代语体论的关系。

第一部分,作者通过对古代大量典籍的收集整理,经过认真的归纳和总结,对我国古代的语体理论研究和发展进行了较为详细的梳理,提出了我国古代文体论理论的大体分期:(一)古代文体理论的萌芽时期:先秦到魏晋;(二)古代文体理论的建设时期:南北朝;(三)古代文体理论的发展时期:唐宋到清。文章对每一阶段都进行了详细的介绍和总结。

第二部分,作者首先指出了古代理论的特点和局限:我国古代文体理论的特点是重视文体分类和风格的研究,局限是比较零散、分散,多散见于经解、文论、诗话、随笔等书籍中,系统的论述比较少,总的表现为重视微观研究而忽视宏观研究。接着作者论述了我国古代文体理论与现代语体论的关系,指出我国现代语体论是建立在科学的语言学、修辞学理论及其他众多理论的基础之上的,它从西方借鉴的较多,但不可忽视从古代文体理论中汲取营养。

该文章的理论价值在于它较系统地总结了我国古代文体理论的发展历程,对我国文体理论发展史的研究具有重要意义。同时指出了现代语体研究应注意的问题。

(二)张德明《谈"语言风格"的定义及其特点》

作者对五花八门、莫衷一是的"风格"定义作了较为科学的归纳和总结,提出较有代表性的"风格"定义,它们是:格调气氛论、综合特点论、表达手段体系论、常规变异论。指出了每种"风格"特点的具体定义、代表人物等,并比较了以上几种"风格"定义的区别、联系、产生不同表述方式的原因。作者指出,关于语言风格的各种论点,表现不同、学派不同、方法不同,但都是从语言学角度给风格下的定义,因此都离不开语言要素和风格手段。这正是"语言风格"不同于一般所谓"文学风格"、"文章风格"之处。这4种论点的理论依据既有联系,也可以说是相辅相成的。以上理论可以从不同的角度来概括语言风格定义。简单比较了"广义风格学"和"狭义风格学",提出风格定义中应注意的几个关系:1、内容和形式的关系;2、共性和个性、主观和客观的关系;3、表达手段和综合特点、格调气氛的关系。作者对每一对关系都作了具体的论述。最后文章指出风格具有的几方面的属性和特点:1、风格的物质性,说明风格必须具有物质材料、表现工具和表达手段,而不是"只可意会,不可言传"的。2、风格的独特性,说明风格是共性中表现的个性,是在大系统中表现的小系统,在常规中的系统变异,而不是千篇一律,一成不变的模式。3、风格的整体性,说明风格是运用表达手段的体系和各种风格要素的总和,而不是零碎的、个别风格要素的局部表现。4、风格的可感性,说明风格是"诚于中"而"形于外"的,是通过风格现象表现精神本质,是可以把握的。作者在文章的最后作了精要的总结:风格,作为一般术语是指风貌、格调,是各种特点的综合表现。

该文对术语繁多的风格的定义进行了系统的总结,结束了风格定义模糊混乱的局面,使人们对风格研究有章可循,从这个角度讲,该文章具有开创性的意义。文章对风格定义的总结也是精辟而独到的,对风格学的进一步研究具有重要作用。在学术界产生了广泛的影响。

(三)黎运汉《语言风格表达手段初探》

文章指出,语言风格的形成,有各种条件和原因,概括起来主要是语言物质材料因素。一般说来,不同的语言风格体现于不同的语言物质材料中。因此,研究语言风格,必须十分重视语言物质材料因素,即语言风格的表达手段。

文章分两个部分。一是语言要素中的风格表达手段。从3个方面来阐述:(一)语音中的风格表达手段。汉语的音节结构分声、韵、调3个组成部分,元音在音节中占主要地位,加上不同声调的升降抑扬,汉语明显具有音乐美。根据这些特点,可以构成各种风格表达手段。(二)词汇中的风格表达手段。词汇是语言风格赖以形成的十分重要的物质材料因素。在汉语丰富的词汇宝库中,有各种各样的风格色彩成分。作者从几个方面进行了阐述。例如,一些成语、谚语、歇后语以及反映特有事物和民族习俗的词语都有浓厚的民族色彩,用于文章能体现出鲜明的民族风格;有些词语是在特定的时代产生和使用,是构成语言是时代风格的重要因素。汉语词汇中,有些词语除了表达一定的理性意义外,还具有色彩意义。这些评语一般都成为语言风格的表达手段。此外,诸如修辞同义词、寻常词语艺术化、词语活用、反义词语和模糊词语等,都是语言风格的表达手段,大都用于风格的表达手段中。(三)语法中的风格表达手段。文章从3个方面作了论述。首先是短句和长句、常式句和变式句的交叉运用;第二是语气的形成对表达手段的影响;第三是虚词的运用。二是超语言要素中的风格表达手段。超语言要素是指超出了语音、词汇和句式范围的风格表达手段。从两个方面论述:(一)修辞方式的风格表达手段。文章对夸张、排比、反复、反诘、连珠、婉曲、双关、拈连、反语、借代、比喻、仿拟、反语、借代、夸张、比拟、摹拟等辞格对形成风格的作用都进行了分析。(二)篇章结构的风格表达手段。如文章的排列方式、标点符号、图形、线条、公式、表格的运用等,都是形成独特风格的因素。

文章从语言要素和超语言要素两个方面较全面地论述了语言风格表达手段的形成,论述简洁、选例准确、说理充分。对语言风格的形成手段研究具有一定的指导作用。

(四)邸巨《语体分类的初步设想》

邸巨《语体分类的初步设想》一文指出语体分类由于各家的依据不同,标准不同,所以以分类就不同。并举出苏联学者、英国《文学术语辞典》、论道夫等四人合著的《当代英语语法》,美国语言学家马丁、英国伦敦学派以及张弓先生等几家对语体的不同的分类。列举了以上各家之言后,作者提出了自己的标准:"考虑到语体的分类如何更有利于指导实践,最好以语言表达功能作为标准(或依据)"。并阐明了确定这一标准的理由:"这个标准抓住了语域(也叫'话语范围'、'话题')的特点。由于语域不同,言语形成(书面的或口头的)不同,言语种类(独白或对话)不同,这就决定了运用民族语言材料除'共核'(即共同的语言词汇、语法规律等)外,必然在选词、句式、句群、辞格、篇章等方面有独特的色彩"。

按照作者的标准,初步设想将语体分为四类:实用体(也叫非艺术体)、文艺体、交叉体、紧缩体。实用体又下分为谈话体、科学体、应用体、新闻体四类。文艺体又分为骈体和散体两类。交叉体下分文艺性应用体、文艺性新闻体、文艺性评论体、通俗科学体、哲理小说体五类。紧缩体即文摘体,下分实用文摘体、文艺文摘体、交叉文摘体三类。第一下位分类中还有下位分类。

文章最后一部分阐述了将语体分为四大类的原因。总体看来,文章对语体的分类提出了自己的设想,并且阐明了原因,有理有据,有一定的研究价值。

(五)邵敬敏《吕叔湘语言风格初探》

本文是一篇评论个人语言风格比较典型的文章。文章首先给风格下了一个定义——"风格是整个儿语言成品给人们总体印象,它能通过具体的字、句、章表现出来,可它又不等于具体的字、句、章"。指出了风格与字、句、章的区别与联系。接着从 6 个方面分别论述了吕叔湘的语言风格:一是"亲切感",主要是论述吕老作为一位著名学者和语言学的前辈却"从不倚老卖老摆架子";二是"幽默感",文中指出吕叔湘"对词语选择的能力是很出色的",吕叔湘还常常在幽默时与其他修辞方式结合起来用,如比拟、夸张、讽喻等;三是"平易感",吕叔湘"尽可能地从口语中吸取有用的成分,包括口语词以及口语句式"等;四是"流畅感",吕叔湘"特别喜爱使用设问和反问的手法";五是"谨严感",主要表现在"立论准确,不产生歧义"、"推理严密,逻辑性强";六是"简炼感",表现在两方面,一是"用尽可能少的语言表达尽可能多的内容,即干净利落";二是"该简则简,该繁还须繁,一切都要从内容需要出发"。以上是作者从六个方面概括了吕叔湘语言的风格特色。第七部分是"余论",在这一部分中作者对于语言风格的研究提出了 3 个理论问题:(一) 静态研究与动态研究,认为语言风格的研究应该在静态研究的基础上进行动态研究,动态研究起码应考虑 4 种变化:1、时代的变化;

2、环境的变化;3、内容的变化;4、对象的变化。并且依此为根据把吕老的论著风格分为"解放前、解放后、文革后"三个阶段,并分别进行了分析。(二)文理自然与姿态横生,指的是运用风格时"首先要求自然,不是矫揉造作。其次要求变化,不是呆板滞色"。要让各种无高低之分的风格"各得其所"。(三)风格多样与核心风格,指出某种风格与某个作家之间并不能"划上个等号",要承认语言风格的多样化,同时承认在某个作家或作品中"往往有一种或两种起着主导作用"。最后指出吕叔湘"语言风格的最可贵之处是'平易近人',而且这也是吕叔湘的为人"。

本文评论吕叔湘的语言风格,客观、全面,堪称评论个人语言风格的典范。由于资料全面、翔实,所以作者的评论也较全面的概括了吕叔湘的语言风格特点,这一点对于评论作家作品的语言风格特点来说是至关重要的;作者对吕叔湘的语言风格特点的研究是动态的,而不是局限于某一时期或者某一作品,因此结论客观,具有说服力;本文很有分寸地把握了吕叔湘语言各种风格的不同表现力以及它们之间的主次关系,从而可以使读者和研究者正确地认识和评价各种风格在作品中的表现作用,这对于研究作家作品的语言风格来说是很有启迪作用的;文章最后提出的3个理论问题对我们进行整个的风格学研究来说都是大的原则性问题,具有方向性的指导作用。

(六)丁金国《语言风格分析中的定性与定量》

作者系烟台大学中文系教授,硕士生导师,发表语言风格学论文18篇,讲授普通语言学、语言风格学、语体风格研究等课,著有《普通语言学导论》、《语言学基础》等。

本文认为,语言风格学之所以是一门独立的学科,是由于它像其它学科一样,可以用测量的方法,做出定性与定量的分析。文章从定性分析、定量分析、格素量及其分布3个角度阐释了语言风格分析的方法。

在定性分析部分,作者指出,风格是语言研究的宏观单位,是动态的,风格是语言风格学研究的上限单位,是最大单位,也是终端单位。格位是语言风格学的第二级单位,分为句法位、词语位、节律位、修辞位、篇章位。风格分析的基本单位称为"格素"。在定性分析部分,文章以《春》、《散文》、《春天来了》(小说)、《春季》(科技论文)3篇文章为例,先进行了定性的分析,然后以定量的方法,进行风格的分析,对组成风格的各语言要素作量的表述,诸如总句数、最长句字数、总词数等,从而在第三部分格素量及其分布中比较散文、小说、科技论文的异同,进而从定量的角度对风格进行分析。

正如作者在文章的结尾处说的那样,文章力图用一种新的分析方法对语言风格进行分析研究,但应该承认,我们离风格研究现代化还很远。文章的可贵之处在于它进行了大胆的尝试,并取得了可喜的成果。到目前为止,我们看到的以定量的方法研究风格学的文章也并不多,因此,在80年代中期,这篇文章的出现的确应引起重视和关注。

总的来看,本时期有关语言风格的专著和论文比较多。仅就收入本书的单篇风格学论文就将近二百篇,其中导论十来篇,定义论、本质论十来篇,构成论二十多篇,类型论一百二十来篇,其中专论语体分类的就有13篇,论某种语体特点和风格的有46篇,论语言的民族风格、时代风格、地域风格的十来篇,论表现风格的8篇,论作家作品语言风格和个人语言风格三十多篇,论语言风格应用的文章有十来篇,论研究方法的文章有十多篇。此外还有十多篇综合论述语言风格学基本原理的文章。如果以这些文章的理论进行全面细致的分析归纳,就会看出"繁荣期"的语言风格理论研究成果更加辉煌,看出每位作者各有独特的贡献,也可看出有待深入研究的一些理论问题。

第三节 汉语现代风格学的建筑群
——语言风格学专著的相继问世

从 1985 年到 1993 年，我国至少陆续出版了五部汉语现代风格学的专著，其中以《语言风格初探》(程祥徽著，三联书店香港分店，1985 年 3 月)、《语言风格学》(张德明著，东北师大出版社，1989 年 12 月)、《言语风格学》(郑远汉著，湖北教育出版社，1990 年)、《汉语风格学》(黎运汉著，商务印书馆，1990 年 6 月)这四部专著最为引人注目。"这 4 部专著构成了汉语现代风格学的体系基本一致而各具特色的一组建筑群"。(于根元语)此外，还有王焕运的《汉语风格简论》(河北教育出版社，1993 年) 这五部专著具有共同的特点，既有全新的面貌，同时又各具特色。

一、程祥徽著《语言风格初探》(1985)

程祥徽，男，笔名程远，1934 年 11 月 19 日生于湖北省武汉市，当代语言学家、北京大学文学学士、香港大学哲学硕士。曾任青海民族学院教授、澳门东亚大学公开学院中国文史系主任、澳门大学中文系主任、中文学院院长，澳门回归前出任澳门政府语言状况关注委员会委员、澳门政府文化委员会委员；创办澳门写作学会、澳门语言学会，创办并主编《澳门写作学刊》、《澳门语言学刊》。现任澳门大学教授、澳门语言学会会长、澳门写作学会名誉会长、中国修辞学会副会长、世界汉语教学学会理事，多个学术社团顾问、名誉教授、研究员，北京市政协委员。著有《繁简由之》、《语言风格初探》、《现代汉语》(合著)、《语言与沟通》、《中文回归集》、《风格与语体》等；发表《汉语风格论》、《青海口语语法散论》、《〈论语〉有关言语风格的记述——孔子的言语观》、《澳门的三语流通与中文的健康发展》、《澳门中文官方地位的提出与实现》、《语体先行》、《澳门赌业带来的语言现象》、《风格的要义与切分》、《传意需要与港澳新词》、《迎接语言风格学的新世纪》、《澳门中文公文的回归之路》、《澳门的语言生活》等重要论文数十篇。发起并主持"澳门过渡期语言发展路向国际学术研讨会"、"语言风格学与翻译写作国际研讨会"、"语言与传意研讨会"、"方言与共同语研讨会"、"语体与文体研讨会"、"语言规划的理论与实践研讨会"等,主编出版了《澳门语言论集》、《语言风格论集》、《语言与传意》、《方言与共同语》、《语体与文体》等论文集。

其风格学的代表作是专著《语言风格初探》(三联书店香港分店,1985 年 3 月第 1 版)、《风格与语体》(三联书店香港分店,2001年 12 月第 1 版)以及论文《〈论语〉有关言语风格的记述——孔子的言语观》、《语体先行》、《风格的要义与切分》、《迎接语言风格学的新世纪》、《语言风格学》(广西教育出版社,2000 年 8 月第 1 版)等。

《语言风格初探》的风格理论属于狭义的风格论,主要师法于高名凯先生的语言风格理论。该书的风格定义,一般认为是"格调气氛论",作者不同意讲风格是语言的特点和民族风格,并主要从定义论、构成论、类型论、方法论等几个部分对语言风格问题进行了论述。全书共分"例言、现代风格学概论、传统文体论检讨、风格要素与风格手段、体裁原则与风格原则、风格类型的划分、从归纳中看语言风格、附注与参考书目"等 10 个部分。其中在"现代风格学概述"部分对"风格和语言风格"进行了定义的诠注,并对汉语风格学的开端进行了介绍。在这一部分,作者认为"已故语言学家高名凯先生是在中国倡导建立汉语风格学的第一人"。在接下来的文字中,作者又对风格与语体的区分进行了比较,总结了风格学的功用。在该书的第二部分,作者从语言风格与文体风格对比的角度入手,概述了传统文体论的沿革,并对其进行了适切的评价。正文第三部分是语言风格的构成论,在对语言风格与文体风格对比的基础上,分析了构成语言风格的风格要素及风格手段。正文的第四和第五部分是语言风格的类型论部分,主要分析了语言风格构成的体裁原则和功能原则。在这里作者认为风格基本可以进行四分即"日常交际的言语风格、公文程式的言语风格、科学论证的言语风格、文艺作品的言语风格"。正文的第六和第七部分是语言风格研究的方法论部分,通过探讨老舍作品的语言风格特点,分析其风格类型,总结了语言风格研究中的比较和归纳两种方法。于根元先生在《汉语现代风格学的建筑群——读四部有关的新著》(《语言应用论集》第 345 页,北京广播学院出版社,1999 年 12 月)中说,"编著构建汉语现代风格学的框架",正如作者在"例言"中所言一样,"本文讨论的是语言学的风格理论问题,并运用语言学的风格理论来考察某方面的汉语风格现象。论文宗旨是想为汉语风格学的建立作一初步尝试"。其实,也就是这样的一个初步的尝试,和其他风格学论著一起,使中国汉语现代风格学的研究进入了繁荣的阶段,并为汉语现代风格学的建筑群树立了第一根顶梁柱。

《语言风格初探》中的见解及其使用的方法在今天看来,起到了承上启下的作用,区别于传统的文体风格理论,同时也影响了后来的风格理论的研究。该书的理论价值和应用价值在语言风格学的研究中是不容忽视的,这一点于根元先生在《汉语现代风格学的建筑群——读四部有关的新著》中已经做过精彩的分析,他说:"程著主要提出了六个方面的见解或方法,区别于传统的汉语风格研究,即,一、语言在人们使用的时候表现出来的风格,是现代风格学所要探索的主要课题。二、语言风格研究具有重要的实践意义。三、现代风格学着重研究构成不同言语气氛的那些语言手段,使风格成为看得见、摸得着的客观的东西。四、要研究语言运用与气氛情调的关系。五、风格要素的研究可以采取比较、选择和归纳的方法。六、以现代风格学的理论基础，探索以某些重要作品为例证的现代汉语风格，即检讨某个重要作品的风格，又提供一个研究语言风格的例证"。(《语言应用论集》，第345~347页)袁晖、宗廷虎主编的《汉语修辞学史》(安徽教育出版社，1990年)指出此书有几点值得注意：(一)作者首先明确区别"现代语言学中的'语言风格'和文艺学中的'语言风格'"。(二)此书消除了语言风格的神秘感。(三)此书明确将现代风格学和中国传统文体风格论区别开来。(四)作者在阐述风格学原理的基础上，选取老舍的作品为语料，分析日常交际的语言风格。

总之，程著《语言风格初探》，全书由阐述语言风格的概念入手，讨论了现代的语言风格与传统的文体风格之间的关系、划分现代汉语语言风格的基本类型，引例丰富、翔实，论述扼要、精当，条分缕析，层层深入，构建了汉语现代风格学的理论框架。全书最后又以参考老舍的作品进行典型分析结束，理论与实践相结合，体现了语言研究中的理论与实践相结合的辩证思想，使《初探》成为汉语现代风格学进入繁荣期登堂入室的台阶。

吴礼权、邓明以著《中国修辞学通史》(当代卷)认为本书是探讨汉语语言风格学的最早一部专著，这在汉语修辞学的发展史上是很有意义的，其贡献可概括如下。第一，对汉语语言风格学的基本概念及相关理论问题进行了较为科学的界定与开创性探讨。第二，对老舍的语言风格进行了深度解剖，为作家语言风格的个案研究树立了典范。最后指出该书因为是汉语语言风格学的开创性著作，所以存在一些不足之处，是可以想见的。如语言风格学的有些理论问题还没来得及探讨，已讨论的问题又限于篇幅而不够深入。

二、张德明著《语言风格学》(1989)

张德明，1932年出生于辽宁省海城市，1958年毕业于东北师范大学中文系，毕业后相继在吉林省延边大学语文系和辽宁省锦州师范学院中文系从事教学和科研工作。曾任中国修辞学会理事、中国修辞学会全国文学语言研究会副会长、辽宁省语言学会常务理事、辽宁省修辞学会副会长兼秘书长、锦州市语言学会副会长兼秘书长、香港国际教育交流中心研究员等职。兼任中国修辞学会全国文学语言研究会顾问、辽宁省修辞学会顾问、锦州市语言学会顾问、香港国际交流出版社特约顾问和编委、渤海大学语言应用研究所兼职研究员、中文系语言学及应用语言学专业硕士研究生语言风格学教授等。个人传记及学术成果已经被收入《语言学名人大词典》、《社会科学新学科词典》、《中华人物大辞典》和《世界名人录》（中国卷4）等十多种辞书中。出版了个人专著《语言风格学》（东北师范大学出版社，1989年12月）、《文学语言描写技巧》（中国青年出版社，1998年12月）等。前者获中国文学语言研究会首创著作奖、辽宁省社会科学优秀研究成果奖和优秀教学成果奖。后者获中国文学语言研究会优秀著作奖。与他人合编的著作有《现代汉语修辞学》、《大学修辞学》、《修辞语法学》、《中学语文多角度解析》等。发表有关修辞学、风格学和文学作品语言研究的学术论文和教研论文近百篇，有18篇获国内外优秀论文奖。其中包括《风格学基本原理》、《建国40年来语言风格研究评述》、《风格教学和语文教学》、《谈中国现代风格学史的分期问题》、《语言风格学理论的应用价值》等有关风格学的理论研究和应用研究的论文共二十多篇。其风格学的代表作是《现代汉语修辞学》第七章语言风格第二节表现风格（吉林人民出版社，1984年9月第1版，参编执笔），专著《语言风格学》和《文学语言描写技巧》第八章根据文学语言风格运用文学语言描写技巧以及论文《风格学的基本原理》等。

张著《语言风格学》，全书共20章。导论"风格学的系统观"，阐释了风格学的基本概念、基本原则和基本方法。第一章——风格术语的来源和风格概念的定义,第二章——古老的研究传统和新兴的边缘科学,第三章——语言风格和文学风格,第四章——语言风格和文章风格,第五章——语言风格和文风问题,第六章——语言风格和言语风格,第七章——语言风格和语言要素,第八章——语言风格和语言修辞,第九章——语言风格和语言单位,第十章——语言风格和语言环境,第十一章——主观的风格和客观的风格,第十二章——语体风格和文体风格,第十三章——体性风格和表现风格,第十四章——语言的民族风格和地域风格,第十五章——语言的时代风格和流派风格,第十六章——作家的语言风格和作品的语言风格,第十七章——风格的相对性和优劣性,第十八章——风格的摹仿和风格创造,第十九章——语言风格和语文教学,第二十章——风格的研究方法和风格的概括方法。本书第十三章附:语言表现风格的交错情况和传承关系略图(第 211 页)

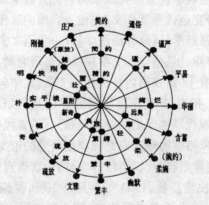

　　说明:从内向外,第一圈为刘勰《文心雕龙·体性篇》的四组八体风格论;第二圈为陈望道《修辞学发凡》的四组八体风格论;第三圈为本书的八组十六体风格论。

按语言风格学的基本原理来说,本书的"导言"即绪论。第一章至第五章主要是定义论和本质论,其中第二章是研究传统论、学科性质论、研究对象论、目的任务论和理论基础论以及相邻概念关系论,包括了"导论"的部分内容。第六章至第十一章主要是构成论,包括形成因素和表达手段。第十二章至第十六章是类型论和范畴论。第十七章至第十九章是风格理论的应用论。第二十章是方法论,和"导言"中的"风格学的基本方法"相照应。张寿康在该书"序言"中指出:张德明同志潜研语言风格学多年,博览约取,提要钩玄,写成《语言风格学》书稿,并在高等学校讲授的过程中,听取意见,几经修改。这部书可以说是50年代以来国内外讲论风格学的主要论点的理论概括,材料详瞻,有古有今,极富有理论意义,可以说是一本"语言风格论"。

本书的独特贡献在于对语言风格学理论的全面探索,对相关资料的系统归纳,对争议问题的初步看法。

在绪论或导论方面,主要概述了语言风格学的历史传统、研究对象、学科性质、理论基础和目的任务等,强调语言风格学是语言学的一个分支,也具有边缘性,主要应用语言学、修辞学的理论,也要应用美学、文学等相关学科的理论。

在定义论、本质论方面,主要是概括学术界关于语言风格定义的几种看法:格调气氛论、综合特点论、表达手段论、常规变异论及其理论根据和互相关系,并阐明了"语言风格"同"文学风格"、"文章风格"及"文风"的区别和联系。

在成因论、手段论方面,主要是论述语言要素和非语言要素在形成风格中的作用,突出论述修辞同义手段和语言环境在形成风格中的重要作用。

在类型论、范畴论方面,首先,从主观风格和客观风格两大范畴上说明风格成因和风格类型的互相关系;其次,对广义风格论的语体风格、表现风格、民族风格、地域风格、时代风格、流派风格和作家作品语言风格等分章论述,特别是所谓修辞的"体性风格"或"语言的表现风格"的传承关系,内部分类及常用术语等论述尤为详细。

在风格理论的实际应用,即"应用论"方面,主要论述了"风格相对性和风格的优劣性"、"风格的摹仿和风格的创造"、"语言风格和语文教学"等,在同类著作中不仅比重较大,而且概括了中外有关理论,说明了风格理论的实用价值。

在风格研究的方法论方面,本书首尾照应,强调语言风格学的研究,要在哲学的辩证法、系统论和逻辑方法指导下,经常应用分析综合法、比较法、统计法、动态研究法等,并注意把"风格的研究方法"和"风格的概括方法"以及"风格学的著述方法"区别开来。

本书出版后在学术界引起广泛重视,很多评论文章充分肯定其语言风格学在继承性研究和探索性研究方面所作出的独特贡献。境内外报刊都指出:该书"是我国大陆建国以来第一本语言风格学专著"。(《修辞学习》1991年第1期,香港《大公报》1989年10月15日)吴士文、郑殿仁《可贵的探索　可喜的收获——简评张德明先生的〈语言风格学〉》一文认为,张著有材料详赡、内容丰富、博览约取、体系新颖、教研结合等特点,并认为,本书对提高人们的关于风格学的认识,提高风格的理论修养,会有极大的帮助,它提供了风格在国内外研究的信息,对人们进一步探讨风格学的各方面的问题会起到登堂入室的桥梁作用。王科在《潜科学》杂志1991年第4期发表文章《开拓、继承、创新——读张德明先生的〈语言风格学〉》,高度评价了《语言风格学》一书。他认为,张著以及其前后的程、黎、郑等著作的出版似乎标志了语言风格学的诞生。并从张著的创新度、理论、研究方法等方面进行了中肯的评价。郑荣馨在其《语言表现风格论——语言美的探索》一书(安徽大学出版社,1999

年 5 月第 1 版,第 9 页)中说"80 年代以来,陆续有研究语言风格的论著问世,专门论述语言表现风格的文章不多见。比较有份量的论述当是张德明先生的《语言风格学》和黎运汉先生的《汉语风格初探》……"。于根元在评价中说:"张著资料比较齐备,讨论的来龙去脉说得比较详细,关于'风格'、'主观的风格和客观的风格'、'语言风格和文学风格'、'体性风格和表现风格'都有专节谈术语的来源,关于'风格学'、'语言风格'、'语言风格和文章风格'、'语言风格和文风问题'等都有较多的篇幅谈'基本概念'或'概念和例证'"。

吴礼权、邓明以著《中国修辞学通史》(当代卷)认为本书是 90年代出版的第一部汉语语言风格学的专著,其对汉语风格学的建立有一定的推动作用。其特色与贡献表现如下。第一,善于在博采众长、兼收并蓄的基础上提出自己的新见。《风格学》的作者常常能在探讨古今中外关于语言风格学的各种学说,博采众长、兼收并蓄而又有选择批判的扬弃的基础上提出自己的比前人更为科学合理的理论见解。第二,对语言风格学的相关理论问题论述得比较周全。如"主观的风格和客观的风格"、"体性风格和表现风格"、"语言的民族风格和地域风格"、"风格的相对性和优劣性"、"语言风格和语文教学"、"风格的研究方法和风格的概括方法"等。最后指出,《风格学》虽对风格学有关理论问题论述得比较全面,但有些方面的问题论述则显得有些肤浅。如对语言的时代风格和流派风格就显得有些不够,没有什么深刻的见解,这不能不说是它的缺憾。

总之,本书在中国现代语言风格学的继承性研究和探索性研究方面作出了自己的独特贡献,产生了广泛的影响,当然,其理论上的局限和论述上的不足,都有待修订完善。

三、黎运汉著《汉语风格探索》(1990)

黎运汉,男,广东阳春人,1929 年 11 月 15 日生。1953 年、1960

中国现代语言风格学史稿

185

年先后毕业于中山大学社会学系、中国语言文学系,历任暨南大学文学院副教授、教授,修辞学和风格学的硕士研究生导师。兼职中国修辞学会理事、常务理事、秘书长、副会长等。个人专著和与人合编的著作有《现代汉语修辞学》、《新编现代汉语》、《汉语风格学》、《汉语风格探索》、《秦牧作品语言艺术》、《公关语言学》、《现代汉语语体修辞学》、《商务语言》等,以及其它各类教材共计 26 部。其中有 5 部获得广东省社会科学优秀成果奖。发表《修辞学、语体学、风格学》、《秦牧作品语言艺术风格》、《修辞学研究对象的文化透视》、《传意与文化》等学术论文共计六十多篇。并和程祥微先生共同主持了"语言风格学和翻译写作国际研讨会",共同主编《语言风格论集》。在中国大陆首次招收了"语言风格学"专业的硕士研究生,设立了风格学学位课。其中风格学论文有二十多篇。曾多次到美国以及港澳台地区进行讲学或出席学术会议。多次主持中国修辞学会的学术年会,并筹备出版学术论文集。其个人小传和学术成就已被编入英国剑桥国际中心的国际知识分子名人录。其风格学的代表作是《汉语风格探索》(商务印书馆,1990 年 6 月北京版)、《现代汉语语体修辞学》(主编并为主要撰稿人,广西教育出版社,1989 年)《汉语风格学》(广东教育出版社,2000 年 2 月第 1 版)等。

黎著《汉语风格探索》,全书 6 章,有序言、后记,总计 18 万字。中国著名语言学家、上海复旦大学教授胡裕树先生为其作序。全书的第一章——绪论是全书的本质论、性质论和方法论。共分 5 个小节,分别对语言风格的定义、语言风格的特点、语言风格学的对象、任务、性质、功用、研究方法及汉语风格学的研究简史进行了分析和概述。第二章——语言风格的形成,是全书的构成论部分。第一节介绍了语言风格形成的制导因素,第二节介绍了语言风格形成的物质材料因素即语言要素中的风格手段及超语言要素中的风格手段。第三章——语言的民族风格、时代风格、流派风格和个人风格;第四章——语体风格;第五章——表现风格,这是《汉语风格探索》的类型论部分。最后第六章——语言风格摹仿和创造,是应用论部分。从语言风格摹仿和创造两个方面进行了语言风格实践的探讨。全书以"绪论——构成论——类型论——应用论"为总纲,贯穿各节内容,在总体框架上与张著比较接近。胡裕树先生在该书《序》中说:"黎运汉先生多年来在这方面进行了艰巨的垦荒工作,取得了不少的成果。在这本著作里,对汉语风格作了系统的探索:阐明了什么是风格,语言风格的特点和形成,语言的民族风格、时代风格、流派风格和个人风格。既研究不同的语体的不同的风格,也研究不同作家的不同风格。材料翔实,论述周密,举例确当,富有启发性",构筑了汉语现代风格学的理论框架。

首先,此书具有重要的理论价值和应用价值,为汉语现代风格学的发展和繁荣做出了不小的贡献。其突出的贡献是试图在借鉴古人的风格理论和吸收近年来风格研究成果的基础上,对汉语风格作系统的探索,着重阐述风格的特点、形成和各类风格的具体特征及其得以表现的语言标志等。例如,该书第 163 页~183 页,就精细地分析了日常谈话语体、演讲语体、实况广播语体、公文事务语体、科学语体、文学语体、政论语体,对这些语体类型进行了解释,之后又对各个语体的性质进行分析,使其体系性更加完备。所以,于根元先生在评述时,特意点到:此外,黎著力图成为比较完备的体系。博采众家,有关风格的重要论著黎著几乎都涉及到了,史的部分,论述较详。(于根元《二十世纪的中国语言应用研究》第 266 页,书海出版社,1996 年 12 月)袁晖和宗廷虎在其主编的《汉语修辞史》中谈到黎著的独特贡献,如:该书提出表现风格可以概括各种风格类型的论述,用统计法分析各种风格等。

其次,比较而言,在研究方法上,黎、郑、张著都用了系统的方法,列举了统计表的实例。这方面,黎著做出了更大的贡献,特别是在用统计方法来分析各种风格类型的时候,黎著更为突出。全书数字统计 15 次,列表 15 处之多,这是黎著在风格和风格学研究方法上提供的一个成功的范例,同时也成为黎著的一个明显的特点。如修辞方式方面列了下表:(文艺语体)

篇名	比喻	比拟	夸张	借代	排偶反复	对照映衬	反问设问	呼告双关
《故乡》	8		1	2	2	3	5	2
《地板》	6	1		1	2	2	4	5
《樱花》	28	11	3	2	11	5	6	2
《颂歌》	35	8	3	2	8	2	7	2
《龙须沟》	3		1		2	4	2	
合计	80	20	8	7	25	16	24	11

总之,《汉语风格探索》是一次成功的探索。倪宝元在《这种探索很有意义—读<汉语风格探索>》一文中指出,"这部专著内容丰富,体系完整,结构严谨",为后来写《汉语风格学》打下了理论基础。

吴、邓著《中国风格学史》(当代卷)认为本书是 90 年代出版的一部较有影响的关于汉语研究的专著,它对汉语的一系列理论问题的探讨对于深化汉语风格学研究具有不可低估的意义。在如下两个方面成就尤其值得我们重视。

(一)对语言风格学的一系列理论问题研究得相当全面、系统。

(二)第一次较系统地对汉语风格研究史进行了历史回顾与总结。最后指出:《探索》也存在一些不足之处,如语体风格的下位各风格特征概括不够,语言风格的摹仿与创造问题论述过简等都是明显的缺憾。

四、郑远汉著《言语风格学》(1990)

郑远汉,男,汉族,1934 年 12 月出生,1957 年毕业于华中师范学院中文系,留校从事汉语教学和研究工作,1985年调入武汉大学,现任该校文学院教授、博士生导师,兼任中国修辞学会顾问、中南修辞学会名誉会长,科研方向兼及词汇、语法、修辞,以修辞学和风格学见长。著有《现代汉语修辞知识》、《辞格辨异》、《修辞学教程》、《言语风格学》等著作。发表了《语体研究中的几个问题》、《句式与语体》、《老舍赵树理风格比较》、《毛泽东政论中的句法特点》、《规范、风格、变异》、《文体与风格》、《好事成双的文化心理与汉语的民族风格》、《论言语规范与其多体性》、《省略句的性质及其规范问题》、《言语规范三层次》等一系列重要论文,论述了和言语风格有关的理论问题。其风格研究的代表作是《现代汉语修辞知识》(湖北人民出版社,1999年)第五章"言语风格和语体类型,《言语风格学》(湖北教育出版社,1990年版,1998年再版(修订本)),《修辞学教程》第一章第一节之三:修辞学——语体(河南教育出版社,香港文化教育出版社,1989年)等"

郑著《言语风格学》湖北教育出版社1990年第一版,全书共7章30节,28万字,多角度多层次地论述了言语风格和言语风格学的问题、汉语的言语民族风格和时代风格、个人风格、口语体、书卷体、通用体、标准体与变异体、科学体、艺术体、谈话体,以及语言和言语作品类型等问题。

该书是作者在《现代汉语修辞知识》一书中言语风格论基础上构拟的颇具个人特点的体系严整的言语风格学专著。于根元在《汉语现代风格学建筑群》一文中认为"郑著最突出的是思想敏锐,有许多重要的见解。关于语言规范要考虑到语体,要注意风格有许多是个人首创的,书中有许多精彩的文字"。李玉王言、吴士文在《言语风格史上的一座里程碑——〈言语风格学〉评述》(《营口师专学报》1991年第1期)一文中认为该书创建了言语风格学的新理论",总的看来,这本著作有以下几个特点和贡献:

(一)对言语风格的综合特点论有新的见解和论述。

提出了形成风格本质的外部因素和内部因素，以及语言——言语性等。作者认为言语风格是由于人们对语言的使用受到不同的交际环境的制约或影响而形成的一系列的言语特征的综合。他解释说，所谓的一系列首先表现为一定的"量"，个别词语、个别句式上的特点不足以构成一种风格的，还表现为含有质的规范，关键就在其质的不同，指出各种不同的交际条件是言语风格形成的外部因素，语言成分的不同特点和言语的不同表现是风格形成的内部因素。由此认识在言语风格中形成"语言"和"言语"的联系性和区别性，进而确定言语风格不仅有综合性、系统性而且有语言——言语性。

(二)提出了言语风格体系性是风格形成的统一体，包括风格要素和风格表现。

作者认为言语风格的体系性还表现在一种言语风格内部，诸风格成分是处在一个有机联系的风格统一体中的，所谓风格成分，是建立在一定的语言单位或言语成分基础上的，包括风格要素和风格表现。这些风格成分，反映在语音、词汇、句法方面，必须是相互联系的，形成一个统一体，也就是说，这种言语风格的体系性，即表现了风格成分的复现与聚合，又表现为同一风格范畴中的不同风格类型的互补。

(三)在继承前辈风格学理论传统的基础上，构拟了言语风格学的新的理论体系。

首先，明确了风格学的对象和任务。作者认为，言语风格学的对象，其核心是语言——言语，是人们在运用语言中为适应各种不同的交际环境而形成的一系列的言语特点的综合，认为言语风格学就其根本性质来说，属于语言学。据此定义，认为言语风格学就是关于语言因适应一定的交际环境而形成的种种言语特点系统的语言学科。以此确定言语风格学在语言学中的独特地位。关于言语风格学的任务,作者指出,要全面考察并确立汉语(主要是现代汉语)的风格范畴、风格类型的系统,这就需要分析和描述各风格类型的风格要素和风格表现,以明确风格特点或风格规范。

其次,探索了风格范畴和风格类型,突出构建风格语体合总分立的一体化的系统。作者认为,任何一种言语风格都不是孤立的存在,而一定是处在同一范畴的风格类型既相对立又相统一的地位或关系之中,风格范畴与风格类型有总体的包含与被包含的关系,也有交叉、对立关系,作者运用系统的原则与方法,根据语言风格类聚系统的原则性质,提出了"共体性与非共体性"说,分析在同族、共时、全社会通行的前提下,风格系统的共体性特征;不同族,不共时,非全社会性通行的风格系统,具有非共体性特点。既强调语言体系全民性、共时性和语言系统的"封闭性",也突出语言、语言体系历时的、比较的研究,把它们放在相互比较中显现,彼此对立中存在。同时本书突出构拟了风格语体合总分立的一体化的系统。总论部分,简要论述了言语风格的性质、类型、风格学的对象、性质和任务;分论部分详细地论述了各类风格语体的定义、性质、条件、范畴、特点以及分析方法,并用实例比较说明,论述详细。在方法论上,作者综合运用了归纳、比较、统计、综合等方法,把定性与定量结合起来,增强了论述的说服力。

此外,该书在术语的使用上,一以贯之,比较严整,如言语风格、言语风格学、言语民族风格、言语时代风格、言语个人风格等。

吴、邓著《中国修辞学通史》(当代卷)认为本书是90年代出版的一部比较有代表性与有一定影响的风格学专者。其值得注意的地方,至少有以下几点:第一,对语言风格学的有关理论问题时有创见,对语言风格学的理论问题十分重视,这是《风格学》的一大特点。第二,语言个人风格的个案比较研究很有特色,有深度,富有启发性。此外,《风格学》对言语民族风格的论述,系统性较强,对科学体、艺术体、谈话体的三体的构成特点,分析得也很深入,这些都是值得重视的。最后指出《风格学》也存在一些不足之处,如对汉语的言语时代风格论述得过于简略,规律性的东西也尚未总结出来,还有书末的"各类文体语言表现总表",似乎也不够严密,有进一步科学化的必要。

五、王焕运著《汉语风格学简论》(1993)

王焕运,男,汉族,河北深县人,1939年生,1966年毕业于中国人民大学语言文学系语言专业,曾任河北省青年管理干部学院教授、教务处长、河北省秘书长协会副会长、《秘书战线》主编、《教育学论坛》执行主编、中国教育家协会会员等,主要论著有主编《公务文书写作教程》,与他人主编《秘书工作概要》、《中国历代公文通览》、《共青团宣传工作艺术》等,发表论文多篇。风格学代表作有《关于建立汉语语言风格学的意见》(中国人大复印资料《语言文字》1982年第10期),《汉语风格学简论》(河北教育出版社,1993年11月第1版)。

王焕运的《汉语风格学简论》,除绪论外共5章,绪论概述语言风格的概念性质、分类、成因及语言风格学的对象、方法、历史回顾和建立汉语语言风格学的意义。以下5章论述口语语体风格、书面语体风格、表现风格和个人表现风格、民族风格、时代风格和文风。该书是在黎运汉的《汉语风格探索》之后,首次以"汉语风格学"的名义构建了汉语风格学的理论体系,作出了自己独特贡献。胡明扬在本书序中说:"焕运同志的《汉语风格简论》是一次可喜的尝试,肯定会对汉语风格学的发展起到促进作用"。王焕运还特别重视语体风格,这是他这部著作的一大特色。夏传才在序中认为这本书有3点比较突出:一,本书既继承了传统修辞学和文体学关于风格的理论,又以现代语言学为基础,着重现代汉语语言实例的收集和分析。二,作者不仅注重了文学文体,也注重了当代普遍应用的各种应用文体,这就使这本书有较为广泛的实际适用性。三,本书着重向一般读者介绍语言风格的基本理论和应用知识,所以一般不深入涉及风格学较为高深的问题,如心理学、社会学、文学理论、美学等与语言风格的内在联系。

因此本书具有体系新颖、论述简明、重点突出、比较实用的特点,具体说来有以下几点:

(一)关于语言风格的概念、成分和分类,涉及本质论、构成论、类型论。作者强调言语个性的独创性。作者认为语言风格是在一种或是一篇语言式样中,在语音、词汇、语法以及修辞诸方面表现出来的具有个性区分作用的综合语言个性。它作为一种言语现象,具有稳定性、创造性、排他性等特点。关于语言风格的分类,作者提出以功能标准为主,同时使用语境标准,并参考语言使用者的心理、气质、个性的不同。由表层到深层试分如下:

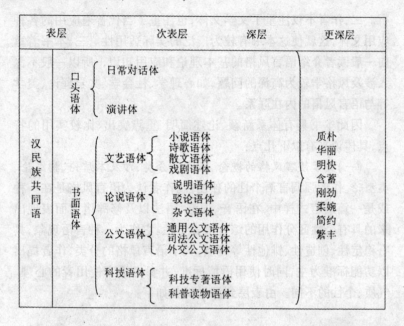

海峡两岸教授、博士辞章学丛书(第一套)

（二）关于语言风格学的对象、方法和意义，涉及学科性质论和方法论。作者强调其边缘性科学化传统和现代相结合，考虑语言的发展等。作者认为语言风格学是专门研究语言风格的类型特征、形成原因以及不同风格相互渗透、互相影响的一门边缘学科。

作者认为语言风格学的研究方法主要有两种：一是传统的品察法，二是定性定量分析法。并用两个坐标图说明相同的一些词在不同的体裁不同的作家的作品中的使用频度也是不同的。

关于建立汉语语言风格学的意义，作者谈到四个方面，首先，可以推动语言的发展，其次语言风格学的出现是语言研究科学化发展的要求，再次，随着现代科学技术的发展，语言教学提出了一个如何科学化的问题。同理，语言风格的发展，必将推动文学的发展。

（三）关于各种语言风格的分析论述，涉及类型论和应用论。作者用四章集中论述各种语言风格的功能特征、言语特点、内部分类和互相关系等。贯串着理论和实践的结合，注意新兴语体风格与其他语体并列。如在通用公文语体中讲述司法公文语体、外交公文语体等。文艺语体分为小说语体、诗歌语体、散文语体、戏剧语体和体裁特点基本一致。论说语体包括说明语体、驳论语体、杂文语体等。其驳论语体风格是激烈的言辞，鲜明的观点。在词汇上，感情色彩特别强烈；在语法上，特殊成分和变式句都有强调作用；在修辞上，常用排比等句式，也都起强调作用。对表现风格的定义，从美学角度认为它是思想感情同语言形式统一所产生的那种艺术魅力的美的类型、美的范畴。并从表现风格角度讲个人风格即个人表现风格。具体分析方法分为三个步骤：一、了解作家的全部经历和性格特点，收集并初步阅读该作家的全部作品；二、深化感性认识，概括出风格来；三、带着问题进行分析，确定主体风格和辅助风格。并以毛泽东、鲁迅、朱自清、孙犁等人的著作和作品为例分析归类，使风格分析具有可行性、实用性，即可操作性。从而避免了千篇一律和片面性。

总之，本书对汉语风格学的研究作出了重要的独特的贡献。《修辞学习》1995 年第 4 期在"出版讯息"中评介这本语言风格学专著由回顾语言风格学发展历史说起，全面系统地对汉语语言风格进行了分类，对各类风格进行了心理体验和语音、词汇、语法、修辞各方面的定性定量的研究，指出了各自的特征和学习模仿的途径。这是在陈望道先生的《修辞学发凡》关于语体论述基础上的一点进步，对于语言风格学的开拓和当今语言的运用都有一定的意义。

本书的美中不足是对有些重要理论问题的论述，虽有个人独创，却失之过简。如第五章民族风格、时代风格及文风，就没有充分展开论述;绪论首创的语言风格分类图表,个人风格、时代风格等没有在表中标出,有待进一步完善其层次关系。

第四节 汉语语体学专著中的语体风格论

一、王德春《语体略论》的语体风格论(1987)

王德春(1933年生),上海外国语大学语言学部主任、教授、博士生导师。国家级有突出贡献专家,兼任中国修辞学会会长,中外语言文化比较学会副会长等,培养硕士、博士和高级访问学者、进修教师等一百一十多名,开设了修辞学、语体学、风格学等课程,出版了《修辞学探索》、《现代语言学研究》、《现代修辞学》、《外国现代修辞学概况》、《语体略论》、《语体学》、《修辞学词典》等15部,论文二百五十多篇。

《语体略论》(福建教育出版社,1987年9月第1版) 全书共9节。一、语体概述。二、谈话语体。三、书卷语体之一——科学语体。四、书卷语体之二——艺术语体。五、书卷语体之三——政论语体。六、书卷语体之四——事务语体。七、语体的相互关系和语体的发展。八、语体和修辞方法、风格。九、语体理论的实践意义。

本书是作者对语体风格进行长期研究的成果,全书体系严密,例证典型,纲举目张,条理分明,是解放以来我国第一部探讨语体学的专著。对我们研究修辞学、语体学、风格学都是一部重要的代表著。书中既有对外国的语体风格理论的借鉴,又有经过自己认真研究汉语实际所得出的创见和科学结论。对我们研究中国现代语言风格学,包括狭义风格学和广义风格学都有重要的理论价值。主要贡献如下：

（一）对探讨语体学和狭义风格学的理论价值。本书在我国首次语体学会议之后以专著形式系统地论述了语体研究的历史、语体的定义、特点、成因和分类等。其中不乏个人独创性。而且叙述简明。如说"言语的功能变体，简称语体"，"语体学就是研究这些功能变体，研究依赖言语环境选择和运用材料的原则"。强调：1、语体是社会交际的结果。2、语体又是全民语言材料特点的综合。在语体分类上虽然先分为"谈话语体"和"书卷语体"，似乎同张弓《现代汉语修辞学》中先分为"口头语体"和"书面语体"有些类同；但本书力图以此名称将"言语形式"和"语体类别"分开，即两大语体都有口头和书面两种形式。谈话语体有"口头谈话语体"和"书面谈话语体"；书卷语体也有"口头书卷语体"和"书面书卷语体"。两大语体内部的下位分体，和张弓相比也有发展和创见，并列表说明。每种又都有"口头形式"和"书面形式。"

全书重点论述了各类语体的功能、特征、作用、小类与互相关系和发展变化等理论，对以研究语体风格或功能风格为主要对象的狭义风格学，无疑是有重要参考价值的。

（二）对探讨广义风格学的理论价值。本书在第八节具体论述了风格问题，包括风格的概念和风格的类型，认为"风格体现在作品内容和形式的各种要素中，除作为语体的功能风格外，又分为时代风格、民族风格、阶级风格和个人风格等"。并指出："个人风格是在时代、民族、阶级风格的前提下形成的，但时代、民族、阶级的风格又通过个人风格得到体现"。这样不仅把共性风格和个性风格的关系说清楚了，而且论及了广义风格学研究的主要类型。其中所谓"阶级风格"是一般学者很少谈的。本书则以曹禺戏剧《雷雨》中人物语言所表现的主仆关系举例说明，认为"阶级风格是由说、写者所隶属的阶级所决定，并由传达内容的形式而呈现的特征"。它在谈话语体和文艺语体中是显而易见的。在科学语体,通俗科学语体中也有存在的可能性。

（三）对探讨修辞、语体和风格的关系有理论价值。书中第九节论述"语体和修辞方法、风格"的关系,也是修辞学、语体学和风格学共同关心的重要理论问题。本书作了初步探讨,并列表说明,这是很有价值的。

类　别	谈话语体	艺术语体	政论语体	科学语体	事务语体
时代风格	＋	＋	＋	＋	＋
民族风格	＋	＋	＋	＋	＋
阶级风格	＋	＋	＋	－	－
个人风格	＋	＋	＋		

综上所述,语体与修辞方法、语体风格都有密切的关系,由于语体是根据言语环境的区分而划分的,所以,修辞方法与风格是服从于语体,为语体服务的;另一方面,修辞方法和风格又为语体现实化提供了基础和必要条件。

本书的不足是对风格概念的阐述主要是引述中外从传统风格论到现代风格论的一些观点,而没有明确地下结论。当然,由于是《略论》,所以有许多重要理论问题尚未展开。

二、唐松波《语体·修辞·风格》的语体风格论(1988)

唐松波,1931年生,中国国际广播出版社特约编审。曾任国际政治学院外语系主任,中国人民警官大学副教授,《现代世界警察》主编、警官教育出版社负责人等。出版专著5部,发表论文20多篇。

其代表作《语体·修辞·风格》(吉林教育出版社,1988年12月第1版)全书除"导言"性质的开头外,共7节。1、语体。2、风格。3、修辞。4、日常谈话。5、社会实用语体(书面语体)。6、文艺语体。

7、回顾与展望。从标题上看,本书是综合论述三方面内容。因书中首先和主要论述语体问题,所以我们把它放在"语体学专著"这一节。作者和王德春一样,也是从建国初期开始起步,较早介绍国外修辞理论,多年探讨语体风格的学者,所以在90年代初大陆出现几本风格学专著之前出版此书,对汉语风格学研究也是影响较早,颇有贡献的。书中除第二节专门论述风格外,其他许多论题也结合论述了语言风格。总的看来,本书对建立现代汉语风格学主要有以下几点贡献。

(一)系统论述语体、修辞和风格的关系,有助于认识和处理相关学科的关系,明确三者的区别和联系性。本书从实例出发,引用国外现代语体风格论,说明了西方从巴里开始的现代语言学流派、表达修辞学或描写修辞学、法国结构主义、苏联修辞学界(功能修辞学派)以及英美新修辞学派等关于语言风格、话语风格等研究情况,认为"英美对文学作品语言风格流行的观点是偏离说,风格是对规范的偏离"。(第8页)在"现代修辞学"部分,主要肯定中国现代修辞学;认为陈望道的《修辞学发凡》虽吸收外国理论,但没有生搬硬套,而具有中国特点,也是中国现代修辞学的一大优点。作者主张:从语言研究的趋势看,现代修辞学将会有更大发展,语体和风格问题都涉及运用语言实际效果,还是要放在修辞学范围内。(第10页)作者从这一广义的修辞学角度来论述语体和风格问题,从中也可以看出独立形成的语体学、风格学也是从传统修辞学中脱胎出来的。对三者的基本概念,作者指出:"在一定活动领域中语言运用特点形成的体系叫做语体。简单地说,语体是特定的语文体式",又称功能语体。(第15页)

作者在语体部分论述了语体的成因、语体是历史现象、文体和语体、表达方法和话语结构以及变体说等语体学的基本理论问题。其中旁征博引也不乏个人的真知灼见。如语体分类在术语和类型

中国现代语言风格学史稿

上都有特点,其中"社会实用语体"第二层次是"科技体、事务体、宣传体",宣传体的下位分体有"政论体、新闻体、广告体",既发展了前一时期的"政论体",又较早地提出了"广告体"。

现代汉语语体可大致列表如下:

语　体	分　　　　　　体	表达形式
日常生活语　体	家常口语体 正式口语体	口头对话
社会实用语体	科技体 { 专业体 普及体 事务体 { 公文体 法律体外事体 宣传体 { 政论体 新闻体 广告体	大众传播 (书面、口头)
文艺语体	散　体 { 小说体 话剧体 散文体 诗　体 { 旧诗体 民歌体 新诗体	创作、发表、演出

(二)多方面创造性地论述了语言风格问题,有助于研究广义风格学的一些理论问题。本书除在第二节风格部分系统论述了风格的多义性、语言风格的多样性、语体属语言风格之一、个人语言风格、表现风格论析等问题外,还在第三节"修辞"部分,论述了"修辞和风格"。在第二节"文艺语体"部分,论述了"作家的语言风格"和作品的语言风格。在第七节"回顾和展望"部分,论述了"语体和风格研究的前景"等问题。其中也有很多创见和独特的贡献。如提出研究作家语言风格必须考虑语言本身的因素,作家语言风格表现在作家个人使用语言的特点上。

作家的风格表现在作品风格中，作家和作品风格具有对立统一和不断分化演变的性质。（第218页）

研究一个作品的语言风格可以更具体地看到作家如何运用语言实现其艺术构思。（第222页）（以上着重号均为本书作者所加）

与同类专著相比，本书非常重视研究作家作品的语言风格，既吸收国内外的语言风格论，也有个人研究的成果。

（三）本书非常重视科学方法论，有助于我们全面掌握语体风格学的研究方法。本书序言谈到语体研究的描写法、统计法、观察法等的长处和局限，指出"没有一种方法可以称得上完美无缺的。在统计资料不足的情况下，应细心观察，深入调查，尽可能不遗漏语体的各种分支，又不使分类过于琐碎。比较、替换的方法对语体、风格、修辞的研究都适用"。为了弥补各种研究方法之不足，本书提出"只有辩证法才能帮助我们掌握语体的特征及语体的相互关系"。也就是说具体科学的研究方法只有在哲学的辩证法统帅之下，才能更好地发挥作用。本书最后在"语体和风格研究的前景"部分指出：80年代开始，我国的语体、风格研究走上新的阶段，主要表现在两方面：1、研究范围扩大并深入；2、采用新的方法。（第239页）并指出："运用模糊理论研究公文、法律、文艺等语体也取得了初步成果"，"现在应该用语言科学和文艺科学的理论和方法来揭示作家在作品中运用语言的特点"。90年代繁荣期语言风格，特别是作家作品语言风格的研究成果证实了本书作者的主张和预见是正确的。

总之，本书的语体风格论涉及了导论、定义论、成因论、类型论和方法论等各方面，是比较系统的，是多有创见的。不过本书关于语言表现风格的论述尚待深入研究。作者提出："表现风格是思想感情、语言文字、表达技巧三方面特点的结合，属于文艺现象，在作家作品中表现得最清楚。因此要同文艺学结合，深入文艺领域考察,才能科学地认识表现风格。"(第57页)诚然,学术界对此是有分歧的,本书的主张同狭义风格学的观点比较接近。但大多数广义风格学的论著都说明表现风格在各类语体中是广泛应用的,在语言手段和表现方法上作为风格类型是可以在语言风格范畴中概括说明的。

三、黎运汉主编《现代汉语语体修辞学》的语体风格论(1989)

《现代汉语语体修辞学》是由黎运汉主编,黎运汉、顾兴义、刘才秀、刘凤玲、谢红华、宗世海共同编著完成的一部语言学著作。广西教育出版社1989年7月出版。全书46万字,共分5个部分,18章。第一章到第五章为总论,讨论语体及语体学的基本问题。其余四个部分分别对口语语体、书卷语体、语体的交叉和交融语体以及翻译语体进行了较为细致的论述。全书着眼于修辞要求与修辞特点,构建了语体学的完整的体系,体现了综合、新颖、开拓的特点。书中多处讨论了风格的问题,尤其是在总论中的第三小节——语体与修辞、风格中,作者集中讨论了风格的问题。

作者认为,语体、修辞、风格(这里指语言风格)都是语言学范畴,语体与语言风格是紧紧相联的。语言风格是人们运用语言表达手段所形成的各种特点的综合表现。语体风格是各类语体运用语言的各种特点所形成的风格,除语体风格之外,语言风格中还有民族风格、时代风格、流派风格、个人风格、表现风格,并详细论及了语体与风格之间的关系,可见作者所持的是广义的风格论,倾向于综合特点论一说。

首先,作者对语体和风格的关系进行了概述和总结。

语体和表现风格的关系比较复杂。表现风格是从综合运用各种风格表达手段所产生的修辞效果方面来说的。常见的类型有豪放和柔婉、简约和繁丰、蕴藉和明快、朴实和藻丽、庄严和幽默、文雅和通俗等。各类语体对这些表现风格有不同程度的适应性和局限性。大致来说,在文学语体中,各类表现风格都有存在;在政论语体中,豪放、繁丰、明快、朴实、藻丽、庄严和文雅等表现风格都有所见;在应用语体和专门科学语体中,多见的是明快、朴实、简约和庄严等表现风格。(第30页)最后,本书总结了语体与各种语言风格类型的关系。指出:

综上所述,语体与各种语言风格都有密切关系。语体一方面受制于民族风格和时代风格,另一方面又制约着流派风格和个人风格,而民族风格、时代风格和表现风格体现于语体,语体和语体风格又体现于具有鲜明的个人语言风格的作家作品之中。(第30页)

其次,在该书的其它四个部分都有关于风格理论的零散的论述。只是散见于各种具体语体类型的分析之中,不成系统,其中最明显论及风格问题的是第五部分关于"翻译语体"。宗世海在其执笔的"尽可能地保持原作的语言风格"一小节中,对语言风格及语体风格又一次进行了简明扼要的论述。作者从翻译语体的角度论述了翻译时保持原作语体风格的原因。并从用词造句、选用修辞等几个方面,具体论述了如何才能使翻译语体与原著语体保持同样的风格。作者从风格的各种类型出发,如民族风格、语言的个人风格即作家风格、时代风格等方面论述了翻译语体中应该注意的各种问题及翻译语体风格在各种其它风格类型中体现出的复杂性。

《现代汉语语体修辞学》虽然是一部语体学和修辞学的专著,但其中不仅直接涉及了语言风格的一些重要的问题,而且对各种具体的语体类型的分析及对语体理论的论述,都对语体学理论体系的建构,对语言风格学的建立,起到了不可忽视的作用。

四、林兴仁《实用广播语体学》的广播语体风格论(1989)

林兴仁,1940年生,江苏省广播电视学会秘书长、江苏省广播电视新闻研究所副所长、中国广播电视学会学术委员、中国主持人节目研究会学术委员等。出版专著6部,发表论文100多篇。

其代表作《实用广播语体学》,中国广播电视出版社,1989年9月第1版。全书共20章444页。是我国汉语广播语体学的第一部专著,系统地论述了广播语体学的研究对象和任务、汉语广播语体的形成与演变,广播的模拟语境、广播的对象与广播的语体、广播语体对语言要素的要求,广播语体与修辞、广播语体与报刊文体的区别、广播语体的渗透与创新、汉语广语体的类型及其分语体的风格特色、写作特点等,有很强的理论价值和实用价值。对此,胡裕树在本书"序"言中给予了充分的肯定,指出:"这部书系统地、全面地探讨了汉语广播语体及其各类分语体的结构、功能、分类以及它的形成和发展的规律,填补了广播学和语体学研究中的一项空白"。"这本书还有一大特色,就是它的实用性。主要表现在:联系汉语广播语体的实际,从采访、编辑、播音等角度作综合的论述,切合实用;……"(第2页)因此本书在中国现代语体风格学史上作出了重要的、独特的贡献。主要有以下几点:

(一)本书对"广播语体学"的开创具有历史功绩,系统探讨并建立了本学科的理论框架。新中国成立后汉语语体风格学的研究取得了很大成绩,特别是各种语体类型的研究论著较多。但语体是不断发展的,学术界应及时研究现实急需的各种新兴语体。近年来由于大众传媒,特别是电子传媒的迅速发展,广播电视语体学便应运而生。本书在第一章开宗明义论述了广播语体学的研究对象和目的任务,分三节说明现存的有关语体学和文体学著作解决不了汉语广播语体学提出的问题以及广播语体学的研究对象,广播语体学研究的价值和意义。作者认为广播语体学的研究对象存在于通过广播发射装置发出电波传送载有信息的供听众收听声音中,包括四类具体的研究对象:一、新闻和新闻性广播,二、教育性和知识性广播,三、文艺性广播,四、服务性广播。提出"广播语体就是为了适应广播的不同交际目的和任务,为了适应广播的表达内容的需要,在广播这个特殊的交际环境中,形成的运用、选择、组合语言表达手段的方式、方法的特点和体系"。(第3~8页)在此基础上系统逐层地论述了汉语广播语体的形成演变,表达手段的体系,各种分类标准和各类分语体的特点及写作方法等,构成了完整的体系。(见第170页《汉语广播语体分类总表》)

(二)论述了广播语体的语言风格特色,为汉语语体风格学的研究作出了独特贡献。如本书第七章广播语体与报刊文体的区别,第二节语言风格上的区别,概括为两方面:一是语言风格要素的区别;二是语言风格系统的区别。语言风格要素的区别是指广播语体对词语运用、句式选择和语音安排的特殊要求。语言风格系统的区别包括:一、谈话风格与文章风格的区别,二、繁丰风格与简约风格的区别,三、口语风格与书面语风格的区别,四、悦耳动听与悦目爱看的区别。又如第十章汉语广播语体的五类分语体。第二节论述了广播体裁分语体和广播表现风格分语体;在引证了高名凯关于言语风格定义之后,指出:表现风格,是语言风格的一种类型,是由整套的表现手法、表达手段所形成的整体的言语气氛和格调。指出广播表现风格可以分为节目风格、节目存在形式的风格、对象广播风格和个人风格四大类。广播个人风格分为三小类,一是播音员风格,二是广播编辑风格,三是广播记者风格。第四节(附录)广播个人风格举例,具体分析了夏青、林如等的播音风格和刘保毅的编导风格,说明了每个人的风格成因和言语风格的特色,使我们感到广播语体风格是具体可感的,而不是神秘莫测的。

(三)本书在论述广播语体学的理论体系中联系实际,切实可用,有助于把语体风格学建成一门理论和实际结合的新兴学科。本书联系汉语广播语体的实际,从采访、编辑、播音等角度作综合论述,材料丰富,评论恰当选例得体,精当,而且都是从广播语言的信息流中取来的,可以作为学习的范例;从书中可以看到古今中外的学术观点和有关资料、信息量大;既重视语体规范,又强调形式创新,风格独创。使读者在遵守广播语体规范,掌握分体写作特点和各种广播表现风格的基础上,创造独特的个人风格。

总之,本书是我国现代语言风格学史上第一部汉语广播语体学专著。作者不仅从"语体学"角度构拟了这门新兴语体学的理论体系,提供了学习实用的范例,而且从语体风格学的角度对广播语体和报刊文体在语言风格上的区别,广播语体表现风格的类型,表现手段和培养规律等作了独特的具有真知灼见、深入浅出的论述,因此对现代汉语风格学的理论研究,特别是现代汉语语体风格理论的研究作出了重要的贡献。本书的美中不足是对广播语体的总体风格色彩概括不够。

五、潘庆云《法律语体探索》的法律语体风格论(1991)

潘庆云,华东政法学院教授、律师。出版专著有《法律语言艺术》、《法律语体探索》、《跨世纪的中国法律语言》等。合著有《公共关系修辞学》、《实用法律口才学》,发表论文近200篇。其代表作《法律语体探索》(云南人民出版社,1991年2月第1版)全书除"前言"外,共分8个部分,系统地论述了有关法律语体的理论和实践问题。其中第二至第八部分论述了"法律语体的言语结构"、"法律语体的风格特色"、"法律语体的表述结构"、"刑事侦查语言"、"讯问和查证"、"调解和谈判"、"演讲和辩论"等问题。

本书作者试用当代一门新兴的语言科学语体学和信息论、系统论、控制论等新的科学方法论,并综合运用法学各分支学科的成果与方法,在马列主义、毛泽东思想的统领下,探究法律语言的本质特征和总体结构以及在诉讼和非诉讼法律事务各领域、各阶段,顺应特定的题旨情境,有效、完美地进行语言表达和交际的规律。

为此,本书从汉语研究现状和汉语法律语体的实际出发,对法律语体进行两个层次的探讨:第一层次即言语层次(verbial level),

从词语、句、超句结构等方面着手,探究和掌握法律语言各个层级的静态结构规律;第二层次即表达层次(expression level),鉴于法律语体特征的非个人化,法律语体要求话语(或文本)的严密、程式化及其"篇章性"(大都以篇章为传播单位),以语言材料和表述手法方面大体的数量关系为物质依据,力求客观、准确地阐明法律语体的风格体系(准确、严谨、庄重、朴实、凝炼的风格色彩及其物质基础)及表述结构(即法律语言动态运作规律体系)。本书分论部分,对诉讼和非讼法律事务各领域,以"型事侦查语言"、"讯问和查证"、"调解和谈判"、"讲演和论辩"等为题,讨论各种法律活动中由于交际内容、对象、方式的差异而出现的不同的语言特点系列以及我们可以用以进行成功交际的表达技艺。

总的来看,本书对法律语体风格理论探讨的主要贡献有以下两大方面:

(一)本书对现代汉语分语体之一的"法律语体"研究,有独特的见解,有开创性的功绩。建国以来根据法制建设不断加强的社会交际需要,法律语体逐渐从"政论语体"或"实用语体"中独立出来,从法律公文的语法、修辞语言特色的研究,到法律语体风格的探讨,形成理论体系。本书作者从论文到专著,从法律语体的词语、句子到篇章,层层深入,进行了具体论述,有助于我们掌握法律语体的构成因素和表达手段。特别是本书指出在司法过程中要划分七个方面的用词差异与界限,如"罪行"与"行为"、"强奸"与"奸污"、"上诉"与"申诉"、"结果"与"后果"等近义词的辨析,对准确办案,严肃法纪非常重要,这是形成法律语体风格特色的基础。

(二)本书第四章法律语言的语体风格,对法律语体风格特色的分析和概括,使法律语体风格特色的研究在理论上更加完善,以此丰富了语体风格的理论,也有助于明确"语体"和"风格"的关系。该书概括总结出法律主体风格特色有"准确"、"凝练"、"严谨"、"庄重"、"朴实"等5个方面,并说明表现这些风格特色的具体手段。如表现"严谨"风格要注意4点:(一)使用词语要名实相符,概念明确,词语能够搭配;(二)严于炼句,句句周密;(三)表达严密明确,防止矛盾和疏漏;(四)结构相对集中紧密,布局疏密有致。这涉及到词语、句篇的选用和组织,涉及语言的和非语言的语体风格手段。

总之,本书对语体学、狭义风格学的研究具有明显的理论贡献和实用价值,对广义风格学的功能风格和表现风格研究,也有一定参考作用。从不足方面来说,本书对各种法律公文和法律言语的不同风格特色,还可以进一步论述归纳,概括其风格层次系统和互相关系。

第五节 我国首次语体学学术讨论会的召开 和汉语第一本《语体论》的出版

一、我国首次语体学学术讨论会的召开(1985)

1985年6月8日~11日,中国第一次语体学学术讨论会在上海复旦大学举行。这次语体学讨论会是由中国华东修辞学会和复旦大学语言文学研究所联合举办。全国各地以及港澳地区著名的语言学家、语言学学者,在语体学研究中取得一定成绩的中青年语言学工作者及有关工作人员,总计一百多人参加了这次学术盛会。与会同志向会议提交论文50余篇,并有十几个人在大会上就有关语体的问题做了精彩的发言。

这次学术讨论会的召开对推动我国语体学、修辞学、风格学乃至语言学的发展做出了重要的贡献。这是一次承上启下的学术会议,从此开始,国内的语体学研究进入新的阶段。1986 年 7 月,紧接语体学学讨论会之后召开的华东修辞学会第四届年会就集中讨论了语体分类的问题。各类学术刊物也先后开辟专栏,为这样的学术讨论会推波助澜。如《修辞学习》就开辟了语体学的专栏,为讨论开辟争鸣场地,争论相当热烈。这次学术讨论会最明显的成果是《语体论》的出版。这次学术讨论会的主要历史意义也就主要从这本《语体论》中体现出来。

二、汉语第一本《语体论》的出版(1987)

《语体论》是我国第一部专门探讨语体问题的论文集。全书共22 万字。收入胡裕树、宗廷虎等人的精选论文共 31 篇,由中国华东修辞学会、复旦大学语言文学研究所合编,袁晖、李嘉耀、李熙宗负责编辑,安徽教育出版社 1987 年 8 月出版。

《语体论》主要涉及了四大方面的问题。第一,关于语体的本质的研究。包括胡裕树,宗廷虎等人的论文共 8 篇。第二,主要论及语言风格的问题。其中包括徐青、董达武、丁金国、张德明等 4 位先生的 4 篇论文。第三,关于汉语语体类型论的内容,有吴士文、郑颐寿、刘焕辉等 3 人的 3 篇论文。第四,关于语体范畴的微观论述。谈到了包括儿童口语语体、司法语体、广告语体在内的多种语体类型。另外,在《语体论》的最后还收入了张会森的《苏联语体研究的成就和问题》和李济中的《张弓先生与语体学》两篇文章。

在《语体论》的本质论部分,主要讨论了语体的定义,语体学研究的对象、范围、意义、任务、学科性质、语体学的地位、语体与修辞与文体和风格以及文体与语体、语体与风格等的关系。其中还谈到语体研究对修辞乃至整个语言研究的影响的问题。在语体的定义方面,虽然各家在定义时角度略有不同,但在语体来自于语用这一点上基本还是达成了共识。而且都把语体与我国古代的文体区分开来,这是我国语体研究的一大进步。学术的进步还是主要体现在争鸣上。在语体与修辞的关系上,各家的观点不尽相同。例如,胡裕树、宗廷虎两位先生在其论文《修辞学与语体学》中明确指出"语体学是修辞学的一门从属学科"。(《语体论》第 1 页)并从两门学科的研究对象、研究范围、学科性质和任务及古今中外许多学者的观点四个方面进行了分别的论述,说明语体学是修辞学的一个下位学科。乐秀拔与胡、宗两位先生持相近的观点,他在《论现代汉语语体学研究的地位和任务》(《语体论》第 47 页)中说"语体作为现代汉语修辞学的重要内容,则是由北京大学语言文学系汉语教研室编的《现代汉语》(中册,高等教育出版社,1959 年)开始的……",李济中在《张弓先生与语体学》一文中表达了同样的观点:"语体学的研究,至今仍是修辞学中一个新的课题"。(《语体论》第 301 页)但是,潘庆云在《深入开展汉语语体研究》一文中提出了不同的观点,在文章的第一部分,"摆正语体学和修辞学的关系"中,表述了与一些学者相反的对"语体学与修辞学的关系"的认识。进而得出了与胡、宗两位先生及其他语言学者不同的观点。他说:"既然我们尚未建立起一门包括语体学的广义修辞学,现在的处理方法,实际上是将语体学当作传统修辞学的下位概念,这在客观上严重地束缚了语体学的发展……我们认为,为了语体学研究的繁荣,也为了传统修辞学的复兴,首先要把语体学从传统修辞学中独立出来,(就像当年修辞学从其他学科中独立而出一样)成为一门独立的学科……"。

在语体与文体、修辞、风格等各方面的关系上,虽然各家观点不完全一致,但都强调了进行区分的重要性,尤其是语体与文体、语体与修辞,大部分文章都谈到了这些问题,从而使语体的研究更加受到多数学者的重视。同时也基本上明确了语体研究的对象、范围、任务、研究的意义等一系列问题。

在有关第一问题的论文中作出独特的贡献的还有钱锋与陈光

磊合作的《关于建立语体分类数学模型的构想》一文。这篇文章对语体从主观、客观和语用情境 3 个方面进行考察,进而提出建立"语体分类数学模型"的重要性,并依据计算风格学的重要经验,设计了"语体分类数学模型"的具体操作步骤。不论这种方法成功与否,对于语体分类来说,都是不小的贡献。

《语体论》的风格论部分,主要收录了徐青、董达武、丁金国、张德明的 4 篇文章。徐文《论语言的风格》与董文《谈风格》都对风格进行了论述。徐青持"格调气氛论"的观点,而董文则对"风格是语言的表现形态"和"风格是常规的变异及其分布的量的和"的观点进行了评述和分析。更引人注目的是丁文《语言风格分析的理论原则》和张文《论风格学研究的基本原则和基本方法》。丁文尝试用数学和计算机科学的某些原则,讨论了无形分析与有形分析、宏观分析与微观分析、静态分析与动态分析、定性分析与定量分析这 4 个相关的问题,并在全文结尾部分论述了 4 个问题之间的相互关系。这种分析方法新颖、别致,举例详尽,解释精当,为风格分析提供了一种新鲜的方法,具有方法论上的意义。张文采用了系统论这种现代科学的方法,站在"古今中外派"的立场之上,克服了传统研究方法的片面性、零散性,把我国古典风格与外国语体论结合起来,从风格学研究的基本原则和基本方法这两个方面论证了风格学的系统观点与研究的系统方法。张文提出的"整体性、结构性、层次性、环境性、最佳化或选优化"五个原则和"比较法、分析综合法、统计法、动态研究法"4 种研究方法,为风格学的理论研究勾勒了框架、提供了工具。

《语体论》的第三部分内容主要论及了语体类型问题。总的来说,基本上是借鉴了苏联的分类方法,不同之处多是细节分类上的差异。郑颐寿的文章《语体划分概说》提出了多层次、多序列、纲目并举、反映客观的划分方法。这是对语体划分进行研究中的一个进步或者说是一个新的提法。刘焕辉从公文语体政论化、政论语体科学化、文艺语体多样化等4个方面考察了语体分类的交叉渗透的特点,以及它们与社会发展的关系。值得重视的还有吴士文的《现代汉语的语体及其分类》一文。在讨论了语体与文体的关系以及苏联语体类型分类体系之后,吴文列举了自己的独特的语体范畴体系。这是值得重视和进行深入研究的一个较新的关于语体类型划分的体系。

以上《语体论》的第四个主要部分是对具体语体范畴的论述。这些对具体的微观的语体的探讨,涉及了语体类型的大部分,既有很高的理论价值,又对语言风格的实践起到了一定的指导作用,尤其是对后来风格学的建立准备了素材,打下了基础。

此外,不论是语体学学术讨论会还是《语体论》论文集,都没有对各种不同的观点进行一致性的处理,而是本着百花齐放、百家争鸣的精神,保留了各方面有价值的观点。这种学术观点上的分歧成为推进学术进步的一种动力,推动了我国语言学尤其是语体学与风格学的发展与进步。

第六节　澳门语言风格和翻译写作国际研讨会的召开和我国第一本《语言风格论集》的出版

一、澳门语言风格和翻译写作国际研讨会的召开(1993)

1993年12月17日~20日,"澳门语言风格学与翻译写作国际研讨会"在澳门举行。参加这次学术会议的有中国内地的语言风格学专家、语体学家和修辞学家,香港、澳门、台湾、新加坡的专家学者,还有专程从日本赶来澳门参加会议的中国访日学者。正式出

席会议的有 23 名学者,共提交论文 26 篇。内容包括风格学的基本
原理、任务和目标,风格学的功用与方法论,风格研究的历史和现
状,具体语体特征的分析和翻译风格的探索。论文主题还包括风格
学与其邻近学科的关系,以及风格学在语言学中的地位等。澳门语
言风格学的专家学者以及澳门写作学会会友也向研讨会提交了论
文。会上,新华社澳门分社宣传文体部冼为铿副部长、澳门文化司
署魏美昌副司长、澳门写作学会监事长林佐瀚先生,中葡联合联络
小组中方组长过家鼎先生分别向大会致词。黎运汉与程祥徽先生
作了题为《语言风格学研讨述评》的会议总结报告。程先生向大会
致闭幕词,中国风格学史上的隆重的学术大会胜利落下帷幕。

二、我国第一本《语言风格论集》的出版(1994)

这次"语言风格和翻译写作国际研讨会"的突出贡献表现为论
文集《语言风格论集》的出版。程祥徽和黎运汉主编,朱乃正题写书
名的《语言风格论集》,全书 24 万字,由南京大学出版社出版发行,
1994 年 4 月第 1 版。全书收录学术论文 28 篇(包括黎、程二位先
生的会议总结报告《语言风格学研讨述评》)。论文集前收录程祥徽
所作的序言(中文和英文),论文集后收入了程先生所致的大会闭
幕词,冼为铿的嘉宾致词。中国修辞学会、锦州师范学院以及张志
公先生的贺信、祝辞、贺电,澳门日报记者的新闻报道,以及程祥徽
先生等人的迎送唱和诗与论文作者和主持人名录。书中论文按内
容可以分为以下几组:

(一)论风格学的基本原理、风格的定义和学科体系的,有张德
明《风格学的基本原理》,叶蜚声的《话说风格》,程祥徽的《风格的
要义与切分》,刘月莲的《现代汉语风格学的定义问题》等。(二)论
风格学的研究方法和风格分析方法的,有林兴仁《风格实验法是语
言风格学研究的基本方法》,刘焕辉《含不尽之意于言外——关于
含蓄风格的语言学分析》,Sylvia Sleong"Stylistics Relating To Lan-

guage Teaching & Translation"等。(三)论风格学与相关学科的关系与风格学在语言学中的地位的,有黎运汉《修辞学·语体学·语言风格学》,林万菁《论风格学在语言学中的地位》等。(四)论风格理论的应用及风格学与文化学的,有陈耀南《歪风卑格中英夹杂——鸡尾文体的检讨》,黄晓峰《maolitou 阐释———一种后现代的话语风格》,王希杰《语言风格与民族文化》,盛炎《跨文化交际中的语体学问题》等。(五)论翻译风格或翻译体的,有王德春《翻译风格与翻译单位、标准和方法》,谭剑虹《法律翻译的技术标准及风格》,陈定安《风格与翻译》,赵德明《试论文学翻译中的形象思维》等。(六)论风格与文体和语体关系的,有郑远汉《风格与文体》,李熙宗《文体与语体分类的关系》,郑颐寿《论文章风格和言语风格》等。(七)论某一种具体风格类型和风格特征的,有王德春《论个人言语风格》,袁晖《试论汉语的民族风格》,宗廷虎《试论广告语体的风格特征》等。(八)论风格学的研究历史和现状的,有袁晖的《中国古代语言风格研究的回顾》,沈谦《台湾修辞学研究的回顾和前瞻》,谭全基的《中国传统比喻理论的研究》,于根元的《汉语现代风格学的建筑群——读四部有关的专著》等。

关于风格学的基本原理,从黎运汉、程祥徽的《语言风格学研讨述评》(会议总结报告)和上述文章来看,大体包括(一)风格概念的定义(即本质论);(二)语言风格学的对象、范围和任务;(三)风格学的性质、地位、与作用;(四)风格的成因(成因论或构成论);(以上三、四两项一般在"导论"中概述)(五)风格的类型及其相互关系(类型论或分类论)等。此外,张德明在《风格学的基本原理》中还提出了应用论,即关于风格理论的实用的范围和基本规律。从几本风格学的专著和上述论文来看,还不同程度地提到了方法论,即语言风格学研究的一般方法和特殊方法,大会对这些问题似乎没有争议。

这本论文集集中了这次学术研讨会的精华。内容涉及面比较广,包括了风格学的基本原理与方法,风格学的性质,风格学与邻近学科的关系,风格学的功用,风格学在语言学中的地位,具体的语言风格类型的分析,翻译风格,风格学研究的历史与现状等一系列相关的问题。"论文有相当的深度和广度,质量较高,标志着中国语言风格学的研究登上了一个较高的新台阶"。通过会议提交的论文和会议讨论的内容来看,这次学术会议大致在以下几个方面做出了突出的贡献:

首先,关于风格学的基本原理问题。学科的基本原理是一门学科的核心内容。一般地说,任何一个成熟的学科都应该有自己的一系列的系统的基本原理。这次学术盛会基本解决了语言风格学长期以来在这方面存在的难题。大会对语言风格的定义、语言风格学的对象、范围、任务、语言风格学的性质、地位和作用、风格的成因、风格的类型及其相互关系等有关"本体论"的问题都做了较为深入的探讨。同时在"本体论"部分也谈到了有关的一些学术问题。

虽然论文和讨论中给风格定义的措辞不尽一致,角度也或有差异,但实质上基本是一致的,强调了语言风格的形成是语用中语言特点的综合表现这一核心内容。在这一点上,程祥徽、袁晖、林兴仁、刘月莲、黎运汉等人的观点基本相同。他们认为语言风格是特定的语言环境中形成的言语的格调气氛。郑远汉、王德春、郑颐寿、王希杰、刘焕辉、叶蜚声等人则持风格是使用语言的一系列特点的综合的观点。

在有关风格的定义部分,也论及了风格与文体、语言风格与文章风格、语言风格与语言因素等问题。在一定的程度上,为语言风格学的独立与建设扫清了障碍。但由于风格问题本身的复杂性和研究时间的局限性,加之建国后的研究受到苏联的影响,这些问题还不能说已经完全解决,有待深入地研究。

关于语言风格学的性质，有的学者认为语言风格学是一门边缘性学科，有人主张是语言学的分支学科，也有的人认为语言风格学是带有一定边缘性的语言学的一个分支。但不论怎样，汉语风格学正逐步迈向成熟。至于风格学的地位和作用，很多论文都有论及，无疑风格在理论与实践方面都具有重要的作用，其重要性就是不言而喻的了。

风格的构成论主要探讨了风格的成因问题。各家在风格形成所必须的制导因素与语言物质因素方面的意见基本是一致的，然而在细节问题上，如哪一个因素是主要的，制导因素应该包括哪些部分，在看法上则有一定的分歧。在风格的类型论方面，主要是对分类的标准，分类的具体情况以及各类之间的关系等几个方面进行了论述。在分类的标准和依据方面，大致可以分成以下几方面：即多角度的分类，如张德明、黎运汉、王德春都持这种观点。但在具体操作上也有不同，侧重点各异。根据外现形态分类，郑远汉、王希杰、郑颐寿等都持这种观点，但分出的类型也有差异。按言语的功能原则分类，程祥徽持这种观点。至于各种类型之间的关系，各家的处理也不相同，但各家都重视语体风格这一点又都相差不多。对表现风格的处理，黎运汉先生的见解较为独特。总的来说，在语言风格的类型论方面，各家的观点分歧较大，而正是这些分歧的存在，成为学术进步的一个永恒的动力。

其次，关于语体风格学的研究方法问题。方法是任何一门学科都必需的。学术研讨会对风格学的研究方法进行了比较深入的探讨，形成了一定的方法论系统。林兴仁的文章对方法问题所做的探讨很有价值。他认为语言风格学的方法论有3个层次：第一个层次是哲学的方法论，也就是从哲学的角度来看待和研究语言风格的有关问题；第二层次是范畴论，即从范畴的角度、网络系统的角度来认识客观事物，研究语言风格的方法；第三个层次是具体方法，风格学的研究对象、内容和目的,决定了它采取的具体方法是比较法、归纳法、演绎法、描写法、概率法和统计法以及动态与静态相结合的研究方法等。林文菁的文章也谈到了语言风格学的研究方法的问题。王希杰主张在归纳法与比较法之外,应该重视演绎法的使用与探索。这次关于语言风格学的研究方法的讨论,为促成语言风格研究方法的系统性做好了充分的准备, 也为深入探讨本学科的具有个性的研究方法, 推动语言风格学向纵深发展做好了准备工作。

同时, 提交的论文中也有 4 篇文章对具体单一的风格类型进行了深入细致的分析。比如袁晖先生的《试论汉语的民族风格》一文,从 4 个方面对汉语的民族风格进行了深入的分析。王德春的论文《论个人言语风格》,全面揭示了个人风格的理论系统。宗廷虎则从广告语体的风格特征的角度,刘焕辉从含蓄风格的角度,对具体单一的风格进行了细致、精巧的分析。这些独具个性的分析方法为语言风格微观分析提供了良好的范例。此外,大会还就汉语风格学史及其分期问题、语言风格学今后的任务等方面的问题,进行了热烈的讨论。

经过 4 天热烈的讨论,随之一年后论文集的出版,这两件事成为中国汉语现代语言风格研究史上的一个重要的里程碑。它们共同标志了我国语言风格学研究的一个高潮, 标志我国汉语风格学研究的一个繁荣期已经到来,并预示我国汉语风格学的研究,乃至整个语言学的研究,已经或者即将迈入一个崭新的纪元。到《语言风格论集》出版之时, 我国国内关于语言风格的论文数量越来越多,质量越来越高,出版的专著数量增多,质量已经达到了相当高的水平,基本上建立了汉语现代风格学的理论框架,使具有中国特色的汉语风格学的研究,形成了一定的规模,提高到一定的档次。于根元先生在《汉语现代风格学的建筑群——读四部有关的新著》

中说,"这四部专著构成了汉语现代风格学的体系基本一致而各具特点的一组建筑群"(《语言应用论集》第 345 页,北京广播学院出版社,1999 年 12 月)标志我国语言风格学研究进入新的阶段的另一个标志是研究队伍正在逐步壮大。首先,是一批语言学家加入到风格学的研究队伍中来, 其次是语言风格学正吸引越来越多的中青年学者加入到语言风格学的研究行列中来。在这次学术会议上,就已经有部分中青年学者、学生参加。可见,风格学的研究队伍必将会不断的壮大。所以,澳门语言风格和翻译写作国际研究会的召开与《语言风格论集》的出版,具有重要的历史意义,它标志着中国汉语风格学研究的崭新阶段和不断繁荣。

总之,这次会议,在语言风格学研究方面形成了许多共识。在这些构成学科理论框架的问题上取得一致,为该门学科深入发展、走向成熟奠定了基础。

当然,在学术争论中也有一定的分歧。这种分歧是必要的和有益的。例如,在民族风格问题上、风格类型的微观划分上、在本质论方面,都有一些细微的分歧和争论存在。这种学术上的争论促使语言风格学的研究向深入发展,达到更高的阶段。

这次会议的另一个贡献, 就是提出了研究中存在的问题以及今后语言风格学研究的任务。会议总结报告指出:根据中国语言风格学研究的现状,结合诸位关于汉语风格学今后走向的见解,我们认为汉语风格学今后最迫切的任务是:

1、风格学术语体系的建立。研究文体、语体、风格的联系与区别,确立风格概念的内涵和外延。

2、深入探讨风格学的对象、范围和任务。

3、汉语风格学架构的探索。

4、现代理论与传统学说的比较和结合,建立既符合现代理论又有中国特色的汉语风格学。

5、各类风格的具体研究。

6、风格学队伍的培养与风格研究的全面规划。

另外,随着国内外应用语言学的兴起与发展,加强语言的应用理论的研究也是必要的。总的来说,这次研讨会的召开和《语言风格论集》的出版具有重要的历史意义,标志我国语言风格学的研究正走向成熟和繁荣。

第七节 汉语修辞学专著中的语体风格论

一、黎运汉、张维耿《现代汉语修辞学》的语言风格论(1986)

黎运汉(暨南大学)、张维耿(中山大学)合著的《现代汉语修辞学》,商务印书馆香港分馆 1986 年 8 月出版,1991 年 9 月经商务印书馆香港分馆向学社授权台湾书林出版有限公司在台湾地区出版发行。该书是专著也是教材,为港澳台、东南亚和日本的大专院校师生及修辞学爱好者必读教材或参考书,出版以来多次再版,一直是畅销书,广泛地传播了现代汉语修辞学、风格学的理论知识。全书共 7 章,全面系统地论述了修辞理论、修辞学史、修辞同义形式、修辞方式、语段组织和语言风格等问题。其中第七章语言风格,共分 4 节:第一节语言风格及其形成,第二节语言的民族风格、时代风格,第三节表现风格,第四节语体风格。概括起来主要论述了以下几个问题:

(一)语言风格的定义:本书认为语言风格是人们在言语活动中,由于交际场合和交际目的不同而运用语言表达手段所形成的诸特点的综合表现。

这是从言语的交际功能出发,运用"格调气氛论"和"综合特点论"给"语言风格"所下的定义,学科属性明确,概念定义清楚,语言表达有继承,有独创,善于把几种提法融为一体。

(二)语言风格的形成:本书认为语言风格的形成因素有"制导因素"和"物质材料因素"两方面。其中制导因素起决定的制约作用,主要指使用语言的人们的个性特点和交际环境;物质材料因素,指语言风格表达手段,它由表达手段中具有风格色彩的成分组成,存在于语言要素和非语言要素之中,它是语言风格得以形成的物质基础。

这里从"制导因素"和"物质材料因素"两种因素上来说明语言风格的形成原因,显然发展了过去常讲的风格形成的"主观因素和客观因素"的"二因说",在当代修辞学史上和风格学史上作出了独特的贡献,为此后一些专著所吸收,引用。

以下各节分类讲解几种主要的语言风格。

(三)语言风格的类型:本书讲了语言的民族风格、时代风格和个人风格等。作者认为,语言风格从不同的角度可以划分出不同的类型,如同一民族运用本民族语言表达手段所形成的各种特点的综合表现,便是语言的民族风格;同一时代的人们运用本民族语言表达手段所形成的各种特点的综合表现,便是语言的时代风格;不同个人运用语言表达手段所形成的个人特点的综合表现,叫做语言的个人风格。此外还有表现风格、语体风格等。不同类型的语言风格各有不同的风格特点,各有不同的语言表达手段。

从上述对各种语言风格的定义中,可以看出本书的理论特点,即对定义坚持三点:一是各种风格都是语用中产生的;二是各种风格都要运用语言手段;三是各种风格都表现了语用中的综合特点。

(四)语体风格:本书认为"语体"是语言运用的样式或类型。而"语体风格"是各种体式选用语言材料和修辞方式所形成的各种特点的综合表现。就是说,本书主张把"语体"和"风格"分开,而"语体风格"则是二者的结合,是既有区别又有联系的两个概念,所以用两个术语表示。在语体类型上,本书首先分为口头语体和书面语体,口头语体风格的基本特点是生动、简短、灵活多变、通俗自然、富有浓厚的生活气息。书面语体可分为公文事务语体、科学语体、文艺语体和政论语体,它们在语言运用上有各不相同的风格特点。这是学术界比较公认的四大书面语体。

(五)表现风格:本书认为它是从综合运用各种风格表达手段所产生的修辞效果方面来说的,是语言风格范畴的抽象概括。它可以用来概括民族风格、时代风格、个人风格和语体风格等。语言表现风格类型主要包括豪放与优柔、简约与繁丰、明快与蕴藉、朴实与藻丽等。本书讲述了这五种表现风格,分别举例说明了其各自的风格表达手段及其所体现的不同的格调气氛。

总的来看,语言风格这一章是全书篇幅较多的部分,其分量几乎占了全书的四分之一。比较系统地阐明了语言风格基本原理的主要部分,包括定义论、成因论、类型论等。作者能及时吸取一些新观点、新理论去说明语言风格上的某些规律性问题,不囿成说,善于创新,为语言风格的理论研究和教学应用作出了独特的贡献。胡裕树曾为本书撰写评论:《一部饶有新意的修辞学著作——评黎运汉、张维耿〈现代汉语修辞学〉》(《修辞学习》1987年第4期)

本书不足之处是对风格的培养和应用等问题论述较少。

二、张炼强、张文田《修辞基本知识》的语体论、风格论(1986)

张炼强,1931年生,广东省南海县人,北京首都师大教授,著有《修辞基本知识》、《修辞艺术探新》、《写作的语言表达》、《修辞论稿》等,注重从逻辑、心理、语法角度研究修辞,也注重语体风格的理论教学和实际应用。

《修辞基本知识》是叶苍岑主编的"语文基本知识丛书"之一。《修辞基本知识》由张炼强、张文田编著,北京教育出版社,1986年

9月第1版。全书15.6万字,本书是联系中学语文教学需要,介绍修辞基本知识的读物。它系统地介绍了什么是修辞,修辞学与逻辑学、心理学的关系,从字、词、句一直到篇章,进行了全面的讲解与诠注。在第六章,作者对风格理论内容发表了自己的见解。显然,这里的语言风格学的知识是作为汉语修辞学的一个部分而介绍的。

第六章——语体和风格,分成语体和风格两个部分来讲述。在第一个部分语体中,作者主要介绍了什么是语体,语体的类型,语体在语言运用上的特点;在论述风格时,作者解释了什么是风格什么是个人的语言风格。

在论述语体的定义时,认为"语体"(也叫文体),是人们为了适应不同的交际需要而形成的"语文体式",(第189页)语体在语言运用上的特点表现为语言材料功能上的分化。这与苏联语体学的研究和我国功能风格论的影响显然有一定的联系。

在语体的类型及其语言运用的特点这一部分,作者认为,语体可以大致分为事务语体、政论语体、科技语体、文艺语体、科学文艺语体等五类,将科学文艺语体和公认的四大语体并列,并对各种类型进行了分析,总结了语言运用上的共同特点。论述时总结简要,例证丰富,道理深入浅出。作者的语体分析无疑为语体风格理论的深入研究打下了一定的基础。

在风格部分,作者对风格的论述触及了"本质论"、"构成论"、"类型论"等内容。作者认为,"风格"在这里指的是语言艺术的风格,即语言风格。语言风格是在语言艺术中显示的一种格调气氛。(第199页)可见作者所持的观点是语言风格理论中"格调气氛论"。但是作者同时也认为,作家的风格,并不是孤立地单独地反映在思想或语言的某一特点上,它是作家的思想和语言的各种特点的综合的反映。对于风格的构成论,作者从制导因素(思想因素等)和语言物质因素两个方面入手;在"类型论"中,作者涉及到了"民族风格、时代风格、表现风格"等风格类型,其中详细论述的是"个人的语言风格"。作者分析了个体语言风格的多样性,并从"简洁与细微"、"明快与储蓄"、"平实与藻丽"3个方面,详细举例,细致分析,在普及和应用语体风格知识方面作出了重要贡献。

本书的局限是在风格部分只论述了"什么是风格"和"个人语言风格"两个问题。书中所讲的风格类型主要讲作家个人的表现风格,对语言的民族风格、时代风格、社会文风等只是一语带过,因此影响了全书语言风格论的广度和深度。

三、郑颐寿、林承璋主编《新编修辞学》的语体论、风格论(1987)

《新编修辞学》,由郑颐寿(福建师大教授,中国文学语言研究会会长,博士生导师)、林承璋(福建人民出版社编审)主编,参加编著的有刘焕辉、林承璋、郑颐寿、胡国庆、黎运汉、潘晓东等。鹭江出版社1987年10月出版。全书共分绪论、上编和下编三个大的组成部分,共45.5万字,第一次发行2万册。该书主要体现了一个"新"字,反映了新的研究成果,适应了新的时代要求,构建了新的理论体系。本书重视阐明言语规律,阐明修辞方法最根本的结构律和适用律,既讲语言的调配、词语的锤炼、句式的选择和辞格的运用,还讲句群组织、篇章结构,尤其重视语体的协调和风格相比较,艺术体与实用体对比,静态与动态相结合,辞式与辞格相对照,例证丰富通俗,理论深入浅出,易于理解,便于掌握。该书的下编讨论功能语体与言语风格问题,对风格学的发展也做出了重要的贡献。

下编可以分成三个部分。在"功能语体与言语风格引论"中,作者从书卷体的划分及其语言特点、口语体的划分及其语言特点以及风格与修辞三个方面进行了简要的概述。"书卷体"的划分除在个别的词句上有改动之外,基本上与《辞章学概论》中的论述保持一致。《新编修辞学》增加了口语体的划分,同时对口语体的言语特点进行了细致的分析。对口语体,作者首先区分了对白体与独白体两个大的方面,并从语言结构、语流特点、语体色彩、思维状态、话题中心等几个方面对各种具体的语体类型进行了深入的分析。这在语体研究上是一次新的尝试。但是,这里的口语的选择多是局限于书面上的口语,这多少是个缺憾。在"风格与修辞"部分可以看出,作者对风格的理解大致可以归入"格调气氛论"之中,并着重于言语的表现风格的分析,同时也论及了语体与风格的关系的问题。

第二部分是从第七章到第十一章,论及了文艺语体、应用语体、科学语体、政论语体和口语体的基本特征及其下位语体的特征,列举了大量生动的例子,论述详细,深入浅出,从词、句、辞格及篇章各个方面进行了多角度的分析,理论深刻,文字通俗易懂。

第三部分,第十一章是以"口语体"为主的分析,作者在论述基本的特征之后,又从词、句、修辞方式以及语气等多方面论述了口语的类型,与《辞章学概论》相比,这是郑颐寿先生语体风格研究的深化与发展。尤其是口语体分析的增加,是对语体分类的经常被忽视的一个角度的全面的考察。

下编的第十二章——风格的培养,是作者在本书中风格研究的焦点之处。全章六小节,作者认为,言语风格是修辞的最高层次,是对语音、词语、句子、篇章、辞格等修辞手段的综合运用。在这里,作者所持的观点仍然可以归入"格调气氛论"之中。其独特之处在于,作者认为"言语风格……又称表现风格"。接下来,在论述言语风格学习的意义之后,详细论述了五组表现风格,即:简练与繁丰、朴实与藻丽、明快与蕴藉、庄严与幽默、豪放与柔婉。郑颐寿先生的风格研究为我国风格学的建立与兴起作出了独特而重要的贡献。

总之,本书理论联系实际,非常重视风格的培养,详细论述了怎样学习、掌握语言风格的经验,同时在具体论述五组十种表现风

224

格时也有新意。特别是对词语、句子和修辞特点的概括颇有独创性。如"句义缀合论"（同义、近义、反义、变义缀合等）就是同类著作中很少论及或没有论及的。这为语言表现风格的言语属性和语言手段的研究提供了新理论、新方法。美中不足的是对语言的民族风格、时代风格、流派风格等共性风格和语言的表现风格、个人风格的互相关系，没有明确论述。因此在风格培养的理论上有待进一步完善。

四、姚殿芳、潘兆明《实用汉语修辞》的语体风格论(1987)

北京大学中文系教授姚殿芳、潘兆明合著的《实用汉语修辞》，北京大学出版社，1987 年 6 月第 1 版。全书除"前言"外，共 7 章。在第七章"语体"部分，讲了当时学术界比较公认的语体范畴和类型体系，即"口头语体和书面语体"以及"政论语体、事务语体、科技语体、文艺语体"等 4 类书面语体。本书在本时期较早地继承发展了建国以来张弓等语体风格的理论传统，以许多新的作品为例证，全面细致地阐述了各类语体的语言特色和总体风格，其主要特色和贡献有以下几方面：

（一）在语体定义和概念本质方面，本书认为语体是一种风格类型。从言语风格的角度展开论述，指出"语体，是指人们在进行各种特定的交际任务过程中所逐渐形成的言语风格类型，它是语言发展到一定阶段的产物，而且是随社会交际领域的不断发展而逐渐发生变化的。"这说明了语体产生的历史范畴、交际功能和社会本质。强调"不同的语体，实际上都是对全民语言进行有目的选择，以体现交际的功能性为主要特征的言语系列，人们在不同领域进行交际时都应遵循相应的语体规范"。（第 449 页）这又进一步说明了语体分类的功能原则和语体规范的必要性。

（二）在语体类型的范围方面，主要是继承发扬建国以来比较公认的口头、书面两大语体和政论、科技、事务、文艺四种书面语体的语言特征和总体风格。在具体论述时,以新的多样的例证材料比较全面细致地归纳、概括,如以戏剧、小说、影视文学剧本和相声等的人物对话说明"口头语体"用词造句和修辞方法上的风格特色;以文艺作品的小说、社论、杂文、报刊文章等说明书面语体的用词造句和修辞方法上的风格特色,强调"区分口头语体和书面语体,不能单从口头和书面这两种表达形式上来区分,而要结合它们表达功能所体现的语言风格特征来考察"。(第450页)本书和同类著作相比,重视对第一层次两大语体的语体要素,即语言材料和修辞手段的微观分析,而不像一般语体论那样,往往是对书面语体抽象概括,形成"小头大肚"的局面,即对书面语体的具体分析和总体论述相结合。在书面语体下位四类分体的论述上,本书扩大了各语体的"体裁范围",也概括了各类语体的语言特色和总体风格。如文艺语体,除讲常用的书面文体外,又讲了歌谣和说唱文学等民间口头文学。在分述中,以通俗易懂而又典型、规范的语料说明政论语体的逻辑性和严密性及其语言上的鼓动性、生动性和通俗性,事务语体明确、简洁、平实,科技语体的精确性和逻辑性以及文艺语体的"语言风格主要是词语具体,形象,句式匀称、押韵,并常常带有较强的节奏感,跳跃性和抒情性。"(第512页)

总之,本书的语体类型论似无创新,但在具体论述上颇有新意。

(三)最后,本书简要指出了各种语体风格"变异性"和"规范性"的统一,有助于了解语体的交叉渗透、发展变化和遵守语体规范的互相关系。强调"研究语体,既要看到各类语体的主要表达特征,又要看到各类语体在实际运用中互相交叉的情况"。(第528页)

本书的美中不足,恰恰是对"语体交叉"这类理论问题没有展开论述,这一点似乎不如其他著作深入、细致。

五、宗廷虎等《修辞新论》的语言风格论（1988）

《修辞新论》，作者宗廷虎、邓明以、李熙宗、李金苓，上海教育出版社 1988 年 3 月出版，全书 37.9 万字。共分"总论，修辞现象的辩证法（上、下），语言风格，汉语修辞学史概论"等五章，胡裕树先生在总结本书的特点时说："第一，比较注重理论方面的探讨。几乎有关修辞理论的重要方面都涉及到了；第二，从内容和形式两个角度，从修辞现象对立统一的两端论述修辞手法，避免了片面性；第三，重视语体风格的研究；第四，突出了修辞学史，对二千多年来汉语修辞理论的沿革，分古代、现代、当代三个阶段，作了概括的介绍。"本书的作者都多次聆听修辞学的奠基人陈望道先生的精辟见解，而本书无疑也对中国修辞学发展做出了不小的贡献。本书第四章——语言风格，对语言风格的定义、形成、类型和各种语体的特点及其交叉渗透的问题，都做了仔细的分析。

"语言风格"一章共分两节，主要是论述语言风格及其类型，并对语体理论进行了论述。在修辞学专著中论及风格学的问题，《修辞新论》可以说是一部比较全面和新颖的著作。

第一节是风格论。在语言风格的定义问题上，在考察风格一词的源流之后，作者认为，语言风格是"语言表达上所具有的各种特点的总和，是语言表达手段体系及其所体现的语言格调气派，是民族共同语的各种变体"。可见，作者所持的风格理论是广义的风格论。关于语言风格的形成，作者详细分析了主客观的制导因素，尤其对语言要素中语音、词汇、语法手段等风格要素进行了详实的例证分析，并专门论述了辞格在风格表现中的作用。在"语言风格的类型"方面，论述尤其详尽。并对语言的"民族风格、时代风格、语言的个人风格"3 个方面进行了诠注。对每一种风格类型都解释了其形成的原因，这种风格类型与其他风格类型的关系及其在各种风格要素方面的具体表现等等。阐述详尽，例证丰富，理论性很强。

第二节,是语体论。作者认为语体是以语言交际功能为标准所建立的一种语言风格类型。我们可以看出,作者在这里是把语体作为修辞学基本范畴之一的同时,也把它作为语言风格学的一个部分。本书在语体分类方面作出了独特的贡献。总结了我国当时语体分类的三种基本方式,即:结合型、阶梯型和综合型。并阐明了自己的语体分类的办法,即先划分日常交谈语体和专门领域交际语体,然后再进行下位的分类。(第371页)对语体理论的功用进行详细分析也是本书的一个特点。对语体类型进行深入详细的论述,是本书的贡献之一。在这一部分,共有日常交谈语体、公文语体、科技语体、政论语体、文艺语体等五种语体得到了比较精细的分析。对每一种语体几乎都进行了定义、性质、范围、分类及风格特点等方面的论述。例证与理论相结合,理论与事实相辅相成,尤其是对语言因素的论述特别完备,并且也论及了语体交叉渗透的问题。

总之,《修辞新论》中的语言风格论包括了风格的定义论、本质论、成因论、手段论、类型论和应用论等,是全面系统的,每一论都在继承前人理论和融会当代学者理论的基础上不断出新,有所发展。如在定义论方面,将"综合特点论"和"表达手段体系论"结合起来,又用"格调气派论"和"语言变体论"加以解释;(第327~329页)在形成论方面,发展了修辞的"题旨情境说",提出"题旨情境上的制导因素"和"语言材料上的物质因素",并将客观因素和主观因素、内容因素和形式因素统一起来,说明"语言的风格,本质上只指内容赖以表达的语言形式,也即是语言表达手段体系"。(第330页)"语言风格的形成,是以内容和形式高度完美统一为前提的"。(第331页)在类型论方面,更有深刻、周详的论述。如关于语言的各种风格类型互相关系的论述,既有理论价值,又有实用价值。

当然,本书也不是完美无缺的,如在风格类型上没有专门论述应用广泛的"语言的表现风格"或语言表现类的风格,只在风格定

228

义之后谈到语言风格是民族共同语的各种变化时简单提一句"由表现手法不同可形成表现变体,即表现风格"。(第 330 页)另外,本书谈到因为在作家身上个人语言运用上的独创性往往表现得更加集中,"因此个人风格也称为作家语言风格"。这种说法也有局限性。(第 358 页)我们只能说作家语言风格是语言个人风格的典型代表,而不能排除作家之外的人也有成熟的个人语言风格。如邵敬敏谈到吕叔湘的语言风格,林兴仁谈到广播员、主持人的语言风格,此外还有政论家、演说家的语言风格等。

六、王德春、陈晨《现代修辞学》的语体论、风格论、文风论(1989)

王德春、陈晨合著的《现代修辞学》,1989 年 3 月江西教育出版社第 1 版。全书共 13 章 38.7 万字,除"前言"和"结束语"外,主要论述了"语境学"、"语体学"、"风格学"、"言语修养学"、"修辞手段学"、"修辞方法学"、"话语修辞学"、"信息修辞学"、"控制修辞学"等问题。该书出版后受到了海内外学术界的好评和欢迎,为满足教研急需,又于 2001 年 9 月,由上海外语教育出版社出版了"增订本"(21 世纪修辞学丛书之第二本),作者对第七章"修辞手段学"和第十二章"社会心理修辞学"等作了较大的增改,并将第十三章的"语用学与修辞"增写为"语用修辞学"。总的看来,本书以现代语言学理论为基础,从现代修辞学角度,系统论述了现代修辞学各分支学科的各种问题,融合中外,新颖简明,特别是第三章至第五章论述的语体学、风格学、文风学等理论,不仅奠定了作者自己有关修辞学、语体学专著的理论基础,而且对中国现代语言风格学的建构也作出了独特的重要贡献。其主要特点和理论价值有以下几方面:

(一)概述中外语言风格研究历史和各个流派的理论观点有助于研究现代语言风格理论的来龙去脉和传承关系,进一步借鉴中外的语言风格理论建立现代汉语风格学。如:第一章概述语言修辞学和言语修辞学，谈到了语言修辞学内部结构修辞学、功能修辞学、发生修辞学等各学派的语体、风格论。其中发生修辞学研究语言风格及其成因，认为每个民族的语言都有区别于他族语言的特点和风格;同一民族内部，不同作者、体裁、时代的特点和风格，它们的差异表现为各自特殊的表达手段和表达方式。发生修辞学着眼于这些风格变异情况。(修订本第11页)认为"现代语体学和风格学的建立，实际上意味着修辞学的研究已进入言语领域";"言语修辞学要研究语体、风格、文风和言语修养的规律。"

(二)论述语境构成的主客观因素，有助于从现代语境学角度进一步研究语言风格形成的主客观二因说，以此丰富了风格学的"成因论"。本书在第二章第三节专题论述了"语体、风格、文风和语境"的关系问题，明确指出了语境学是现代修辞学的基础，也是语体、风格、文风的基础。认为"为了适合不同的言语环境类型，现代发达的民族语言中都已形成了不同的语体"，"至于个人风格，则更与言语环境的主观因素有直接关系"，"此外，语言中出现的各种民族的、时代的种种特点而形成的'民族风格，时代风格，也是言语环境影响之必然。当然，这些都是通过个人对语言的使用而表现出来的"。(修订本第55页)这既说明了语境的主客观因素在形成语言风格中的决定作用，也说明了个人使用语言对形成各种"客观风格"的主导作用。

(三)分别论述语体学、风格学、文风学等基本理论，有助于我们用现代语言学、言语学的理论观点来研究现代言语风格学的基本理论，明确风格学和语体学、文风学的区别性和联系性。作者在第三章分9节概括论述了"语体的本质"、"语体学的发展和现状"、"谈话语体和书卷语体"、"科学语体"、"艺术语体"、"政论语体"、"事务语体"、"语体间的相互关系"、"语体理论的实用意义"等，进

230

一步奠定了语体学的理论基础。明确指出"语体是话语风格层次的功能分类。所以国外语言学界把语体称为功能风格"。(修订本第69页)这就说明了"功能风格"术语的含义,也规定了语体和风格的关系。并进一步论述了"语体的本质"是"言语的功能变体"。第四章风格学,分6节概括论述了"言语风格的本质""我国文章风格概述""个人风格""民族风格""时代风格""风格理论的实用意义"等问题,涉及了汉语风格学简史、言语风格学的研究对象及言语风格的本质特点、形成因素、主要类型和实际应用等方面,皆有创新,别具一格。如在第四章开头,概述风格学的研究对象和范围:"风格学主要研究言语风格,同时研究语言体系中的风格手段。言语风格是使用语言特点的言语特点的综合,是言语的格调,它从不同的角度加以总结和分类。但每种风格都以使用的风格手段为基础"。既指出了现代言语风格学研究的主要对象,又说明了风格学"语言"和"言语"两个层面的关系。在本质论、定义论方面,本书和学术界的关于风格定义的"综合特点论"、"格调论"是一致的。但突出了"言语格调"的语用层面,所谓言语的个人风格也是使用语言的"个人特点"、"个人格调"。在风格类型方面,论述个人风格、民族风格、时代风格等和主客观因素的联系,以此丰富了风格的成因论和类型论。最后从3个方面讲风格理论的实用意义,以此丰富了风格理论的"应用论"。

第五章文风学,分5节论述了"文风的本质"、"文风的时代特点和阶级特色"、"文风标准"、"文风与风格的关系"、"文风理论的实用意义"等问题,和高名凯、张志公、张静、王希杰、王伯熙等语言学、修辞学、风格学、文风学论著中的文风论比较起来也有个人独创,如文风的本质论,文风与风格的关系论,文风理论的应用论等。从言语风格学的理论来讲,"文风与风格的关系问题"显然更为重要,本书指出了"文风是个人风格的基础","作风的一致性和格调的多样性"等提法和前期有关论述相比有所发展,有新的角度、新的方法,如从内容、形式统一的角度比较不同的风格,颇有说服力,也容易取得共识。不过本书对张志公等提出的"时代风格、社会风格——文风"的论断,所谓语言的"时代风格"、"社会风格"和"文风"的关系问题未加评议,侧重立论。如能在第二节进一步从内涵和外延上加以全面深入的论述,如何在一代文风的基础上从各个角度综合各种言语风格,本书将会更有理论价值,更有助于理解上述相关概念的互相关系和本质特点。总之,本书对风格学和文风学中的难点问题有深刻论述,只是在有的方面展开论述稍嫌不足。

七、高长江、张万有《汉语修辞学新编》的言语风格论(1990)

《汉语修辞学新编》,作者高长江(吉林教育学院)、张万有(赤峰师范学院),吉林大学出版社 1990 年 1 月出版,全书 18.2 万字,共分 5 章。《新编》从现代科学、现代语言学、现代修辞学的角度出发,吸取了社会语言学、心理语言学、逻辑语言学、模糊语言学、认知语言学、语境学、美学等有关理论,借鉴结构语言学的理论,建构了汉语修辞学的理论体系。《新编》分析详尽,内容翔实,观点新颖,尤其是注意口语实践,成为这部书的一个突出的特点和亮点。最后一章即第五章——语言风格学部分,对语言风格问题进行了讨论。本书的语言风格论包括语言风格概说中的定义论、成因论和类型论,第二节论书面语体风格,第三节论口语语体风格,第四节论五组十种表现风格,自成系统。

从语言风格的定义上,我们可以看出,作者所持观点接近《修辞新论》中的观点,即表现为语用的特点的综合,同时也有格调气氛论的成分。作者还十分注重风格中的语言因素的分析。从语言风格类型的划分来看,作者所持的是广义的风格论。接着,作者对书面语体风格、口语语体风格、表现风格进行了较为详细的分析。特别是第二节,口语语体风格。在这一节中,作者介绍了口语语体形成的原因、汉语口语的特点以及口语表达的书面化的问题。这可以说,对口语语体的研究成为这部书的一个亮点。虽然口语语体其风格研究前人也有一些成果,但这本书视角较新,对风格研究也起到了一定的推动作用。

　　总之,作者善于吸收前人风格论和当代学者的风格论,并加以综合发展。对各类语体的总特点、风格色彩和一些表现风格在不同语体以及作家作品中的分布情况讲解得通俗易懂,例证材料也比较丰富,对普及语体风格知识作出了自己的贡献。本书在论述中还通过实例说明了各种语体的共同表现风格,主要风格色彩和互相交织的复杂多样性。如说"朴实的语言风格可以应用于各种语体"。并根据表达功能指出:"以记述和实用为目的公文语体不讲究形象性,语言风格也是朴实的","鼓动公文语体的风格大都是华丽的"等等,同时也说明了各种表现风格要注意防止的弊病。

　　本书的不足是在研究和著述方法上多限于分类描述、举例说明和夹叙夹议,如果能适当运用统计概括就会更全面系统。

八、刘焕辉《修辞学纲要》的语体风格论

　　刘焕辉,江西南昌大学教授,研究生导师。曾任中文系主任,人文学院院长,兼任中国修辞学会副会长、秘书长,华东修辞学会副会长,江西语言学会会长等。著有《修辞学纲要》、《言语交际学》等,在论著中重视修辞风格的理论研究和语体风格学的建设。

　　刘焕辉著《修辞学纲要》,百花洲文艺出版社,1991 年 2 月南昌第 1 版。徐中玉作序,全书共 4 部分 20 章,系统地论述了修辞学总论、汉语常规修辞的一般组合规律、汉语艺术修辞的特殊组合规律、修辞和语体风格等内容。其中第四部分第二十章全面探讨了风格的类型系统、语体、风格的含义、成因和修辞手段等问题,具有明显的个人特点和独创性,对深入研究现代汉语的风格理论具有现实意义。

徐中玉在"序言"中指出:"这部新著的显著特色是在考察口语和书面语(特别是文学作品)大量修辞实例的基础上,通过分析,抽象、概括,推绎出带普遍性的修辞规律来。"从修辞风格论来讲,主要有以下几点别具一格,值得重视:

第一,本书关于"语言风格"和"言语风格"两大风格范畴的划分,有助于我们认识学术界关于民族风格、时代风格的争论及其理论来源,进一步深入研究中国现代语言风格学内部在理论体系上的分歧和历史发展。本书在阐述"风格"和"语言风格"的概念时,首先引用了程祥徽《语言风格初探》中的有关论述:"……'备用'的语言风格其实就是静止状态的'特点',不同民族语言有不同的特点,这叫语言的民族风格;一种语言在不同历史时期有不同的特点,这叫语言的时代风格";而"语言在被人使用的时候表现出来的风格,则是现代风格学所要探索的主要课题"。(第424页)本书认为程先生所作的语言两种存在形态的风格区分,实际上就是指语言和言语的风格区分。不少语言学(特别是修辞学)著作提到语言的民族风格和时代风格,也是指全民语言体系的民族特点和时代特点的综合,而所谓语言的个人风格、语体风格和表现风格,实际上是指同一种语言在使用中形成的各种特点的综合,即言语风格。高名凯先生主张不用"风格"一词来指备用状态下的语言特点,实际上是强调应开展言语风格的研究。(第425页)这就是以高著、程著为代表的现代狭义"语言风格学"或"言语风格学"或"语体风格学"体系。目前在广义风格学内部对语言的民族风格和时代风格是"静态风格"还是"动态风格",即是备用状态下的"语言特点"(语言风格),还是使用状态中形成的"言语特点"(言语风格)分歧并不大,问题是怎样认识和说明语言民族风格赖以形成的民族"语言结构特点",要不要再分"语言的民族风格"和"言语的民族风格"。

第二,本书关于"语言和言语的风格交叉梳理"的论述,有助于

234

我们研究语言的风格范畴和类型系统以及语言风格的分析应用。内容包括（一）"民族风格辨析"、"时代风格辨析"、"个人风格归属"、"语体风格正名"、"表现风格归并"等。在"民族风格辨析"中，本书指出"值得注意的倒是不同民族在语言运用上也会形成自己一系列的特点，这些特点的总和便构成言语的民族风格，其中必然也会反映出修辞的民族特色来"。（第127页）并举汉语特有的辞格为例加以说明。结论是"由此可见，在民族风格这一术语中，包含了语言的民族风格和言语的民族风格两个概念"。主张修辞学研究"言语的民族风格"，纯语言学研究"语言的民族风格"。同样，在"时代风格辨析"中，本书经过举例说明，也得出结论，"由此可见，'时代风格'这一术语也包含了语言的时代风格和言语的时代风格。我们从修辞研究角度出发，显然把目光投向言语的时代风格，从中探讨汉语修辞的时代特色"。（第431页）在"个人风格归属"中，本书提出："言为心声，文如其人。由于每个人的身份、经历、思想、性格、政治文化修养不同，在同一民族语言运用上必然会显露各自的特点，这是个人的言语风格，不是语言风格"。（第431页）接着本书不仅以著名的文学家和诗人的作品来比较个人的言语风格，而且以熟悉的学术界朋友的学术著作比较个人言语风格，平易近人，很有说服力。在"语体风格正名"中，本书认为"语体风格是根据同一民族语言适用于不同交际领域、交际任务和场合所体现出来言语组合体式特点的风格分类，这是言语风格，而不是语言风格"。（第435页）并提出"根据前述语体的含义，主体风格实际上是一种语言的社会功能的变体，还是称作'语体'为宜，不必把'风格'的外延搞得过于宽泛。当然，一般论著把它归入广义的'风格'类型，也有一定道理"。主张把"语体"和"风格"分开，这有助于我们研究二者的关系。在"表现风格归并"中，本书认为"表现风格是指同一种民族语言被人们使用时体现出来的表现手法特点的综合体现，可据此归并为关于对立统一的类型"。持"表现手法综合特点论"。据此分为五类十种风格类型,还提出"至于个人风格,实际上是言语表现风格在个人言语中的体现,可以归并到言语表现风格去讨论"。(第436页)在学术界,言语表现风格,只是个人风格的表现类型,还是民族风格、时代风格、语体风格、地域风格等共同的表现类型存在不同意见,应当深入研究。

第三,本书关于"不同语体的修辞手段"和"不同表现风格的修辞手段"的论述,有助于加强风格成因和风格手段的研究。建国后学术界对语体的语言手段(语音、词汇、语法)和修辞手段(辞格)的研究成果较多,相对来说,对表现风格的语言手段和修辞手段的研究需要加强。本书立足修辞学的言语角度,对"语体类型及其相互交叉渗透的趋势"及"各类语体适用的修辞手段",从"常规修辞"和"艺术修辞"两方面都作了系统的归纳,简明实用。对"不同表现风格的修辞手段"则从"表现风格类型及其对立统一关系"和"各种表现风格的修辞手段"两方面来论述说明,同样从"常规修辞"和"艺术修辞"两方面作了系统归纳,有助于我们认识表现风格的修辞手段在形成语言风格的物质因素或运用语言的风格手段和非语言的风格手段中占有十分重要的地位,以此可以说明"言语风格是修辞效果的集中表现"。并可以看出本书的理论价值和实用价值。

本书的美中不足是在引用有关"语言风格"和"言语风格"的理论后,提出"语言的民族风格"和"言语的民族风格"的主张,对这一学术界研究不够的复杂理论问题,作者没有进一步论述,因此影响不大。而对从修辞学角度研究言语的民族风格的主张则是很多人同意的。

九、倪宝元主编《大学修辞》的语言风格论(1994)

倪宝元主编的《大学修辞》,上海教育出版社1994年5月第1版。全书共10章,43.4万字,第八章风格,执笔人袁晖。本章共五节,包括风格概论、语言的民族风格和时代风格、语言的表现风格、语言的作家风格、语言风格的多角度研究等 5 个问题。作者在继承前人风格研究传统和吸收同时代学者研究成果的基础上,对风格学的基本概念和基础理论都有独到的见解,简明系统论述了风格概念的含义、风格形成的因素,风格学的对象、内容和任务等;同时,在论述每一种风格类型时也都阐明其概念含义、形成因素、常见类型以及与相邻概念的关系等等,以此对汉语风格学的基本原理作出了独特的贡献,具体来说主要有以下几点:

(一)在定义论、概念关系论即本质论方面,明确区别"风格"和"语体"、"文风"这三个基本概念。

认为"语体是适应不同的交际目的、对象、内容、领域的需要所形成的语言运用的体系,是运用全民语言材料所形成的语言功能变体。而风格指的是语言表达上特有的格调有气派。"并指出二者属于不同的系统,认为"语体系统表现为不同类的平行排列和同一类中的层级组合;语体间的交叉融合则是长时间演变的结果。风格系统则表现为不同类的交叉发展和同一类中的特质变异;风格的交叉更迭则是随时出现的"。(第 435~436 页)这样从宏观上比较两个相近而不同的系统,有助于我们认识二者的本质区别,而避免把二者混同起来。其次,本书又以简明的语言说明了风格和文风的区别性和联系性,认为"文风是指在特定时代形成的具有社会倾向的集团的文章作风"。它必然影响着人们的语言运用,从表达上来说,也许并没有形成独特的语言风格,但是往往在文章中反映出一定的文风的印记。文风的规范作用并不排斥语言风格的多样化,二者的建设和发展都有自身的特点(第 437 页)。这种观点在一定程度上发展了建国以来风格和文风的关系论。

(二)在构成论方面,本书提出了形成风格的因素有"外部因素"和"内部因素"的二因说。

外部因素包括表达者和接受者、内容、情境三个方面。情境包括场合、关系、方式。内部因素指的是风格的语言因素,语言因素主要表现在话语体系和话语印记两方面。所谓风格的话语体系是有层次的。语言的民族风格是最上层的,其次是语言的时代风格、地域风格。与时代风格、地域风格相交错的是语言的语体风格。再下层是语言群体风格和个人风格,最下层的是语言的作品风格。上层对下层具有一定的制约和影响作用;上层也要靠下层来体现和不断丰富发展。(第442~443页)这种创见不仅丰富发展了语言风格的构成论、成因论,而且对风格的范畴论、类型论及其互相关系论也作出了独特的贡献。关于风格的话语印记,本书认为,是以它的个体性和复现性为其特征的,它实际上是语言风格的指纹。它的形成涉及到语音、词汇、句法、辞格乃至体态语、副语言以及符号、表格等。即前人所谓的语言和非语言的风格手段和物质因素,以其新颖的角度和独特的方法说明了风格的成因。

(三)对风格学的对象、内容和方法有明确的规定和阐述,有助于深入研究风格学的性质。

本书首先指出风格学的研究对象不是语言而是言语。这是学术界基本一致的看法。本书谈到"风格学是一种记述的科学。它不是以追求规范为目的,而是通过对个性的描写和总结找出各自的特质系统,从而归纳出不同的风格类型"。(第444页)对此前人有所论述,但讨论者不多,有待深入研究。如方光焘曾在论文中谈到风格学是记述性的科学,修辞学是规范性的科学(详见本书"建设期"前言),但他认为风格学研究的"文体",即我们所指的"语体"(政论体、公文体等);而不包括辞体风格(简洁体和细致体等),即我们所说的"表现风格"。另外,高名凯、郑远汉等都论及言语风格的规范问题。可见关于风格的规范和风格学不是规范性科学而是记述性科学的问题,也是本学科的重要理论问题。本书进一步明确地提出了这一问题并加以阐述:"风格特色是对全民语言的变异。它是利用全民语言,注入了个性化的成分,或者是个性对全民族语言加以变异和改造的结果。因此,研究语言风格,只能从具体的言语作品入手,来分析不同的表达手段及其差异,来把握具体的表达形式在风格形成中的作用,从而找出不同的风格个性来。"(第444页)这段论述无疑有助于我们进行风格分析和风格教学。关于风格研究的方法,本书在众多方法中突出了分析综合法、比较法和统计法。同时也说明了"风格感"的重要性。

(四)对风格类型论有创见,特别是对表现风格的理论有新的概括。

如前所论,本书在谈到风格形成的内部因素——风格的话语体系时,论及了风格体系的各种类型及其层次关系。接着专节论述了几种主要风格类型。在第二节论述语言的民族风格时,着重谈到了语言的民族风格与语言的民族特点的区别,指出"语言的民族风格是一个民族在语言运用中所构成的特点的话语体系及其所形成的特点的言语气氛和格调"。在谈到二者关系时指出:"语言的民族风格不可能脱离民族语言的特点而存在。语言的民族特点为语言民族风格的形成提供了重要的物质基础和必要条件。"在论述语言的时代风格时,谈到"什么是语言的时代风格"、"形成语言的时代风格的因素"、"语言的时代风格与时代精神的关系"、"语言的时代风格与语体比较"等,指出"语言的时代风格指的是某一民族语言在特定历史时代形成的风格"。认为形成语言的时代风格的因素有外部因素——社会文化背景的影响,内部因素——语言自身的发展变化。在第三节论述语言的表现风格时,根据学术界历来不同的提法选用了"表现风格"的术语。并定义为"语言的表现风格是指综合运用各种语言表达手段从不同的侧面对其格调和气氛所做的抽象概括"。书中谈到了抽象概括风格类型的方法,表现风格形成的主观方面和客观方面,以及表现风格之间相互渗透,互相融合的关系。其次讲了豪放与柔婉、平淡与绚丽、明快与含蓄、简洁与繁丰、庄重与幽默等五组十种风格类型。再次讲到语言的表现风格和语体也是有个人特点的。(1)归纳了各语体中表现风格的分布,指出"从文艺语体、政论语体、科技语体,再到公文语体,形成一种表现风格递次下降的直线"。(2)论述了各语体中表现风格的特点是类型化、层级化等。(3)论述了各语体间风格要素的渗入对表现风格的影响,使语体既有封闭性,又有开放性。第四节论述了语言的作家风格,包括作家语言风格的三维结构(作家—作品—风格),形成作家语言风格的主客观因素和作家的语言风格的演变等。第五节语言风格的多角度研究,是从微观和宏观的结合上总结,具有新高度,提出了风格学研究的方向和道路,具有科学方法论的意义。

总之,本书的风格论是颇有深度、新度和个人特点的,在本质论方面,风格定义是属于"格调气氛论",是建立在"综合特点论"基础上的格调气氛论,同时也运用了全民语言变异的理论;在范畴论、类型论方面,本书把"风格"和"语体"分开,而又从风格系统上概括了它们的类型化、层级化关系;在语言风格学的内部,本书的风格论属于"广义风格论"。本书在现代汉语风格学的开拓和建设中具有重要的理论价值和实用价值。

本书的不足是对修辞学、风格学的性质(规范性、记述性)的论述似乎失之过简,没有说明学术界对此问题提出争论的原由以及狭义风格学和广义风格学在上述学科属性上的特性,还涉及学术界关于"风格规范"问题和"规范性学科"的关系。总之,对此较复杂的问题,有必要深入研讨。

第八节 汉语辞章学和
其他修辞学专著中的语体风格论

一、郑颐寿《辞章学概论》的语体风格论（1986）

郑颐寿，福建师大校教授、台湾东吴大学客座教授、博士生导师，先后任全国文学语言研究会会长、中国修辞学会辞章学研究会会长等。几十年从事修辞学、辞章学、风格学和文学语言的理论研究，著有《新编修辞学》、《辞章学概论》、《辞章学导论》、《辞章学新论》、《比较修辞》、《文艺修辞学》等五十多部论著（含独著、主编、合著），并发表百篇论文，对语体风格理论进行了系统的论述。

《辞章学概论》，作者郑颐寿，福建教育出版社 1986 年 10 月出版。全书 7 章，23.2 万字。本书以文章学为经，修辞学为纬，融入语音学、词汇学、语法学、语体学、文体学、风格学以及信息学、逻辑学、心理学等有关学科的理论与知识，对文章艺术形式运用的原则、规律、方法与技巧作了综合的论述。全书的最后一章，即第七章——语体风格的琢磨，对语体风格进行了论述。第一节——语体的分类；第二节——语体与辞章，在这一节中，作者又分思维类型、信息特点、社会功能、语言特点 4 个方面进行讲解。

首先，在"语体的分类"部分，作者认定风格是有多样性的。可以分成语体风格、表现风格、个人风格等各个方面，从本书可看出，作者对于语体的分类，实际上也是对语体风格的分类。作者认为，语体的分类是一个多层次、多序列的系统。在这里，作者对书卷体进行了分类。把这种语体分为实用体、混合体（又叫边缘体，中介体,交叉体)和艺术体。在各种类型之下,又有详细的下位分类。(第281~282页)在这里作者只对书面语体作了较为详尽的分析,而没有论及口语语体。

其次,在"语体和辞章"一节中,作者认为,"语体不同,思维类型、信息特点、社会功能以及语言特点都不一样,辞章也就有差别"。(第282页)思维类型与语体类型是紧紧相联的,但并不是一一对应的,而是有相互交叉的关系的。如实用语体主要是逻辑思维,但同时也不排斥艺术思维;艺术语体主要用艺术思维,但也并非局限于艺术思维;混合体当然要用到两种思维形式。语体与信息总是相关的。大体上说,实用语体倾向于理智、客观,艺术体则重在情感、主观。混合体则以理智客观为主,也带有感情性和主观性。在社会功能方面,作者认为实用语体总是晓人以理,艺术体主要是动人以情,混合体则显得灵活、变通。在语言特点方面,作者基本上是总结了多种风格类型的特点,并分析了产生这种风格特点的原因。在文后的图表中,作者列表分析了各层次不同序列的语体类型和各种特点的区别与联系,分析精细,论述简明,让人一目了然。

总之,本书对语体的论述发展了以思维为标准的类型论,多有创建,深刻、细致。同时,从辞章学角度论述语体风格也发展了建国初期张志公主张建立汉语辞章学的构想,以辩证逻辑的科学方法构拟了汉语辞章学的语体风格体系,在运用新方法发展新理论方面作出了独特的贡献。

(附)本书的语体分类图表

各层次各序列的语体类型				各种特点的区别与联系			
				思维特点	信息特点	社会效应	语言特点
书卷语体	艺术语体	韵文体	格律体 自由体 说唱体	艺术思维	感情性主观性	艺术的感染作用	形象性变异性
		散言体	散文体 对白体				
	混合语体	文艺科学体	文艺自然科学体 文艺社会科学体				
		文艺实用体	文艺应用体 文艺公文体		理智性客观性	理智的启迪作用	抽象性常规性
	实用语体	科学语体	自然科学体 社会科学体				
		应用语体	一般应用体 公文体	逻辑思维			

口语体各分体		思维状态	话题中心	语流特点	语言结构	语体色彩
对白体	谈话体	随意性	游移性	跳跃性	变异性活泼性	口头口语体色彩
	讨论体					
独白体	讲授体					
	讲演体	留意性	集中性	连贯性	规范性严谨性	口头书卷体色彩
	表演体					

从上表可以看出，谈话体——讨论体——讲授体——讲演体——表演体,它们相互区别又相互联系,构成了层次性的变化规律。

本书美中不足是对各类语体的风格特色概括不够。

二、骆小所《修辞探究》的语言风格论(1988)

骆小所,云南大学教授、副校长、博士生导师,中国修辞学会副会长兼秘书长。出版了《修辞探究》、《艺术语言学》等专著。

《修辞探究》,1988年5月云南教育出版社出版,全书14万字,共论述了"修辞及其内容、修辞是同义手段的选择过程、语境和修辞、修辞与语法、逻辑的关系、修辞格研究、深层修辞研究、心理控制和修辞、修辞学的分支和从鲁迅作品中的'转品'看鲁迅的语言风格"九个部分的内容。本书正是从修辞是交叉学科和边缘学科的特点出发,从心理学、变形艺术、美学、文章学、文字学、语法学、逻辑学等相邻学科入手,采用了较新的研究方法,总结修辞理论,对修辞学进行了比较深入的探讨。在全书的第八章和第九章,即"修辞学的分支"和"从鲁迅作品中的'转品'看鲁迅的言语风格"两部分中,分别谈到了语体及风格的问题。

在"修辞学的分支"部分,作者认为修辞学是一门内容丰富的学科,在综合与分化互动的发展过程中形成了4个重要的分支学科,即描写修辞学、功能修辞学、篇章修辞学和发生修辞学。功能修辞学研究的对象,作者认为是适应功能语体的不同而产生的修辞色彩,并把功能语体分为政论语体、文艺语体、事务公文语体和科学语体等。在具体分析了各种语体类型之后,作者得出了这样的结论:功能修辞根据不同的语体分析不同的语体风格,并且各种语体之间不是各自独立,而是相互渗透、彼此交叉的。可见,对功能语体的分析中,已经有了风格分析的内容。

作者认为"发生修辞学实际上就是语言风格学或文艺(语言)修辞学",而且主要研究个体作家的语言风格,尤其是表现风格。作者从修辞与风格相结合的角度并以个体作家为视点,简略地介绍了"藻丽与平实、含蓄与明快、庄重与幽默、繁丰与简洁、豪放与柔婉"五组十体表现风格。

"从鲁迅作品中的'转品'看鲁迅的语言风格"部分,作者是从语法即词类活用的角度,对个体作家作品语言进行的分析。文章首先列举了鲁迅文章中转品的各种类型,接下来又区分了转品与词性误用之间的不同以及转品形成的渊源。通过古今对比证明转品是古已有之的。最后,作者举例分析了鲁迅转品辞格的形象性与情感性的特点。通过鲁迅文章中转品辞格的分析,作者得出了如下的结论:转品体现了民族语言的最精密、最熟练的作法:挥洒自如、涉笔成趣,透视生活本质的艺术力量。同时也体现了鲁迅的个人风格:简练、朴素、含蓄、幽默。这样的分析方法和分析的实践,对研究语言风格学具有一定的价值。

总之,骆小所的《修辞探究》是从一个比较新的角度,用比较的方法为语体风格学的研究做出了一定的贡献。

本书的不足是对各种风格类型主要限于简要介绍,而缺乏系统的实例说明与充分论述,即抽象概括较多,展开论述不足,这和同类著作的风格论相比,就显得不够完美。当然,借鉴国外的发生修辞学即语言风格学,在理论说明上是用了新方法,有了新视角,这是与众不同的。

三、吴家珍《当代汉语修辞艺术》的语体风格论(1992)

吴家珍,女,1936年生,中山大学毕业,曾任首都师大,国际关系学院中文系教授,兼系主任,并到北京大学、中国人大、中央戏剧学院等高校讲课,出版了《曹禺戏剧语言艺术》、《当代汉语修辞艺术》等多部著作,发表论文四十余篇,重视研究语体风格和戏剧语言。

吴家珍《当代汉语修辞艺术》,北京师范学院出版社1992年3月第1版,本书是作者对1945年至1982年之间的大量修辞现象进行集中搜集、整理、评定的成果。该书力图探究与说明当代汉语修辞艺术的特点及其变化,属于汉语修辞学研究。全书共分前言、总论篇、应用篇、探新篇、口语篇5个部分,对当代汉语的修辞现象、原则方法、汉语修辞在各个领域的应用以及修辞的符号性、律格分析及口语中的修辞等多个方面进行分析与评述。作者在该书的总论篇的第二部分——汉语修辞研究的原则及方法,提到表旨、适体、显境与辨异的4种原则,其中通体就是"细致地研究语言的运用是如何适应各种不同语体要求的"做法,在本书的许多部分都不同程度地涉及到了语体与风格的问题,尤其是本书的应用篇的第四部分,详细论述了科技语体的修辞特点。在第三部分操作篇的第八小部分中论述了格调,在口语篇中涉及了口语的幽默风格。

作者认为"由于交际的目的、范围、内容、方式不同,语言的运用也随之产生了一些各自不同的特点。语体就是这些语言特点概括综合而形成的一种类型或体系"。可见,作者是主张综合特点论。在语体分类上,作者认为现代汉语中一般是分为书面语体和口头语体,书面语体中包括文艺语体、政论语体、公文语体、科技语体等,并从修辞艺术的角度入手,详细讨论了专业科技语体和通俗科技语体的特点。作者认为,专门科技语体具有科技术语多、长单句和复句多、数字和符号多、虚词多、外来词多、适当选用古语词等修辞特点,通俗科技语体则体现为通俗性、科学性、生动性等修辞特色。

在对事实说教的语言艺术的分析中,作者分析了其"平和,和谐的格调"并进行了具体的论述。

口语篇对"口语修辞中常用的技巧"进行分析时,概括了"幽默、委婉"的技巧。在对口语的幽默技巧进行分析时,作者认为可以通过音变、体变、双关、宽泛、用歧、退让等方法构成幽默的风格(作者原文是"格调"),其中的体变即表达中根据交际要求和语境制约而进行的语体的非协调组合而产生的幽默效果,这里作者只是作为一种交际技巧进行讨论的,但是不可否认,它实在地体现了语言交际中的一种风格原形，而且作者认为，口语修辞是可以进行多侧面、多角度地研究的，作者提到口语表达中的句式，言语风格色彩也是其中研究的主要课题。

《当代汉语修辞艺术》是一本汉语修辞史的断代研究的著作，其中作者对风格、语体的研究也主要是从修辞的角度入手。但是作者提出的"体变"说和在全书结尾处提出的口语篇研究的风格理论对汉语风格学的研究起到了完善的作用。同时，"体变"一说是该书的新见，对风格研究不无影响，对于进一步研究和建设"翻译语体"的相关理论也提供了一定依据。

总之，本书的"总论篇"、"应用篇"、"探新篇"和"口语篇"都论及了语体风格问题，但没有专节专题加以总结，因此使人感到本书的风格论尚不够全面系统，是为美中之不足。

四、冯广艺《变异修辞学》的语体变异论和文学语言风格论 (1992)

冯广艺，湖北师范学院院长、教授、华东师大博士生导师，兼中国修辞学会副会长。《变异修辞学》，湖北教育出版社 1992 年 1 月出版，全书 9 章，18.6 万字，作者从修辞的变异性方面入手，探讨了修辞学的一些重大问题。其中在第三章——聚合单位变异的第二节——语体变异中，谈到了风格的问题。作者把语体与风格密切相联的关系作为论述的切入点，从语词聚合变异成为语体风格的要素的角度，简要地论述了风格的问题。虽然所占份量不是很重，但正如张寿康先生在序言所说的："把握准，观点新，挖掘深，例证多，用在此，不为过"。

在全书的附录——变异、文学语言的特质部分，从文学语言变异的角度，以老舍的幽默和赵树理的朴实风格为例，并列举各种文学语言风格流派，讨论了变异在文学言语中起到形成作家个人语言风格和"风格流派"的作用。作者以为，文学语言变异的一个表达面就是趋同，这种趋同性体现为一些作家取相同或者相近的言语表达手段，从而形成在言语上极为相近的作家群体，进而形成文学语言风格上极为相近的作家群体，形成文学风格上的某一流派。作者认为，变异现象形成了作家群体上的风格相近，风格近似形成了文学语言中的各个流派。作者是以变异理论作为理论基础，将变异作为文学语言的阐释基点，并从文学语言的角度论述风格问题，角度较为新颖，论述详实、严密，是风格理论的一个补充。《变异修辞学》可以说是从修辞学的独特角度为语体风格学的研究做出了重要的贡献。

作者详细说明了文学语言风格流派的含义及其区别性特征。认为：

文学语言风格流派是指某一个作家群体，由于有了共同的美学目标，在言语表达上采取一些相同或相近的手法，从而形成富有一系列共同言语表征的派别。这与人们经常谈及的文学流派既有联系，又有区别。文学流派是指在一定历史时期内，文学见解和创作风格近似的作家自觉或不自觉的结合，它是一个极大的极宽泛的概念，内涵和外延都很难把握，诸如，从创作方法上谈到的现实主义流派、浪漫主义流派、古典主义流派、结构主义流派等等，从地域分布上谈到的荷花淀派、京派、湖畔派等等，可以从各个方面，用各种方法分类，这样分出的结果自然是文学流派较多，人们较难认识某流派与另一流派的区别性特征。我们谈及的文学语言风格流派，则是从语言风格上对文学流派的分类。我们认为，从语言风格及其表现手段上去认识文学流派，是弄清文学流派及其区别性特征的重要方面。第一，无论作家地域分布多广，时间距离多大，文学内容多么相异，创作技巧多么悬殊，只要具有相同的言语表现手法，形成了一系列体现语言风格的共同特征，即可看作是同一文学语言风格流派。文学语言风格流派不受地域等因素的制约，只受言语表现手法的特别限制。第二,言语表达手段是作家语言风格的具体展现,是作家内在精神的外化,具有可感知性,深入研究作家的言语表达手段及其构成条件,是审视作家精神世界的窗口,也是探寻文学语言风格流派的途径。第三,由于语言是文学的第一要素,作家在文学创作中也特别注重语言上的风格或个性,而这种风格或个性是通过一系列具体的言语表达手段体现出来的,因此,要了解作家及其语言风格或个性就要分析研究具体的言语表达手段。(第 224 页)

　　如果作者能用这种理论进一步探讨作家作品语言风格的各种类型,也许对"风格的常规变异论"或"风格变异论"会作出更大的贡献。可惜本书只把文学语言的"变异论"作为附录,又只突出了作家个人风格和流派风格。因此,在语言风格理论建树上似乎有所局限。

五、郑颐寿主编《文艺修辞学》的文艺语体风格论(1993)

　　《文艺修辞学》,郑颐寿主编,周健民、郑颐寿、姚亚平、曾裕民、傅惠钧共同完成,福建教育出版社 1993 年 8 月第 1 版。该书是一部修辞学的专著,主要阐述修辞学与文艺学之间的新兴学科的教科书和参考读物。张寿康先生认为这"可补修辞学的一项空白",具有新意。全书 7 章,三十余万字,以美学、文学理论为支点,以语言学和修辞学为理论基础,从对象、性质、地位等方面对文艺修辞学进行了具体的介绍,是修辞学史上一部不可忽略的著作。

　　《文艺修辞学》中大量涉及了语言风格的内容。尤其是全书的第四章——文艺语体风格的协调和形成,第五章——文艺分体修辞,第六章——体素的内外渗透,第七章——文艺修辞风格等,都直接论及了语言风格问题。在对风格的论述中,作者独辟蹊径,独树一帜,很多观点或概念都令人耳目一新。

　　在第四章——文艺语体风格的协调和形成中,作者提出了体

海峡两岸教授、博士辞章学丛书(第一套)

素、文艺体素、体素作用等较新的概念。作者认为,语体是适应人类社会不同交际领域需要而形成的功能风格类型,语言风格的形成有内外方面的因素,但是从本质上讲,语体风格只是指承载内容的语言形式,即语言材料及其组合方式的体现,语体风格的差异最终要通过语音、词汇、语法、辞格、篇章等语言因素或语言的辅助因素体现出来。这种形成不同语体风格的因素,在文艺语体风格中即文艺体素。文艺体素具有一定的值,即体素值。作者把体素及体素值的变化分为5种,具体分析了语音体素、词语体素、句式体素、辞格体素、篇章体素和特殊体素及其在文艺语体风格中的表现。第五章——文艺分体修辞,作者分析了韵文体、散言体及其各种小类的修辞特点。第六章——体素的内外渗透,作者分析了体素渗透的加合式和融合式两种方式,并以文艺体素与实用体素、文艺体素内各分体间体素的相互渗透为例,详细分析了体素的渗透方式及其风格表现。这也是对语体交叉从一个新的角度进行的论述。角度新颖,论述有序,可以说是对语体学语体交叉渗透的又一补充。

第七章——文艺修辞风格,是作者论述风格问题的一章。作者主要从文艺修辞学的角度对文艺修辞风格的定义、形成和作用、类型、文艺风格的共性与个性的角度,对风格进行了微观的较为全面的分析,作者认为文艺修辞风格也可称为文艺言语风格,它是指文艺作品中表现的一系列运用修辞特点的总和,是文艺作品修辞艺术显示出的独特的风格和格调,是语言内外因素运用中的特点综合统一的表现,具有物质性、整体性、一贯性、交叉性的特征,它是由外现形态的风格要素和内蕴情意的风格要素形成。对于风格类型,作者论述了明快——含蓄、豪放——柔婉,庄严——诙谐,简约——繁丰,平实——绚丽五组十体风格类型。在风格共性与个性方面,作者主要从文艺修辞的民族风格、时代风格、地域风格、流派风格与个人风格5个方面进行论述。作者认为,文艺修辞的民族风格、时代风格、地域风格、流派风格是其共性的一面,作家或作品的个人风格主要体现出个性的一面,共性与个性又是相对的。

总之,《文艺修辞学》的文艺语言的风格论受到中外风格理论的影响而又有所独创,所以其中对风格理论的论述角度比较新颖,观点范围较为全面,术语系列也有特色,是语言风格学史不可忽视的一部著作,具有重要的学术价值。如果说本书有什么不足的话,那就是要进一步突出文艺修辞的特点。似可在文艺语体的表现风格和作家作品语言风格的多样性,以及文艺语言修辞变异的独创性上多下功夫,以比较一般规律和特殊规律。

第九节 汉语修辞学史著作中的语体风格论

一、易蒲、李金苓《汉语修辞学史纲》的语体风格论(1989)

易蒲,(系宗廷虎笔名),1933 年生,上海复旦大学教授、博士生导师、语法修辞研究室主任、兼任中国修辞学会常务理事、华东修辞学会会长、《修辞学习》杂志主编。著有《修辞新论》、《汉语修辞学史纲》、《中国现代修辞学史》、《辩论艺术》、《爱书的一生》、《中国修辞学通史》等,(以上含独著、合著)发表论文、文章二百多篇。在许多论著中论述了汉语语体风格理论及其研究的历史发展和科学方法。在给王殿珍《言语风格论》,李伯超《中国风格学源流》等专著所写的序中,热情鼓励、赞扬学术界对语体风格理论的教学和研究,并指出方向,指明方法。

李金苓,女,1931 年生,上海复旦大学中文系毕业,复旦大学语言研究室教授,著有《修辞新论》、《汉语修辞学史纲》、《汉语修辞学史》等(合著)。另发表《先秦修辞理论初探》、《宋代修辞理论的特点》等数十篇论文,系统地论述了有关修辞学史和语体风格的理论问题。

易蒲、李金苓合著《汉语修辞学史纲》,吉林教育出版社,1989年5月第1版,是继郑子瑜《中国修辞学史稿》之后又一部开创性的修辞学史力作。郑子瑜在序言中谈到了《史纲》成书的经过、特点和贡献。它采用了"以特定的项目为纲目的新路子",区分文体,突出重点,史论结合,运用系统论的观点和方法评论修辞学史的各个方面,包括"文体·语体风格论",因此对汉语风格学史的开创性研究和教学也做出了独特的贡献。其特点如下:

(一)绪论概括说明"文体、语体风格论发展大势",指出了中国修辞学史上文体、语体风格理论萌芽、建立、成熟、发展的轨迹、脉络和规律。

绪论第二节(三)文体、语体的发展大势指出:古代文体风格论的分期与字句修辞论、修辞手法论分期有所不同。根据它的发展特征可分为萌芽期、建立期、发展期三类。先秦到魏晋是古代文体风格论的萌芽期,特点是探讨比较笼统。南北朝时期是文体风格论的建立时期,特点是建立了风格论的体系。首推刘勰的《文心雕龙》。唐宋到清是文体风格论的发展时期,特点有三:一是出现了专门论述一本书中不同文体风格的著作,如宋代陈骙的《文则》;二是出现了专论诗体分类及风格的著作,如唐代司空图的《诗品》,宋代严羽的《沧浪诗话》。三是出现了专门论述文章分类及风格特点的专著,如明代吴讷的《文章辨体序说》。

现代的文体、语体理论可分为两个阶段。一是20世纪上半叶,由于欧美和日本等国语言研究成果的影响,我国也开始注意从语言的角度分析研究文体。二是新中国成立后到文革前,苏联的语体风格理论被引进中国,对我国的语体风格研究影响较大,这一时期在多本修辞著作和一些论文中论及了语体风格理论。

（二）结合各个时期修辞研究特点和各类修辞著作的特点，具体分析其在文体、语体风格理论上和实践上的贡献、局限与论述方法。

如第二章在先秦修辞学萌芽期，谈到庄子在理论上虽然否定言辞辩说，但他的行动和实践却与理论恰恰相反。《庄子》全书语言文字或虚或实，丰富多样，呈现出一种奇特的美，形成了作者汪洋恣肆、瑰玮宏丽的语言风格。（第48页）

在第四章修辞学奠定基础的魏晋南北朝时期，纲举目张，以小标题说明"注重文体和作品风格的探讨"（概说）、"声律论与文体风格论"（曹丕"四科八类"说、陆机"十类"说、挚虞等人的文体论），以及刘勰论作品风格的类型与多样的统一。在第五章隋唐五代时期，第三节诗论修辞论中有诗体风格论，包括李白提倡"清真风格"，杜甫主张诗歌风格多样化，皎然的辨体"一十九字"说，司空图《二十四诗品》论风格等。在第六章修辞学初步建立时期——宋金元，第一节理论概说，有"重视文体风格的探讨"，第二节文论修辞论有"陈绎曾论文体风格"，第四节有"论文体风格"、"具体作品的文体风格剖析"等。在第七章修辞学的发展期（上）——明代，第三节戏曲修辞论，有王骥德《曲律》（七）语言风格论；第五节文论修辞论，有"吴讷、徐师曾的文体风格论"。第八章修辞学的发展时期（下）——清代，第六节文论修辞，有"文体风格论"，包括姚鼐"阳刚"、"阴柔"说，林纾论文体风格等。第七节有"诗体风格论"，包括叶燮、薛雪论诗体风格多样化，袁枚论诗的风格、题材多样化，赵翼运用比较方法论诗人风格，吴乔论诗文体制之异等。以上，可见中国古代风格论一线贯穿，突出文论、诗话、曲论等著作中的文、赋、诗词和戏曲等作家作品中的文体风格论、语言风格论、个人风格论等。第九、第十两章进一步论述现代修辞学的建立、繁荣和普及、深入时期，从"文体风格的探索"发展到"语体风格的研究"，肯定了"语体风格学的几种体系",承前启后,一目了然。

(三)在分析具体文体、语体风格论时,重点突出,史论结合,开拓了风格学史研究和著作的新路。如,魏晋南北朝是古代语体风格学由萌芽走向成熟的时期,文体风格论的重点是分析了刘勰《文心雕龙》的风格论,一论各类文体的修辞准则:1、从"文"、"笔"两方面来总结文体。2、根据各类文体的内容、功用,概括不同的风格特征。3、用比较的方法,辨析功用相近的文体的风格异同。二论作品风格的类型与多样的统一:1、"八体虽殊,会通合数",即"体性"篇的四组八体风格论,对后代影响很大。2、论述风格与个性的关系。3、论述风格与时代的关系,指出了时代特点对形成风格的影响。又如,从唐宋到清是文体风格论的发展期,唐代重点分析了诗体风格论,特别突出司空图《二十四诗品》论风格,从四个方面概括其风格论特点,即论风格的多样化,不主一格;论语言形式方面的因素;论风格与诗人的关系;形象化的语言论述方式。宋代重点分析了陈骙《文则》的文体风格论,包括具体作品的语体风格辨析和一般的文体论。至于分析明清的文体风格论和现代的文体风格论也都是点面结合,详略得当。如,分析张弓的《现代汉语修辞学》,指出该书对语体论的论述十分显著,但未论及语言风格,也是美中不足之处。(第621页)实际上,该书只是分散地谈到了一些语体的风格特色,而没有专题论述语言风格。

总之,本书是继郑子瑜《中国修辞学史稿》之后,系统论述中国风格学史发展脉络和规律的专著,对文体、语体风格的论述有所发展,有所开创,同时论及了语言风格学基本原理的各个方面,为编著中国语体风格学史或语言风格学史奠定了基础,提供了借鉴。

《史纲》对修辞风格论的历史性评价具有开拓作用,自然也有美中不足。如对某些修辞学专著的语言风格论的资源挖掘不深。该书说张弓的《现代汉语修辞学》"对语体学论述虽然较深,但未论及语言风格"。当然,张著没有专节专题论述语言风格,但在修辞论、语体论中却结合有关论题多次论及了作家语言风格、语体风格以及语体风格的重要作用,强调"一个语体是仗着语体风格的总色彩把各因素统一起来",这是应该肯定的。

二、宗廷虎《中国现代修辞学史》的语体风格论(1990)

宗廷虎著《中国现代修辞学史》,浙江教育出版社,1990年2月第1版,是继《史纲》之后又一本修辞学史专著,是开拓性的断代汉语修辞学史,它不仅填补了中国现代修辞学史的空白,而且对中国现代风格学史的教学和研究也产生了直接的影响。胡裕树在"序"言中概括了本书有三个特点:第一,材料详实丰富。第二,分析周密细致。第三,论述颇有新意。其对中国现代语言风格学的探讨和建构的直接影响,主要有以下几方面:

(一)本书遵照陈望道讲话的精神主张从汉语实际出发,继承民族传统,建立具有中国特色的语言风格学。

本书在第一章"引论"中谈到研究修辞学可以探究古人或前人留下的宝藏时,引用了陈望道在60年代的一次讲话中对不良倾向的批评,即针对翻译界出版苏联语言风格学讨论文集的序言中认为中国在风格学研究上如何不行的讲话,强调"我们中国是有风格的,是有这方面学问的"。(第3页)这符合陈望道在治学中一贯的观点和方法。既要借鉴外国的先进理论,也要继承中国的传统。这是搞任何学问,包括研究修辞学、风格学应有的态度。

(二)本书通过中国现代修辞学史分期的理论和系统的论述,说明中国现代修辞学从近代修辞学中脱胎出来走向独立的过程,即从世纪初的文体风格论,到建国初的语体风格论,发展到80年代中期出现了"语言风格学"专著和一大批代表性的语体风格学论文。

如具体分析了现代修辞学萌芽时期,龙伯纯在《文字发凡·修辞》卷中最早引进了外国(日本)的修辞学说,将"文体"分为"主观的文体"和"客观的文体"的文体风格论,它对现代修辞学逐步建立时期的文体风格论有很大的影响,如陈介白的《新著修辞学》在此基础上,又将"主观的文体"和"客观的文体"一分为二,有继承,有发展。在现代修辞学的发展时期,还重点分析了宫廷璋《修辞学举例·风格篇》中的语言风格论,蒋伯潜、蒋祖怡《文体论纂要》中的文体风格论等。在建国后白话修辞学的创立与发展期、繁荣期,概述了"语体、风格研究的深入"和"语体风格研究的新进展",分析了修辞学专著和教材中的语体、风格论和语体学论文,直到80年代程祥徽《语言风格初探》的问世,可以说重点突出,线索清楚。强调此书写得成功,为语言风格学的建立做出了贡献。

(三)本书提供了"材料详实"的语体、风格学信息资料和"分析细致"、史论结合的著述方法,有助于现代语言风格学的继承性研究和探索性研究。论"史"要承前启后,有事实根据。本书对代表性的专著都准确系统地介绍作者,说明背景,分析章节内容,有的并附表说明。然后再分析其体系特色、理论贡献和历史局限等。如介绍修辞学发展期章依萍的《修辞学讲话》,首先介绍了作者简历,分析三个特点。其三是"论文体采用欧美的分类法"。指出章依萍在第四讲"文体论"中列举了亚里斯多德、华兹华斯、伏尔泰、歌德、叔本华等欧美修辞学家、哲学家、文学家的各种观点,从而认为"文体是文章的姿态,换句话说,文体就是文章的风韵、气味、形态、风格"。文体可从各方面观察分析,如可以分成国家文体、时代文体、个人文体等。他认为个人文体是修辞学应该特别注意的。个人文体的分类可以分成简洁体和华衍体、刚健体和柔和体、平淡体与艳丽体、幽默体与讽刺体等八种四组,这也是参照西方学者分类的结果。最后总结:"总之,此书在吸取了欧美修辞学说的基础上,能提出自己的见解,自成体系。作为教科书还是有它的特色的,在修辞学历史上有它的价值。"(第3页)又如第七章第六节语体风格研究的新进展,首先从四个方面概述了80年代以来,语体、风格尤其是语体学研究发展迅速,比起60年代,研究队伍有了增多,研究规模逐步扩大,研究方式更趋多样,研究领域有了开拓,研究深度也有了新的开掘。接着具体分析了单篇论文中语体学、风格学研究的新进展,和崔应久的《朝鲜语文体学》、程祥徽的《语言风格初探》等语体风格学专著。

总的看来,本书作者以一个修辞学史家、修辞理论家的敏锐眼光和新的角度,对修辞风格和语体风格的有关论著的分析评论做到了多方面的结合,即古今中外的结合,宏观与微观的结合,教学与科研的结合,观点与材料的结合等,在《史稿》、《史纲》的基础上发展、创新,同时也为《汉语修辞学史》的编著,打下了现代部分的基础,为中国现代语体风格的研究和编著,勾勒了清晰的轮廓,提供了科学的方法。

不过本书也有美中不足,主要是对繁荣期的单篇论文和专著没有全面评论,这和作者以后写的《修辞学史》著作相比,就显得单薄一些。

三、袁晖、宗廷虎主编《汉语修辞学史》的语体风格论(1990)

袁晖,1937年生,安徽大学教授,博士生导师,曾任中文系主任,出版社总编,兼任华东修辞学会副会长。几十年从事汉语修辞和语言风格的教学和研究,参加了胡裕树主编的《现代汉语》、《汉语语法修辞词典》和倪宝元主编的《大学修辞》的编写工作(负责修辞风格部分),并出版专著《比喻》、《二十世纪的中国修辞学》,主编了《现代汉语》、《语言应用丛书》等。现正参编《现代汉语语体概论》(陈章太、于根元主编的应用语言学系列教材之一)等,包括独著、合著和主编共十多部。

袁晖、宗廷虎主编《汉语修辞学史》,安徽教育出版社,1990年

10月第 1 版,是继郑著《史稿》、宗、李著《史纲》之后,又一本通史性的中国汉语修辞学史。胡裕树在《序》中高度评价、概括了本书的特点,介绍了作者们的成就,指出"由袁晖、宗廷虎主编《汉语修辞学史》是我国修辞史园地里一朵鲜艳的新葩"。首先,"这一著作,在分期上,吸取了各家之长,根据古今修辞学发展的特点,先分成古代、现代两个阶段"。其次,"在写作体例上,采取学者和专著相结合的论述方法"。再次,"在史料的发掘、处理和评议上,力求详尽合理而又有新意"。本书从修辞学史角度系统论述了汉语语体风格学的有关论著,对汉语语体风格学史的教学和研究具有重要的理论价值,其贡献主要有以下几点。

(一)本书的指导思想是从修辞学角度把文体、语体和风格作为修辞理论、修辞特点来评论,并贯串于各个历史时期。

在绪论部分,谈到"汉语古今修辞特点分述",指出古代修辞学研究又是与文体的演变紧密结合的, 史学哲学的篇章中不乏其例(如《史记》、《汉书》、《史通》、《文史通义》等;以及先秦诸子的著述、《春秋繁露》、《论衡》等),修辞研究对各种文体特点和风格都进行了总结和概括。不论是《典论·论文》、《文心雕龙》、《文赋》,还是后来专论某种文体的诗论、词论、曲论等,都和修辞研究有机地结合起来。(第 3 页)如在第三章汉语古代修辞学的初步建立期,第一节概说之二,文体论的出现和风格论的提出。第二节曹丕《典论·论文》的修辞思想之三、作家风格论的首次提出;四、文体论的地位与影响。在第六节葛洪与沈约的修辞主张之二、语言风格论。指出"他从言辞、文体各有个性出发,反对爱同憎异的片面欣赏观点,强调了语言风格的多样性和创造性"。(第 69 页)可见本书不仅对刘勰、司空图等著名修辞学家的风格评论重点突出,而且对一般的修辞学家及其文论、史论著作中的"语言风格论"也进行充分的挖掘,作为其修辞特点加以肯定。

（二）在古典风格论的基础上，对现代、当代的语体风格论著作进行了更为详细深刻的分析论述和历史评价。

全书在第八、九两章用较大篇幅集中论述了"汉语现代修辞学的建立和发展——20世纪前50年"和"当代汉语修辞学研究——中华人民共和国成立后的40年"的修辞研究。其中关于语体风格论的分析多有独创，把继承性研究和创造性研究结合起来，很有说服力。如现代部分，第二节对新派修辞论的代表——龙伯纯、王易、陈介白的修辞理论和文体风格论的来龙去脉和传承关系讲得条理分明，清楚明白。龙伯纯在《文字发凡——修辞》一书中，论文体，总分为"主观的文体"和"客观的文体"两大类，其中又有第二层的分类，涉及到今天所谓的修辞的"表现风格"、"文体风格"、"个人风格"乃至"时代风格"、"地域风格"。王易在《修辞学》《修辞学通诠》中论修辞现象虽然与龙伯纯一样，都采自日本修辞学家的学说，但却比龙伯纯的学说进了一步；在文体风格论上也有发展，在"主观文体"中再二分为"作家的风格"和"作家之兴会"；在"客观文体"中再分为"思想之目的"和"言语的特征"。陈介白《新著修辞学》的文体论又有所发展，他还论及了文体的心理基础。认为"主观的文体"中的"风格"和作家的个性、精神密切相关，而"兴会"是"感于物而显示的心理状态"；至于"客观的文体"中由"思想性质而分"的一类也是建立在心理基础上的。（第349页）在当代部分更是详细论述了建国后我国修辞学界开拓新领域，语体、风格、作家语言及文学语言的研究都有了新的发展。历史背景清楚，代表著作明确，从建国初张箧—《修辞概要》的篇章风格论直到80年代初期程祥徽的《语言风格初探》，语体风格的理论研究进入了新时期。

（三）对语体风格的专著和论文进行点面结合的评论，既有全面概述，又有重点剖析，特别是对语体、风格单篇论文的归纳分析是本书又一独特的贡献。

如当代"语体学、风格学研究的开端",首先概述了高名凯、唐松波、徐青、乐秀拔等论述语言风格的代表性论文,并从(一)什么是语言风格、(二)语言风格的构成、(三)划分风格的标准、(四)语言风格学的任务等四个方面进行阐述。然后列举了1959年报刊杂志十多篇研究作家使用的语体风格方面的论文。(第432~435页)在谈到近年来"语体风格研究的新收获"时,重点评述了李熙宗、王德春、黎运汉、林兴仁等的语体风格研究成果,也是重点突出,以点带面的。此外,本书附录汉语现代修辞目录,按年代顺序(1905~1990)比较全面系统,也有助研究语体风格学史。

总的看来,本书对汉语修辞学史上语体风格论的分析评价有新的开拓,包括新理论、新方法、新体例,而且涉及到语体风格学基本原理的导论(概论)、本质论、构成论、类型论、应用论、方法论等各方面,因此对我们研究汉语风格学史更有直接的、多方面的借鉴作用和参考价值。本书作者在绪论中明确提出了"要开展修辞学史多角度研究工作","从部门来说,可以编写辞格研究史、语体研究史、风格研究史等"。(第5页)我们研究和编写这本《中国现代风格学史稿》也可以说是对作者首创精神的一种响应吧!感到不足的是对语体学、风格学的一些专著如王德春的《语体略论》、林兴仁的《实用广播语体学》等都只限于概括评介,而没有专节专题指出其具体特色、贡献和局限。所以语体学专著的重点不够突出,这也许因为本书内容较多,篇幅所限。后来出版的《中国修辞学通史》就解决了这个问题。

四、周振甫《中国修辞学史》的修辞风格论(1991)

周振甫《中国修辞学史》,商务印书馆,1991年1月第1版。该书和以上几本修辞学史专著比较起来有明显的个人特点,体独特系。作者是老一辈著名的国学家、修辞学家,曾写过《诗词例话》、《文章例话》、《文学风格学》等专著,善于以"例话"的形式夹叙夹议,虚实结合,形成了简约、严谨的著述风格。本书对修辞风格的理论,有以下几点突出的贡献。

(一)本书主要从"文艺修辞学"的角度评论作家作品的"修辞风格",论及各种风格的发展历史。

作者在"前言"中先说明了修辞学的边缘性质和研究对象,根据语言运用的要求分为"实用性修辞学"和"文艺性修辞学",根据研究角度分为"语文修辞学"和"文艺修辞学",说明"本书讲的修辞学,以文艺性的修辞学为主",与《修辞学发凡》不同,因此范围较广,包括篇章结构的修辞和作家作品的各种修辞风格。当然,在宏观理论方面,和以上几部修辞学史所见略同,不过同中有异。如在中国修辞学的成熟和发展期的唐代,本书详细论述了日本著名文论家、遣唐使遍照金刚的《文镜秘府论》的修辞理论,包括:一格,二论篇章结构。指出《文镜秘府论》的南卷《论体》是讲风格的,如博雅、清典、绮艳、宏壮、要约、切至等。(第 12 页)肯定这里讲的六种风格与刘勰《文心雕龙·体性》里讲的八体四对提法不同,使人们注意风格方面的各种问题。(第 122 页)又如在"中西结合期"讲到陈望道《修辞学发凡》的风格时指出:这里分为四组,又是两两相对的。这样分,吸取了刘勰《文心雕龙·体性》里讲的风格的"雅与奇反,繁与约舛,壮与轻乖"的相对说,虽分法不同。从相对来看这样也超过《通诠》。(第 593 页,《通诠》指王易的《修辞学通诠》,通过纵向比较,可以看出风格论的传承关系和历史发展。)

(二)各个时期都以作者论著和作家的历史顺序为纲目,论述其风格论在修辞论中的地位及各种风格范畴、风格类型。

在"修辞学的开创期",先秦论著较少,结合儒、墨、道、法、纵横各家的修辞学谈论风格,虽只片言只语,但与后代的风格论联系起来评论,如孟子讲修辞,结合知言养性来说,在养气上已经开了唐代韩愈论文的"气盛言宜"的主张,接触到修辞的刚健的风格,(第

23页)在"修辞学成熟和发展期",作家专著也渐多,风格论也在渐多。其中魏晋南北朝讲了十多位作者,在"刘勰全面的修辞说"中之二,谈风格,唐代十多位作者,大部分是诗人论风格。遍照金刚《文镜秘府论》先论风格已如上述。在中国修辞学成立和发展期的南宋,重点讲了陈骙《文则》的修辞论,包括一从用词造句到命意;二修辞格;三风格和篇章结构。最后总结:总之,《文则》中讲了用词造句,讲了各种修辞,讲了各种风格,讲了记事记言,即篇章的修辞,对修辞学作了全面的论述,可以作为古代修辞学成立的标志。(第246页)这和易蒲、李金苓《汉语修辞学史纲》的风格论基本相同,异曲同工。本书提到《文则》的风格论属"修辞风格"和"修辞文体论的风格"。总观全书来看,论及了修辞史上各种风格类型的理论,包括文体风格论、时代风格论、作家风格论、作品风格论等。

(三)具体评述作家作品风格论时以独特的例话形式即"训诂式"的著述方法,解释词语,夹叙夹议,评述结合,贯穿全书,即发扬了传统文论诗话的论述方法。

如讲述唐代司空图的《二十四诗品》说:先看他讲风格,如《雄浑》,说"荒荒油云,寥寥长风"。"荒荒苍茫貌;天油然作云,油然,云升起貌。寥寥,空阔;长风,长空之风"。两句借云和风来比拟一种既广阔浩荡又浑成动荡的境界,万里长空又显出壮来,即通过形象来比拟雄壮浑成的风格。(第157页)解释其他风格也用这种方法。又如讲到宋代的风格论时,先引苏轼《书黄子思诗后》一文说:"苏(武)李(陵)之天成,曹(植)刘(稹)之自得,陆(渊)谢(灵运)之超然,盖亦至矣。而李太白杜子美英玮绝世之姿,凌跨百代,古今诗人尽废;然魏晋以来,高风绝尘,亦少衰矣。……"这里指出李白、杜甫诗像掣鲸鱼游碧海那样,凌跨百代,但缺少魏晋以来的高风。(第186页)以此说明苏轼对修辞论有他自己的见解。诸如上例,不胜枚举。像现代部分,钱钟书《谈艺录》中的风格论,一般修辞书不讲,

本书却重点分析。(第 596 页)

　　总之，本书的风格论主要从文艺修辞学的角度论述了中国修辞学史上的各种修辞风格论，尤其是对作家作品的风格论的分析较多，资料丰富，别具一格，涉及到风格学的基本原理的各个方面，对研究风格学史，尤其是研究文艺语言的风格学史更具有重要的学术价值。可以说在几本修辞学中是独树一帜的。不过还可以锦上添花，进一步完善。一分为二地说，在资料上有些是收旁人之未收，如钱钟书的《谈艺录》；有些是舍旁人之所收，如 30 年代的一些修辞学专著在"主观文体"中讲作家的"兴会"和"风格"，这显然是文艺修辞的文学风格论，而本书未加评论，也令人感到似有缺憾。

第十节 现代汉语和中学语文教材中的语体风格论

　　80 年代初期，我国高等教育文科教学迅速发展，同时风格学和语言风格学本身也迅速发展。从 80 年代开始以后的很多《现代汉语》教材，都增加了关于语言风格的有关问题。语言风格教学也从普通的层次向研究生教学的高层次提升。在语言风格学繁荣时期，吴士文先生主编的《中学语文多角度分析》，程祥徽、田小琳合编的《现代汉语》，钱乃荣主编的《现代汉语》，黄伯荣、廖序东合编的《现代汉语》(增订本下册)等都不同程度地论述了语言风格的问题。广州暨南大学中文系招收了以语言风格学为研究方向的研究生和进修生，另外，还有一些有关语言学、修辞学的硕士研究生班，也开设了语言风格学的课程。

　　一、吴士文等主编《中学语文多角度分析》的语言表现风格分析法(1987)

《中学语文多角度分析》(初中第六册),是由吴士文、李忠田主编的全套书的一个部分,该书由李晋荃主编,于亚中(东北师大)、吴士文(丹东师专)、张德明(锦州师院)等37人合编而成。辽宁人民出版社1987年12月出版。全书对21篇文章(包括古代汉语和现代汉语)和6首古诗词曲进行了分析,其在"修辞解析"部分有8篇文章,作者张德明从风格角度入手,对文章的语言表现风格问题进行了解析。

在该书中,作者对《沁园春·雪》进行风格解析时,主要抓住这首词豪放的风格特点,从词语调配、句式选择和辞格设置3个方面,论述了豪放风格的表现形式。《海燕》是著名作家高尔基的一篇战斗檄文,是一首含义深刻又优美雄浑的散文诗,作者抓住该散文诗语言上的高度的形象性、抒情性和美感性,从语音、词汇、语法、辞格等方面进行了具体细微的分析。由于《海燕》是译文,所以在翻译语体中,我们可以看到该文的分析十分得体。在民族风格方面,符合汉语简洁优美的风格;在功能风格方面,具有文艺语体的形象性、美感性、抒情性的特点;在表现风格方面,体现了豪放、含蓄的特征。对《挥手之间》一文中典型细节的精雕细刻,与毛主席诗词的恰到好处的关联,体现了表现风格的细腻。《菜园小记》体现了朴实的语言风格。作者分析时从该文具有的浓郁的方言色彩和生活气息的口语中的俗语、谚语的使用,对花草树木等自然景物的粗线条的勾勒、表现方法上的朴实、记叙与抒情性议论相结合等几个方面,对《菜园小记》的表现风格的朴实特点,进行了精要的分析。《太阳的光辉》属于政论文体,所以作者从语言使用的严密与准确,超常与逻辑证明相结合,选用一些政治术语或表示各种关系的长句和辞格选取上比喻与类比相结合的方法两方面入手,分析了该文既有科技语体的逻辑性、科学性,又有文艺语体的形象性、抒情性,既有逻辑的说服力,又有政治的鼓动力的特点,简要精当,深入浅出。《竞选州长》也是一篇翻译语体的文章,但与《海燕》一文的风格大不相同。这是美国著名的幽默作家马克·吐温的作品。通过幽默讽刺的描写、无情嘲弄与叙述相杂、诙谐辛辣等3个方面恰当的评述了该文幽默讽刺的表现风格。《出师表》是一篇古代汉语的文章,作者通过对庄严词语的选用和完整句式的设置两个方面,评价了该文的典雅庄重的表现风格。《答司马谏议书》是应用语体中的书信体,作者主要从语言特点、公文格式方面论述了其风格的简明性和庄重性。

《中学语文多角度分析》中关于风格的分析都主要集中于表现风格的分析上,属于对表现风格的具体、微观的分析。涉及到的语体类型较全,文章选取上时间和空间的跨度比较大,尤其是有两篇是对翻译语体的分析, 这些分析为语言风格学的深入发展无疑做出了重要的贡献,而且必将对中学语文教学产生直接的影响,为使我国语文教学走上修辞学和风格学相结合的道路做出了新的贡献,是一次实践性的尝试。

总的看来,本书丰富了风格学基本原理的应用论,对风格的构成论和表现风格类型论,也提供了例证和参考材料。

本书的局限是因为受篇幅和分工的限制, 没有对全书每篇课文都进行风格的分析,只是"多角度分析"中的修辞风格的局部分析,因此只是抽样的尝试,而不是系统的归类。

二、程祥徽、田小琳《现代汉语》的语言风格论(1988)

程祥徽(澳门大学教授)、田小琳(香港岭南大学教授)合著的《现代汉语》,由三联书店香港有限公司出版发行。1989年11月第1版。全书包括绪论、语音、汉字、词汇、语法、修辞和风格6个部分,全面详尽地介绍了现代汉语的基础知识。该书的第五章——修辞和风格的第二节——风格部分, 讨论了语言风格的部分重要问题,对汉语风格的探讨尤其有深度。

作者首先认为,"语言特点"与"语言风格"不是等同的关系,语言特点是经常研究的,那不是风格学的使命,并以1958年4月21日《人民日报》第四版发表的《在亚非会议十九日下午全体会议上周恩来的补充发言》的中文原文与英文译文作对比,从语言的民族特点、时代特点等方面进行了分析,说明语言特点不等同于语言风格。这是该书的一个不可忽视的贡献。语言特点与语言风格之间的关系,在其他著作中的论述不是很多见的。但同时我们也应该注意到,语言特点与语言风格之间是密切相关的,而且其间的关系可能要更加复杂,这也是本书有待发展的一个方面。

在风格定义和分析中,作者区分了"运用语言"(指不同民族、不同时代等人们运用语言)与"具体运用语言"(指受不同交际场合和不同交际目的制约的运用语言),并讨论了交际环境与言语气氛、语言风格与言语气氛的关系。在风格的分类方面,作者也是在分为口语语体与书卷语体的基础上,再为书卷体进行了公文程式语体、科学论证语体、文艺语体等下位分类。这一部分的论述中,作者举出了大量的生活的语体实例,并进行了深入细致的分析。从词语、修辞等角度对各种具体的语体类型进行了详细的阐释。对语言成分的交错,很多关于语言风格学的专著多有论及,该书不但论及了交叉渗透引起的原因,而且采用比较法,以《十万个为什么》和岑麒祥《语言学概论》的具体片段,进行了精巧的对比分析。这种研究方法在当时还是比较新颖的,对风格研究益处诸多。从上述观点,我们可以看出,作者所持的观点应该是狭义的语言风格论,而且倾向于格调气氛论。

该书还介绍了风格学的功用,认为风格学的学习或研究可以指导人们表达得体,可以指导我国的语言教学的进步。同时也有利于整理作家语言风格系统。最后一部分即"汉语风格学的前瞻"是本书的独特贡献之一,为风格学的研究指出了方向。首先作者认为风格学是现代语言学的新兴部门，明确了学科性质，在"正确看待现代与传统的关系"部分，论述了现代语言学的风格学与语文学、古代有关文体、文风的论述与语体风格论等传统理论的关系，并预示汉语风格学的正式建立，为汉语风格学的理论体系勾勒出了大致的框架。

程、田合著的《现代汉语》中有关风格理论的介绍无疑是中国现代汉语风格理论的一个重要组成部分，为完善现代汉语风格理论研究作出了重要的贡献。同时由于风格理论是现代汉语教材的一个部分，对于推广汉语风格研究，指导人们的交际实践以及教学实践，都起到了不可忽视作用。尤其是该书风格论中的"汉语风格学的前瞻"，更是值得风格学研究者重视的问题。

总之，本书的风格论是程著《语言风格探索》的风格理论在澳港现代汉语教学中的实际应用，也具有开拓性。对高名凯的言语风格论有继承，有发展。美中不足的是对有些复杂的理论问题，如"语言特点和语言风格的关系"有待深入研究，展开论述。

三、钱乃荣主编《现代汉语》的语体、风格论（1990）

钱乃荣（上海大学教授）主编，钱乃荣、易洪川、王建华等人共同编写的《现代汉语》，由上海大学、湖北大学共同组织编印，高等教育出版社 1990 年 4 月出版。全书正文 7 章，共 53 万字，是一本新体系的现代汉语教材。全书实行开放式的原则，广泛而审慎地吸收近年来的国内外学者的研究成果，对旧教材从内容到形式进行大胆的革新。改革了理论框架，摒弃陈旧的观点，系统性与包容性相结合，理论论述深入浅出，而且编排新颖，内容丰富，是一部比较独特、新颖的现代汉语教材。在该书的第五章——语用部分的第四节——语体和风格一节中，作者阐述了其对风格理论的基本观点，颇具独创性，值得研究者加以重视。

（一）在功能语体部分，对语体的定义与国内大部分学者一致，强调语体的功能方面,在考察语体的分类角度时,作者主要强调了内部因素(语言材料)和外部因素两个方面,在语体类型的划分方面,该书体现出其独特的一面:首先,在分类方面区分了4个层次,而且每一个层次都有各自划分标准。在具体的划分中,其划分方法大致与张志公、郑颐寿的语体划分相似,总的来看,本书的语体学研究又有了深化和进展,对语言风格学的发展做出了一定的贡献。

(二)该书对语言风格学的独特贡献,在于其研究的继承性、独创性和开放性。首先,作者吸收了北大现代汉语教材的说法,认为"语言风格,是不同民族、不同时代、不同流派或个人在语言运用上所表现出来的各种独特性的总和"。并从内部风格与外部风格的角度,对风格类型作了具体详尽的论述。在这里,该书提出了"集团风格"的概念。作者认为,集团风格是外部风格的一种表现形式,同时它又具有民族风格、阶级风格、社团风格、流派风格等下位分类。其中阶级风格、社团风格又是该书吸收了王德春等论著中的理论而提出的特有的概念,是本书的特点之一,这在其他著作中是很少直接提到的。

对内部风格的论述,作者主要是从语体风格和表现风格两个角度,在表现风格中又论述了七组十四体的表现形式。概括较全,材料翔实,尤其是表现风格的七组十体的论述,角度较新,发展了当代学者的有关理论,值得我们重视和研究。(参见第457页)

总之,钱本《现代汉语》对风格的研究,本着开放的原则,开创了较新的研究视野,提出了一些较新的观点,值得我们去进行深入的研究。

由于本书具有开放性、包容性的特征,兼收并蓄,熔于一炉,所以有些问题难免杂糅,值得商榷。如语言风格类型表,建立了"外部风格"和"内部风格"为两大类型的范畴体系有独创性,不过其内部逐级分类的标准，就不尽统一，把表现风格分为"主观性"和"客观性"两小类，其实"谨疏"和"曲直"两组风格的形成既有主观因素，也有客观因素，即不只是作者的态度问题，同时还有体裁特点等客观因素的制约。而"庄谐"、"刚柔"之类显然也不只是受客观因素的制约，其形成受主观因素(作者、说者的个性条件)的影响是很明显的，即包括客观"气象"和主观"气质"两方面因素。因此，对表现风格分为"主观性"和"客观性"两小类有待深入研究。

四、黄伯荣、廖序东主编《现代汉语》(增订本下册)的语体风格论(1991)

黄伯荣，1922 年生，广东阳江县人。毕业于中山大学语言学系。曾任中山大学、北京大学、兰州大学、青岛大学等校教授，主要从事现代汉语和方言研究，1979 年与徐州师院廖序东共同主编高校协作教材《现代汉语》。

黄伯荣、廖序东主编的《现代汉语》(增订本)，分上下两册，1991 年 1 月高等教育出版社出版，全书 25.3 万字，共分语音、文字、词汇、语法和修辞 5 章。增订本调整了教材的部分内容，增补了词义的分解、语义场、语境与词义、短语、句群、辞格运用中的常见的问题。其中增补的内容包括下册中的第五章——修辞中的关于语体风格的问题。

该书下册第五章——修辞的第十节——语体风格部分，作者论及了语体和风格的问题。认为语体是为了适应不同的交际需要而形成的语文体式，它是修辞规律的间接体现者。可见，作者是把风格问题置于修辞问题中来谈的。在语体划分上，作者从交际目的着眼，按建国后比较公认的说法，把语体划分为公文语体、科技语体、政论语体和文艺语体 4 个部分，在各种语体的论述分析中，作者分别从定义、语体的要求、语言运用上的特点(用词、句式、修辞等方面)着手，例论结合，进行了较为详细的分析和总结。作者在对该语体从语言材料及修辞方式选择等方面进行总结时，简明扼要的总述了每种语体的风格特点。主要是从表现风格的方面进行了概括，如公文语体的平实、庄严，科技语体的精确、谨严或通俗、明快，政论语体的庄重、谨严等风格特点。这有助于学生理解"语体风格"。论述之中，作者举例翔实精要，理论深入浅出，丰富了教材内容，构拟了较新的教材体系，而且对语体风格理论的研究具有一定的指导意义。

在本节的结尾，也是全书的结束部分，作者也简要的提到了语体交叉的问题。认为社会的发展，人际交际方式的日趋复杂，促成了语体之间的交叉渗透的现象。如杂义是政论语体与文艺语体的融合，科幻小说是科技语体与文艺语体的交叉等。

总之，黄、廖本的《现代汉语》(增订本)是在"兰州本"的基础之上，为适应教学改革的新形势，参考新的学术成果增订而成的。因此，增补的关于"语体风格"的内容主要承袭了我国现代汉语风格学和语体学的一般成果，没有太多的创新，但语体风格等内容在教材中的加入，则是对高等学校教材《现代汉语》进行改革的一次尝试，或者说是一次试验，为我国语言教学的进步、发展作出了一定的贡献。

美中不足之处有两点：一是对各类书面语体风格特色的概括总的来看是比较贴切的，有共识的，不过对文艺语体各类分体风格特色的概括需要全面研究，再下结论。国内外学者都曾提出文艺语体在表现风格上是最多样的，其分体也如此。如说"散文体的风格主要是繁丰和藻丽"不尽全面。二是本书对语言风格类型没有专题论述，也影响风格论的系统性。

五、夏中华、姚晓波主编《现代汉语教程》的语体风格论(1994)

夏中华，1956年生，辽宁渤海大学中文系教授、研究生导师，学校语言应用研究所所长、兼任中国修辞学会副秘书长、中国应用语言学会理事、辽宁省语言学会副会长等职。主要研究语言学和应用语言学,出版学术论著《口语修辞学》、《交际语言学》等 11 本(含主编《现代汉语教程》等 5 本),发表论文五十余篇。一贯重视语言风格的教学和研究。

姚晓波,1953 年生,辽宁渤海大学中文系教授,研究生导师,兼任中国修辞学会理事,1989 年获北京师大硕士学位,主要研究语法修辞和第二语言教学,和夏中华共同主编《现代汉语教程》。

夏中华、姚晓波主编的《现代汉语教程》,于全有、梁文斌、徐建华、张素英等参加编写。辽宁大学出版社,1994 年第 1 版。全书共5 章,第五章修辞,附录语体和语言风格。

本书主要参考陈垂民、黎运汉主编的《新编现代汉语》等教材,并融入作者自己的研究成果,综合概括,具体说明:一、语体及其特点,二、语体的类型,三、语言风格及其特点,四、语言风格的类型。本书的语体风格论具有逻辑严密、简明实用的特点。

首先,关于语体知识。在语体定义上,本书从交际功能出发,持"语文体式论",认为"语体是为了适应不同的交际需要所形成的语文体式"。以此把它和语言风格分开,并列,同时指出语体的特点是稳定性、综合性、排他性。这种看法简洁明确,有利教学。在语体类型上,本书先指出"口语语体和书面语体"与"口语和书面语"的不同,然后重点讲了这两大语体及其下位分体,既吸收了自 50 年代以来的二分法,又融进新成果,把口头语体分为"谈话体"和"演说体";把书面语体分为"公文语体"、"政论语体"、"科技语体"和"文艺语体",条理分明地概述了其特点。

其次,关于语言风格知识。本书将"综合特点论"和"格调气氛论"结合,认为"语言风格是人们运用语言表达手段所形成特点的综合表现,它是在语言运用中产生的现象,是具体语境中语言艺术所显示的一种风貌和格调"。同时说明语言风格具有稳固性、综合性和交叉性、渗透性等特点。在语言风格类型上,本书持广义风格论的观点,讲了语言的民族风格、语言的时代风格、语言的个人风格和语言的表现风格等,并举例说明了简洁和细腻、明快和含蓄、平实和藻丽、刚健和柔婉等四组八体风格类型。

　　总的看来,本书在学术界意见分歧的情况下,将语体风格知识引进改革中的现代汉语教材,这有利于普及语体风格知识,完善学生的专业知识结构,提高语言应用能力。感到缺憾的是与国内几套通用的现代汉语教材相比,本书仅把语体风格知识作为修辞部分的附录来讲,这是受到很大局限的,因此不能在虚实结合上充分展开论述,自然会影响其理论的深度和广度。

第十一节 语言学理论著作中的语言风格论

一、刘焕辉《言语交际学》的言语风格论(1986)

　　《言语交际学》,作者刘焕辉(江西南昌大学教授),江西教育出版社1986年出版,全书共分言语交际的"总论"、"基本规律"、"语言组合手段"三大部分,共14章。该书旨在突破语言学著作中长期以来只局限于专业队伍和应考的部分读者的范围,力图面向10亿人口的言语交际。正是从这一点出发,该书注重从研究语言本身的结构规律向研究言语的交际规律的转变,这是当时语言学界学术研究的一个较新的途径。在该书中作者把语言的组合规律置于次要地位,重点倾向于与交际有关的言语交际规律的探讨。本书中也有多处提及语言或言语风格的问题。其中《言语交际学》的第四章——交际环境中的第三小节——言语交际必须适应交际环境,是该书论述言语交际问题中的风格学问题最集中的部分。

　　在"言语交际必须适应交际环境"部分,作者认为,交际过程中,交际环境对言语表达和理解,有明显的制约作用和语义上的衬补的作用。所以要求交际各方都力求对交际环境有一个较为充分的理解和把握。其中,就要求在语体风格方面作出恰到好处的处置,以适应当时的交际要求,所以在第一个小问题——把握不同语境中形成的语体风格部分,作者对这个问题作了较为详细的分析。

　　作者认为,语体风格主要是人们在不同的交际领域中运用语言而形成的不同的言语表达的特点。不同的语体有不同的语言运用特点,作者在此强调的是语言运用中显现出来的特点,例如口语体因交际双方都会出现,而使语言表达具有强烈的针对性、灵活多变性以及重复、省略、时断时续、话题飞转等特点。在句式选择上,多用短句、不完全句、独词句和对方所熟悉的词语的特点。作者同样分析了书面语体语言运用上的特点,又对书面语体进行了下位分类,即:公文语体、科技语体、政论语体、文艺语体,并对这些下位语体使用的场合、言语特点及语言要求进行了概述。在接下来的"形成语境的客观因素和言语表达的关系"与"形成语境的主观因素和言语表达的关系"两部分中,就各种语体通用的一些言语表达问题,从言语风格的角度论述了其与语境在交际中相适应的情况,论述时例证恰切丰富,理论深入浅出,有很强的理论力量。

　　总之,本书从言语交际学角度论述语体风格,对探讨言语风格,特别是对探讨在言语交际中形成的功能风格和表现风格,都提供了新理论、新方法,对言语风格的本质论、构成论和应用论等都有一定的启发和独特的贡献。如果本书能在自己的理论体系内专章论述"言语交际和言语风格",那将会对言语风格学理论有更多的建树。因风格论在此书中是结合交际,主要是适应语境规律论述的,所以显得不够集中醒目。

二、胡范铸《幽默语言学》的幽默语言风格论(1987)

《幽默语言学》,胡范铸著,上海社会科学院出版社 1987 年 12 月出版。全书 13.4 万字,共分 3 章。第一章——理论与现象,介绍幽默的流变与内核,第二章——氛围与方式,阐述语言幽默的性质,第三章——深层与表层,阐明幽默话语的构成,这三章中都有不同的篇幅涉及语言风格的问题。如在第一章中,阐述幽默的美学现象时,就提到了风格问题。在第一章的小结中,幽默在艺术作品中氛围上的体现,就是一种风格的色彩。而且作者认为幽默实在也如雄浑、冲淡、含蓄、流动……一样,是一种风格、效果,并具体论述了幽默氛围与风格的形成,幽默的风格与幽默的手段、方法、方式之间的关系等问题。这实际上是将幽默作为一种语言风格提了出来。重点论及风格问题的是本书的第二章。

在"氛围与方式:语言幽默的性质"一章,作者首先说明风格氛围的形成是一个动态的过程,与备用过程、结构方式密切相关。接着,作者着重论述了这种风格的性质,认为它是一个处于普遍联系之网中的结构,体现为风格表现与构成的整体性。同时论述了幽默风格在功能方面的高效性, 幽默风格结构的实体要素与关系要素之间的关系性以及辞格与风格效果之间的对应性,单值对应,多值对应和其他对应之间的关系等一些问题。另外,作者认为语言的幽默风格是一个模糊的结构,主要表现在渐变性、转换性两大方面。之后,作者又从方式的坐标性和能量的差异性两个角度论述了语言幽默方式的性质。

作者在该书中对幽默风格的系统分析,其中既有前辈的传统的风格学观点,同时又有较多创新之处,如语言幽默氛围的性质中的"普遍联系网中的结构"说,模糊结构说,及方式的性质中都不时的表现新颖的亮点,让人感觉耳目清新。而且有许多论述可以作为整个语言风格学之借鉴, 丰富发展了我国语言风格学的微观风格类型分析的理论。从全书来看，这是很少见的一部对具体风格类型进行如此精密细致的分析的一部著作。可以说全书就主要是对语言的幽默风格进行了系统的阐述。这无疑为我国语言风格研究提供了一个很好的范例。总之，该书在语言风格理论与风格研究实践方面，做出了不小的贡献。本书如果能多举实例说明幽默风格在一些语体和作家作品中的具体表现，就会对语言风格理论作出更大的贡献。

三、姚亚平《人际关系语言学》的语言风格论(1988)

《人际关系语言学》，作者姚亚平当时是江西大学中文系现代汉语专业硕士研究生。该书由辽宁省教育出版社 1988 年 6 月出版，全书共 9 章，22 万字。该书通过大量生动有趣的事例描述了人际关系与人际交往之间相互影响的现象，并从理论上总结了它们之间的规律以及如何在人际交往中提高人际关系水平和处理复杂的人际关系中各种问题的能力。全书运用社会心理学、社会语言学和其他语言学的观点和方法，研究了人际交往中一些重大而亟待解决的问题。被刘焕辉先生称作是"这块园地(指从协调人际关系的角度进行了语言研究）中的又一朵新葩"。作者在全书的第六章——语言自我形象的增强——处理人际关系的语言艺术(一)的第三节——语言风格中专门谈到了言语交际中的风格问题。

首先，作者先对"语言风格"理论进行了简要的概述。认为，"语言风格是语言运用中各种特点的综合表现"。从研究角度的差异方面，作者把语言风格分为民族风格、时代风格、语体风格、表现风格等，同时作者列举了五组十类语言表现风格。但总的看起来，在语言风格理论方面，作者还是与当时国内的语言风格学的通常看法是一致的。

其次，作者选取了表现风格中常见的四类，从交际的角度进行了论述。即从"简洁精练，形象生动，幽默风趣，委婉含蓄"4 个方面着手,每一方面都谈了这种表现风格在语言交际中的特殊的作用、起到这种作用的原因、更好地表现这种风格的方法等。论述的角度较为新颖,而且论述时观点较为全面,例证典型丰富,为语言交际中表现风格的分析提供了良好的范例和参考,是对语言风格理论的应用与研究的丰富和发展,同时也是对语言交际理论和人际关系研究的新贡献。

本书的风格论与刘焕辉的《言语交际学》、夏中华的《交际语言学》有共同点,都是言语风格论在交际实践中的具体应用,以此丰富了语言风格学基本原理的"应用论"。不过本书从"人际关系语言学"的角度论述,所以突出交际主体的主观风格,使语言风格成为增强自我形象魅力的重要"包装",从"语言形象"到"语言能力",从人的"风度"到"语言风格",都是完美统一的,都是为了通过语言手段,处理好人际关系。这样更能说明语言风格学的功用或实用价值。这里语言的各种表现风格也都成为人的"外表"。本书也有助于理解风格的本质。另一方面,本书把"语言风格"放在第六章的小标题中来论述,也限制了其理论深度和广度,所以该书风格论的应用价值大于理论价值。

四、潘庆云《法律语言艺术》的法律语言风格论(1989)

潘庆云著《法律语言艺术》,学林出版社,1989年2月第1版。作者在书中全面、系统地论述了法律语言的一系列问题,对我们研究语言风格,特别是研究法律语体的语言风格具有独特的理论价值。同时本书也为作者后来出版《法律语体探索》等书奠定了理论基础。

首先,作者以语言学的理论和方法研究法律领域特殊的言语风格特色及其形成和应用规律,具有探索开拓之功和方法论的意义。

作者对法律语言的重要性有充分认识。认为:刑狱诉讼关涉到个人和群体的财产予夺、毁誉荣辱乃至生死存亡,因此人们对诉讼与非讼法律事务中的语言运用即法律语言的关注是超时空的、永恒的。在注重法治的当代,法律语言越来越引起司法机关和全体公民的普遍关注,这是理所当然的。作者力图在"素昧平生"的语言学和法学之间架起一座桥梁,用语言学的方法和成果探讨在诉讼和非诉讼法律事务各领域、各阶段,顺应特定的题旨情境,有效、完美地进行语言表达和交际的规律,以保障各项法律活动的顺利进行。

其次,作者借鉴前人相关理论,经过自己的系统探索,以独特的视角论述了法律语言的研究对象、本质特点、形成发展、结构规律和风格特色问题等,建构了本学科的理论体系。

本书总论部分包括法律语言概述(讨论了法律语言的本质、法律语言的研究对象和范围、法律语言的研究方法诸问题)、法律语言的形成和研究概况(探讨了古代法律语言的产生与发展、法律词汇的发展与演变、清代"幕友"与法律语言研究、法律语言研究现状等)、法律语言的结构分析(对法律语言词素、词、短语、句、章篇等诸多层次逐一进行分析、描述,力求洞悉其结构规律)、法律语言的风格 (法律语言风格概论及法律语言各风格特色的阐释及其量化表现)、法律语言表述方式(法律语言对叙述、说明、论证等表述方式的特殊运用及其所显示的特点系列)。

再次,本书密切结合立法活动、侦查询问、法律演讲辩论等法律实践,理论联系实际,具体阐述了法律言语对"标准"语言的"偏离"特点和表达方式,因此对法律领域的言语交际和业务提高具有明显的实用价值。

本书分论部分对立法活动、侦查讯问、法律讲演论辩等法律活动领域的语言运用,逐一进行细致的分析研究,着重探讨这些领域的言语在大体遵循法律语言共同规律和特征的前提下,由于交际中"角色"、场景、题旨诸因素的不同,所呈现的对标准型法律语言的不同程度的"偏离",从而总结出各种具体法律活动中运用语言进行有效表达、提高法律业务水平的行之有效的途径与技艺。

总的看来,本书对法律语言风格特色的阐释及其量化表现,运用了现代语言学的理论方法,开拓了言语风格研究的新领域,对法律语体风格理论的研究提供了科学的方法和宝贵的经验。不足的是风格部分尚属"概论"性质,最好是深入展开,多举实例,详细论述。

五、曲彦斌《民俗语言学》的语体与民俗关系论(1989)

辽宁社会科学院曲彦斌著《民俗语言学》,辽宁教育出版社,1989年2月第1版。全书共15章,406页。第七章语体与习俗。乌丙安、王德春作序。乌丙安在"序"中说,"语体习俗的研究,把人们交际所使用的语体与民俗的密切关系揭示清楚了"。(序一第7页)王德春在"序"中说,"民俗语言学可以从民俗现象的表现,观察语言变化,又可以从语言变化研究社会风尚习俗"。(序二第1页)因为民俗语言学是用语言学和民俗学的理论和方法来研究语俗现象,所以语体风格学和民俗文化学就有着密切的联系。事实上,民族文化(包括民俗文化)不仅是形成语言民族风格的制约(制导)因素,而且也是形成语体风格、时代风格、地域风格等各种风格的制约因素之一。本书专章论述"语体和民俗",对于研究语言风格学具有独特的理论价值。

(一)有助于认识口头和书面两大语体及其内部一些分支语体在形成和发展中如何受到民俗的影响。

本书作者在《修辞与民俗》一章提出了"民俗语境"的概念。认为"语体首先是在特定语境中社会交际需要的结果,语言体系中经过功能分化的同义手段是构成语体差别的物质因素"。并具体论述了各种语体,尤其是口语语体(谈话语体)和某些与人们日常生活密切的告启、礼仪、契据等书面语体,都有其具体的民俗语境和风俗习惯问题,成为制约语言、修辞的特别因素。论述中材料丰富,举例恰当,很有说服力。如在第一节口头语体与习俗中,举例说明了方言土语词、俗语词和具有口头性的民间文学中的一些文体对语体风格的影响。在第二节书面语体与习俗中指出:"书面语体习俗是各种书面语体的用语特点,语言习惯以及风格的集合。"(第150页)着重论述了书信、广告、请柬、题词、契约、合同等各种分体的语俗特点和表现风格。如汉文书信(尺牍、函札等)在长期流行过程中形成了一套约定俗成的格式和用语,各种变体,风格各异;广告语体由古代的商俗幌子发展到现代广告简洁、生动、幽默风趣的语言特点和款式风格;礼仪类生活语体根据民俗语境表现的各种风格,如题词的简约、严谨、典雅、深刻;祝词的清新、简洁、感情充沛,评介赞美,用语得体;讣告的准确、严肃、朴实无华等都有特殊的语言特点和款式风格。

(二)有助于我们认识民俗语言、民俗文化、风俗习惯对形成语言民族风格的重要性。

本书在论述语体和民俗关系时涉及了这个问题,认为"口头语言是最能体现民族语言风格的。汉语口语中特有的谚语、歇后语、惯用语等俗语,不仅反映着汉语的特有风貌,从民间口头文学的方面,也是汉族民俗的活的语言化石"。(第148页)又说"各民族语言口语、方言,都在总体上和具体的语言形态上,表现不同的语言习惯和社会风俗,有其独自的特点和风格,这些同时也是构成其民族语言的独特风格的主要原因"。(第148页)这对于我们探讨民族语言风格的形成因素和在民族语言结构特点上形成的风格特色,无疑是有参考价值的。所谓"民俗语境",是形成语言风格的内外因素的统一。

(三)通过本章的结语,我们可以看到,"语俗"在形成语言风格,特别是在形成各类语体风格中,是一个不可忽视的制约因素,有必要加以深入研究。

本章结语指出：口头语体与书面语体及各分支语体，都具有不同层次的语体风格，语言特点。口头语体的语言习俗同书面语的语言习俗，因语体的制约，存在许多差别。例如，在口语交际活动中，有所谓"官腔"、"学生腔"、"娘娘腔"、"娃娃腔"之类的"腔调"是口语中的社会文化传承现象。最后结论："总之，语体习俗是融合于语体风格、语体特点之中的一种特别而又寻常的语体因素，在一定条件和一定程度上，对语体有影响乃至制约作用。"(第 157 页)可见，本书论述的语体与习俗问题对风格学基本原理的构成论作出了独特的贡献，有必要深入研究。如果进一步要求，本书还可以从民俗文化的深层次上论述民俗语言在各类表现风格形成和培养中的作用，并归纳出系统理论来。

六、夏中华《交际语言学》的交际语言风格论(1990)

夏中华著《交际语言学》，辽宁教育出版社 1990 年 9 月第 1 版。全书共分 10 章，20 万字。本书的特点在于融实用性与学术性为一体，同时注重结合中国的实际，在对语言交际理论进行深入研究的基础上，从大量生动鲜活的实例入手，阐述了各种类型语言交际的方法、技巧和规律，即适合于为一般读者开阔视野，又为教学和研究提供了角度新颖、实用性强的参考资料，许多学术刊物对此书进行了高度的评价。

在论述交际语言的过程中，该书十分重视语言风格特色的讨论与分析，专门开辟了第八章——交际语言的风格特色，论述了交际活动中由于受不同的环境的影响，或由于受说话人个人特点的制约，运用不同的语言材料和语言手段，所表现出的各自不同的风貌和格调。而且从该书关于风格类型的介绍中，我们可以看出，作者倾向于交际语言风格中的表现风格的论述。作者主要论述了交际语言的简洁、含蓄和幽默的语言风格。

在对这 3 个微观的语言风格进行论述时，作者以普通语言学和交际语言学的理论为基础，对每种风格类型的含义、在语言交际中的实用意义、形成这种风格的手段等各个方面例论结合，进行了详细的具体的分析。

《交际语言学》中对交际语言的风格的探讨在同类著作中可以说是比较独特而深刻的。一是作者论述的角度较为新颖，即从交际语言学的角度切入，主要借用了普通语言学、社会语言学、逻辑学、心理学、美学等学科的理论，从词语调配、句式选择、辞格设置等多方面对语言风格问题进行了详细的分析。二是以通俗易懂而又深入浅出的理论，丰富翔实而又生动有趣的实例，对人们的交际实践起到了一定的指导作用，同时对提高人们对语言学理论的认识也有很多大的作用。从语言风格学的基本原理来讲，本书主要丰富了"成因论"和"应用论"，即语言表现风格的理论在交际语言中的具体应用。

本书和刘焕辉的《言语交际学》相比各有特色，刘著侧重交际中的"语体风格"，夏著突出交际中的"表现风格"；刘著在论述交际规律，说明言语交际要适应语境时谈到语体风格的重要性，夏著在论述交际活动中言语受语境和交际者个人条件的制约形成各种表现风格时谈到"交际语言的风格特色"，并通过专章专题进行论述。看来夏著的风格论在书中更显得重要。不过本书只突出了 3 种表现风格，这似乎使人感到不足。

七、黎运汉主编《公关语言学》的公关语言风格论(1990)

《公关语言学》，黎运汉主编，黎运汉、宗世海、曹乃玲、李剑云、刘凤玲共同合作完成。暨南大学出版社 1990 年 12 月出版。全书36 万字，共 12 章，张寿康先生称之为："一部具有开拓性的教材和专著"。本书运用公关学、语言学，尤其是言语学的原理，系统地研究了公关实务领域中的语言运用问题，构筑了一个比较完全的科学体系。其特点突出表现在它从比较高的理论水平上,在公关学和语言学方面做出了一定的贡献。而且由于该书是在进行了广泛而比较扎实的事实研究的基础上写成,所以张寿康先生认为,这部书具有指导公关语言实践的品格。《公关语言学》也谈到了有关语言风格的问题,在该书的第四章——公关言语风格部分,作者论述了公关言语风格与公关形象、公关语体问题,以及公关言语风格的基本格调和多样化问题。

首先,作者认为,"言语风格是在语言运用中形成的人们运用语言的各种特点的综合表现"。公关言语风格是指在公关实务领域里,由于公关人员运用语言表达手段和表现方法的不同而形成的种种风貌、格调。在这里,作者仍然强调了语言运用方面的言语风格。尤其是其中的表现风格。

其次,作者认为,言语风格与公关形象、公关语体关系密切。公关言语风格的选择与创造及其使用,在公关实务中起着举足轻重的作用,要有独特鲜明的言语风格,运用语言又要符合风格规范,通过实例分析,阐述了公关言语风格的具体动作,指出注意言语风格与公关实务相联系的重要性。在言语风格与公关语体的问题上,作者强调"风格存在于语体之中,公关语体也制约着公关言语风格"。所以,这就要求公关言语的风格特点及其构成的语言手段和表现方法必须与语体的语言特点和要求相适应。这是规范的公关语体的基本要求。同时作者也举例证明了公关言语风格与公关语体的关系是复杂的,不是一对一的,所以在语言运用中也要求灵活变通。

再次,关于公关语体言语风格(主要指表现风格),作者论述了各种类型之间的辩证关系。认为基本格调是平实,但平实并不是单调乏味,浅薄粗俗,同时由于语言运用实践的多样性和多色彩性的特点,平实与多样性是互相补充的关系。在"多样化风貌"中,作者谈及了"藻丽繁丰、委婉含蓄、幽默风趣、庄重文雅"四组表现风格，对它们进行了详细的分析。

总之，《公关语言学》中的风格论，开辟了一个新的角度，在观点、方法和视角上都有新颖独到之处。对公关实务的实践和言语学、语言学及语言风格学的发展做出了重要的贡献。

本书作者是现代汉语风格学的开拓者之一，因此对风格的探索和应用同样重视。在现代《公关语言学》中，不仅使公共关系学和语言学结合成新的语言学科，而且使语言风格学的理论在公共语言学中得到了成功的应用。并且以专章(第四章)论述了"公关言语风格"，使风格理论和公关言语结合，颇有特色。既有基本格调——平实，又有多样化风貌：藻丽繁丰，委婉含蓄等。

八、濮侃等《语言运用新论》的语体风格应用论(1991)

《语言运用新论》作者濮侃、庞蔚群、齐沪扬，1991年12月出版。(濮侃，华东师大教授，学报主编，中国修辞学会理事，华东修辞学会副会长，《修辞学习》杂志副主编；已经出版了《修辞比较》等专著，与人合作著作多部，发表学术论文五十多篇。庞蔚群当时是华东师范大学成人教育学院副教授，已经发表学术论文二十多篇，合作著作多部，齐沪扬当时正在攻读博士学位，并已发表论文多篇。)《语言运用新论》全书20万字，共分14章。该书在继承和发扬传统语言学理论的基础上，对许多新方法进行了大胆的尝试，对许多新的理论进行了深入的探讨，对语言运用现象进行了多层次、多角度的比较全面的研究，是一部理论与实践相结合，具有开拓精神的著作。在《语言运用新论》中，也讨论了有关语言风格的部分问题。比如"书信语言的风格特点""语体与语境"的关系等一些问题。

关于"书信语言的风格特点"，作者在第十章——语言运用的体式：广告、书信、标题中有所论述。作者主要从语言运用的角度出发，以交际目的为最终目的，把书信语言的风格特点归纳为：维系性、对称性和可读性。从内容和形式两个方面对这三个特点进行了举例分析。这些分析已经成为对语体特点进行微观分析的生动的实例。

在第十三章——语言运用的辩证法:语境、语体、篇章中,作者讨论了语境与语体的关系。作者仍是以语言运用为最终目的,从生动的实例入手,分析了语境与语体之间的整体与局部、常规与变异、制约与适应的关系。(可参见第 197~209 页)。在论述语体与语境之间的关系时,在理论上该书有继承,但主要是体现了理论上的创新性。而且角度新颖、论述精要。不仅对语言运用的实践起到了指导、发展和完善的作用,而且对语言风格学的发展也是注入了一股新的血液。

总之,本书以语用辩证法的科学方法,开设专章论语境和语体、篇章等问题,丰富发展了风格学基本原理的"应用论"和"方法论"。可惜没有专章论述充满辩证法对立统一特点的语言表现风格,这在语用风格论方面是明显的缺憾。

九、骆小所、李浚平《艺术语言学》的艺术语言风格论(1992)

骆小所、李浚平著《艺术语言学》,云南人民出版社,1992 年 9 月第 1 版。该书是我国语言学界第一部研究艺术语言,并从"艺术语言学"角度研究文学语言理论的专著。王德春在本书《序言》中说:"这是一部从新的角度写的第一部研究艺术语言的专著。"全书共 8 章,最后一章"艺术语言的风格",包括"风格的基本类型"、"风格的相对稳定性和变移性"、"风格评论"等三部分内容。总的看来,本书的风格论对研究和建构中国现代语言风格学有以下特点和贡献。

(一)本书以常规变异的理论,研究艺术语言的本质和艺术语言的风格含义,有助于我们深入探讨文学语言风格学和全民语言的风格变异。

本书开宗明义指出：

艺术语言,也叫变异语言。从语言的组合和结构形式上看,艺术语言是对常规语言的超脱和违背,所以,有的也把它叫做对语法偏离的语言,或者把它叫做破格语言。(第1页)

在谈到艺术语言的风格时说：

艺术语言的风格,简单地讲,就是常规的变异。"常规"是指人们在使用语言上共同遵守的惯例,也就是语法规范。"变异"是指艺术语言的运用因语境的主客观因素不同而产生的一些变化。(第275页)

可见,本书具体应用和发展了西欧布拉格语言学派关于从美学目的运用文学语言所形成的"常规变异论"。

(二)本书概括说明各种风格类型,有助于我们了解和探索语言风格理论在艺术语言学和文学语言学中的具体应用。

本书吸收前人和当代文学风格和语言风格的研究成果,简明地概括了艺术语言风格的基本类型,包括时代风格、民族风格、个人风格、表现风格等,并指出了表现风格和各种风格的关系。时代风格、民族风格和个人风格的稳定性,往往形成不同的表现风格。(第283页)

语言的表现风格是指人们在长期的言语实践中运用语言的方式和表现方法不同,以及表达效果不同而形成的一种语言风貌和格调。(第283页)

本书共讲了藻丽和平实、含蓄和明快、庄重和幽默、繁丰和简洁、豪放和婉约等五组表现风格,条理分明,虽然其他著作早已讲过,但本书是首次在"变异语言学"中具体应用。同时本书专节讲述了"风格的相对稳定性和变异性",突出了风格的辩证法也是一条普遍的规律。

(三)本书专节讲解风格评论,以此丰富了语言风格的应用理

海峡两岸教授、博士辞章学丛书(第一套)

论,有助于我们研究和开展风格评论。

本书谈到了风格评论的意义、作用和必须注意的问题。指出:

风格的评论,主要是指对时代风格、民族风格和个人风格进行评论和介绍,促进风格的形成和发展。(第 289 页)

并指出各种风格之间的关系是极其复杂的,评论语言风格时,我们必须注意以下几点:

(一)必须从总体上把握。

(二)要用比较分析的方法。

(三)要用历史唯物主义的观点,揭示哪一种风格能代表那个时代。(第 289~291 页)

本书的美中不足是对"语言的表现风格"只作理论概括,而无实例说明,同时也未指出运用中"过犹不及"的各种弊病。

十、林兴仁《广播的语言艺术》的广播语体风格论(1994)

江苏省新闻广播学会秘书长林兴仁的《广播的语言艺术》,语文出版社,1994 年 2 月第 1 版。全书共 6 编,系统论述了广播语言要像活泼的流水、修辞格在广播语体中、广播的语境和语体、同义结构和同义手段、句式的选择和应用、《红楼梦的修辞艺术》等问题,涉及了广播语言和广播语体的风格特色和修辞方法,理论联系实际,可读性强,实用性强,对研究现代汉语语体风格学作出了独特的贡献,主要有以下几点:

(一)本书在《实用广播语体学》的基础上进一步论述了表现风格的形成条件和汉语广播表现风格的四大类型及形成条件,以此丰富了汉语表现风格的理论。作者在第三编 三、"汉语表现风格"部分,首先谈到广播表现风格的提出,有利于节目风格、节目存在形式的风格,对象广播风格和个人风格的形成、发展及创新,有利于记者、编辑、主持人发挥独创性,去追求广播艺术的最高境界。认为"表现风格是语言风格的一种类型,是由整套的表现手法、表达手段所形成的整体言语气氛和格调"。并认为表现风格的形成有三个基本条件,即长期性、整体性和反复性。最后举例说明四种汉语广播表现风格的形成因素和表达手段、表现手法。指出"使用广播语言的个人的条件、特点,如思想作风、文化素养、生活经历、习惯爱好、语言修养等,是形成不同的表现风格的主观因素"。以播音员齐越风格、夏青风格、林如风格,主持人徐曼风格、虹云风格、李一萍风格,记者刘振敏风格,广播剧编导高保毅风格等,说明各种不同的广播个人风格。

(二)本书继承发扬中外语言风格学说,进一步论述了"平行的同义结构"、"修辞同义手段"对研究修辞学、风格学的重要意义。书中第四编从六个方面集中深入地论述了汉语修辞学的研究对象、关于同义结构的几个问题、同义形式选择与信息传递的关系,简介几种言语上的同义手段,从同义结构的观点研究汉语修辞学、同义比较法是修辞学研究的基本方法。作者从汉语修辞学研究对象的高度阐述了"平行的同义结构"的含义、种类和对修辞学、语体风格学研究的重要意义。提出"平行的同义结构就是表现相同或相近意义的两种或两种以上在表达效果上具有细微差别的不同语言格式"。并根据不同标准把它分为四大类型。除一般按语言三要素、语言结构的灵活性、意义判别的大小、远近划分外,还从语体角度提出"语体同义结构",即根据汉语的具体情况,文艺语体、政论语体、科技语体、公文事务语体之间可以构成同义关系,口头语体和书面语体之间也可以构成同义关系。接着谈到,平行的同义结构这个概念早就引起国内外语言学家、修辞学家的重视。自从 1953 年 6 月为纪念斯大林语言学著作出版 3 周年的一篇报告而引起的语言风格和风格学问题的一场讨论以后,我国语言学界对这个问题也开始重视了。1959 年 6 月 4 日,北大教授高名凯在天津作了《语言风格学的内容和任务》的学术报告,明确地提出平行的同义系列(也就是平行的同义结构)是风格学(也就是修辞学)研究的主要对象之一。本书还指出非平行的同义结构也是修辞学的研究对象,是次要对象。最后提出单独建立汉语言风格学的重要性和必要性。认为语言风格(包括语言风格要素、语言风格系统),除去"神韵"、"气势"等不可捉摸的因素,作为功能风格的系统,它是语言所分化出来的,在交际功能上起特殊作用的言语变化及其所形成的特殊言语气氛或格调,它跟语体、体裁、文风、文学风格等等有密不可分的联系;而风格系统又不是个别的具有风格色彩的要素及语言风格手段所能构成的,也不是个别修辞手段所能形成的。这个复杂的问题,从语言学的角度研究得很不够,我们非常赞同高名凯的意见,可以单独建立汉语风格学,来专门研究语言风格问题。(第79页)

(三)本书对《红楼梦》修辞艺术的评论开拓了从语体风格学角度评论长篇小说的新路。

本书不仅从文学修辞和语言美学角度全面系统的评论了古典名著《红楼梦》修辞艺术的各个方面,包括用词造句、修辞手法等,集汉语修辞、词汇修辞和辞格运用之大成,而且认为《红楼梦》集汉语语体风格之大成。首先从语言变体的角度谈到现代汉语的变体主要有:言文变体——口头语体和书面语体;地域变体——方言语体和普通话语体;风格变体——语体风格和表现风格。语体风格可分为:公文语体、科技语体、政论语体、文艺语体。各语体内又有许多分语体。指出语体在古文中表现为文体。古代汉语和现代汉语各种类型的语体以及语体风格绝大部分都可以在《红楼梦》中找到例证,得到体现。说明其他语体的各种手段在《红楼梦》中是用于各种美学功能。至于《红楼梦》语言的表现风格,按陈望道《修辞学发凡》中的四组八体风格论,也是集汉语表现风格于一书,极尽语言表现风格之美。

此外,本书在"自序"中谈到"两栖和现代科学之结合",极具科学方法论意义,对研究语言学和美学、文学、广播电视学等学科之间的边缘科学具有现实意义。

　　总之,林兴仁的《广播的语言艺术》和《实用广播语体学》,相得益彰,互相补充,从理论和实践结合上建构了广播语体学的理论体系,论及了汉语语体风格学基本原理和实际应用的诸多方面,对中国现代汉语学的理论和应用都作出了开创性的贡献,提供了许多值得深入探讨的重要课题。比较而言,其《语体学》比《语言艺术》在理论体系更严谨一些。本书的语体风格论在第三编中,又是在"广播的语境和语体"中论述广播表现风格,篇幅较小,使表现风格理论的深度和广度受到一定影响。

第五章 发展期(1995-2000)

第一节 本时期语言风格理论研究概述

一、本时期语言风格理论研究的主要特点

经过上述繁荣期之后,语言风格学研究向新的深度、广度和高度发展。其特点如下:

第一,一些语言风格学专著概括澳门语言风格学学术研讨会发表的新成果、新方法和适应社会需要,开始修订、充实、提高、完善。如郑远汉"根据一定的理论认识,具体深入地分析有关现象和言语实际"(序言),将原来的《言语风格学》改为"修订本"(湖北教育出版社,1998年)。黎运汉根据新的成果将原来的《汉语风格探索》改为《汉语风格学》,内容更丰富了,学科属性更明确了。程祥徽等著的《语言风格学》在程著《语言风格初探》的框架上重新"装修",丰富发展,进一步完成了语体风格的理论体系,完善了中国现代语言风格学的理论构建,是当代狭义风格学的代表作。王殿珍《言语风格论》的出版从语言风格理论和实际应用的结合上作出了贡献。

此外,本时期还有郑荣馨《语言表现风格论——语言美的探索》(1999年)等语言风格学专著出版,这是现代汉语第一本论述

"语言表现风格"的专著，是语言风格学专著在表现风格理论体系上的新发展、新成果。同时王德春、陈瑞端的《语体学》（2000 年）一书于世纪末出版，这是当代中国语体学研究新的代表著作，是在《语体略论》基础上的发展完善。

第二，独立的语言风格学论文在理论探讨上有新的发展。许多文章被收入在有关论文集里。如中国修辞学会编著《修辞与文化》论文集（新疆大学出版社，2000 年 6 月）里就有"语体风格与文化"的专栏。

第三，汉语修辞学、辞章学专著中的风格论有新的发展。如张志公著《汉语辞章学论集》（1996 年）的辞章风格论，童山东、吴礼权著《阐释修辞论》（1998 年）的风格研究方法论。陆稼祥《内外生成修辞学》（1998 年）的各类语体生成论。刘凤玲、曾毅平《修辞·语体·风格》（2000 年）的语体风格论。陈汝东《社会心理修辞学导论》（1999 年）等专著中的风格论各有特色。

第四，语言学专著，特别是语境学和语用学、应用语言学专著和论文集中的风格论有新的发展。如寸镇东《语境和修辞》（1996年）、王铁民《语言运用与思维美学》（1997 年）、冯广艺《语境适应论》（1999 年）、徐丹辉《语言艺术探索》（1999 年）、夏中华《语言与言语运用问题研究》（1999 年）、于根元《语言应用论集》（1999 年）等著作中的有关风格论和风格学专论，对风格学理论与实践也分别作了探讨。

第五，文学语言或作家语言研究中的风格论有新的发展，包括有关专著和大量论文。如唐跃、谭学纯著《小说语言美学》（1995年）、张德明《文学语言描写技巧》（1998 年）等著作中的文学语言风格论和作家语言风格论以及各种风格形成规律等，都是对过去的语言风格理论的继承、运用和发挥。

第六，出版了中国风格学史的专著，中国修辞学史也有新著问世。如郑子瑜、宗廷虎主编的多卷本的《中国修辞学通史》和李伯超的《中国风格学源流》以及其他一些修辞学史、风格学史著作,书中论述了中国传统文体风格论、修辞风格论和语言风格论等的历史传统和发展规律,是编写中国语言风格学史的重要参考书。特别是吴礼权、邓明以合著的《中国修辞学史》(当代卷)对中国当代语体学、风格学专著的评价以及对有关论著中语体风格论的评价都是比较全面、客观而又富有建设性、启发性的,有助于语体学、风格学专著的进一步提高质量,扩大影响。

第七,20世纪末,在澳门召开了"语体和文体研讨会",出版了《语体和文体》论文集。

1999年澳门语言学会和澳门写作学会联合召开的语体与文体研讨会是一次语言学与文艺学交流的研讨会,会议的主题是讨论文艺学上的文体与语言学上语体的关系,因此是本时期即20世纪末,汉语风格学史上一次最重要的会议。会后出版了《文体与语体》论文集,收入33篇论文,从不同角度论述了文体学与语体学的内容。有助于我们了解文体与语体的区别性和联系性,深入研究语体风格的有关理论,展示中国大陆和港澳地区最新的研究成果,交流最新的研究方法,比较各地有关文体和语体的新语料、新信息。

二、本时期语言风格理论研究的主要成果和传承关系

本时期语言风格理论研究在"繁荣期"辉煌成果的基础上得到了全面、深入的发展,为新世纪"成熟期"的到来打下了有力的基础。

1、在定义论、本质论方面,有以下几种概括方法,一是坚持原来专著中的论点,但在"修订"后或"装修"后的专著中加深了理论基础,进一步展开论述。如程祥徽等著《语言风格学》中的"格调气氛论",郑远汉《言语风格学》中的"言语特点论",都联系学术界对风格本质的争论阐述自己的观点。二是综合运用各种定义的理论发展完善自己的风格定义,如黎运汉在《汉语风格探索》中用"综合特点论",而在《汉语风格学》中对"汉语风格"的定义则运用了表达手段的综合特点论和格调气氛论,并用"言语交际的产物"和"主客观制导因素"作为限定语,全面揭示汉语风格形成的本质特点。三是试图从美学理论和语言艺术上发展完善以前学术界对"语言风格"概括的各种定义,使定义论研究向深入发展。如宗世海在《论言语风格的定义》一文中认为"言语风格是制导于言语表达者个人审美趣味,由具有不同审美功能的语言要素和语言表达手段所传达出的言语作品的整体美学面貌"(《迈向21世纪的修辞学研究》第395页)显然,这种定义是综合运用了语言学、文艺学美学和风格学的理论和方法,颇有新意和独创性。

2、在成因论、手段论,即构成论方面,本时期是运用几种研究方法分析归纳或吸收运用多学科的理论加以发展、完善。如程祥徽等著的《语言风格学》在讲"语言风格要素和手段"时,指出"风格要素的研究可采取""比较"、"选择"和"归纳"的方法——比较平行的诸同义成分,选择其中某一表现或强调某种类型的言语气氛。(第53页)并用老舍作品的语言为例加以说明。这是第一种论述方法。又如黎著《汉语风格学》用言语交际学、文化语言学和民俗语言学以及"语言风格得体性"的理论来说明汉语风格形成、创造的各种因素,显然比原来《汉语风格探索》的成因论和手段论在理论上有所发展,在内容上更加丰富。这是第二种论述方法。再如郑荣馨著《语言表现风格论——语言美的探索》一书,在论述语言表现风格的成因时,概括为"自我表现"、"语境制导"和"传统影响"3个因素。虽然也不外乎以前的"主客观二因论",但有新意,有发展。这是第三种论述方法。因此我们可以说本书在风格成因论方面发展了主客观二因论。此外,从语用心理和表现"得体"的理论上说明语言风格的成因论,也是以前少见的,并有所发展。

3、在类型论、范畴论方面,本时期的风格论著有新的增补,调整和发展。一是程祥徽等著的《语言风格学》中的语体类型论,在概括了高名凯、王德春与迈克尔·葛里高利和苏珊·卡洛尔等国内外的语体分类法之后,在《语言风格初探》语体风格四分法的基础上扩展为"基本语体"(底层的"日常谈话语体")和"专业语体"(上层的8种各专业的语体)两大范畴的类型体系,语体风格的增加是为了适应社会各领域的交际需要。二是郑著《言语风格学》在原来"非共体性风格"和"共体性风格"两大范畴的框架内进行调整,在言语"交际风格"项下增加了"正式体风格"和"非正式体风格","口语风格"和"书卷风格"等。三是黎著《汉语风格学》基本上保留了《探索》中多角度划分的风格类型,但将"汉语表现风格"从原书的风格类型的后面提到最前面,说明作者对表现风格认识的发展,说明了语言的表现风格在言语交际中形成的多面性、应用的广泛性和位次的重要性。此外,本时期,学术界对语体风格类型关系问题也有新的探讨。如王殿珍在《言语风格论》一书中简要地论述了"语体和风格"的关系,说明了几种表现风格在几种语体中的分布情况。

4、在应用论方面,本时期运用语境学、语用学、辞章学和哲学、美学、心理学的理论和方法在讲述语言风格理论的实际应用方面有所发展,在语体风格的规范理论上有所突破,在"得体"、"适度"的应用原则上更加明确。第一,关于"得体"和"适度"的原则涉及到语言风格的"构成论"和"应用论"。如寸镇东在《语境与修辞》一书中第三章论述"修辞的原则和标准"时,谈到了"得体"、"适度"和"协调"原则,包括要适切语境、主题和语体的要求,并谈到风格要讲究适度,恰到好处等。黎运汉《汉语风格学》第六专章论述了语言风格的得体性,认为"得体是中国传统文化的产物"。语言运用要适应语体风格的要求。戴珍元在《汉语表现风格体现汉民族深层文化的机制》一文中专门论述了"表现风格的适度原则体现汉民族重和谐的宇宙观"。(《修辞·语体·风格》第 366 页)第二。关于语体风格的规范理论,由高名凯首先提出,张德明、黎运汉等简要论述,而本时期郑远汉的《言语风格学》(修订本)则在作者论文的基础上,用第八章专题论述了"语体和言语规范"问题,明确提出了"语言规范的二重性",在语体和言语规范理论上作出了独特的贡献。第三,关于语体风格应用的辩证法,王铁民在《语言运用和思维美学》一书的第十二章专题论述了"语体风格的语用辩证艺术"和"表现风格的语用辩证艺术"。第四,关于用语体风格分析言语作品和对文学作品进行风格赏析,本时期也有很多成果。如王殿珍《言语风格论》的"语体篇"和"风格篇"都分析了几篇作品的风格特色。郑荣馨的《语言表现风格论》的第九章"风格赏析",第十章"风格例析"都是重视风格理论联系实际的独特贡献。第五,立足于解决语言运用中的实际问题,王本华编,张志公著《汉语辞章论集》在本时期出版,集作者几十年的研究经验(包括辞章风格论)具有很强的实用价值。此外,张德明结合"语言学和应用语言学专业"研究生的语言风格学教学,写出了长篇论文《语言风格学理论的应用价值》,是从风格学性质和理论体系上全面论述风格理论的应用问题,旨在把本学科建设成理论和实践相结合的新兴语言学科。(《迈向 21 世纪的修辞学研究》第 381 页)

　　5、在方法论方面,本时期是在几十年修辞风格方法论研究的基础上进一步明确了风格学独用或常用的主要研究方法,并借鉴哲学、美学、修辞学等学科的理论和方法发展丰富风格学、语体学的方法论。其一,风格学、语体学专著进一步明确规定了本学科主要的研究方法。如程祥徽等《语言风格学》第四章语言风格学的方法论,分三节论述了"统计法——感受、理解、描写","归纳法——从作品归纳风格特点","比较法——从比较看风格系统的一致性"。这比《初探》只讲从"比较"和"归纳"中得出个人语言风格的方法论更全面,更系统。又如王德春、陈瑞端合著《语体学》,共四章论述"语体的理论研究"、"语体的描写研究"、"语体的量化研究"、"语体的比较研究",主要是用语言的描写法、统计法和比较法研究语体的系统理论。其二,以修辞美学理论为指导,以中西文化比较的方法,比较了中西语言风格学鼻祖语言风格论的相同点和不同点,如童山东、吴礼权合著《阐释修辞论》比较了古希腊亚里斯多德和中国古代刘勰语言风格论的美学思想和治学方法,显然发展了前期的比较研究,在科学方法论上颇有贡献。其三,用哲学的辩证法和语言美学研究语言风格的构成和应用规律,如王铁民的《语言运用和思维美学》。又如郑荣馨的《语言表现风格论》第二章研究方法,谈到了五种研究方法,有直观判断法、形象描述法、分析综合法、比较鉴别法、统计研究法等。其五,用上述研究法分析、论述各种语言风格现象,充分发挥方法论的作用。如张德明的《文学语言描写技巧》,用比较法、描写法和分析综合法等研究了语体风格、流派风格和作家个人语言风格等。综上所述,我们可以看出学术界对语体风格学的科学方法论研究成果也是比较公认的,大同小异的。

第二节 本时期单篇语言风格学论文管窥

一、本时期单篇语言风格学论文分类概述

以下部分是根据我们掌握的资料,按照风格学的理论框架对发展期的论文共八十多篇进行的梳理分类。

导论部分:共有 8 篇论文:丁金国《语义学与语言风格研究》

（《锦州师范学院学报》哲社版 1996 年第 3 期）；张会森《文学·语言·风格》（《锦州师范学院学报》哲社版 1996 年第 3 期）；李伯超《中国古典风格学中的语言风格论》（《锦州师范学院学报》哲社版 1997 年第 2 期）；丁金国《语体的普遍性》（《修辞学习》1997 年第 3 期）；张德明《浅谈 <中国修辞学史稿> 的风格论》（《郑子瑜 <中国修辞学史稿> 问世十周年纪念论文集》1998 年 2 月）；朱玲《中国古代文体的文化特征》（《修辞学习》1999 年第 4 期）；姚丽萍《新词的流通对语体间排拒交叉关系的证明》（《修辞学习》1999 年第 6 期）；祝克懿《文体与语体关系的思考》（《修辞学习》2000 年第 3 期）。

定义论、本质论部分：有臧永生《论语言风格的内涵》（曾毅、刘凤玲主编《修辞·语体·风格》2000 年）。

构成论部分：共有 8 篇论文：刘增寿《〈围城〉"降用"幽默艺术谈》（《修辞学习》1995 年第 4 期）；言文《〈围城〉"比喻"毕业艺术谈》（《修辞学习》1995 年第 5 期）；张豫峰《略谈语体对"得"字句的选择和制约》（《修辞学习》1999 年第 5 期）；祝克懿《繁丰语言风格的要素——联合短语》（《修辞学习》1999 年第 5 期）；刘增寿《〈围城〉"析词"幽默艺术谈》（《修辞学习》1996 年第 1 期）；邹立志《论诗行的语体定位作用》（《修辞学习》2000 年第 2 期）；曾毅平《风格要素：语言风格的美感要素》（《修辞学习》2000 年第 4 期）；吴云、刘顺《试论句子成分残缺和语体关系》（《修辞学习》2000 年第 5、6 期）。

类型论部分：共有论文 21 篇：

其中，对语体问题进行总体研究的有：郑颐寿《语体坐标初探》（《文学语言论文集》2、3 合辑，重庆出版社，1998 年 1 月）；袁晖《语体学的几个原则问题论纲》（《修辞与文化》新疆大学出版社，2000 年 6 月出版）；邓骏捷《语体分类新论》（《修辞学习》2000 年第 3

期)。

研究语体风格的文章有：赵宁子《谈诗歌语体运用色彩词的特点》(《修辞学习》1995 年第 2 期)；李济中《公关语言的特点》(《修辞学习》1995 年第 4 期)；荔枝《广告语言风格类型初探》(《修辞学习》1995 年第 5 期)；张德明《试谈新感觉派小说的修辞特色》(《修辞学习》1996 年第 1 期)；张静、郭振瑞《准确 严谨 凝炼 平实——谈法庭论辩的语言风格》(《锦州师范学院学报》1996 年第 4 期)；霍效中《科技新闻语体述略》(《修辞学习》1996 年第 5 期)；甘玉龙《论话剧说明性文字的语言风格特征》(《修辞学习》1996 年第 5 期)；匡小荣《试析日常谈话语体中话语修正现象》(《修辞学习》1997 年第 6 期)；汤涛《采访语言的风格》(《修辞学习》1999 年第 1 期)；孟建安《论文摘要的语言与写作》(《修辞学习》2000 年第 4 期)；邓小琴《香港特区政府常用中文公文与中央政府现行常用中文公文语体特点之比较》(《修辞学习》2000 年第 5、6 期)；殷相印《法律语体与模糊修辞》(《修辞学习》2000 年第 5、6 期)；陈瑞端《三种书面汉语语体的语言特色比较》(《修辞与文化》，新疆大学出版社，2000 年 6 月)；纪永祥《我国古代语体理论略论》、刘凤玲《试论语体的交叉》、杨启光《现代汉语口头语体探索》、戴仲平《简论口头辩论语体的修辞特点》、高平平《略论审讯中的模糊语言》、孙淋东《略论山东快书的修辞艺术》、齐新忠《现代汉语书面语体的类型及其表现风格》；[澳门] 龙裕琛《澳门葡文法律中译用词研究》、刘春月《新闻还是广告——"语体的社会功能分析方法论"个案分析》。(以上均载曾毅平、刘凤玲主编《修辞·语体·风格》)。

关于语言民族风格、地域风格的文章有 5 篇，张晓勤《试论汉语民族风格的特征》、董广枫《论维吾尔成语的民族风格》，黄晓东《略论语言的地域风格》，戴爱明《意识特征因素对大陆和港台流行歌曲语言风格的影响》，李桐贤《客家情歌的语言特色赏析》等。(以

上均载曾毅平、刘凤玲主编《修辞·语体·风格》2000 年 11 月）

关于作家作品语言风格的文章有 5 篇。其中，关于古代作家作品的有 1 篇：阿正《汉语创世史诗〈黑暗传〉语言的风格个性》（《修辞学习》199 年第 4 期）；关于近现代作家作品语言风格和个人风格的有 4 篇：陈满华《俞敏语言学论著的语言风格》（《修辞学习》1995 年第 4 期）；贺早秋《论毛泽东语言的幽默艺术》（《文学语言论文集》2、3 合辑，重庆出版社，1998 年 1 月）；邸文侠《平易、生动、精警——吕叔湘先生语言特色片谈》（《修辞学习》1999 年第 5 期）；肖莉《汪曾祺小说的语体定位作用》（《修辞学习》2000 年第 2 期）；李少丹《奇巧绚丽、幽默洒脱——谈王蒙小说的语言风格》；周寒梅《语言美资源的采掘能手——论李鹏翥文艺随笔语言风格》；力量《丛维熙小说语言之管窥》、徐红华《试论郭沫若诗歌中的反复》；徐慧《略论山乡巨变〉中方言俗语的运用》；李珉《试谈〈匆匆〉的呼应句式》（以上均见《修辞·语体·风格》）、陈涪湛《略论电视节目主持人语言的要求》（程祥徽主编《语言与传意》，海潮出版社，1996 年）。

关于语言表现风格的有戴珍元《汉语表现风格体现汉民族深层文化的机制》、骆译松《论含蓄的生成基础》、冯寿忠《柔性修辞的目标与策略》、崔向红《言在此而意在彼》、魏永秀《文艺语体表现风格的多样性》（以上均见《修辞·语体·风格》）。

方法论部分：共有 7 篇：黄念慈《欲穷千里目，更上一层楼——语体研究和行为理论》（《修辞学习》1995 年第 3 期）；陈宏珍《一场关系到语体学方法论转变的讨论——兼谈刘大为和李文明的论文》（《修辞学习》1995 年第 4 期）；黎运汉《语言风格系统论》（《锦州师范学院学报》哲社版 1996 年第 3 期）；于根元《我是怎样研究作家作品语言的》（《锦州师范学院学报》哲社版 1996 年第 4 期）；霍四通《语体和品种——语体研究方法论探讨之一》（《修辞学习》

1996 年第 6 期);霍四通《语体和原型——语体研究方法探讨之二》(《修辞学习》1997 年第 2 期);霍四通《语体和功能——语体研究方法探讨之三》(《修辞学习》1997 年第 3 期)。

应用论部分:共有 5 篇:张德明《风格教学和语文教学》(《语言文字应用》1995 年第 1 期);张德明《节目主持人的语言技巧、修养和风格》(《营口师专学报》1995 年 2 期);林兴仁《论广播电视语言污染的现状及对策》(《锦州师范学院学报》哲社版 1996 年第 2 期);董树人《试论京城电视剧语言低俗化的原因》(《文学语言论文集》2、3 合辑,重庆出版社,1998 年 1 月出版);张会森《文学作品语言的理论问题》(《文学语言论文集》2、3 合辑,重庆出版社,1998 年 1 月出版);霍四通《语体研究和自然语言处理》(《修辞学习》2000 年第 5、6 期)。

除此之外,还有一篇国外风格学简介:(韩)崔晋硕《韩国语体学简介》(《修辞学习》1999 年第 1 期)。

二、本时期代表性的语言风格学论文分析点评

(一)咸永生《试论语言风格的内涵》

本文认为建国以来学术界受苏联语体风格论和高名凯言语风格论的影响,把"语体和风格"混同起来,同时风格定义中的"综合特点论"也存在值得研究的问题(语用特点的简单相加,把语言材料当成风格形成的决定因素等)因此,对语言风格定义提出新的看法。本文根据刘勰体性风格论、布封"风格就是本人"的观点,以及王朝闻关于艺术风格的定义,主张语言风格是艺术风格的一种(包括非文艺语言的运用),应强调整体表现的气氛,格调。并认为"语言风格作为一种艺术风格,又主要是一种表现风格,也即在语言运用的成品中所表现的一种气氛、格调"。这说明本文新颖独创,有助于我们深入研究语言风格的概念定义,进一步明确其和"艺术风格"、"表现风格"的关系。(《修辞·语体·风格》第 361 页)不过,本

文对各种语言风格定义中概括语用特点及言语变异理论应予肯定之处没有论及,对"语言风格"和"艺术风格"的区别性也未谈到。因此有待深入研究。

(二)祝克懿《繁丰语言风格的要素——联合短语》

在该文中,作者提出:研究语言的语法风格要素,修辞学界大多关注句子层级上与语言风格保持一定适应关系的特殊句式,极少深入到句子内部研究句子成分。本文作者独具慧眼,另辟蹊径,在考察了大量语料之后,发现由短语充任的句子成分也可用作语言风格要素,它们在形成某种特有的格调气氛方面功效独著。本文即以联合短语为研究对象,考察了它与繁丰语言风格之间的适应性,并根据它在各种语体中出现的高频率,确认它为繁丰语言风格要素。

在正文部分,作者分别从联合短语的自身结构、句法功能角度进行详尽的分析,并经大量语料考证。在文章最后部分,作者得出结论:联合短语是表现繁丰语言风格的一种语法要素,与繁丰语言风格有着较高程度的适应性,表现在:1、从联合短语自身结构看,在表层,短语内部并列的各项是在同一句法位置上作线性扩张;在深层,它是有语义连贯的多项语义成分的聚合体。2、从联合短语的句法功能看,它是一种大容量、多功能的信息载体,传递了繁富的语义信息和审美信息。3、从大量的语料考察证明,联合短语作句子成分,在各种语体中都有很高的出现率。

(三)陆稼祥《郁达夫小说的言语风格》

本文作者为郁达夫小说的风格定位为柔婉疏放,正文论述中具体分析了这一风格的构成要素。

一、柔婉疏放的风格格调,首先是在舒展秀气、平和潇洒的节奏上表现出来。在这一节中,作者着重指出叠词的运用对这一风格的形成起了重要作用。二、句式上自由多样,错落有致又谐调配置,是构成柔婉疏放特点的第二个因素。三、比喻、反复、比拟、婉曲等修辞手段的运用，仍是构成柔婉疏放风格特点的第三个因素。四、偏离正常的语法结构，造成一种超常的奇异搭配，也是构成柔婉疏放风格的重要源泉。

文章结语指出：舒展秀气、平和潇洒的节奏，自由多样、错落有致的句式，清新隽秀、优美动人的辞格，奇光异彩、新颖独创的偏离，诸种因素构成了郁达夫小说语言柔婉疏放的言语风格。

文章从语言运用手段，即客观因素方面，对作家作品的风格进行分析，论述具体、评价中肯。

(四)黎运汉《语言风格系统论》

本文根据系统论的观点，在当时风格学研究成果的基础上，论述了语言风格系统，归纳出具有层级化、类聚化、封闭性、开放性等四个特点及其相互关系，并指出认识风格系统对全面认识风格的基本特征和规律，拓宽风格研究的视野，都有重要意义。文章围绕这4个特点展开论述。

一、层级化。风格是个层级化系统。层级化表现在系统内的各种风格要素和风格类型的层次等级结构。在这一部分作者采用图表和文字两种方式对风格的形成因素和风格的类型进行了层次等级的分析。

二、类聚化。风格也是一个类聚化系统。类聚化是指风格是由各种类别相同的风格因素相聚融合而成的统一体。

三、封闭性。风格又是一个封闭性系统。封闭性是就风格系统的稳定性结构而言的。语言风格的基本特征是独特性和区别性，没有独特性和区别性的言语现象不能成为风格，独特性和区别性的生命在于稳定性、封闭性、排他性。现代汉语风格学中的表现风格、语体风格、民族风格、时代风格、地域风格、流派风格、个人风格等，都是在较长的积聚过程中形成的相对独立的封闭系统。

四、开放性。风格还是个开放性系统。开放性是就风格系统的变动性结构而言的。开放性是风格作为人们运用语言的产物所决定的。是因为风格是在社会发展过程中形成和发展的,还因为风格特点、风格手段的互相渗透、彼此交错所致。变动性、开放性与稳定性、封闭性相对,二者相互斗争,又相互依赖,辩证统一于风格系统之中。

稳定性、封闭性受到变动性、开放性影响,变动性、开放性又受稳定性、封闭性制约。如无相对稳定、封闭的风格类型结构,就无任何风格;但风格类型结构如绝对稳定、恒久封闭,不变动、不开放,也就没有生命力。文章最后,作者指出风格系统的层级化、类聚化、封闭性和开放性特点是相互联系、纵横错综地存在于风格统一体之中的,只有着眼于不同角度,把它们联系起来看,才能正确认识语言风格系统。风格系统研究成果不仅有用于语言风格学的建立与深入研究,也有益于修辞学、语体学、言语交际学、语用学和社会语言学的研究与发展,很值得研究。

(五)张德明《风格教学和语文教学》

文章共分四部分,第一部分,作者分析了风格教学的现状和目的任务。通过分析,作者认为风格教学是语文教学的目的任务和发展方向的集中体现。第二部分,具体阐述风格教学是语文教学的发展方向。在这一部分,作者引证了吕叔湘先生的《汉语研究工作者的当前任务》一文。吕先生的文章为我们风格教学和语文教学的关系提供了理论根据:明确了语文教学的发展方向,明确了风格学研究的方法和风格教学的方法。第三部分,阐述了语文教学改革的客观要求。第四部分,分别从以下几个方面举例论述了在语文教学的过程中渗透语言风格的教学内容方面所做的尝试及取得的成果:(一)在语言知识的教学中讲授和渗透风格的内容;(二)在讲读教学,特别是阅读教学中渗透语言风格的教学内容;(三)在听说训练中渗透语言风格教学内容；(四)在写作训练中渗透语言风格教学内容。此外，在课外训练中也渗透着风格教学的内容。最后，作者指出，语言风格教学的内容也可以渗透到语言教学各个环节中去，广大教师的宝贵经验要进一步总结推广，并提到理论高度。

(六)张会森《文学·语言·风格》

张会森(黑龙江大学俄语系教授、博士生导师)的《文学·语言·风格》(《锦州师范学院学报》1996年第3期)，根据国内外研究动态，以语言、文学、美学等相关学科的理论，论述了文学、语言、风格三者的关系，重点阐明了文学和语言之间存在着不可分割的关系。指出对文学作品语言及其风格的研究历来存在着两种偏向(只讲语言形式或忽视语言形式)。本文以批判吸收的态度，评价了俄国形式主义者及其影响下的西欧布拉格语言学派等关于艺术语言特征在于"陌生化"和"偏离常规"的学说，在方法论上反对简单套用，而要全面分析。全文共分6个部分：1、提出本文宗旨是主张在对外开放的新时代对外国各种文化思潮和学说，要有批判"扬弃"态度，不可偏颇。2、指出好些文艺批评家忽视文学语言。肯定对文学作品语言的提出系统理论的是本世纪20年代前后的"俄国形式主义"。其贡献是突出了对文学作品语言分析的重要性及文学语言的特殊性。3、说明历来研究文学语言的两种偏向：一是文艺界忽视文学作品语言的特点，二是语言学界从纯语言角度来观察，忽略文学作品语言的特点。4、主张对文学作品语言或"艺术语言"的研究，不要采取纯语言的态度，而应从语言的审美功能出发，把它作为一种艺术，美学现象，说明其本质特点。5、主张对西欧各语言学派关于文学语言"陌生化"和"偏离语言规范"的学说，要全面正确理解，不能认为不偏离常规就不是"诗歌"。认为这受各时代各流派的美学原则的制约。6、认为文学和语言、风格密切相关，但不能把"风格"和语言特点等同起来。认为作品的语言特点顶多是"语言风格"，风格本来是文学、美学的概念；既与语言学有关，又与文学理论有关。

　　总之，本文论述的问题涉及语言风格的基本理论，特别是直接论述到作家作品的语言风格的理论问题，包括风格学的导论、本质论、成因论以及语言风格和文学风格的关系论。作者在本文中没有使用"语体风格"或"功能风格"这一术语，因为作者在其他文章中谈过"语体"和"风格"是两个不同的范畴。

第三节 语言风格学、语体学专著中的语体风格论

一、王殿珍《言语风格论》的言语风格理论和实际应用论 (1998)

　　王殿珍，四平师院副教授。《言语风格论》，吉林人民出版社，1998 年 10 月第 1 版。全书共 7 个部分 25 万字。其中第二、第七部分是语体篇、风格篇。宗廷虎在"序"言中高兴地谈到了本书的理论特点和应用价值。指出本书名为《言语风格论》，意思是论述"社会交际的语言使用及风格之意"。这是值得高兴并为之大大庆贺的。认为"风格篇"中的《小戏曲〈魔〉言语风格赏析》是从语体修辞谈到风格，体现了现代语言学、修辞学的新观点。并肯定作者是我国为数不多的开设过"现代汉语语体研究"课程的学者之一，能用当代修辞学的新理论来观察分析汉语在不同语体中的运用。具体来说，本书在现代风格学史上有以下特点和贡献：

　　（一）重视言语风格理论的应用，有助于把现代汉语风格学建设成一门理论和实践相结合的学科，达到本学科的目的任务。本书

在"风格篇"部分,没有过多地抽象地议论言语风格学的理论概念,而是以现代言语修辞学的基本理论,具体分析概括了四篇作品的言语风格特色及其理论根据和修辞方法、风格手段。《质朴通俗、优美典雅——小戏曲〈魔〉言语风格赏析》一文从题旨、情境制约语体风格形成的理论出发,提出了"语言的美感是汉语艺术语体的总体特征",分析《魔》剧的言语美有声音配合美、色彩描写美、句式整散搭配美、言语内含形象美等4个特点。最后根据言语形式美、整齐一律、多样统一等法则,概括《魔》剧的总体风格是质朴通俗而又优美典雅。又如《含蓄辛辣,诙谐幽默——〈禽兽语译〉言语风格谈》一文同样根据题旨情境和语体、风格关系的理论,首先说明从语体上看,此文属于文艺语体的杂文体,本文特定的题旨情境和语体制约着该文语言的使用,影响着言语风格的形成。然后具体分析了本文的语言艺术主要表现有三:一是行文的曲折之美,二是语义的双关之妙,三是辞格的综合运用之趣。此外,还以同样理论联系实际的方法分析了《范峥嵘叙事诗的修辞特色》和《〈杨八姐游春〉(二人传)的语言特色》。

(二)探讨并用言语作品的实例说明了语体和风格的关系,在学术界有的放矢,在语体风格理论上有现实意义。目前学术界有人将"语体"等同于"风格"或"语体风格",实际上无论从"狭义风格学"或"广义风格学"来看,它们都不是同一概念。本书从理论和实践结合上说明了这个问题。"语体"是语体学研究的对象,"言语风格"包括"语体风格"才是风格学研究的对象。本书最后的"综合篇",专章论述了"语体、风格与修辞的关系",认为"语体是语言社会交际的言语体式,是人们在运用语言进行社会交际的言语活动中受到特定语境的制约所形成的表达特定语义的各种模式"(第302页);"风格是指由于交际情境、交际目的的不同,选用一些适用于该情境和目的的语言手段而形成的某种言语气氛和格调,是修辞所要达到的最高境界"。（第304页）此外，本篇还论述了《语义·语境·语体——言语世界之要》。正是基于这种理论，作者才从语义学、语境学、言语交际学的综合理论上给"语体"定义，以此增强了本书的理论价值。

（三）探讨了"语体和风格的对应关系"，既有个人新意，又有助于学术界深入研究这个重要问题。本书在明确阐述了"语体"和"风格"之后，又说明了"语体的分类"和"风格的分类"，进而论述了语体和风格的对应关系，认为一般情况是：1、豪放与婉约同文艺语体对应，2、平淡与绚丽不仅仅与文艺语体对应，3、明快与含蓄相对，各有自己的适应语体，4、简约与繁丰的适应面不同。最后作者说明了言语交际情况复杂，语体和风格的情况也不能对号入座，它们有时互相制约又互相体现，一种语体呈现多种风格或一种风格对应多种语体的情况也不少，所以要辩证地分析。这样讲，就防止以偏概全的片面性。本书在谈到"语体风格"时概念明确："不同的语体要求使用不同的语言材料、修辞方式，也会呈现不同的风格，这是语体风格"。不过接下来谈到"表现风格"和"个人风格"关系时，就值得商榷了。作者认为："不同的作家或同一作家使用同一语体，运用既适用于该语体又有该作家自己个性特征的语言材料、修辞方式，就会形成既具该语体风格特征，又有该作家个性特征的风格类型，这就是前面所说的表现风格，或称个人风格。"（第307页）

这就把"表现风格"和"个人风格"等同起来了。实际上"表现风格"是从各种风格类型中概括出来的风格范畴，它广泛应用于各种风格类型（包括语言的民族风格、时代风格、语体风格、流派风格、地域风格、个人风格等）、风格特色的抽象概括，是语言风格在体性上或表现上的分类，是由成套的表现方法在适应主客观因素基础上所形成的风貌格调。表现风格类型的各种名称，是使用频率较高的风格学术语。

总的来看,本书从理论和实践结合上简明地论述了语体学、风格学基本原理的诸多方面及其应用实例, 是一本颇有特色和新意的言语风格学专著,对中国现代语言风格学的教学和研究作出了独特的贡献,有助于把本学科建设成理论和实践相结合的新兴学科。

二、郑荣馨《语言表现风格论——语言美的探索》在风格理论上的新探索(1999)

郑荣馨,江苏无锡师范学校高级讲师,江苏省修辞学会常务理事。发表《论简炼的语言风格》等论文57篇,出版《语言表达效果论》等个人专著2部,参编著作5部。于1999年5月在安徽大学出版社出版了《语言表现风格论——语言美的探索》,袁晖作序,这是从语言美学的角度对语言表现风格理论的新探索和新贡献。作者早在其《语言表达效果论》(广西师范大学出版社,1995年)一书中论及修辞表达效果的研究方法时就谈到"语言表现风格是对语言形式美学效果的认识,而人们的审美感知具有整体性"。(第144页) 他经过四年写成了新中国成立后第一本论述语言表现风格的专著。

本书表现了著者系统的"表现风格"理论和研究方法,并在"前言"中说明了自己要解决"表现风格的研究一直是个薄弱领域"的问题, 强调表现风格在交际活动中的重要地位和较高层次。指出:"语言表现风格是高层次的语言美艺术,与人们的交际活动密切相关。最佳的语言表达效果常常打上表现风格的鲜明的个性印记。表现风格又是人们纯熟功力的标志。语言交际的成败、文章作品的优劣、教学语言的得失等等,可以用语言表现风格美的标尺来衡量、判别。因此不仅仅是风格学的研究者,爱好者需要关注语言表现风格,所有希望提高表达效果的人,特别是读书写作爱好者,教育工作者都有必要来关心、学习、探讨语言表现风格。"正是基于这样深刻的认识和刻苦的探索，著者终于在吸收现有研究成果的基础上，勾画出语言表现风格比较完整的体系，而且论述中理论和实际结合，选例丰富，深入浅出，通俗易懂，具有可读性。

　　本书除"序"和"前言"外，共 10 章，系统地论述了有关"语言的表现风格"的各方面问题，包括"引论"中的"缤纷世界，定义诠释，研究现状，研究意义"。第二章研究方法，讲了"直观判定法、形象描述法、分析综合法、比较鉴别法、统计研究法等"。第三章形成原因，讲了自我表现、语境制导、传统影响 3 个方面。第四章类型划分，讲了风格种类、划界标准、具体描述 3 个问题。第五章至第八章分类论析，讲了朴素、华丽、简练、繁丰、明朗、含蓄、雄浑、柔婉、通俗、典雅、庄重、幽默、疏放、缜密、沉郁、空灵等 16 种表现风格。第九章风格赏析，分析了 8 篇作品的语言风格。第十章风格例析，包括教学语言风格概说和教学语言风格例析。此外，还有"后记"。

　　从风格学的基本原理来看，引论，即导论包括定义论、本质论，在"定义诠说"中把"表现风格"概括为"类型汇总说"、"表现手段说"、"表达效果说"、"包容综合说"4 种说法。本书认为"语言表现风格是语言形式效果的不同而表现出来的综合特点"。第二章是方法论，概述了语言表现风格有 5 种研究方法。第三章是成因论，论述形成表现风格的原因有自我表现、语境制导、传统影响等 3 种因素。第四章到第八章是类型论，首先在第四章概述风格类型、划界标准、具体描述等理论方法。指出 3 个划界标准，即语文形式标准、艺术技巧标准、语言环境标准。在具体描述时要注意同一性、层次性、辩证性 3 个问题。据此，本书从第五章至第八章分别论述了四组十六体表现风格。虽然风格述评都是前人或当代学者用过的，但论述的理据和方法独创、新颖，始终贯穿着语文形式美学的内容，即探讨语言形式美学效果所表现的综合特点的各种类型。如"朴素"风格表现出本色之美、平淡之美、原味之美，华丽风格表现出艳彩之美、奇特之美、装饰之美。这里有继承,有创新。第九至第十章风格例析属"应用论",分析了8篇作品的语言表现风格,并概述了教学语言的有关风格理论,贯彻了理论联系实际的原则,有助于消除人们对风格概念"只可意会,不可言传"的神秘感,从而感到风格分析有物质材料和修辞手段可以掌握,可以操作。

本书的特点和贡献主要有以下几点:

(一)在继承中国风格论和现代"表现风格"论的基础上建构语言表现风格的系统。在概括评述学术界有关定义之下,提出自己的定义,并形成定义论,成因论、类型论、方法论和应用论的体系,坚持理论联系实际的原则。(第50页)

(二)用语言美学的理论来划分和说明各种表现风格的成因和类型。认为语言表现风格都是优美的风格,实际上是语言形式美类聚的系统。认为"语言表现风格是高层次的语言美艺术",(第1页)"表现风格具有鲜明的美学特质",(第8页)"语言表现风格就是这种高层次语言美"。(第12页)主张"正确揭示语言表现风格的规律特征,有助于深入指导语言交际的实践活动,向高层次转化,向美学方向发展,使之呈现丰富斑斓的色调"。(第14页)认为语言的表现风格在形成原因的"自我表现"上,不同于语言的其他风格类型"语言表现风格都侧重于对具有共同美学追求的个人组成的群体进行综合考察"。(第31页)因此在分析其形式标志时要结合艺术技巧和语言环境具体分析,要虚实结合,有血有肉。如幽默风格综合表现了(1)差异之美(词语、文字、色彩、篇章等变异)(2)悖谬之美(化错为美,运用辞格和语言的变异手段)和(3)新奇之美等。

(三)重视表现风格理论的实际应用,以"风格赏析"和"风格例析"说明风格理论的应用价值。作者认为教学语言风格具有"鲜明的指向性"、"强烈的感染性"、"类型的选择性"和"形式的片断性"等特点,并举例说明。这显然发展了有关论著关于语言风格和

310

语文教学的理论，有助于把语言风格学建设成理论和实践结合的新兴语言学科。

　　综上所述，本书的探索既有理论价值，又有实用价值。对此袁晖在序中给以充分的肯定。着重指出："值得注意的是《语言表现风格》这本书，对语言的各种表现风格进行了多角度、多侧面、多层次的分析。在对表现风格做总论述后，选取了16种表现风格的类型进行具体分析。在概述每一种风格类型之后，分别从不同的侧面进行多角度的剖析，使人感到具体实在，不尚空谈。"；"在这部著作中，他注意了整体和局部、系统和要素的有机结合，我们透过语言表现风格所形成的网络系统可以解析出局部有效的要素来，也可以通过各个要素的地位和作用把握整个系统的脉络和框架。"这就从著述方法，宏观研究和微观研究两个方面说明了本书的特点和学术价值。

　　本书分析的语言表现风格类型有的值得进一步研究。如"沉郁"、"空灵"之类，一般作为文学风格看待。如作为语言表现风格，本书在概括其语言美特点的基础上，对其语言风格手段还要多加归纳，概括。

　　三、郑远汉《言语风格学》(修订本)在原书基础上的理论发展(1999)

　　郑远汉于1998年出版了《言语风格学》，我们在前面第四章第二节概括评述了其内容体系和历史贡献。著者于1999年出版了"修订本"。这是中国现代语言风格学在"发展期"的代表作之一。他在"再版前言"中说明了该书"修订本"的指导思想和理论特点：

　　趁再版的机会，我对原书作了修改和增删，想尽可能将自己近几年获得的新认识反映到书稿里去：第一章"言语风格和言语风格学"主要论述风格和风格学的一些基本理论问题，这次重新改写了；增写了第八章"语体和言语规范"；将我1994年发表的一篇论文《风格与文体》收入,作为书的附录:这些是较大的修改和增补。

写这本书……重要的是根据一定的理论认识,具体深入地分析有关的风格现象和言语实际。原书是朝这样的方向作努力,如果这可以算是一个特点的话,此次修订仍维持原貌。

这样看来,郑著《言语风格学》的"修订本"在原本的基础上发展完善,全书大的框架和章节安排维持原貌,但在风格学的基本原理上根据新的研究成果和认识水平有了很大的提升,包括本质论、类型论和应用论等等。

全书共8章,分别论述了"言语风格和言语风格学"、"汉语的言语民族风格和时代风格"、"言语个人风格"、"口语体、书卷体、通用体"、"标准体与变异体"、"科学体、艺术体、谈话体"、"语体与言语作品类别"、"语体与言语规范"等。并附录一、风格与文体,二、主要参考文献。

总的看来,第一章属概论性质,用3节论述言语风格的含义、形成、类型以及言语风格学的对象和任务,包括风格学一般原理的本质论、构成论、类型论和学科的性质论等。定义论强调言语风格是言语特点的综合表现,语言——言语性是言语风格的基本性质。构成论讲形成言语风格有外部条件和内部条件,外部条件是言语交际环境的差异性,内部条件是一系列足以彼此区别的言语特点。类型论是讲风格范畴和风格类型。由两种或几种有对立关系的风格类型构成一种风格范畴。本书主张分为共体性风格和非共体性风格。共体性风格是一种语言共时态下的社会交际功能变体。与此相对的不是同一语言,不是共时的语言变体或受制于个人言语差异的风格则是非共体性风格。全书重点讲风格类型,从第二章至第五章具体论述各种风格的含义、形成特点和分析方法等。第八章属应用论,把言语规范同语体类别结合起来,认为从"语言"和"言语"的关系来看,语言规范有二重性,并具体论述了民族共同语的规范、方言自身的规范和言语的规范 3 个层面,这是对语言规范化理论和风格规范理论的丰富和发展。从理论体系来看,全书最重要的修订在以下 3 个方面:

(1)理论部分做了较大修改,主要是将作者近十年的研究成果以及一些新的认为尽量反映了进来。

(2)风格范畴和风格系统有所调整。原版所建系统如下:

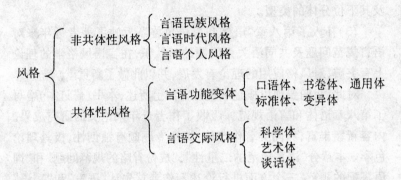

修订本将共体性风格下的交际风格建立了 3 个范畴,除保留了"科学风格、艺术风格、谈话风格"这个范畴,另立了"正式体风格、非正式体风格"以及"口语风格、书卷风格"这两个范畴。在第二章,作者说明了"功能语体"和"交际风格"的主要着眼点和互相关系,列出风格类型简表(第 20~21 页)如下:

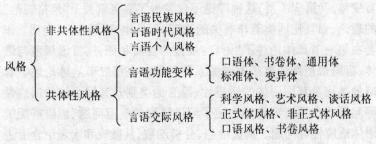

中国现代语言风格学史稿

从以上风格类型的范畴的划分，我们可以看出本书的独创性，总的看来，风格处于不同的层次中。根据实际情况"功能语体"和"交际风格"实际上都是一定交际功能的体现，不过"功能语体"主要着眼于语言系统或语言单位的功能分析；而"交际风格"主要着眼于言语或言语作品的言语特点。同时根据实际情况有的用二分法，有的用三分法，即突破了传统的或一般的所谓"两大语体"及其下位分体的类型。

(3)补入了第八章"语体和言语风格"，反映了著者近年来对语言规范问题及共同语关系问题的新认识，在言语风格学的理论上有突破，对风格应用的理论有发展，并以此做了新贡献。

对此，我们要加以概述和简评。如上所述，本书(修订本)增写了第八章语体和言语规范，吸收了作者近年来论文的研究成果。内容新颖丰富，和同类著作比较，这个专题颇有独创性，极具理论色彩。本章分"语言规范的二重性"，"成份省略的规范问题"和"词语搭配的规范"三个方面进行论述。作者首先从"语言"和"言语"关系上指出现在有人只强调"语言"的规范，共同语的规范，这是片面的。因为语言还有地域变体，所以从"语言"的层面看，"语言规范有二重性"。同时，语言还有功能变体，不同的语体也有不尽相同的要求，也有不同的言语规范。因此，讨论言语规范问题，不应只看一个层面、一个方面，不能用统一的模式去"规范"一切语言变体。(第381页)这种理论不仅发展了高名凯关于"风格规范"的理论，而且比同类著作有关的论述，更具体，更深入，更全面。作者在第一节具体论述了"语言"规范的性质和任务，言语规范与语体、言语规范同语言规范的关系等问题。在第二节具体论述了省略的类别及其同语体的适应性、隐含的类别及其同语体的适应性等问题。在第三节具体论述了词语搭配的规范问题、词语搭配的语体适应性等问题。例证恰当，分析细致，从微观和宏观结合上进行论述,并以辩证的方法论证了"常规搭配"和"超常搭配"的互相关系。总结指出:建立在词语固有义基础上的搭配关系,有一般和特殊,要承认一般,也要承认特殊,各有其适应范围,这就是言语规范的多体性。超出词语固有义的临时搭配关系,当然更属特殊,它同样有其适用范围,同样不能从言语规范"阵营"里排除。

首先,超常搭配是言语活动中一定有、必须有的。它适应一定的交际需要,能沟通信息,传递感情。它是言语中的必要成分,特别是文艺作品、文艺语言中不可或缺的成分;没有变异,就没有艺术语言。超常搭配是构成艺术风格的重要成分。换个角度说,一般用于艺术体,不用于科学体或庄重体,这便是超常搭配的语体规范。

其次, 合理合法的超常搭配除了必须同特定的语境相适应,还必须以词语固有义为基础。因此,并不是任意"超常"的搭配都合理、合法,都符合言语规范。我们这里主要是指出,超常的搭配同一定的语体相适应,不是所有语体、一切场合都适用。这就是超常搭配的语体适应性。与特定语体和场合相适应、有其言语价值的超常搭配,就不能说它不合言语规范。我们必须纠正关于规范的狭隘认识。(第405页)

本书美中不足是在理论渊源上主要是借鉴国外的语体风格论,而对中国传统风格论则继承较少。特别是对传统语言风格和修辞风格论研究较多的"语言表现风格",作者只用其术语(如比较言语个人风格用"幽默"、"明快"等)而不讲其理论,这对于广义的"言语风格学"来讲似乎也有一定的局限性,因此是值得商榷的。

四、黎运汉《汉语风格学》在《汉语风格探索》基础上的理论发展(2000)

黎运汉于2000年2月出版了《汉语风格学》(广东教育出版社)。我们在前面第三章曾评述了其《汉语风格探索》的内容体系、理论特点和历史贡献, 主要是构拟了现代汉语风格学的理论体系,而本书则是在《探索》基础上的理论发展和体系完善,它吸收了澳门语言风格研讨会以来学术界的一些研究成果和其本人新的认识而融会贯通,集中概括,所以内容更丰富了,信息量更大了,专著名称和学科属性更明确了。

著者在该书的《后记》中说明了它和《探索》的关系,内容的调整、更新和充实。

本书可以说是《汉语风格探索》的再探索。全书构建了新的格局,思想内容较"探索"明晰、充实。全书共10章,其中第三、四、五、六章是新课题,阐述了汉语风格的形成规律与机制、风格创造和评析的原则与理据等重要内容;第一、二、七、八、九、十章是原"探索"的章节名称,"外表"依旧,内容却大大作了调整、更新、充实。第一章对汉语风格定义的内涵作出了新的多元诠释,体现了著者语言风格观的发展;第七章关于表现风格是最高层位的风格类型及其成因、幽默与庄重风格的生成规律都是原"探索"所没有的;第八、九章比"探索"丰满;第十章新增与突出了具有代表性的各类作家个人的语言风格。因而本书虽仍带原"探索"的痕迹,但不失为以新面孔问世。

《汉语风格学》共10章,先后论述了"汉语风格的界说"、"语言风格学"、"语言风格与表达主体、接受主体和表达对象"、"汉语风格与汉文体"、"汉语风格的得体性"、"汉语表现风格"、"语体风格"、"汉语的民族风格和时代风格"、"语言的个人风格"等问题。

以上各章内容从风格学的基本原理来看,第一章属定义论、本质论,第二章是一般专著的导论或绪论内容,包括本学科的对象论、性质论、任务论以及与相邻学科的关系论等。第三、四、五章主要是构成论,论及汉语风格形成的主客观因素和风格形成的语言手段和修辞手段。本章还涉及风格评析欣赏的有关理论,显然吸收和应用了言语交际学、语言美学和文化语言学的成果,从多方面论述了语言风格创造和规范的"得体性"原则,以此丰富了风格学原理的成因论和"应用论"。第七、八、九、十章属"类型论",讲汉语风格系统的各种类型,突出了汉语表现风格、语体风格,同时也分别详细论述了汉语的民族风格、时代风格和语言的个人风格。许多章节的小标题都突出了概念的内涵和有关风格属性。如:"汉语的民族风格是汉语民族特点的外在表现","时代风格是时代精神的外在表现","作家个人的语言风格是作家语言个性的体现"等。

总之,全书由"探索"的 6 章内容充实到 10 章内容,这是汉语风格学理论的新发展,是著者汉语风格学理论研究的新成果,因而在汉语风格学史上写下了新的一页,作出了新的贡献。

本书在汉语风格理论上的新发展、新贡献主要有以下几大块:

首先,第三、四、五、六章是新课题。正是这些章的内容提高了本书的理论价值,主要是丰富了汉语风格学的各类风格的"成因论"和"应用论",深刻地多侧面地论述汉语风格的生成和应用规律。第三章语言风格与表达主体和表达对象。这是从言语的交际双方来谈语言风格。第一节论述了"语言风格与表达主体",包括"表达主体,语言风格生成的主观因素"和"表达主体创造风格受交际环境制约"。这就涉及了主客观二因论。第二节论述了语言风格与接受主体,包括"接受主体影响风格创造"和"接受主体使风格成为现实性"。这就说明了接受主体也参与了风格的创造。第三节论述了语言风格和表达对象,包括"表达对象影响风格创造"和"表达对象是客观事象在表达主体头脑中的概括反映"。这就从主客观因素的统一上来论证语言风格形成的规律。

其次,第四章汉语风格与汉文化。第一节论述了"汉语风格,汉文化的载体",包括"风格手段,文化的写照"和"话语格调文化的镜子"。这就说明了汉语风格与汉文化的互相关系。第二节论述了"汉文化、汉语风格生成和发展的机制"。包括"制度文化的制约"、"思维方式的制约"、"观念心态文化的导引"和"民俗的孕育"等，这就说明了汉语风格形成在民族文化的民族心理、民俗习惯上的各种制导因素。第三节论述了"汉文化，汉语风格评析的理据"，包括"理解、评析风格要以文化背景为依据"和"风格评析受审美情趣制约"等，这就说明了理解评析风格要以民族文化作为理论根据，并以个人的审美修养为前提条件。

再次，第六章语言风格的得体性。第一节论述了"语言风格讲究得体"，包括"得体的重要性"、"得体是中国文体的产物"、"得体是和谐的文化心态的体现"等，这就以民族文化的理论说明了语言风格得体性的底蕴和根据。第三节论述了"风格手段得体"，包括"风格手段与制导因素相应合"和"风格手段与风格特点、风格总体相应合"。这就把"得体论"和语言风格的构成要素、表达手段及风格的总体特点结合起来。第三节论述了"风格类型得体"，包括了"适应语体风格要求"、"遵循民族风格规范"和"应和时代风格等"，这又把"得体论"和风格类型结合起来了。这样仅就语言风格的"得体论"就沟通了成因论、手段论、类型论、应用论等，可见其在风格学基本原理中所占的重要地位。此外，本书在类型论中把"汉语表现风格"从《探索》放在最后提到最前面，表现了作者对汉语风格类型和范畴体系内部关系的调整；表明了对表现风格综合概括、广泛应用等的重视。正如本章开头的定义所说：

语言的表现风格有人称为修辞风格，它是综合运用各种风格表达手段的修辞效果方面来说的，是对一切言语交际的产物——话语的气氛和格调从多角度多侧面的抽象概括。（第211页）

总之，从《汉语风格探索》到《汉语风格学》，是走了一条成功的探索路子，作者综合运用语言学、修辞学、美学、文艺学、文化学、言语交际学等多学科的理论，结合汉语实例建构这门新兴的学科，完成了几代人的宿愿，作出了独特的贡献。正如本书责任编辑曾大力在评论中所说:"《汉语风格学》以颇具说服力的理论观点,充实的内容,深入细致的论述,构成了完整的体系,使汉语风格的探索进入到更深层次的领域。其汉语风格的定义体现了作者语言风格观的发展。"(曾毅平、刘凤伶主编《修辞·语体·风格》第52~53页)此外,语言的个人风格及其他风格定义的修改,说明了作者语言风格理论的发展,表明了汉语风格理论的系统发展和日臻完善。即概念体系的发展和日臻完善。

不过"人无完人,书无完书"。如本书将《探索》中第六章"语言风格的摹仿和创造"完全删掉。这在"成因论"和"应用论"上似有影响和不足。虽然风格创造在其他章节中详细谈过,但角度不同,对风格的学习、培养和摹仿问题似应专题论述。如果作为教材来看,《探索》的理论体系似乎更简明实用;如果作为专著来看,则本书的内容更加丰富。

五、程祥徽等著《语言风格学》在《语言风格初探》基础上的理论发展(2000)

程祥徽、邓骏捷、张剑桦著《语言风格学》(广西教育出版社,2000年8月第1版)是王德春主编的语义、语用、修辞丛书的一种,是在程祥徽著《语言风格初探》一书基础上的丰富发展、完善提高。作者在本书"后序"中说:

1985年3月,香港三联书店出版了程祥徽的《语言风格初探》。那本7万字的小书只是极其概括地整理了一个风格学的术语系列,尝试着运用归纳和比较的方法,试图勾画一个汉语风格学的框架,因此它是一本名副其实的"初探"。此后那副风格学的框架一直在我们的脑海里浮荡,我们不会忘记要给它修补遗漏,增添砖瓦,总想给它来一个彻底的装修。

我们高兴地看到,经过作者这次彻底地"装修",在《语言风格初探》框架的基础上建成了面貌全新的建筑物——《语言风格学》。如果说,前一本书标志着中国当代汉语风格史繁荣期的到来,揭开了语言风格学研究新的序幕;那么后一本则是当代风格研究发展提高的代表作之一,是"汉语现代风格学建筑群"的别具一格、独树一帜的"语言风格学"专著。它观点鲜明,文字简明,理论严谨,材料精当而且新颖,特别是它概括吸收并发展了80年代中期上海"语体学研讨会"和90年代初期"澳门语言风格和翻译写作国际研讨会"以来有关风格论著的理论观点,具有现实的针对性、论辨性。

全书共4章12节129页。第一章风格学概述,分3节论述"风格学的理论基础"、"中国的风格学渊源"、"现代汉语风格学的建立"3个问题。第二章语言风格,分3节论述"风格要义""语言风格学的研究对象""语言风格要素与手段"3个问题。第三章语言的功能风格——语体,分3节论述"语体的概念"、"语体的类型"、"语体与互动"3个问题。第四章语言风格学的方法论,分别论述"统计法——感受、理解、描写"、"归纳法——从作品归纳风格特点"、"比较法——从比较看风格系统的一致性"。

从章节标题上,我们可以看出本书著述方法亦使人感到形式整齐,论题醒目,理论系统,从风格学的基本原理来看,第一章是概论,论述风格学的理论基础和中国风格学史。第二章是风格的本质论、构成论和风格学的对象论。第三章是语体的概念定义论、类型论和互相关系论。第四章是方法论,各章内容不仅发展了《语言风格初探》的理论框架,而且也概括了作者一些论文的研究成果。从理论贡献来讲,本书主要突出了以下几方面:

(一)突出了风格学的理论基础,论述了风格研究中的几个关系,即一般与个别、静态与动态、特点与风格、语言与言语等关系。旨在说明"语言风格学的理论基础是语言与言语相互作用、相互影响的学说,风格学本质上是属于言语学的"。强调"言语的表现,人人不同,个个有别,这就生出了'语言风格'的问题"。认为"静态语言的特色为'特点',而动态语言的特色为'风格'"。说明将"特点"与"风格"这两个术语分开使用,是高名凯首创造的。以此进一步说明本书的理论根据,说明高名凯是引进现代风格学理论的第一人。

(二)突出了风格的概念含义和形成要素

作者在《初探》的概述和第三部分都曾论述了风格的含义和构成要素。本书论"风格要义"是从"风格的一般含义"和"风格的语言学术语含义"两个层次来讲的。首先,根据语文辞书《辞海》、《现代汉语词典》解释风格词义,逐层解释"风神品格"、"风采"以及"气度"、"作风"等。接着指出:"语言学界大致认同高名凯提出的定义:'风格是在特殊交际场合中为着适应特殊的交际目的而形成的言语气氛或言语格调及其表达手段。'"(第23页)在此基础上以具体例证说明 "语言风格学的研究对象"、"风格形成的要素"、"语言与言语的转换"、"语体与文体"等问题。并将"语言风格要素"和"语言风格手段"分开,使我们重视具有风格色彩的语言要素和"中立性"的语言材料作为风格手段在特定的语境中构成语言风格,进一步发展了高名凯的风格论。

(三)突出了功能风格——语体的概念含义,提出了新的分类原则。

本书在概括了学术界关于"语体"的各种定义之后,归纳了语体的八个特点并总结说:总结上面对语体含义的表述,我们试为语体作如下界定:

语体,即功能风格,属于言语的范畴,属于语言的功能变体。(第60页)

这个定义明确了语体的言语范畴,提出了语体的分类原则,因此不把媒介作为划分语体的最高标准,不再划分"口头语体和书面语体"两大分野,而以功能标准即以交际功能为最高标准,先把汉语语体分为"基本语体和专业语体"两大类,基本语体是指一般日常生活交际所形成的语体,作为专业语体的底层;专业语体是在基本语体基础上建立起来的,指社会各领域因应其专业需要形成的语体,可细分为法律语体、广告语体、新闻语体、科学语体、宗教语体、政治语体、商业语体、艺术语体,比《初探》增加了5类。

(四)突出了常用的研究方法,并说明了其应用特点。

学术界提出的风格学研究方法有五六种,作者突出了统计法、归纳法、比较法3种方法,其中统计法是《初探》中未提到而吸收了现代统计风格学关于定量研究和定性研究相结合的新方法,并和语言学的"描写法"相结合,说明语言学的研究方法和文艺学的研究方法既有联系,也有区别,说明对风格的感受、理解、描写是处于不同的阶段,"描写法"的一种手段就是通过语言学的科学方法来说明风格现象。

综上所述,程祥徽等著《语言风格学》在其《初探》的基础上发展完善了本学科的基本原理,包括概论(导论)、本质论(定义论、性质论)、构成论(要素论、手段论)、类型论(分类标准和划分不同层次的风格类型)、方法论等。其术语简明,逻辑严密,例证精当,前后一贯,自成系统。在中国当代语言风格学史上可以说从高名凯到程祥徽,经过三十多年的引进、开创、构拟、发挥,基本上完成了现代语言风格学的理论系统——即所谓"狭义风格学"的学科体系。其深远的影响和独特的贡献在中国现代风格学史上是独树一帜,当之无愧的。

本书的美不足是有的问题展开论述不够,如对专业语体中的法律语体、新闻语体等都明确了其语体风格特色,而对其他语体则只是概括其所包括的文体(体裁)范围与词语、句、篇和修辞方式的特点等,而未明确概括其总体风格。其次,书中引用高名凯1960年论文的风格定义,其中包括"表达手段";似不如引用 1963 年《语言论》中的风格定义,不包括"表达手段"①

六、王德春、陈瑞端合著《语体学》在《语体略论》基础上的理论发展(2000)

王德春于 1987 年 9 月出版了解放以来我国第一部探讨语体学的专书。我们在前面第四章繁荣期已评述了这本书的理论特点和学术价值,它体系周密,立论正确,例证典型,材料丰富,条理分明,全面论述了有关语体研究的历史、各类语体的功能特征、分体、语体的相互关系和语体的发展、语体和修辞方法、风格以及语体理论的实践意义等。在《略论》的基础上,王德春和陈瑞端(香港理工大学中国语文教学中心主任)于 2000 年 12 月合著出版了《语体学》(广西教育出版社),这本书的出版不仅对我国现代汉语语体学的开创是一本内容丰富、体系完备、方法新颖的奠基性专著,而且对现代汉语风格学和广义的修辞学的建树与发展都是一本重要的著作,它是新中国成立后语体研究成果的突出表现,是作者将近半个世纪刻苦探索的心血结晶,是从学术论文到初步成书以至深入研究、完美成书的一个范例。因此,无论在学科建设上还是研究方法上都做出了自己独特的贡献。其内容更丰富了,学科属性更明确了。王、陈合著的《语体学》在《语体略论》基础上最后成书也有自己的理论发展和历史过程。

王德春在《语体学》的序和前言中概述了本书的成书过程和著书宗旨:

我从 20 世纪 50 年代起, 就在一些论著中探索语体问题。60年代初写了语体学专著,可惜手稿在"文革"中丢失。"文革"后,我根据记忆把"语体学"要点浓缩成《论语体》一文,发表在《语言教学

---

① 参见张德明《语言风格学》第 17 页。

与研究》1980 年第 1 期上，后来收入我的《修辞学探索》一书，在语料上丰富了《论语体》。1989 年，我与陈晨合著《现代修辞学》问世，书中专列《语体学》一章，在语体功能方面发展了《论语体》。

接着他谈到最近十多年来，他们看到语体论著越来越多，欣喜之余，也在繁荣的景象中看到了混乱的局面，一些谈论者没有把握语体要领的本质，把各种语言变体和各种话语，甚至把语言的各种特点都归结为"语体"。于是语体研究失去了理论意义和对实践的指导作用。在这种情况下，他在过去研究的基础上，结合当前学术界的状况，再深入探索语体问题，写成了《语体学》专著。

本书共 4 编 16 章。第一编语体的理论研究，包括"语体和语体学"、"话语分类"、"词语的语体分化"、"语体分类"4 个问题。第二编语体的描写研究，包括"谈话语体"、"艺术语体"、"政论语体"、"科学语体"、"事务语体"、"报道语体"六大语体。第三编语体的量化研究，包括"语体量化研究的理论和方法"、"科学语体的量化研究"、"事物语体的量化研究"、"报道语体的量化研究"。第四编语体的比较研究，包括"三种实用语体的量化研究"、"语体间的关系比较"两个问题。

从该书各部分各章节的篇目来看，体系严密，角度新颖，内容丰富，方法多样，独具特色。第一部分共 4 章是理论性研究，属于本质论、范畴论。论述了语体的本质、话语的各种分类、词语的语体分化和语体分类，从理论上阐明了语体学的主要概念，揭示了语体的本质。特别是本书对话语的多角度、多标准分类，有助于解决话语分类中的分歧问题，在此基础上对现代主要的发达语言进行语体多层次分类，颇有说服力。(第 47 页)本书概括了语体的本质特征包括 3 个方面：1、一定类型的语境；2、与语境相应的语言手段；3、反映客体的特定方式。并指出"语体只是话语在功能风格上的分类"，而话语可以按文体、文学体裁、表达方式、语言形式、主体单复数、基调、韵律等多角度分类。这有助于我们把语体分类和话语分类区别开来。第二部分描写性研究,共 6 章(从第 5 章至 10 章),属类型论和方法论,即用语言学的描写方法分别对在理论上已确定的、符合语体本质特征的各种语体进行描写,具体阐明它们的语境类型,语言特征和语体功能。第三部分是量化研究,共 4 章(第十一至第十四章),属科学方法论,即把定性和定量结合起来,分别对科学语体、事务语体、报道语体这 3 类实用语体进行量化分析。从 18 万字的语料中统计出各种语言成分和功能项目在 3 类实用语体中的分布和频率。第四部分语体的比较研究,亦属科研方法论,即用比较法比较各种语体的量化特点,论述语体间的相互关系,这部分共两章(第十五至十六章)比较了 3 种实用语体的量化特点,并从语体的稳固性和变动性,语体的排斥性和渗透性的相互依存关系上,论述了语体作为历史发展的现象而呈现出的动态的建构过程。

总之,本书在理论体系上代表了当代语体研究的新成果和新水平,在内容和方法上都有相当的深度、广度和新度,它不仅对我国现代语体学的开拓具有重要价值,而且对汉语风格学的建设,特别是对语体风格(功能风格)的深入研究,是一本必读的专著和教材。

下面是第十三章第三节量化研究附表

3 种语体中句型使用频率表

句型		主谓句	非主谓句	单句	复句
科学语体	电脑科技	69.49%	30.50%	53.66%	46.33%
	工程技术	78.72%	21.27%	59.57%	40.42%
	数理科学	75.10%	24.90%	52.65%	47.35%
	医疗生物	69.02%	30.98%	48.24%	51.76%

句型		主谓句	非主谓句	单句	复句
报道语体	国际新闻	88.70%	11.30%	54.15%	45.85%
	地区新闻	81.06%	18.94%	41.42%	58.58%
	体育新闻	83.29%	16.71%	41.91%	58.09%
	娱乐新闻	81.69%	18.32%	40.41%	59.60%
	财经新闻	85.03%	14.97%	35.63%	64.37%
事务语体	商业文书	54.02%	45.98%	51.76%	48.24%
	说　明	68.21%	31.78%	67.18%	32.81%
	公　函	49.64%	50.36%	57.96%	42.04%
	通　告	64.68%	35.32%	64.42%	35.58%
	报　告	72.10%	27.90%	51.09%	48.91%
	法　律	70.70%	29.29%	61.60%	38.38%

从表中看出，事务语体中的非主谓句和单句的使用频率比其他两种语体明显偏高。公函中的非主谓句比率高达50.36%，甚至超过了主谓句。

本书在上面论及了"具有不同功能风格的话语就是不同的语体。"(第26页)如果作者在本书中能从功能风格角度概括各类语体总的风格特色，那在理论体系上会更完美，对建立言语风格学就更有直接的理论价值。在这方面，作者的《语体略论》早有一定理论基础。

第四节　汉语修辞学、辞章学专著中的语体风格论

一、张志公著、王本华编《汉语辞章学论集》的语言风格论(1996)

由张志公著、王本华编的《汉语辞章学论集》(人民教育出版社

1996 年 3 月第 1 版)是一本颇具开创性的著作。

创建"汉语辞章学"的构想是张先生在 60 年代率先提出的,后来在教学过程中,这一构想得到不断的完善,并基本形成了这一学科理论的大体轮廓。张先生认为以前的语言研究一味侧重于基础理论研究,同语言的实际应用尤其是语文教学严重脱节,甚至互不相干,于是呼吁建立一门桥梁性学科,将二者有机地结合起来。这一新兴的学科,张先生将其命名为"汉语辞章学"。《论集》包括两部分,第一部分,汉语辞章学的提出,收集 60 年代以来有关汉语章学的论文和散见于其他文章中的有关汉语辞章学的论述。第二部分,汉语辞章学引论,主要是 1981 年张先生给北大研究生讲"汉语辞章学讲话"选修课的内容,1990 年张先生给北京师范学院(即今首都师范大学)中文系研究生开课的讲义,共 15 讲,有些讲义的后边大都附有与本书有关的部分文章。引论部分勾画了汉语辞章学的主要轮廓。文集中的第一部分和第二部分对风格学问题都有所涉及。在第一部分中的第一篇文章即《词章学? 修辞学? 风格学?》,第二部分的第十四讲为"风格论"并附有"风格"、"研究语言的目的在于应用——代序"两篇文章。

在这本文集中,对风格的定义,张先生取的是"综合特点论";对于风格的成因,认为既有时代、社会性原因,又有个人经历、素质等原因,即对风格的主客观成因进行了举例论述。对风格的表现手段也有所提及。这些理论同现有的风格学理论并无大的出入,而张著最显著的特点是强调应用, 其实这点不仅是文集中风格论部分的特点,也是整部文集的最大特点。应用为第一要义,实践是最终目的,这一理念贯串文集的始终,对于建立一门实用性较强的学科的迫切心情可见一斑。在"风格论"一文中,张先生在应用部分用了较大篇幅进行论述,提出"从辞章学的角度说,怎样运用语言来适应所要表达的内容以及实际上所有的思想、感情、情绪,这是必须要考虑的"。"我们不提倡任何做作的，非自然的，为风格而风格形成的某种表达方式"。"辞章学从实用出发，为达到实用目的来研究这个问题，我们提倡要追求最大程度合用的风格"。在文后所附的"风格"一文中。专列第四部分为"提倡社会主义现代化文风"，反复强调研究风格就要注重实用性。他为程祥徽的《语言与沟通》一书写的序言题目便是"研究语言目的在于应用"。

此外，张志公先生的行文风格正如他自己所提倡的那样明白晓畅、深入浅出，真正做到了能够让读者比较顺利地接受他的思想、观点。（第十四讲,风格论）

总之，张著《汉语辞章学论集》一书的出版，为我们树立了一个成功的典范，并为我们开拓了一条迈向理论实践相结合的学术研究之路。

书中有两个突出的问题和我们探讨语言风格学有密切关系。从中可以看出张志公的辞章风格论对研究语言风格学的重要价值及其对新学科建设作出的独特贡献。

首先,关于建立汉语修辞学、风格学、词章学及张志公的语言风格理论问题。

王本华在《张志公先生与汉语辞章学》一文中，谈到了张志公先生从 60 年代提出建立辞章学的主张到 80 年代给研究生讲课形成专著和教材理论体系的过程。从学术界来看，吕叔湘 1961 年在《汉语研究工作者的当前任务》的讲话中曾提出"修辞学,或风格学,或词章学——这是语言研究的另一个部门,目前在我国还是一个比较薄弱的部门。"(见《吕叔湘语文论集》第 23 页)当时也有人认为"辞章学"就是"修辞学"。可见建国初,这几门相关科学都是针对语法修辞教学需要进一步发展，以便从整体上解决语言表达能力问题而提出的构想。四十多年来,从论著数量来看,修辞学最多,其次是语体学,风格学,最后是辞章学。不过辞章学又具有综合性,包括修辞论、语体论、风格论。从语言风格学来说，修辞风格论、辞章风格论、语体风格论等是殊途同归的。在本书中最能表明张志公辞章风格论观点的是上述 60 年代的论述这 3 门学科关系的论文，其次是本书的第十四讲风格论、附风格。如果联系前面 1980 年他主编的《现代汉语》中的风格理论观点就看得更清楚了，其风格论同样包括了定义论、成因论、构成论、类型论和应用论等几个方面。而且在许多方面是有独创性的或与众不同的。如认为"风格是语言艺术的综合表现"，"一个时代，一个社会使用语言文字有这个时代，这个社会的语言风格——文风"；"文风指一个时代，一个社会流行的风格"。"任何人都有个人的语言风格"等（第 246~253 页）这些风格论虽未完全得到公认，但却是一家之言，在学术界颇有影响。

其次，关于修辞学、风格学、辞章学等几门学科的分工问题。

张志公曾在《词章学？修辞学？风格学？》一文中举例说明了修辞学研究语言运用的表达效果，风格学研究语言运用的特点，（包括不同文体、不同作家、不同民族、不同时代、不同阶级、阶层或行业等运用语言的不同特点）。他认为要全面研究语言运用中的各类问题，进行综合研究，就要另立门户，成立"辞章学"。他在考察了中国古代有关辞章问题的论述之后，认为"炼字炼句是掌握语言的根基，是语法修辞之学和语音声律之学的综合运用；所谓文章的体性，无非是表达效果的集中表现。注意这两个方面，可以说是抓住了运用语言的关键"。（第 14 页）他在文章中还谈到讨论学科名目也有必要，但从实际应用出发，他向语言科学工作者提出呼吁：赶紧编出几本书来——叫"词章学"也好，"修辞学"也好，"文体学"也好，或者别的什么学也好。总之，给解决一些运用语言的实际问题。（第 11 页）这层意思，张先生在任首届中国修辞学会会长时也曾口头在会员大会上讲过。几十年来，正是在张志公等老一辈学者的带头呼吁下，有关上述这几门学科的论著如雨后春笋，蔚为壮观。1986 年，郑颐寿著《修辞学概论》出版，以专著的形式发展了张先生的理论。

当然，本书也有值得商榷的地方，如说"任何人都有个人的言语风格。同样是写一封家信，同是写一个工作报告，这个人和那个人爱用的词语、句法、章法等等就不一样"。(第 349 页)这个说法未免太宽泛。既然作者主张"风格是语言艺术的综合表现"，那么个人风格应该是个人在语言艺术上比较成熟的标志。因此，不能认为人人都有个人的言语风格。

二、童山东、吴礼权《阐释修辞论》的语体风格研究方法论 (1998)

童山东(1957 年生)深圳教育学院教授、教务处长、学报主编、云南师大兼职研究员，兼任全国现代汉语教学研究会副秘书长等，著有《修辞学的理论与方法》等书，发表论文数十篇。

吴礼权(1964 年生)复旦大学教授、文学博士、上海语文学会秘书长、全国青联委员，发表论文百余篇，出版《中国修辞哲学史》《中国语言哲学史》等十多部专著。

童、吴合著的《阐释修辞论》首都师范大学出版社，1998 年 7 月第 1 版。全书共两编，各 4 章共 8 章，第一编理论探寻，第二编实证例析。全书从理论和实践结合上，以新的视角，以现代多学科的理论和方法阐释了修辞学(包括风格学)研究的基本问题。正如宗廷虎在本书"序言"中所指出的："全书除了运用语言学理论指导外，还吸取了美学、心理学、哲学、文化学、语境学、风格学等多学科的理论营养……"使修辞学研究向深度发展。书中多处论及了语体风格的理论和方法，因此对研究语言风格学也提供了新的视角、新的理论和新的方法。如第二章美学心理视角，论述"修辞手段功能的系统发生"和"修辞效果的整体控制"，就论及了语体风格问题。第四章修辞理论纵横，论述了"中外语言风格学研究鼻祖的风格论美学思想"，则以美学理论作指导，以中西文化比较研究的方法，说明了刘勰和亚里斯多德风格理论的同异点，以及其承前启后的贡献。

首先，本书以信息论的理论阐释风格形成的因素和表达手段的层次性、整体性，丰富了语体风格学的成因论。本书在2.1.4"修辞手段的功能类型"中指出："在语言信息传输中，价值手段就包括了语音、词汇、句式、辞格、篇章（文体、风格）等多个层次的一切语言表达形式。"并强调："值得注意的是，对修辞手段，我们不能偏狭于所谓美辞的一隅，而忽视更为一般，更为基础的手段的认识；不能只注重具体片断（字、句、格）的把握，而不管篇章这些效果。因为事实上，不论是选用浅显平易的词句表达，还是经营华美的言辞叙述，不论是语音的调配，词语的锤炼，还是句式的选择，辞格的运用以及不同文体的结构安排和由什么要素形成什么风格基调等等，都是人们在自觉状态中经过选择的结果，它们都有传达信息的基本功能。"（第37~38页）这就说明了修辞手段的信息功能，也看出了篇章风格的层次地位。

其次，本书以中西文化比较研究的方法，概括刘勰和亚里斯多德风格论的相同点和不同点，丰富了语言风格学的基本原理和研究方法论。在第四章第三节"中西语言风格学研究鼻祖的风格论美学思想比较"中，本书首先高度评价了两位语言风格学鼻祖，认为"虽然在他们之前，有人提到或论述过语言风格问题，但只有他们两位分别在东西方美学史上前集大成，后启来世，从语言风格美学体系之完整，论述之精当，思想之深刻，影响之深远上具有内在的可比之处"。首先，他们都是东西方语言风格美学思想的集大成者。其次，他们的语言风格论美学思想为后世凯式，影响深远。本书还条理分明地概括出两位鼻祖的语言风格美学思想及研究方法类似之处。第一，两人的语言风格美学的认识一致。第二，两人的研究特点相似。这两位巨匠对语言风格美的研究都采用了整体观察、辩证认识的方法。接着,本书也指出了两位巨匠的语言风格美学思想也有相异之处。"这种相异之处源于各自不同的社会文化背景,折射出他们的不同的美学旨趣"。(第149页)

然而由于不同的社会文化背景,二者的语言风格美学思想也有相异之处:"亚里士多德的语言风格论美学思想主要着眼于修辞艺术本身,他在诗学和修辞学的范围内,阐述诗和演说的风格,就形式手段研究风格,很少涉及到内容与作者本体的方面。而刘勰的语言风格论的考察,除了语言风格特征本身外,主要之点还在于形成风格的机制之上,他强调的是作家的才、气、学、习对形成风格的影响。"(第148页)

总之,本书的风格论使语言风格学,在理论史的研究和风格研究方法理论的中外比较两个方面,有了进一步的丰富、发展。

本书的美中不足是对刘勰《文心雕龙》的"体性篇"的风格论,即陈望道《修辞学发凡》所说"国外修辞书上说得最热闹,中国论文的书上也讨论得最起劲的"体性上的风格类型所表现的辩证法,和亚氏的风格类型论比较不够。当代语言表现风格的研究成果颇丰,但其形成和应用的理论和方法尚待深入研究。

三、陆稼祥《内外生成修辞学》的语体生成论(1998)

陆稼祥,浙江师大教授,中国文学语言研究会名誉会长,著有《辞格的运用》和《内外生成语言学》等。主编了《文学语言论文集》等,其《内外生成修辞学》重庆出版社1998年7月第1版。

在《内外生成修辞学》中,作者"在吸收中外语言学家、修辞学家成果的基础上,又融化了目前其他许多有关边缘学科的理论营养,结合汉语实际,构建了一个以'内外'与'生成'为主要特点的新体系"(胡裕树语)。全书分4个部分,其中第一部分和第三部分与语体和语体风格学关系密切。

第一部分是作者对修辞学研究对象整体的看法，继承了陈望道关于修辞学研究对象是修辞现象的主张，同时，吸取了王易"由想而移为辞"和乔姆斯基"生成"的理论。第二部分专章叙述了修辞现象与外部的联系与关系。在"修辞以适应题旨情境为第一义"的理论基础上，广泛借鉴社会文化学、语用学、信息论、控制论、心理学、美学、符号学的理论观点，阐发了修辞现象与这些学科现象之间相互联系、相互制约的关系。第三章修辞现象的范围，论及了修辞学和风格学的关系。

第三部分专章论述了修辞现象内部的技艺体系。重点论述了"生成"的观点。"所谓'生成'，是一个由意义到形式的过程，是'情动于中而形于言'的说话和作文的过程"。其中第六章为"各类言语的修辞生成"，包括"一、艺术言语的生成；二、科技言语的生成；三、实用言语的生成"。第四部分，结语。

第三部分的第六章重点探讨了各种语体生成的规则与技巧，即生成的内部模式。并对各种语体的生成模式进行了举例说明。语言风格是修辞的集中体现。语言风格学同修辞关系至为密切。作者这本《内外生成修辞学》具有深厚的理论功底，周密详实的论述，明白晓畅的语言，不仅堪称修辞学研究领域的一朵奇葩，同时也是风格学研究值得借鉴的一部重要著作；本书对语言风格学的贡献主要有以下两方面：

首先，第一部分论述"修辞学研究对象、范围"，有助于我们认识语言风格学和修辞学、风格学等相关学科的联系和不同的分工。针对学术界关于修辞学、语体学、风格学3门学科的分工及修辞学是否应该讲语体风格论的争论问题，作者认为，语体、风格研究与修辞研究的特殊角度不同；前者综合研究各种言语变体的风貌格调与语体类型的系统，后者研究言语生成手段与外部因素的制约及其效果。因此，它们之间的范畴是不相等的。我们可以在探讨或分析修辞现象的形成与效果时,涉及语体、文体、风格等对修辞手段的影响与制约,但不宜在修辞学著作中全面系统地描述语体、风格及其体系"。(第21页)

其次,第三部第六章论述"各类言语的生成",有助于我们认识各语体的语言特征及其形成的"模式"和规律。本书在第三部分论述了各类言语的生成,包括艺术言语的生成、科技言语的生成、实用言语的生成3个问题。这些分别和文艺语体、科技语体,实用语体的形成直接相关,也可以说为上述语体的形成提供了内外生成修辞学的理论基础。(一)文艺言语的生成。文艺言语又称文学语言,作者以实例说明以修辞方式表现审美信息的最佳模式共有4种,即"兼顾内外"、"内外强饰"、"舍外就内"、"意在言外"等模式。并总结说"艺术表现的重点在于'美','美'确实是一种主客观融合的审美关系"。(二)科技言语的生成。科技言语是以反映事物的规律,反映客观真理为目的的言语。其常用的生成模式共有4种:"定义化"、公式化、图示化、统计化。(三)实用言语的生成。实用言语指日常生活经常使用的言语。它使用的范围很广,诸如在政治、经济、商务、教学、日常交际、公关交际,国际交往等各种场合都有使用。书中指出。制作生成实用言语,应分3个层次,或称操作步骤:第一个层次、步骤:发话者应先理出"焦点信息",这是"关联中心"的主要内容。第二个层次、步骤:就要理出焦点信息与听话人的"相关因素"。第三个层次、步骤:考虑用何种修辞方式取得最佳修辞效果。可采取"和盘托出"、"穿插渗透"、"旁敲侧击"、"言而不尽"等几种模式。最后引用朱光潜的话:"实用的态度以善为最高目的,科学的态度以真为最高目的,美感的态度以美为最高目的。"

总之,本书借鉴美学理论,以真、善、美的标准说明各类言语的生成规律,这一方面是有独创性的。美中不足的是在论述中没有明确联系各类言语的思维类型。

334

四、陈汝东《社会心理修辞学导论》的社会心理影响语体风格论(1999)

《社会心理修辞学导论》是北京大学新闻与传播学院副教授、中国修辞学会秘书长陈汝东的博士论文,由王德春指导。社会心理修辞学是一个新的提法,是利用社会学、心理学、社会心理学等学科的理论和方法,从新的角度来探讨修辞,研究修辞。对于这篇博士论文,同行专家给予了很高的评价:"陈汝东同志的博士学位论文《社会心理修辞学导论》,从社会心理角度广泛深入地考察分析了修辞行为全过程和各个层面的问题,富有成效地阐释了受社会心理制约的各种修辞现象及其规律,成功地构筑出社会心理修辞学的理论框架,为完善我国修辞学研究和科学理论,开拓修辞研究的新领域,做出了积极的贡献。这是一篇颇具创意的力作。论文的理论对推动社会的精神文明建设亦有价值。"

本书从社会心理修辞学的角度,结合有关论题,多次论述到语言风格问题,以新的视角,新的理论丰富了语言风格的成因论和类型论,特别是对我们探讨语言的时代风格、个人风格和表现风格类型形成的社会心理因素很有启发。

首先,关于社会心理对形成时代风格的影响。本书在第三章第二节论述了社会政治对言语风格的影响,说明社会心理对语言时代风格的影响,揭示了时代风格形成的社会心理因素及其社会本质。第四章第二节论述审美心理,指一定时期内在社会意识中占统治地位的审美观念,它对修辞的影响造就修辞的时代风格。(第68页)

尤其第三章论述了社会政治与修辞行为的关系,其中第二节,谈到了社会政治对言语风格的影响:"不同时代有不同的政治形势和政治要求,会形成不同的公众政治心理、政治态度。这些因素必然会反映到公众言语行为中","导致一个社会在一定历史时期内公众言语行为上的趋同性,形成不同的时代言语风格"。并举例说明:春秋战国时期,社会政治核心游移不定,因而形成了百家争鸣的现象;而"文革"时期,"我国文学领域,乃至日常交际领域内'假、大、空'的言语作风,也是与当时'四人帮'等人的文化高压政策及特定的政治状况相一致的"。而"这种言语行为的时代特点是当时政治心理作用的结果,是社会政治客观上对公众言语行为调控的结果"。

在本书中,作者将社会心理学的理论与研究方法引入到风格学研究中,客观上促进了语言风格学的丰富和发展。

其次,关于社会心理对形成语言个人风格的影响。本书第四章第二节还论析了社会审美心理对语言个人风格的影响。指出:"个性审美心理,指处于一定社会审美心理统辖之下修辞个体的审美心理,它对修辞的影响,形成修辞的个人风格。"(第68页)在第四章第三节谈到"修辞审美准则"时,论述了话语建构要同修辞自身社会心理因素相统一。指出:"因为长期的言语实践或者在长期的修辞社会化过程中每个人都形成了一套与自身性格、气质等心理因素和角色相对应的修辞方式,也就是言语的个人风格。"(第89页)

再次,关于社会心理对形成语言表现风格的影响。本书第七章第一节论述"言语动机在修辞研究中的意义",涉及社会心理对语言表现风格的影响。指出:"修辞主体可根据语境为言语动机穿上形态各异的外衣,或直、或曲、或庄、或谐、或简、或繁、或华丽、或质朴,不一而足。"(第211页)这里论及四组八体语言的表现风格,作为语言形式的风格类型,像外衣一样包装着要表达的思想内容。

总之,本书从社会心理修辞学角度论及了语言的一些共性风格和个性风格。可惜没有明确论及民族风格、流派风格、阶级风格等共性风格,而这些风格受社会心理影响同样十分明显。

第五节 汉语修辞学史、
风格学史著作中的语体风格论

一、郑子瑜、宗廷虎主编《中国修辞学通史》的语体风格论
(1998)

郑子瑜(1916年生,香港中文大学中国文化研究所名誉高级研究员,著有《中国修辞学史稿》和《郑子瑜学术著作自选集》)、宗廷虎主编的《中国修辞学通史》,吉林教育出版社,1998年9月第1版。《通史》作为五卷本的巨著在论述篇幅和传播信息量上远远超过了80年代出版的修辞学史,更不同于其他断代的修辞学史,包括先秦两汉南北朝卷、隋唐五代宋金元卷、明清卷、近现代卷、当代卷等。宗廷虎在"总论"中谈到"中国修辞学历史发展特点"时,共概括了8点,其中第三点是"修辞学研究随着文体(语体)的演进而发展",指出:"修辞评论随着文体(语体)的演变发展而发展变化,这一点已为无数次的历史事实所证实";"到了'五四'以后,白话文占据了主导地位,政治、公文、文艺、科技以及口语语体都有了很大的发展,各种语体的修辞理论也随之成长并逐渐昌盛起来"。同时举例说明了文体(语体)和风格的关系,不同文体(语体)的不同风格特点。因此,《通史》对探讨中国风格学史也具有重要的参考价值。主要表现在以下几个方面:

(一)《通史》多角度多侧面地论述了中国修辞学史上公认的各种风格类型:语言风格、文体风格、文章风格、个人风格、作家作品的表现风格等。有些并在目录中明确标明,纲举目张,非常醒目。如

337

隋唐五代金元卷第一编绪论第一节一、公文文体修辞的反华伪、倡质朴说,第五节五、诗歌风格研究的逐步深入。第一章第二节四、论文体风格——六类说。第三章第二节柳宗元四、欣赏文章风格的多样化。第六章第二节李白崇尚清真自然的风格论,第四节杜甫二、论诗的风格——多样化,第五节皎然《诗式》、《诗议》七论诗体风格,第七节元稹三、论杜甫诗的语言风格。第七章第二节司空图《二十四诗品》二、论诗的风格多样化,不主一格,三、论语言形式对形成风格的作用,四、论诗人与风格的关系等。以上仅从唐代的风格论,我们就可以看出通史的风格论分析的广度、深度和新度。从作者来看,由文论家到诗人作家,从风格理论来看,包括风格的成因、风格的类型、风格的创造、风格的评论等,特别是有很多著名诗人论诗歌风格从创造表现到理论批评更有说服力。

(二)在修辞学史的分期上作了新的调整,这和现代风格学史的开篇也有一定的关系。

以前几本修辞学史把20世纪初的成果都划入现代部分,所以龙伯纯《文字发凡·修辞》卷(1905年)放在现代修辞学史里分析,其文体论和后来王易、陈介白等修辞学专著中的文体风格论的传承关系可在同一时期比较分析。而《通史》近现代卷则作了调整,把龙伯纯《文字发凡·修辞》卷放在近现代卷专题分析了其关于文体和风格的论述,并增加了姚永朴《文学研究法》论文章风格,林纾《春觉斋论文》论文体风格,王国维《人间词话》论文体风格等。据此,研究中国现代风格学史,似宜对草创期的开篇著作及修辞风格理论按时间顺序作相应调整。

(三)《通史》对修辞研究方法论的分析评论更具体,更多样,这也有助于风格学史的研究和对风格论著的分析评价。宗廷虎在"绪论"里谈到"中国修辞学历史发展特点的探讨"时,第八点专论"古今修辞学研究方法的多样性",谈到古代修辞学常用方法举隅:(1)

评点法;(2)实证法;(3)比较法;(4)鉴赏法。在"现代修辞学常用方法举隅"中,概述了"分析与综合"、"归纳与演绎"、"系统论等横向研究方法"、"修辞学的特定方法"等,并指出了研究方法和思维方法关系密切,要注意思维方法对研究方法的影响。在各卷本的论述中也贯穿了这一线索,如第二编现代修辞学史绪论之五研究方法:(一)观察和记述的方法,(二)系统或整体研究法,(三)分析与综合、归纳与演绎相结合的方法,(四)比较法。在具体分析修辞著作时也包括对其研究方法的评价。如指出张文治《古书修辞例》运用了评点法、比较法,祝秀侠《修辞社会学》运用了宏观和微观结合的方法等。此外,《通史》各卷对许多重点作者的论著修辞论、风格论、方法论都用了较大的篇幅进行更全面细致的分析评价,对一般修辞论著的修辞论、风格论也作了适当的增补阐述,这也是以前几本修辞学史专著由于受篇幅和资料限制难以做到的。

总之,《通史》在以前修辞学史专著的基础上进一步发展论述,找出规律,这也是中国现代语言风格学史"发展期"的重要成果,为修辞学史和语言风格学史的研究做出了新的贡献。

宗廷虎、李金苓合著的《通史》(现代卷)和吴礼权、邓明以合著的《通史》(当代卷)对研究《中国现代语言风格学史》更有重要的参考价值和现实意义。就是说《现代卷》有助于研究中国现代语言风格学"开创期"的语体风格论,《当代卷》有助于研究"建设期"、"复兴期"和"繁荣期"的语体风格论。

二、宗廷虎、李金苓《中国修辞学通史》(近现代卷)的语体风格论(1998)

宗、李合著的《通史》(近现代卷)正是中国风格学史由古代向现代过渡演变的时期,特别是其中现代部分正是中国现代风格学史的开创时期。本时期在中国文化史上也是新旧交替,中外融合的时期。在这种历史背景下的修辞风格或语体风格、语言风格的研究真是异彩纷呈,不易把握。而本书作者凭借自身的优势——丰富的治学经验和相应的研究能力,从大量史料中爬梳剔抉,找出规律,不仅使我们看到现代修辞学史纲举目张,线索清楚,而且也使我们看到其中的文体(语体)风格论也是脉络分明,一目了然的。

首先,从宏观上以虚带实,以论带史。如第二编现代修辞学史绪论二,理论探讨深入及多种观点并存,为修辞学的建立和繁荣奠定理论基础。(六)运用美学、心理学基础研究修辞,其(2)风格研究依据美学原理,其(3)文体与风格研究吸取心理学营养。四,文体与风格的研究。其(三)出现了风格论专著。

其次,从微观上分析全面具体,细致入微。如上编(1919~1937年)第一章新派修辞学论著(上)第三节模仿日本的专著——王易的《修辞学》和《修辞学通诠》二、论修辞现象和文体。(二)建立文体的体系。谈到该书的理论指出"文体乃修辞现象之归趋",许多修辞现象均被统一在文体之中,这一观点是对龙伯纯观点的重要发展,比较难能可贵。第四节模仿日本的专著——陈介白《修辞学》、《新著修辞学》二、心理学原理在修辞学中的运用。(四)论文体的心理基础。又如第二章专项研究成果。第三节语言风格研究——宫廷璋《修辞学举例·风格篇》一、建立了修辞学的风格理论体系。二、吸取西方心理学、美学理论:(一)关于风格定义与最高原则,(二)关于风格的类别。这样由宏观到微观,由观点到史料,由理论到实践,由抽象到具体,虚实结合,层层深入,承前启后,前后照应,逻辑严密,说服力强。

再次,本书在资料上,善于挖掘修辞风格的资源,剥去历史的面纱,露出学术的真面目。肯定其应有的理论价值。如上编第一章第七节引进外国的修辞学著作——龚自知《文章学初编》一、名为"文章学",实乃修辞学。二、论建全格调的三要素:明确,警健,优美。三、论风格中"语料之炼择"。此外,本书第八章文体风格的研究——蒋伯潜、蒋祖怡《文体论纂要》、《体裁与风格》：一、论不同文体的修辞特点。二、论文章风格的辨别。（一）从具体的方面辨别，（二）从抽象的方面辨别，这种论述同样是层层深入，细致入微的。

总的看来，本书对我们研究和建立中国现代语言风格学史有以下几点启发，即对开创期的语体风格研究有以下几点认识：

第一，"中国风格论"和"外国风格论"的结合，产生了中国现代风格论。

第二，"文体风格论"和"语体风格论"及其融合，是中国现代风格论特有的历史现象。

第三，"语言风格论"和"文章风格论"的混合，是古典风格论常见的历史现象。

第四，"语言风格学"从"修辞风格论"和"文章风格论"中脱胎出来，形成语言风格学专著，是符合科学发展由综合到分析，由附庸到独立的客观规律的。

三、吴礼权、邓明以《中国修辞学通史》(当代卷)的语体风格论(1998)

郑子瑜、宗廷虎主编，吴礼权、邓明以(复旦大学教授)著《中国修辞学通史》(当代卷)，吉林教育出版社，1998 年 9 月第 1 版，序郑子瑜，总论宗廷虎。全书共 2 编 11 章。第一编(上)现代汉语修辞学的创立与发展时期(1949~1965)，第一编(下)大陆修辞学的"沉寂"与台湾修辞学的"渐兴"时期(1966~1976)，第二编中国修辞学的繁荣时期(1977~1995)。本书从修辞学史角度评论了有关语体风格的论著对研究中国现代语言风格学史，具有重要参考价值。其主要特色和贡献有以下几点：

(一)在评论语体风格论著时点面结合，重点突出，主线分明，详略得当。本书作为修辞专著在评论语体风格论著时，不仅始终把握语体风格论在整个修辞理论体系中的重要地位，而且是点面结合、重点突出的。因为现代当代史料浩如烟海,若做到主线分明,详略得当,就得突出代表性的论著,概括其他论著。如第一章第四节语体风格研究的进展。一、语体的研究,二、风格研究。在谈到50年代中期以后语体研究时,首先指出当时主要探讨的是语体的定义、语体形成的因素,语体的分类等问题。在说明语体分类问题时,举出了3种具有代表性的体系,一是周迟明的三分法,二是林裕文的五分法,三是张弓的两大类四小类的多层分类的体系。在论述语体研究时,先概括了当时发表的有关语言风格的较有份量、较有影响的文章,然后就重点突出了高名凯几篇文章关于语言风格的定义构成、类型及语言风格学的任务等问题的基本观点。最后概述了当时出现了一批研究作家语言风格的单篇论文,这也是语言风格研究的重要方面。(第45~52页)

(二)在评论语体风格专著时,肯定贡献,指出不足,一分为二,令人信服。本书在评论语体风格专著时,不仅做到了点面结合,重点突出,而且坚持了历史唯物主义和辩证唯物观点,既肯定了某一专著的特色和贡献,也指出其不可避免的缺点和局限。如第六章语体风格研究的新收获,第二节语体学诸论著,重点评了黎运汉等的《现代汉语语体修辞学》、王德春的《语体略论》、林兴仁的《实用广播语体学》、潘庆云的《法律语体探索》。除肯定了各部著作在汉语语体或某一领域的分语体研究方面的开创之功外,都具体指出特色、贡献和美中不足。如黎著对口语语体研究十分重视,研究的深度相当引人注目;对语体交叉和交融语体问题有充分认识,论述相当深入细致,有不少新见;对翻译体的修辞特点论述也相当细致等。最后也指出该书第三部分论"书卷语体",所下功夫似乎不够多,所以创见甚少,而因袭旧说较多。第三节风格学诸著作,重点评论了90年代初出现的几部专著,即张德明的《语言风格学》、郑远汉的《言语风格学》、黎运汉的《汉语风格探索》。同样也首先肯定了其特色、贡献和开创之功,最后指出了其不足和有待完美之处。

(三)善于通过对不同时期的专著进行历史的比较,从而说明某一专著某一方面理论的继承性和创造性,从中可以看出其传承关系和来龙去脉。如评论 50 年代的语体研究时,指出周迟明在《汉语修辞学的体系》一文中,根据陈望道《修辞学发凡》关于三境界(记述的境界、表现的境界、糅合的境界)的理论概括出语体分类的意见。周氏认为《发凡》的"境界说"实为"语体"说,这样的体系也有独创的地方,就是他把每种语体再分为笔头和口头,很有参考价值。(第 47 页)又如第三章对王希杰修辞学专著的评论。谈到其《汉语修辞学》的独特贡献之二是"善于在继承中有所发展",认为"本书第十二章所论的 6 种修辞表现风格(藻丽、平实、明快、含蓄、繁丰、简洁)系继承了陈望道的《修辞学发凡》中的 8 种辞体风格(简约繁丰、刚健柔婉、平淡绚烂、谨严疏放)而来,但在举例与分析方面与《发凡》相比,显得新颖而细密,有不少创见"。(第 181 页)

此外,第十章港澳台修辞学研究的景观,包括程祥徽的《语言风格初探》,指出了这是探讨汉语风格学的最早一部专著和两方面贡献,在章节安排上与同类著作有所不同。

总之,本书作为修辞学史著作,对语体风格论的评论能够切中要害,以简驭繁,且史论结合,相当深刻,可以说吸收发挥了此前几种修辞学史的优点。当然,本书也有美中不足。仅从对修辞学中语体风格论的评述来看,虽论及了语言风格的定义、成因、类型等基本原理的研究成果,但对其实践性和应用问题论及较少,而这方面的论述在繁荣期是很多的。如果能对《修辞学发凡》与《中国修辞学》、《语法修辞方法论文集》、《语体论》、《修辞学论文集》、《修辞学研究》、《文学语言论文集》等同修辞有关的论文集进行比较全面的分类评述,相信本书的内容将更加丰富,更加系统。

四、李伯超《中国风格学源流》的语言风格论(1998)

李伯超,湘潭大学党办主任、青年学者,复旦大学访问学者。与他人合著《汉语语法修辞概论》、《论毛泽东语言艺术》、《秘书语言学》,合编《汉语语义学论文选》等著作。出版专著《中国风格学源流》等,发表论文数十篇。

李伯超著《中国风格学源流》,岳麓书社,1998年4月第1版。全书共7个部分,包括引论、文学风格论之一:作家作品风格论、文学风格论之二:时代风格论和地域风格论、魏晋南北朝的文体风格论、风格类型论、语言风格论、中国古典风格论的民族特点和时代局限性。该书是中国第一部古代风格学史专著,开创了风格学研究的新局面。宗廷虎、王勤为本书作序。宗序概括本书有以下特点:

第一,体例和结构均有新意。第二,坚持史论结合的原则。第三,既注意尊重和吸收学术界已有的研究成果,又敢于提出自己的见解。第四,注意持论公允,言出有据。王序对本书掌握真实可靠的材料,用科学方法进行整体性分析,从宏观上构筑全书的整体框架,以及对材料公允地评估其历史价值和地位等优点都作了充分的肯定。该书对我们编著中国现代语言风格学史主要有以下几点重要意义:

第一,书中论述中国风格学源流,有助于我们认识中国古代风格学的历史源流和民族传统,进一步弘扬光大,建立起具有中国特色的语言风格学。本书引论关于"风格"、风格学溯源、风格学发展的四大流向、传统风格学发展的3个历史阶段等,说明中国风格学源远流长,成就辉煌。起步较早,术语使用也有民族特点。在传统风格学中"体"是最能代表"风格"概念的。魏晋南北朝刘勰《文心雕龙·体性篇》专门讨论风格问题。"体性"的"性"指作家的个性,"体"则指作品风格。后来的风格论一直沿用"体"这一术语。除"体"之外,古人也沿用"品"、"味"、"格"、"趋向"等来表示风格。"风格"这一词从最初指人的风度、品格等,到指作品文章的特点和气氛格调作为一个术语,是经过了漫长的历史过程才形成的。书中指出:"本世纪以来,随着西学东渐的大潮,外国修辞学、美学和文艺学理论方面的论著大量介绍到国内,'风格'一词因之也得到了广泛的使用。"这是符合历史事实的。当代风格学论著中"风格"和"语体"、"文体"、"体式"等带"体"字的术语也同时并用。关于风格学溯源,本书认为:我国风格学产生于魏晋之际,而建立于南北朝,其旗帜分别为曹丕的《典论·论文》和刘勰的《文心雕龙》。但早在先秦、两汉时期,古人就已经注意到风格问题。(第5页)这种说法基本上得到了修辞学史家和学术界的公认。本书强调:"风格学源于人类的审美活动,没有审美对象的多样化,没有审美意识和美学思想的发展,就不可能有风格学。"(第13页)这一点和西方亚里斯多德以来的风格优劣论也有共同点。因此研究风格学往往要运用美学理论。关于风格学的四大流向,即文学风格的研究、文体风格的研究等,对我们建设具有中国特色的语言风格学更有直接的理论价值。

　　第二,本书的"语言风格论",对我们建立中国现代"语言风格学"具有重要的理论价值和现实意义。书中谈到了我国古代语言风格论的产生和发展的历史过程。首先肯定先秦《论语》中关于说话的气度和风格应该视交际场合、交际对象和交际内容的不同而要有所区别的议论,与现代语言学中的语体论原则是吻合的。从语言学角度研究风格现象当始于唐代。并指出古代语言风格的研究内容也还是比较宽泛的,有语言的时代风格和地域风格的探讨,也有作家作品语言风格的评论,还有语体风格的研究(第239~241页)。这对于我们认识今天在语言风格学内部仍存在"广义风格学"和"狭义风格学"的分歧及其历史来源,也是有启发的。从风格学史来看,语体风格论或现代的狭义风格学,也并非完全是"外来的理论"。本书指出,元代杨载《诗法家教》中对9种不同内容和用途的古诗提出了不同的风格要求,这是我国传统风格学史上最早的、成型的语体风格论,因而具有十分特殊的意义和价值。明代郑瑗则进一步发展了语体风格论。他在《井观琐言》中明确提出因交际功能和作品内容的不同,因而有两种不同的语言风格:一种是宗庙、朝廷,著述之体,奥古艰深;一种是记录、答问之体,通俗明白。实际上郑瑗讲的是语言的两种风格,一种是正式、庄重、严谨的书面语体,如官府行移,另一种是通俗、朴素、明白的口语体,如语录之类。(第241页)这种论述是很有说服力的。本书还重点论述了唐宋的语言风格论、金元明清的语言风格论等,论及语言的时代风格和地域风格、作家个性和语言风格、诗歌的语体风格、戏曲的语言风格和词、曲的语言风格差异等,说明广义的语言风格论是有民族传统和历史渊源的。

　　第三,书中论述古典风格论的民族特点和时代局限性,有助于借鉴古代经验,克服历史局限,努力建设具有中国特色的现代语言风格学。书中指出:我国古典风格理论在形成和发展的历史过程中,由于汉民族共同的心理、素质结构、性格特征、社会风尚、文化传统和审美情趣等多种因素的影响,从研究内容、研究方法到理论术语、表达方式,无不显示出自己鲜明的民族特点。首先是我国古代风格研究和领域非常之广,既涉及作家作品风格、文体风格、语言或言语风格,文学的时代风格、地域风格和流派风格,又涉及风格范畴和风格类型等一般的风格理论。第二个特点是侧重于鉴赏和批评,长于概括和描写审美主体对风格现象的总体感受,带有浓厚的主观抒情色彩。并通过亚里斯多德和刘勰风格论的对比,说明两种完全不同的学术风格:一种是科学、实证的风格,显得客观、具体、精确;一种是人文抒情的风格,显得生动、优美、空灵。前者长于说服,后者长感悟。这种差异主要由于研究角度、方法和表达方法的不同造成的。此外,中国古代风格研究在风格的表述上呈现出多样化的特点，并产生了一系列具有民族特点的风格学术语。(第272页)我国古人对风格的表述主要用抽象概括法、形象描绘法、兼用法、标记法4种,术语分为表达"风格"这个概念本身的、跟风格形成有关的、表述各种风格的3个系列。本书在谈到中国古典风格理论的时代局限性时,主要概括两点:一是始终没有取得独立的科学地位,因而难以形成自身的科学体系。二是由于方法上长期没有根本性的突破,使得我国古代的风格研究深度不够,科学性不强。因此,我们要真正建立起具有中国特色的现代风格学或现代语言风格学,就要在继承和发扬中国传统风格学优点的同时,借鉴吸收西方风格学的优点,从而使中国现代风格学更加科学化,更加客观、具体,具有实证性、可操作性,成为新兴的独立的科学。

美中不足的是,本书的"风格范畴和风格类型论"没有论及古代风格论研究比较充分的"表现风格",只在表达风格的术语中提及这一问题,而这是需要进一步研究的具有中国特色的风格论的重要内容。

第六节 语言学论著中的语体风格论

一、赵纯伟《古汉语的言语美学》的语言风格论(1995)

鞍山师院副教授赵纯纬著《古汉语的言语美学》,东北大学出版社,1995年3月第1版。全书共10章,从建构言语美学的角度,多处论述了中国古代文学先秦诸子作品中所表现的言语风格,对于我们探讨汉语风格学、研究作家作品的言语风格、建立现代汉语风格学都是有参考价值的。

《古汉语的言语美学》把美学与语言结合起来,从形式美的角度对古汉语的言语风格做实证性的分析考察,鉴赏言语的意蕴美、形式美、表现方法之美,这是作者对汉语风格学研究的独特贡献。

从风格学的角度来看,本书主要涉及风格学基本原理的类型论和构成论。

首先谈类型论,主要论及表现风格和作家作品风格。书中评论了《诗经》、《左传》、《论语》等十几部古典著作,指出它们的不同的风格特色。如"《诗经》的言语风格,或朴素,或直率,或婉约,或含蓄,或沉郁,或雄浑,各有各的妙处,'浓妆淡抹总相宜'";《左传》的"寓刚健于娴娜之中,行道劲于婉媚之内。";《论语》的简约隽永、精炼含蓄;《孟子》的"浩然充实于天地之气";《庄子》奇崛诡异;《荀子》沉着浑厚,说理精密;《韩非子》旁征博引,援古证今,反复辩难,层层剖析,说理周详严密,气势锐不可挡;屈原写不同题材呈现不同的风采:明朗与含蓄,悲壮与婉约,平实与怪诞;风格多样。

其次,本书除了类型论之外,还体现了风格学中的构成论的理论观点,包括风格的成因(风格形成的主客观因素)和风格手段(主要是语言手段)。由于本书力图走语言学与美学结合的路线,因此对于构成风格的语言手段的论述占据了较大的篇幅,对每部著作分别从语音、词汇、语法及修辞诸方面进行详尽的分析。同时,对风格形成的制导因素也有论及。如在第二章"抒情的美学特征——《诗经》"中,作者提到"由于反映社会生活不同、角度不同、审美观和创作方法存在差异,《诗经》言语形成了各式各样的风格"。在第六章"浩然充实天地之气——《孟子》"中,论到"正是这种以仁义为己任,豪爽直率,至大至刚的个性,形成了孟子言语气势磅礴、锋芒毕露、咄咄逼人的风格"。

总的来看,尽管作者希望运用语言学和美学相结合的研究方法对古代典籍进行实证性的分析,但还显露了较多的文学批评的痕迹。当然这并不影响其为现代汉语风格学研究,提供古代文学作品语言风格的素材及其对古典著作风格研究,所起到的启示作用。

二、程祥徽《语言与沟通》的语言风格论(1995)

　　程祥徽《语言与沟通》,澳门基金会于 1995 年 2 月出版。张志公序,全书分语言编、风格编、写作编三部分。风格编的 7 篇文章论述了风格理论的几个问题。主要阐述作者关于建立狭义的语言风格学的基本观点。如认为所谓"民族风格"是"语言"范畴,而"语言风格"是"言语范畴",因此语言风格学不应讲"民族风格"。同时主张"语体先行"。其中《现代汉语风格章》一文,比较系统地论述了作者对现代汉语风格学的几个基本观点:一、"语言特点"不是"语言风格",二、语体风格的定义,三、语体分类(即风格分类),四、语体成分的交错。全文的基本论点同作者以前在语言风格学论著和现代汉语教材中发表的理论是一致的。不过本文更明确地标明"语体分类"(即风格分类),这说明作者所主张和坚持的"语言风格学"即"语体学",认为"语体"即"风格",二者是"同一关系",而不是一般所谓的"种属关系"或"并列关系"。本书主要论述了以下几个同语言风格和风格学有关的问题:

　　首先,本书说明了语言的"沟通"、"传意"或"传播"同"语言风格"和"语言风格学"的关系。

　　现代传播学广泛使用"传意"一词,它的意思侧重于"传达",然而语言交际是双向行为活动,"传"出去是否"达"于对方,也是我们应该研究的课题。基于此,作者采用"沟通"一词,强调语言在交际中的双向呼应关系。本论文集的书名也是由此而来。

　　沟通是在一个人的交际场合中展开的,各种各样的交际场合都存在共同的关系。场合不同,格调气氛也不同。"语言的使用要切合各种不同交际场合的气氛,帮助共同使命的完成"。"语言风格学便是语言扮演沟通角色时所形成的一个分科,它研究语言在被具体运用时受交际场合和交际目的的制约而构成的特殊的气氛或格调"。

其次,本书的 7 篇风格学论文从不同角度论述了风格学基本原理的各方面问题。

包括风格学的理论基础、学科性质和研究对象、风格的定义、成因、分类、历史传统和教学应用等诸多问题。对作者的《语言风格学》专著的理论体系是很好的阐释和补充。

"风格编"的 7 篇论文是:《风格的要义与切分》、《语体先行》、《现代汉语风格章》、《孔子的言语观》、《孟子的言语观》、《风格学与对外汉语教学》、《社会语言学与语义学》,另外,"写作编"中还有一篇《文学作品的风格问题》也属风格学研究。作者认为:

"名不正则言不顺",建构一门学科的理论框架,首要任务便是给该学科下一个明确的定义。风格学也是如此。在给予"风格"一个比较清晰的界定的同时,也应该明确风格学的研究对象。

在"风格"的定义上,比较有争议的是"民族风格"究竟是不是风格学的研究范围。

作者从结构主义语言学的理论出发,认为"风格"属"言语"范畴,而所谓"民族风格"属"语言"范畴。因此他提出:"语言的民族风格是语言材料的民族特点。言语风格的研究如果容纳这类民族风格的课题,后果将会混淆言语与语言的界限,模糊了风格学的研究对象,至少会加重风格不少的负荷。"主张将"民族风格"从"风格学"领域中切分出去。

作者援引了 1993 年 6 月 14 日中英谈判的事例。谈判的双方使用的分别是汉语和英语,但却营造了同一种格调、氛围,即言语风格,可见"民族风格"在这个交际场合中显得并不重要,"只有特定的交际任务和交际场合决定言语风格,在同一场合中不会因为使用语言或方言的不同而形成不同的风格"。对于风格学来说,语体风格是最重要的风格,"个人的一切言语活动首先要符合语体的要求",一个人在"接触另一种语体时,很容易受到业已习惯的语体风格的影响"。因此作者主张,"风格"的切分,"第一刀"要切分出语体风格。

在《语体先行》、《现代汉语风格章》、《风格学与对外汉语教学》中,作者反复阐明了"民族风格"并非风格学的研究范围,及"语体先行"的理论观点。

然而,在"写作编"的《文学作品的风格问题》一文中,作者又反复提及"民族风格",这里所讨论的"民族风格"是文学上的"民族风格",而非语言学上的"民族风格"。

在《孔子的言语观》和《孟子的言语观》中,作者追本溯源,在深入研究孔孟学说的基础上,捕捉到散见于孔孟著作中的语言风格学的真知灼见。本书美中不足是在主张"语体先行"的同时,应论述在语体基础上哪些风格应该"后行",这才比较全面。

三、王铁民《语言运用与思维美学》的语用要适应语体风格论(1997)

华南理工大学王铁民的《语言运用与思维美学》,华南理工大学出版社,1997年2月第1版,濮侃序。

《语言运用与思维美学》的绪论说:"语言运用与思维美学研究的是运用语言的艺术、思维的艺术和发展语用与思维能力的途径。"全书分为4个部分:绪论;上篇:语言运用美的特征、创造原则和表达技巧;中篇:掌握思维艺术、开掘智慧潜能;下篇:培养语用能力、创造优美语言。其中上篇共有3节对语言风格进行了详细论述,分别是第四章第四节、第十二章第三节和第四节。全书多处论及语体风格问题。特别是上篇第四章和谐与得体的美学原则,第四节论及了"语言运用要适应语体"。第十二章古今汉语语言运用美的辩证艺术,第三、四节分别论述了"语体风格"和"表现风格"的语用辩证艺术。以新视角、新方法丰富了语言风格学的"应用论"和

"方法论"。

首先,本书关于"语言运用要适应语体"的论述丰富了语言风格学的"应用论"。

第四篇的标题是和谐与得体的原则,其中第四节主要论述的是"语言运用要适应语体"。文章中说"掌握各种语体特点及其相互间的区别联系,这是运用语言遵守和谐得体原则的又一重要内容,对提高语言表达效果大有裨益。"语体对于语用与思维美学来说,是审美原则重要内容之一。因为人们进行思维和言语表达,总是在一个特定的环境中,为了某种目的,面对特定的对象进行的。而这些因素对于语言材料和运用语言方式的选择有着极强的制约作用。有人称语体为'次语用环境'是很有道理的"。从这一理论观点出发,作者在下面的论述中对语体的定义、分类及几种常用语体的主要特征进行了简单而又全面的介绍。文章的最后两段还提到了不同语体之间的转化融合以及语体和文体的区别。体现了作者研究方法的辩证特点,这一特点还表现在另外第十二章的论述中。

其次,本书关于"语体风格"和"表现风格"语用辩证艺术的论述,丰富了语言风格学的"应用论"和"方法论"。

第十二章标题即为"古今汉语语言运用美的辩证艺术",其中第二节为"语体风格的语用辩证艺术"。在这一节中作者提出"一般情况下,所用的语体要与相关的文体相适应、相协调,但有时出于特殊表达的需要,为了切合特定的情境和气氛,言语主体也会说出或写出表面上同语体风格不相协调的话语文章,这正是语用艺术的辩证法"。并进行举例论述。在第四节"表现风格语用辩证艺术"作者提出"一篇文章所表现出的语用风格,或简洁、或藻丽,或明快,或柔婉,只是就其整体表现出的语用倾向来说的,是以某一语用风格为主,却并不决然排斥其他的风格的语言,它们是以对立统一的状态而存在于文章语言之中"

这两节从语用的角度阐释了语体与表现风格的辩证统一关系,同语言风格学中"风格的交叉渗透"理论可谓异曲同工、殊途同归,进一步丰富了风格学理论,拓宽了风格学研究的领域。

总之,本书从"语言运用与思维美学"的新角度、新方法,论述语体风格的应用原则和规律,结合实例,分析简明,颇具特色。美中不足的是论述还未完全对准各类语体的特征,而是主要谈到记叙文、抒情文、论说文、公文、诗歌等作为"体裁"的文体特点,虽然语用要注意"体裁"特点,但它和作为语言功能风格的"语体"显然是不同的。

四、潘庆云《跨世纪的中国法律语言》的法律语体风格论 (1997)

潘庆云著《跨世纪的中国法律语言》,华东理工大学出版社,1997 年 10 月第 1 版。全书除"前言"外,分上编、中编、下编,共 14 章,包括"中国法律语言展望篇"三大部分,从历时和共时两个角度论述了中国法律语言的过去、现在和未来,既有历史的传统,现实的状况,又预见台湾与大陆法律语言必将融合的趋势。作者在《我与法律语言的因缘》(见前言) 一文中充满激情地谈到了自己从复旦中文系毕业后转行研究法律语言的经过和撰写本书的动机,在理论上受到了英国学者《英语语体调查》一书的启发,对其中的法律文件的语体"等章节反复研读,似乎对自己的未来也有了一些憧憬,并开始系统研究。他说:近年来由于国家法治的进展和法制的日臻细密,国际国内政治经济形势的发展,包括诉讼和非诉讼法律事务在内的法律活动的拓展并渗透到社会的每一个领域,这样就对法律语言的运用提出了新的要求。具有社会性的法律语言在逐步适应社会需要并力求与社会同步发展, 目前又面临律师提前介入刑事诉讼、审判方式改革为抗辩式庭审、台湾法律语言、香港回归后实行汉英双语制法律语言等等因"一国两制"产生的种种法律语言的理论和实践问题。因此，在此即将告辞旧世纪之际，有必要在中华四千年法制史、中国法律语言内部多法域冲突、国际法律语言交际这一更为广阔的时空背景下，作一次世纪末回眸和新世纪展望，全面审视和科学探索中国法律语言。把书稿命名为《跨世纪的中国法律语言》，正反映了笔者撰述这部书稿的初衷。

本书"内容提要"指出：随着香港、澳门的回归，台湾也终将回到祖国的怀抱，由于实行"一国两制"的伟大构想，我国将成为一个"一国两制三法系四法域"国家。中国法律语言亦将呈现多姿多彩的跨法域现象。

本书运用法学及相关学科知识与成果，密切结合我国90年代改革开放时期的司法实践，解决诉讼和非诉讼法律事务中，顺应特定的题旨和情景，有效妥贴地进行法律语言表述和交际的规律与技巧问题。同时审视和展望了法制改革期的法律语言问题，香港双语法律语言和台湾法律语言的现状和发展前景，以及各法域间法律语言的冲突和融合等种种跨世纪的中国法律语言问题，对巩固与发展法制改革成果，促进大陆与港台之间的法学理论和司法实务的交流与合作，有积极意义。

本书是广大政法干部、律师、法律院系师生、广大读者提高法律语言运用能力，提高法律业务水平，争取诉讼和非诉讼法律事务成功的益友。

可见本书视角独特，论述全面，承前启后，展望未来，在《法律语言艺术》(1989)、《法律语体探索》(1991)等专著的基础上，进一步丰富发展了中国法律语言的研究成果，完善了汉语法律语体风格的理论体系，对建立中国现代语言风格学，特别是对建立语体风格学，从法律语体的侧面作出了开拓性的重要的贡献，具有明显的理论价值和实用价值：

（一）有助于探讨中外法律语言、法律语体的研究历史和发展趋向。如上篇法律语言时空篇关于"中国法律语言的形成,沿革和研究概述","世界法律语言研究概述""跨世纪的法律语言研究"以及下编"中国法律语言展望"等。

（二）有助于探讨现代汉语的法律语言的语体风格。理论体系,如中编中国法律语言本体篇,从总到分进行论述,包括第一节"法律语体风格概述";第二节准确无误——法律语言的生命;第三节凝炼简明——法律语言的简捷性;第四节严谨周密——法律语言的科学性;第五节庄重肃穆——法律语言的权威性;第六节朴实无华——法律语言的务实性;第七节法律语言内部风格差异。以上系统地概述了法律语体的总体风格和内部风格,说明它作为一种言语的"功能变体"或"功能风格"所形成的语境条件和交际目的。说明本书在作者的《法律语体探索》基础上,对法律语体风格的论述更加明确、系统、科学、实用。

（三）有助于提高广大法律工作者、政法干部、律师、法律院校师生以及广大读者的言语修养,掌握运用法律语言,写作法律文书的能力,具有很强的实用价值。

五、徐丹晖《语言艺术探新》的语言风格论(1999)

徐丹晖,女,北京广播学院语言文学部汉语教研室主任、教授,研究生导师,发表语体风格学论文十多篇,其论著《语言艺术探新》,北京广播学院出版社,1999年6月第1版。这是作者有关语言艺术的论文集。徐仲华作序。本书包括对文学语言和各种修辞运用的分析。其中有几篇是论述语体风格的文章。特别是作者结合广播语言教学,发表了《口头外交语体及其特点》、《略论节目主持人语言的个性化》、《论鲁迅小说语言的民族风格》等文章,在学术界颇有影响,以此丰富了语体风格论、为新兴语体论、作家作品语言风格论等研究,作出了独特的贡献。

本书序言指出：

著者徐丹晖结合教学,致力于汉语修辞学、语体学、语用学的研究三十余年,发表论文数十篇,汇集成书,便是这本《语言艺术探索》。该文集所收论文共同特点是"不局限于封闭性的、语言内部结构的研究而侧重于开放性的、语言外部功能的研究;不停留在前人研究的领域里作静态的描写,而勇于涉足前人尚未开拓的新的领域,重视动态的分析研究。取得的成果不仅有学术价值,而且富有指导语言实践的意义,是理论与实践相结合的产品。"其主要贡献如下:

首先,本书论述"口头外交语体及其特点,"对语体风格论研究具有独创性,即发展了有关"语体交叉和渗透"的理论。文章包括"口头外交语体的交叉和修辞色彩"、"口头外交语体的特点"、"研究口头外交语体的意义"等几个部分。认为"外交辞令是口语语体的演讲和书面体的公文、政论语体的交叉与渗透。是一种复杂的语体现象。因为这种语体用词典雅、严谨、庄重"。(第16页)并从5个方面概括其特点:第一,具有一定的程序。第二,在选词方面,语言十分准确。第三,在句式的选择上,兼有口语语体和书面语体的特点。第四,这种语体实际就是在特殊场合下的演讲。书中以邓小平、黄华等外交演讲为例,生动地说明了口头外交语体在外事活动中对贯彻外交路线,增进各国人民友好感情方面的重要作用。

其次,本书有关广播语言特点和节目主持人语言个性化的论文,有助于我们探讨广播语体风格和个人言语风格问题。

文集中收录的《广播语言的立体感刍议》、《略论节目主持人的语言的个性化——从〈一丹话题〉谈起》、《通感在广播语言中的妙用》、《口语表达艺术的原则》等文,展现了著者对广播电视语体进行的卓有成效的探索成果。

这些文章"从听觉视觉感受着眼,论述了广播电视语言的语体

356

特点,运用的原则,对电视语体风格的主、客观因素,风格构成手段等都进行了有益的探讨,并且在论述中注意结合传播学、信息论、美学、心理学的理论进行较深入细致的分析,取得了一定的成绩,这种动态的、多学科结合的分析,对我们研究广播电视语体是有一定促进作用的"。(序言第2页)

在《广播语言的立体感刍议》中,作者提出要用摹色、绘声和多觉的修辞方式描绘情景、形象、状况以便发挥广播语言以声传情的特点,增强广播语言的立体感。在《略论节目主持人语言的个性化》一文中,作者认为敬一丹在主持《经济半小时》5年中,逐渐形成了鲜明的个性化的语言特点。这就是"真诚质朴,敏锐深刻,富于思辩色彩,饱含忧患意识"。在论述形成主持人"创作个性"的主客观因素中,强调主持人个性化语言的形成条件。

再次,本书对鲁迅小说语言民族风格的论述,有助于我们研究作家作品语言风格以及共性的民族风格和个性风格的关系。书中对鲁迅小说语言风格特点概括为三方面:

一、博采众家,取其所长(主要谈对口语、古语的选用加工);

二、千锤百炼绕指柔(主要谈描写语言的"白描手法、动词锤炼")

三、绘声绘形描丹青(主要谈表现汉语的声音美和色彩美等)
以此说明鲁迅小说充分利用汉语富有音乐美的特点,用语言演奏了一曲曲交响曲。

和同类文章相比,本文善于通过作家锤炼语言、写景、写人要利用汉语声音美和色彩美的特点来表现汉语的风格。

本书是一本语言艺术的论文集、内容丰富多彩,其中有关语体风格的论文所占比重不大,有关语体风格修辞手段的论文也未组成单元板块,因此语体风格论显得不够集中。另外,对主持人语言个性化的评论,似宜提升到个人言语风格的高度。

六、程祥徽《中文回归集》的语言风格论(2000)

程祥徽著《中文回归集》,香港和平图书,海峰出版社,2000年7月第1版。全书收入作者30篇论文,其中有5篇是直接论述风格的论文。《风格的要义与切分》曾收入其他论文集。其中最重要的是重新发表了写于60年代的《汉语风格论》,该文全面系统地论述了汉语风格的定义、成因、类型,包括汉语的民族风格、时代风格、语体风格、个人风格等,观点鲜明、材料丰富、论述严密,反映了作者早期的风格观和研究水平。后来作者修正了自己对"民族风格"的看法及对"语言风格"和"言语风格"两大范畴的划分。这有助于我们研究作者风格观的发展,也可以看到几代学者为创建中国现代语言学所作的刻苦探讨。该文在今天仍有历史价值和现实意义。

长篇论文《汉语风格论》共分5章,第一章语言风格的含义和标志。第二章汉语的民族风格。第三章语言的时代风格。第四章汉语的语体风格。第五章汉语的个人风格。全文论及了汉语风格的定义、成因(标志)类型等理论。每种类型的风格又都包括定义、成因、标志等。

关于"语言风格"的定义,本文根据唯物辩证法"物质和运动不可分割"的观点,提出:"语言风格是语言本身特点和语言运用特点的综合。从语言风格包含的内容来看,语言风格包含着语言的民族风格和语言的内部各种风格。民族风格是语言特色的集中表现,是一种语言的成分、结构、表达方式和发展规律的特点的综合。语言内部的各种风格可以概括为时代风格、语体风格和个人风格";"一句话,语言风格是不同的民族、不同的时代、不同的语体和不同的个人在语言方面或语言运用方面表现出来的特点的总和"。(第106~107页)可见当时的"语言风格"定义有以下特点:(1)包括"语言本身的特点"和"语言运用的特点"两方面,而不仅是"言语风格"的范畴,即"静态风格"和"动态风格"的结合。(这种理论在80、90

358

年代的学术界产生了一定的影响,如刘焕辉、张德明当时的语言风格论都曾明引或暗引而持有这种观点。)不同于此前有些人提出语言的民族风格也是语言运用特点的综合。(2)在术语使用上,作者用了"语体风格"的术语,后来作者在语言风格学论著中往往直接用"语体"表示语言的功能风格,既不用"语体风格",也不像高名凯那样在语体名称后面加上"言语风格"或"语言风格"。(3)当时属于"综合特点论",后来改"格调气氛论",并反复论证"语言特点"不是"言语风格"。这对作者建构的风格学体系来说,是在核心概念和基本理论上的重大发展和修正。为此,本文"后记"说明:本文写于50年代末,60年代初,举例所用语料未能摆脱当时主流意识形态的影响。今天看来,一则引为憾,二则从中可以看出语言的"时代色彩"。从社会语言学和风格学的角度看,这也未尝不是一件好事。又:本文提出的关于"民族风格"的论点,后为作者自己修正,详见本书《风格的要义和切分》。

此外,文集中《迎接语言风格学的新世纪》和序黎运汉《汉语风格学》两文,论及了中国现代语言风格学的研究历程和言语风格学的基本的理论,对我们研究"中国现代语言风格学史",建立现代"语言风格学",都是必读的重要参考文献。

第七节 澳门"语体与文体研讨会"的召开和《语体与文体》论文集的出版

一、澳门"语体与文体研讨会"的召开(1999)

1999年7月2日至3日,澳门语言学会和写作学会联合召开了"语体与文体"学术研讨会。出席会议的有大陆和澳港地区的高等院校和研究机构的专家学者共36人,其中有11位博士生导师。

这次会议开得很成功。澳门语言学会副会长邓景滨在《语体与文体》论文集的序言中概括这次会议的成效和特色有三:一是会议主题好,二是论文质量高,三是研讨气氛浓。达到了"三有":一有高层次的专家,二有高质量的论文,三有充分而深入的讲座甚至争论。我们可以说这是继80年代中期上海语体学研讨会和90年代初期澳门语言风格和翻译写作国际学术研讨会之后,在汉语现代风格学史上一次具有重要历史意义的会议,是澳门在20世纪末迎接新世纪的一次大型学术研讨会,为新世纪的风格学研究奠定了基础。

二、《语体与文体》论文集的出版(2000)

澳门语言学会和澳门写作学会于2000年12月出版了《语体和文体》论文集。本书由程祥徽、林佐瀚主编,程祥徽、邓景滨作序。论文集中收入了36位作者的33篇论文(有的联名合写)。程"序"说明了会议的主题和历史意义。邓"序"概括了会议的成效与特色。程"序"指出:会议"研讨的主题是讨论文学上的文体与语言学上语体的关系"。并说明"语体"与语言运用同时产生并且永远相伴发展。40年前,语言风格学在中国兴起,与此同时,语体学也相伴而生。语体学在风格学中占据至关重要的地位。没有语体学就不会有风格学。最后指出,以文体的研究代替语体的研究可以说是当前研究工作中的通病。为了廓清学术研究中的模糊观念,我们广邀各地名家,聚集一堂,讨论语体与文体的问题,目的是将语体学和文体学的研究引向深入。邓"序"在谈到会议的成效和特色之后,概括了会议的论文内容:"从不同的角度探讨了语体学与文体学的有关内容,如语体与文体的联系和区别,文体与语体的源流和分类,应用文体与文艺文体的古今演变和发展;其中最瞩目的是针对目前两岸四地行政公文的状况,比较和前瞻……这些论文,有开拓新领域的,有提出新观点的,既有宏观的,又有微观的,既有对传统问题的深化,也有对现实问题的探新……其中不少论文,既有理论指导作用,又有应用实践意义。"(第4页)

具体地说,这33篇论文的内容篇目共分6个部分。(6组)

(一)第一组共6篇,有关语体和文体的基本理论,包括语体和文体的联系和区别、源流和分类以及相关术语的来源和辨析等。论文有澳门语言学会会长、澳门大学中文系教授程祥徽的《传统与现代联姻——语体与文体之辨》,复旦大学中文系教授、博士生导师李熙宗的《是是非非——有关语体学与传统文体论关系问题的再思考》,安徽大学中文系教授、博士生导师袁晖的《有关语体学的几个原则问题》,烟台大学中文系教授丁金国的《语体风格问题的思考》,海南师范大学教授、中国修辞学会副会长柴春华的《现代语体的历史渊源及其他》,澳门语言学会理事、澳门大学中文系讲师邓骏捷的《语体分类新论》等。

(二)第二组共6篇,主要论述大陆的行政公文特点及海峡两岸现行公文的区别。论文有南开大学中文系教授、博士生导师刘叔新和南开大学中文系博士生刘力坚的《当代汉文事务文体的特点》、五邑大学中文系教授朱涛的《论华文社区公文程式的整合》、青岛海洋大学文学院副教授张德禄的《论实用文体语类结构潜势》,新疆大学中文系教授施铁的《浅谈中国海峡两岸现行公文程式之区别》、上海大学教授、中国写作学会副会长于成鲲的《公共行政文书中的令类文件》、南开大学中文系博士生王泽鹏的《大陆现代行政公文中的常用词语》等。

(三)第三组共5篇,集中论述港澳公文语体的现状与发展,写作训练与正常规范及其与内地公文的比较研究。论文有香港学者王忠义的《香港应用文现状的观察与发展》,暨南大学中文系教授陈合宜和澳门理工学院理事会顾问陈满祥的《澳门公文与内地公文的比较研究》，澳门理工学院语言暨翻译高等学校校长盛炎的《公文语体与公文写作训练》，澳门语言学会监事、澳门临时海岛市政局高级技术员曲同工的《推广中文公文的正常规范是澳门当前的重大任务》，香港大学中文系副教授黄坤尧的《论港式中文》等。

(四)第四组共 3 篇,论语言表达、修辞效果、语言发展等和言语交际、语体风格的关系。论文有广州大学中文系教授许光烈的《姓名称谓的汉语表达》，深圳教育学院副教授童山东的《论修辞效果的整体控制》，十堰教育学院教授、前院长匡裕从的《试论语言的发展及原因》等。

(五)第五组共 5 篇,论汉语语体的特点、教学及新闻、广播和网络等新兴语体和文体。论文有北京语言文化大学教授、澳门理工学院语言暨翻译高等学校课程主任赵永新和澳门理工学院语言暨翻译高等学校讲师齐白桦的《汉语口语与书面语体的特点及其教学》，复旦大学新闻学院副院长、澳门大学副教授尹德刚的《浅论新闻文体的演变与发展》，广州大学中文系副教授刘凤玲的《实况视播语体特征浅探》，山东大学中文系教授、博士生导师钱曾怡的《唐诗演讲与语体文体——从全国第二次公务员普通话比赛中想到的两个问题》，烟台大学副教授张力军的《风格媒体文本的语体初探》等。

(六)第六组共 7 篇,论中国古代文体分类、源流发展和现代诗文概述。论文有北京大学中文系教授、博士生导师褚斌杰的《简论中国古代文体分类和公牍文源流》，山东大学古籍所教授、博士生导师董治安的《关于由"辞"到"赋"的发展演变》，中国社会科学院研究员、博士生导师石昌渝的《小说与史统》，山东大学中文系教授、博士生导师吴承学的《唐代判文文体及源流研究》，北京师范大学中文系教授、博士生导师郭英德的《论明清传奇戏曲的代言体》，苏州大学文学院院长王尧的《文化转型与美文的变迁——大陆九十年代散文创作概述》、上海社会科学院副研究员孙琴安的《从构思模式看古今诗文的本质区别》等。

上述论文对中国当代语言风格学理论的深入研究和学科建设,有重要的学术价值和实用意义。

综上所述,本论文集对语言风格学理论的研究和教学应用,都有明显的学术价值,是一本重要的参考书。如果从贯彻"语体和风格研讨会"的主题来看,《论文集》不仅讨论了"文学上的文体和语言学上语体的关系",而且也讨论了"文章学上的语体和语言学上语体的关系,"似乎超出了会议的主题范围。因为现代的文学观念(语言的艺术)是不包括论文集中占重要地位的公文和应用文体或事务语体的。但从文章学角度看语体,除了口头语体或谈话体之外,一切书面语体或书卷体都属于其研究的文体范围。如果从研究文体的范围来看,语体学之语体显然大于文章学之文体,更大于文艺学之文体。如果从某些语体如演讲体一般有文本加工(非即兴讲演),又不完全是属于口语体或口语风格,所以从总体上看,语体大于文体(体裁),又有互相交叉的关系。本书论及的语体风格学(狭义风格学)的一系列术语概念、学科性质、研究对象、同相关学科的关系、语体的含义和语体的成因、分类原则和划分标准、实际应用和研究方法以及吸收现代多学科理论方法,坚持正确的研究方向等观点学说,在中国现代语言风格史上具有深远的意义。也可以说,80年代中期,上海语体学研讨会出版的《语体论》,90年代初期"澳门语言风格和翻译写作国际研讨会"出版的《语言风格论集》以及20世纪末澳门"语体和文体研讨会"出版的《语体与文体》论文集,是3个划时代的里程碑,它们标志着当代汉语语体学、风格学由复兴繁荣到进一步深入发展,有望在新世纪日趋成熟,从而真正成为独立的新兴的语言学科。

结　语

一、20 世纪语言风格学研究小结

　　回顾 20 世纪中国现代语言风格学研究，大体上经过了从"发凡"草创、理论建设、十年停顿、短暂复兴、繁荣兴盛、深入发展等几个时期。据不完全统计，收入本书的独立发表的单篇语言风格学论文共有二百八十多篇（不含语体学、风格学会议论文集），公开出版的汉语语体学、风格学专著和教材将近二十部，与汉语风格学有关的修辞学、语言学、文体学专著和教材共一百五十多部。可以说风格学的研究队伍由小到大，研究成果由少到多，学科地位由"附属"到独立。在理论体系上逐步形成了由导论、本质论、构成论、类型论、应用论和方法论组成的"风格学基本原理"和独特的研究方法。在内容范畴上逐步形成了"狭义风格学"和"广义风格学"两种并存的学科体系。

　　纵观中国现代语言风格学史各个时期的研究成果，我们有理由说，本学科在 20 世纪经过近百年，特别是 30 年代以后七十多年的刻苦研究，已经基本上形成了独立的学科体系。对其学科属性、研究对象和目的任务以及独特的理论框架和研究方法，学术界的共识越来越多，分歧越来越小。至于存在一些争论问题，那是任何

学科,特别是新兴学科、边缘学科在发生发展,走向成熟过程中正常的现象。总的来看,学术界的研究成果,大体上概括如下:

1、在导论或绪论方面,学术界共同认为,语言风格学是语言学的一个分支,是属于语言运用的学科,即"言语语言学"的范畴。其理论基础是"语言"和"言语"互相区分的学说。其研究对象是语言运用中即言语中的风格现象,包括全民语言中的各种风格变异,风貌格调。在内容体系上,包括语言风格学定义、成因、分类和实际应用的规律,即定义论(本质论)、成因论(构成论)、类型论(范畴论)、应用论和方法论等。其目的任务是从整体上提高人们的语用能力,即言语修养;培养人们对各种语体风格的表达能力和欣赏能力,以适应言语交际的多种需要,进而形成优美独特的语言风格和良好的现代化的"文风",使人们的语言运用达到"随情应境"、"适度得体"的目的。在理论和实践关系上,学术界有 3 种观点:一种认为语言风格学是应用语言学的一个分支,一种认为语言风格学是理论语言学的一个分支,一种认为语言风格学是语言理论和语言应用互相结合的学科。我们倾向于第三种观点,即要把语言风格学建成为理论和实践相结合的新兴的语言学科。

2、在定义论,即本质论方面,学术界先后提出了语言风格的"措辞巧妙论"、"用语独创论"、"格调气氛论"或"风貌格调论"、"言语特点论"或"综合特点论"、"表达手段体系论"、"语言艺术论"、"言语变体论"或"常规变异论"以及"语言最高表现论"、"语言的整体的美学面貌论"等等十多种理论学说。其中以"格调气氛论"和"综合特点论"居多。同时正向着吸取各种学说的"合理内核",综合运用各种论点和"美学面貌论"的方向发展。以上定义用语的角度不同,术语来源不同,句子长度不同,但有一点基本相同,实质相同,即不同程度地说明了"言语风格"或"语言风格"的学科属性、形成因素和表达手段的系统等,以此揭示这一概念的内涵,限定这一概念的外延；并以此把"语言风格"和其相邻概念"文学风格"、"文章风格"以及"文风"等区别开来，明确其联系性和区别性。我们根据风格学的基本原理，吸收学术界多数人的看法，认为语言风格即言语风格，是人们在特定的语境中使用语言，选用表达手段，形成言语综合特点所表现的风貌格调和审美类型。简言之，语言风格即言语综合特点表现的风貌格调。就其形成和在语用中的层次地位来说，它是语言运用的最高平面，是修辞效果的集中表现。广义风格论（主张研究各种语言风格）和狭义风格论（主要研究语体风格，即功能风格）争论的主要焦点问题是静态的"语言特点"和动态的"言语格调气氛"的关系。如果从语言运用的言语特点或在特定交际场合中形成的格调气氛出发来研究语言风格现象，那就会逐渐取得共识。事实上，持广义风格论的学者基本上也都认为语言的"民族风格"是在语用中产生的一种言语风格类型，而不是语言结构体系本身特点的类聚系统。

3、在成因论或构成论方面，学术界相继提出了语言表达功能论和语言表现方法论、语言的"风格要素"和"风格手段"论、主观客观二因论、共性个性二因论、"语言变体论"和"言语变异"论、风格形成的"外部因素"和"内部因素"论、"语言的风格手段"和"非语言的风格手段"论、风格形成的"制导（制约）因素"和"物质材料因素"论、"外观形态的风格要素"和"内蕴情意的风格要素"论、以及字词句章的风格色彩、风格要素和风格作用理论等。并在此基础上开始提出主观和客观、内部和外部以及共时和历时等多角度、多层次的风格范畴系统论。我们倾向于运用以上多种理论学说来说明语言风格形成的原因和表达手段，而主要运用主客观二因论、内外二因论、和"制导因素"与"物质因素"二因论，并在风格手段中强调选用"修辞同义手段"在形成各种风格中的重要作用。

4、在类型论、范畴论方面，学术界根据语言风格形成的各种因素和各种标准,相继提出了划分各种风格类型的范畴体系。如根据风格成因多角度划分的语言的民族风格、时代风格、地域风格、流派风格、语体风格、表现风格、个人风格等的广义风格类型体系;根据语言的"功能原则"和"功能变体"划分的以各种"功能风格"为中心的狭义风格类型体系;根据"客观因素"和"主观因素"划分的以"客观风格"和"主观风格"为两大范畴的类型体系;根据民族语言的"外部研究"和"内部研究"两种方法划分的以"民族风格"和"内部风格"为两大范畴的类型体系;根据风格形成的"外部因素"和"内部因素"划分的以"外部风格"和"内部风格"为两大范畴的类型体系;根据风格的"历时性"和"共时性"等因素划分的以"共体性风格"和"非共体性风格"为两大范畴的类型体系;根据风格的"共性因素"和"个性因素"划分的以"共性风格"和"个性风格"为两大范畴的类型体系等。这些范畴系统的第一层次是一组相对的较大的风格类型,是互相依存的风格系统。同时还有根据语言表现类风格的形成因素和对应关系划分的"三组六体"、"四组八体"、"五组十体"、"六组十二体"、"七组十四体"、"八组十六体"等表现风格类型体系以及根据语言风格互相之间的层次关系划分的各种体系等,在风格学论著中常以图表展示。学术界倾向多角度、多侧面、多层次地划分风格类型和范畴的体系以及共性风格和个性风格互相关系的类型体系,以便在共性风格的基础上培养优美独特的个人风格。

其次,在语言风格类型的总体系(大系统)中,各"子系统"的分类理论和互相关系也是很重要的。上面谈到的语言表现风格的(或"体性风格"或"修辞风格")在中国传统风格论中论述较多,对应比较整齐。如简约和繁丰、朴实和华丽等,是应用比较广泛,是容易进行术语规范的开放的系统。争论主要在语言风格和文学风格的关系上,以及在广义风格学和狭义风格学的研究对象和范围上。而语体和语体风格的分类和范畴系统则分歧较大。因受外国(包括苏联和欧洲大陆)的语体论或文体论的影响,我国学术界对"语体"和"风格"的关系及相关术语的使用也不尽一致。例如半个世纪以来,学者们几乎公认要根据语言运用的"功能标准"(交际功能),而不根据"体裁标准"和"语言形式"(口语和书面语)等相关因素给语体分类,并常讲"语文体式"(语言体裁)和文章体裁不同等等。但在具体分类时,却有不同的"侧重点"和"结合点",因此,分类的结果自然不同。概括起来,大体有以下几种情况:(1)根据交际场合,结合语言形式(传媒特点)的标准,如把现代汉语语体首先分为"口头语体"(谈话体)和"书面语体"(文章体),或者认为各种语体都有口头形式和书面形式。(2)根据交际功能(写作目的),结合文体特点(体裁功能)的标准,如把"书面形式"(文章体)再分为文艺体、科技体、政论体、公文体等四大语体,再把"文艺语体"分为韵文体、散文体、戏剧体等。(3)根据语用功能,结合思维类型的标准,分为艺术语体(主要用形象思维)、科技语体(主要用逻辑思维)、交融语体(兼用两种思维)等。(4)根据交际功能结合专业领域的标准,首先分为基本语体(日常生活交际所形成的语体)和专业语体(指社会各领域因专业需要所形成的语体,包括法律语体、广告语体、新闻语体、科学语体、宗教语体、政治语体、艺术语体等)两大层次,再进行专业语体的下位分类。(5)根据语言的"功能风格"标准,进行多层次分类,首先分为谈话语体和书卷语体,其次书卷语体又分为艺术语体和实用语体,再次实用语体再分为政治语体、科学语体、事务语体、报道语体等。此外,还有受到外语语体风格论的影响,根据语言的风格变体和表情气氛等,把语体风格分为亲昵体、冷淡体,正式体、庄严体等。这自然涉及到交际对象、交际场合等交际功能的因素。其中第三种和第五种运用统计法进行定量分析比较充分。尽管上述二分法、三分法、四分法、五分法、六分法、八分法等多层次语体分类的侧重点和结合点的标准不同,但我们还是不难发现其中的"同中之异"。归纳起来,可以说建国以来影响最大的是谈话语体和四大书面(书卷)语体(文艺体、科技体、政论体、公文体),它们被广泛引用,比较公认。还有文艺语体、实用语体和交融语体(混合语体)的理论也比较公认。同时学者们又根据历史发展,即现代汉语、当代汉语的历时特点,补充了新闻语体、广告语体、法律语体等新兴语体,说明了它们的语言材料、修辞方法的功能体系和风格特色。这符合语体发展的客观规律。因为语体作为全民共同语的支脉和变体并不是静止封闭的系统,因此建立在语体基础上的功能风格是稳中有变,互相交错的。它们和相关因素的关系(区别性和联系性)也只能大体概括,而不能简单对应。学术界对"语体"和"风格"的关系有 3 种看法。一是把二者看成是"同一关系",认为"语体就是风格";二是把二者看成是"种属关系",认为语体是风格的一种;三是把二者看成是"并列关系",认为语体是语体,风格是风格,语体是语言的功能体系,风格是言语综合特点表现的风貌格调,而用"语体风格"表示"功能风格"。并认为功能风格是语言风格一种重要类型,是形成多样化语言风格的基础。总的来看,第一种是极少数人的观点,第二种是长期以来多数人的看法。第三种也是多数人的看法。我们倾向于第三种观点。因为这样也便于语体风格学内部相关学科的分工合作,即"语体学"专门研究语体,"狭义风格学"主要研究语体风格(功能风格),而"广义风格学"则研究民族语言的各种风格。如现代汉语风格学要研究现代汉语的民族风格、时代风格、地域风格、语体风格、流派风格、个人风格和表现风格等。当然,学术界对语言的民族风格、表现风格、个人风格等仍有不同看法。如对民族风格就有 3 种看法。一是狭义风格学认为民族风格是"静态风格",即民族语言结构要素本身的特点,语言风格学不必讲它,可以在普通语言学里讲它;二是广义的风格学认为它是"动态风格",即是民族语言特点和民族文化特点在语言运用中的表现,应该在语言风格学或言语风格学中讲它;三是有人认为民族风格可以分为"语言的民族风格"和"言语的民族风格",在修辞学、风格学、辞章学中讲的应该是后者,而不是前者。我们倾向于第二种观点。学术界对语言表现风格大体上也有3种看法。一是认为"表现风格"就是"言语风格"或者说"言语风格从总体上看就是表现风格"。二是认为"表现风格就是个人风格的类型化"或称"个人风格"。三是认为"表现风格是言语风格的一种类型",是广泛应用的修辞风格,即语言风格在"表现上的分类"。我们倾向于第三种看法,认为语言的表现风格是语言风格的一种类型,它可以概括各种言语风格的特点和格调气氛,但不等于言语风格的总概念。它也经常用来概括个人风格的类型,特别是作家语言风格的类型,但不等于个人风格,因为它也经常概括其他语言风格的类型。

再次,对个人风格的看法,学术界大体上也有3种观点:一是认为语言的个人风格就是作家个人的言语风格。二是认为每个人都有自己的言语风格,甚至认为学生的作文都有个人特点,因此也都有个人风格。三是认为语言的个人风格是一个人在语言艺术上成熟的标志,不仅作家才有个人言语风格,其他人只要语言运用达到成熟阶段也可以形成自己独特的言语风格。如演说家、政论家、专家、学者和新闻工作者、节目主持人、编辑、教师等。作家个人的言语风格只是语言个人风格的典型代表。我们倾向于第三种意见,认为第一种观点是缩小了概念的外延,第二种观点是扩大了概念的外延,只有第三种观点才符合客观实际,因此越来越被大多数学者所接受。

5、在应用论方面,学术界经过几十年的探讨,越来越重视论述风格学的功用,为达到本学科的教学目的,加强了语言风格理论的应用研究,并逐渐形成了一系列的共识。首先,学术界公认语言风格理论的应用原则主要是"适度"、"得体",即要掌握分寸、灵活变通地适应言语交际中的语境和语体特点,同时要在遵守"语言规范"的基础上注意"言语规范"(风格规范),在把握好语体特点的基础上创造多样化的言语风格;并要在掌握风格辩证法的前提下,注意处理好"风格规范"和"风格变异"、"风格摹仿"和"风格创造"、"风格培养"和"风格形成"的互相关系。其次,学术界公认风格理论的应用范围十分广泛,可以说它适用于一切言语交际的场合和领域,包括日常谈话的口语交际和社会各专业的书面交际领域。因此要普遍重视语体风格和语言教学的应用研究,重视培养语言风格的赏析能力和表现能力,并要善于根据语境、语体和外语翻译的实际情况,灵活转换各种语体风格,进而在种种共性风格的基础上形成独特的优良的个人言语风格。这是一个人语言修养的最高表现,也是一个民族的语言丰富发达、风格多样的具体标志。

　　6、在方法论方面,学术界几十年来已归纳了语言风格学常用的研究方法,一般来说,可分为 3 个层次:一是哲学方法论;二是逻辑方法论;三是该门科学的具体方法论。(由一般方法到具体方法)即在哲学辩证法和逻辑方法(归纳和演绎)的指导下,主要运用现代语言学的描写法、分析综合法、比较法、统计法、观察实验法、动态研究法等,并要具备一定的"风格感"和丰富的想象力,把定性分析和定量分析、宏观研究和微观研究等结合起来,同时要吸收信息论、系统论等现代科学的理论和方法,使语言风格理论研究进一步走上现代化、科学化的道路,使现代汉语风格学的建设从繁荣发展走向成熟。

　　【附】风格因素(手段)和风格类型互相关系表:

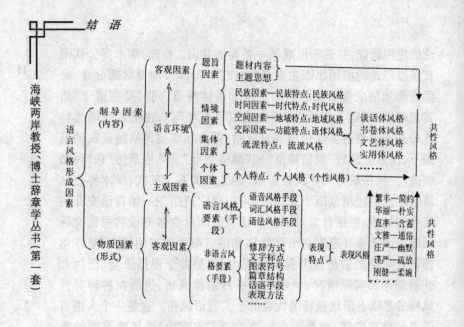

二、21 世纪语言风格学研究展望

展望新世纪的风格学研究,我们充满信心,它必将在上一世纪开创、建设、复兴、繁荣、发展的基础上,日臻完善,走向成熟。对此,本学科的专家学者已肩负起历史的重任,拿出了新的成果。这集中表现在中国修辞学会黎运汉、肖沛雄主编的《迈向 21 世纪的修辞学研究》(广东人民出版社,2001 年)论文集里的语体论、风格论等部分提出的新见。从风格论来看,学者们抓住了本学科的关键问题。

首先,程祥徽在《迎接语言风格学的新世纪》一文中,强调了风格学作为新兴学科,解决研究对象和研究方法问题的极端重要性。认为"一门学科的研究对象和研究方法问题获得解决之日,便是这门科学真正的建立起来之时"。明确提出:一、风格学的对象:言语的气氛。并举例说明"气氛和格调是交际任务和交际场合决定的"。"风格的形成既要看交际场合,同时要看交际内容或交际任务或交际目的。交际场合和交际任务两者相互作用,才有风格的产生"。二、风格学的方法:描写法。认为描写的方法是依照人类的天然认知程序,其基本顺序是感受——理解——描写。"描写就是用语言学的方法,将理解所得到的结论作语言学上的解剖,然后分门别类加以归纳。分析说明各类语言要素在形成特定风格中所发挥的作用以及如何发挥作用"。三、语言风格学与相关学科的关系。本文主要论述语言风格学与中国传统的文体论不同,它研究"语体以功能为分类的标准",而"文体以体裁为分类的标准"。"语体的不同是气氛、格调的不同,文体的不同是格式、套语的不同"。最后指出:"中国的风格学研究以50年代末、60年代初为第一期,以80年代为第二期,那么90年代末将有一批更高水平的著作涌现出来迎接新世纪的来临,同时宣告风格学建设第二、三期的到来。"

其次,张德明在《语言风格学理论的应用价值》一文中,提出语言风格学所研究的对象,即风格现象,是语言运用中各种特点综合表现的风貌格调,它是修辞效果的集中表现,是语言层次的最高平面,具有整体性、特征性、物质性、可感性等特点。人们在言语实践中必须以民族语言本身的特点为前提条件,即以语言结构要素(语音、词汇、语法等)来构成语言风格要素或语言风格手段,并和非语言风格手段结合,在特定的语境中形成某种语言风格。从学科性质上看,它属于"言语学"或"言语的语言学"的一个分支。因此具有很强的应用价值,不仅在理论语言学中,而且在应用语言学中也要讲到它。本文从广义的语言风格学出发,详细地论述了建国以来汉语的民族风格、时代风格、语体风格、表现风格和个人风格的研究成果和应用范例,具体说明了风格学的基本理论或基本原理应该包括"应用论",全面概括语言风格学理论的应用规律。本文最后强调"只有把风格学的理论研究和应用研究结合起来,才能使语言风格学真正成为理论和实践结合的新兴学科"。

此外,论文集的风格论部分,还有宗世海《论言语风格的定义》、郑颐寿《"格素论"》、曾毅平《论语言风格的美感元素》、江南《形式意味的强化——漫议新潮作家的修辞追求》、林兴仁《"论电视新闻主持人之说"的理论基础——兼论电视新闻主持人的口语风格》、肖沛雄《节目主持人语言艺术魅力的构成因素》、吴士艮《文学要素与幽默言语》等文章,都在风格学理论的某一方面有所创新,对承前启后,建设现代语言风格学做出了新的探索和贡献。宗文首先引述了张德明在《谈"语言风格"定义及其特点》一文中研究了从 30 年代以后半个多世纪以来语言风格的各种定义,把它概括为 4 个方面:(一)格调气氛论,(二)综合特点论,(三)表达手段体系论,(四)常规变异论。接着引述黎运汉《汉语风格探索》一书中对各家风格定义作了进一步的概括,主要是取消了上面第三种观点。认为二位先生的论述的确反映了国内外尤其是国内语言风格学的研究现状,为我们的分析研究提供了一个很好的参考。本文在此基础上提出了新的看法,认为"言语风格是制导于言语表达者个人审美趣味,由具有不同审美功能的语言要素和语言表达手段所传达出的言语作品的整体美学风貌"。以此从美学角度丰富了语言风格学的定义论或本质论。郑文、曾文和吴文丰富了成因论和手段论、文学语言风格论和作家语言风格论。这些文章像铿锵有力的钟声奏响了新世纪语言风格学理论研究和应用研究的交响乐之序曲。美妙悦耳的乐章还在后头。

后 记

　　同心戮力,笔耕不辍。春种秋收,瓜熟蒂落。经过多年的资料积累,经过三年的研究生教学,经过两年多的分头执笔,经过一年多的反复修改,现在终于完成了《中国现代语言风格学史稿》的撰稿、统稿工作。在搜集资料,征求意见和修改定稿的过程中,相继得到了澳门大学、暨南大学、复旦大学、武汉大学、南开大学、上海外国语大学、华东政法学院、北京广播学院、北京国际关系学院、烟台大学、云南大学、安徽大学、黑龙江大学、福建师大、浙江师大、华东师大、湘潭大学、深圳教育学院、四平师范学院、河北青年干部学院、江苏省广播电视新闻研究所等国内几十所大学和研究机关的同行专家、学术友人的热情鼓励和大力支持。他们有的提供个人资料和研究成果,或来信鼓励,如郑远汉、于根元、张会森、袁晖、骆小所、陆稼祥、刘叔新、濮侃、潘庆云、郑颐寿等先生;有的还寄来仅有的个人专著,如王德春、王焕运、唐松波、林兴仁、程雨民、李伯超、王殿珍、吴家珍、徐丹辉、郑荣馨、童山东等先生;有的更提出编著的希望和建议,如丁金国、程祥徽、宗廷虎先生等。特别是程祥徽、黎运汉、宗廷虎、李金苓四位先生,不仅在百忙之中为本书作序,而且不远万里邮来图书资料,多次写信提出修改意见。宗廷虎兄还通过写亲笔信向一些专家朋友求借资料,直接给我们寄来,力求本书资料丰富,体系完善。遗憾的是由于版面(经费)的限制,有些内容（如文学风格学著作中的作家语言风格论和翻译著作中的外国语体风格论等）只好割爱。但是，理论概括和科学规律还是要努力加强。在各个时期的"概述"中，仍包括上述内容。我们遵照各位学兄和专家的修改意见，在"绪论"中增加了"理论基础"、"理论线索"和"常用术语"等内容，在各时期概述中增加了"本时期语言风格理论研究的主要成果和传承关系"，并在"结语"中扩大了"近百年来语言风格理论研究总结"的内容，包括学术界的共识，存在的争议问题和我们的倾向性意见。以此加强了"理论提炼"和"规律总结"。此外，渤海大学副教授、南京大学博士生刘冠才也为我们编好此书借来图书资料等。真是"海内存知己，天涯若比邻"，他们的热情帮助使我们参编的同志深受感动，干劲倍增。说老实话，对于这样一项探索性研究和浩大的编著工程，没有上述专家朋友的热情鼓励和大力支持，仅靠我们在资料和水平都有限的情况下是无法完成任务的。只是因为客观需要，主观敢干，我们愿意在科学的道路上奋力拓荒，才有了这本书稿的问世。因此，这里，我们要衷心感谢上述曾经热情帮助我们的专家朋友！衷心感谢支持我们进行研究的渤海大学中文系主任兼学校语言研究所所长夏中华教授和原研究生处处长（现任校长助理）王秀山等先生。特别感谢郑颐寿先生将本书列入"海峡两岸教授、博士辞章学丛书"，并请中国修辞学会辞章学研究会副会长林大础教授审编，由海风出版社出版。

鲁迅在谈到中国文学史编写时说过"中国文学史研究起来真不容易，研究古的，恨材料太少；研究今的，材料又太多……"（《魏晋风度及文章与药及酒的关系》，1927年）我们想研究任何科学史都是如此。对于我们研究中国现代语言风格学史或现代汉语风格学史来说，建国以前，嫌资料太少；建国以后，特别是"文革"之后的"复兴期"和"繁荣期"，又感到资料太多。因此还是那句老话："挂一漏万"在所难免；评论不当，更是难免。敬希同行专家和广大读者不各指正！并渴望在我们"史稿"问世之后有更完美的风格学史专著早日出版！以便为本学科在新世纪走向成熟多作贡献！

参加本书编著的作者分工如下：

绪论　张德明

第一章　张德明

第二章

理论概述　张德明

论文点评　高　航

专著评论　刘艳春　张德明

第三章

理论概述　张德明

论文点评　黄海英　樊　丽

专著评论　艾红玲　张德明

第四章

理论概述　张德明

论文点评　李海宏　尚春光　窦焕新

专著评论　王世凯　张德明

第五章

理论概述　张德明

论文点评　窦焕新　徐学鸿　张德明

专著评论　张德明　窦焕新

结语、后记　张德明

参编作者简介（按执笔顺序）

高　航　女　渤海大学中文系教员　南开大学博士生

刘艳春　女　北京广播学院博士生

黄海英　女　鞍山师院中文系教员　文学硕士

樊　丽　女　渤海大学新闻与传播学院教员　文学硕士

艾红玲　女　渤海大学 99 级研究生　文学硕士

李海宏　女　浙江省高等广播电视专科学校教员　文学硕士

窦焕新　女　渤海大学中文系教员　文学硕士

徐学鸿　男　渤海大学 2000 级研究生　文学硕士

此外，2001 级研究生王恩旭、于本凤、张军、宋立忠、张金凤、乐晋霞等参加了"历史年表"的编制工作，刘艳春参加了部分论文目录的整理工作，高航参加了初稿打印和相关的事务工作，兼任编委会秘书，张金凤和曹起(2002 级研究生)参加了初稿和定稿的校对、打印工作。

2002 年于锦州师院初稿
2003 年于渤海大学定稿

378

主要参考文献

赵振铎 《中国语言学史》 河北教育出版社 2000 年 5 月

宗廷虎 《中国现代修辞学史》 浙江教育出版社 1990 年 2 月

袁晖、宗廷虎主编 《汉语修辞学史》 安徽教育出版社 1990 年
　　10 月

郑子瑜、宗廷虎主编 《中国修辞学通史》(近现代卷、当代卷) 吉
　　林教育出版社 1989 年 9 月,11 月

李伯超 《中国风格学源流》 岳麓书社 1984 年 4 月

《陈望道修辞论集》 安徽教育出版社 1985 年 1 月

《吕叔湘语言论集》 商务印书馆 1983 年 7 月

高名凯 《语言论》 科学出版社 1960 年

宋振华、王今铮 《语言学概论》 吉林人民出版社,1979 年 10 月

苏璘等译 《语言风格和风格学论文选译》 科学出版社 1960 年

宫廷璋 《修辞学举例》(风格论) 北平中国学院国文系出版
　　1933 年 7 月

程祥徽 《语言风格探索》 三联书店香港分店 1985 年 3 月

程祥徽、邓骏捷、张剑桦 《语言风格学》 广西教育出版社
　　2000 年 8 月

张德明 《语言风格学》 东北师大出版社 1989 年 12 月

黎运汉 《汉语风格探索》 商务印书馆 1990 年

黎运汉 《汉语风格学》 广东教育出版社 2000年2月

郑远汉《言语风格学》湖北教育出版社 1990年

郑远汉《言语风格学》(修订本) 湖北教育出版社 1998年
12月

王焕运 《汉语风格学简论》 河北教育出版社 1993年11月

王殿珍 《言语风格论》 吉林人民出版社 1998年10月

郑荣馨 《语言表现风格论——语言美的探索》 安徽大学出版社
1999年5月

郑颐寿 《辞章学概论》 福建教育出版社 1986年10月

王德春 《语体略论》 福建教育出版社 1987年9月

王德春、陈瑞端 《语体学》 广西教育出版社 2000年12月

唐松波 《语体·修辞·风格) 吉林教育出版社 1988年12月

林兴仁 《实用广播语体学》 中国广播电视出版社 1989年9月

潘庆云 《法律语体探索》 云南人民出版社 1991年2月

中国华东修辞学会、复旦大学语言文学研究所编 《语体论》 安
徽教育出版社 1987年8月

程祥徽、黎运汉主编 《语言风格论集》 南京大学出版社 1994年

程祥徽、林佐瀚主编 《语体与文体》 澳门语言学会、澳门写作学
会出版 2000年12月

本书主编张德明的语言风格学著作和论文目录索引

1.《语言风格学》(专著)　东北师大出版社　1989 年 12 月
2.《现代汉语修辞学》(合著)第七章语言风格　吉林人民出版社
　1984 年 9 月
3.《中学语文多角度解析》(合著)初中第六册的风格分析　辽宁人
　民出版社　1987 年 8 月
4.《文学语言描写技巧》(专著)第八章根据文学语言风格运用文学
　语言技巧　中国青年出版社　1998 年 12 月
5.《大学修辞学》(合著)第三章言语风格　福建人民出版社
　2004 年 8 月
6.《试论语言修辞和语言风格》(《修辞学论文集》第 2 集　1984 年)
7.《语体风格随笔》(上海《大众修辞》1985 年第 2 期)
8.《结合高师实际加强基本理论教育——讲授"语言风格学"理论
　的初步体会》(《高教研究》1985 年第 1 期)
9.《论风格学的基本原则和基本方法》(载《语体论》文集　安徽教
　育出版社　1987 年)
10.《谈"语言风格"的定义及其特点》(《修辞学论文集》第 4 集
　1987 年 5 月)
11.《刘兰芳评书的语言风格》(上海《修辞学习》1988 年第 3 期)

381

海峡两岸教授·博士辞章学丛书(第一套)

周年纪念文集》 中国社会出版社   1998 年 2 月)

27.《简谈风格学的基本原理》(《香港现代教学论坛》1999 年第 11 期)

28.《风格学理论的应用价值》(中国修辞学会编《迈向 21 世纪的修辞学研究》广东人民出版社   2001 年 4 月)

29.《试谈中国修辞学史的分期问题》(《锦州师院学报》2001 年第 4 期)

30.《中国现代语言风格学史和程祥徽教授的杰出贡献》(载澳门语言学会、社会语言学会编《语言学:社会的使命》   2003 年 11 月)

31.《郑著汉语辞章风格论的科学体系和突出贡献》(郑颐寿《辞章学新论·序二》 台北万卷楼图书股份有限公司   2004 年 5 月)

32.《现代汉语风格理论研究的主要成果和发展趋向》(《渤海大学学报》2004 年第 5 期)

编 后 语

《海峡两岸教授、博士辞章学丛书》(第一套)经过多年的酝酿、研讨、写作、编辑,和读者见面了。看到每一部都有新意的书稿,回想往事,展望未来,欣喜与感激之情油然而生。下面谈三点:

一、写作的缘起

我国辞章的理论源远流长,资源丰富,文化积淀深厚。1961年,吕叔湘、张志公相继提出要建立"自己的汉语辞章学"。40 多年来,两岸学者从语文(国语、国文)教学、语言教学和语言运用的需要出发都不约而同地对汉语辞章学进行研究,推出了几十部近千万字的此类专著。

为了联合研究,增强实力,促进学科的发展,1998 年 5 月,在武夷山召开的"全国文学语言研究会"上,笔者提出撰写"辞章学丛书"的建议,立即得到与会者的认同与支持,有多名学者报了选题。2000 年祝敏青教授首先推出了《小说辞章学》。但是,其他的学者向我提出不少问题:辞章学总的理论框架是什么?研究的对象有哪些?这些对象按什么体系组合成系统的科学的整体?辞章学的定义怎么下?性质怎么归纳?又有哪些宏观、中观、微观的规律、方法?等等,对此,他们都很严谨,都在探讨之中。丛书中其他的书稿正含苞待放。同时，笔者也写成了一百多万字的《辞章学论稿》。

2000年夏，全国文学语言研究会在福州举办，大家再次对辞章学进行研讨。2002年冬又在泉州、厦门举办"海峡两岸文学辞章学研讨会"，两岸学者欢聚一堂，通过探讨，对上述有关辞章学的理论问题就比较明确了。台湾以陈满铭教授为核心、仇小屏博士等为骨干的研究队伍相继推出了《中国辞章章法论》和从辞章学角度研究的《章法学新裁》、《章法学论粹》、《章法学综论》、《文章章法论》、《篇章结构类型论》、《章法新视野》等等。两岸学者所写的这些著作，对辞章学研究的对象、性质、任务等学科的主要理论问题的看法大同小异，具有互补性，笔者就萌生了联合研究的想法。

为了扩大视野，增强研究力量，笔者又经过筹划，申请成立了一个全国性的辞章学研究会，作为"中国修辞学会"的二级学会。此举得到学会领导的理解与支持。2002年11月11日中国修辞学会给我们颁发了同意成立"中国修辞学会辞章学研究会"的批复文件。紧接着，我们组织人马，选举了学会的骨干。

2003年冬，中国修辞学会辞章学研究会第一次学术会议在福州召开。来自全国9个省市的教授、副教授、博士后、博士进一步对辞章学的理论，进行研讨。笔者再次把编撰"辞章学丛书"之事提出来。已写成书稿的和待写的都积极报名认题，会后进行修改或写作。

2004年上半年，笔者应台湾东吴大学之聘，任客座教授，为全日制的博士班、硕士班(合班)讲授汉语辞章学，为进修班(夜班)的硕士生讲授诗词辞章学，又以辞章学为纲给全日制班、进修班的本科生讲授汉语修辞学。承台北、台南等地几所高校的邀请，前往作有关辞章学的专题讲演；并参加评审与辞章学有关的硕士、博士的学位论文。在此前后，相继在台湾的杂志、学报发表了十多篇约十万字有关辞章学的书评和论文。同时，我向台湾教授请教，探讨有关篇章辞章学、字词辞章学、文艺辞章学、新诗辞章学、辞章意象学以及唐、宋的辞章论等等,深受启发,获益良多。因此两岸学者对辞章学理论的共同语言多了。编入本丛书的几本台湾学者的专著就是这样产生的。限于篇幅,文艺辞章学、新诗辞章学、辞章意象学只好推后出版。大陆的博士、博士后也报了二十多个专题,只收入11部,其他的如:《辞章体裁学》("辞体学")、《辞章风格学》("辞风学")、《辞章艺法学》("辞艺学")、《辞令学》等十多部也只能待后出版。

二、丛书的体例

一部专著要有严密的学科体系,一套丛书也不例外。本丛书按照下列学科内容安排体例。

1. 先总论,后分述。吕叔湘、张志公等先贤都认为辞章学包括修辞学、风格学(含语体风格,下同)。因此,以"辞章学"名书的列在前。这些著作也按内容"先总后分"为序排列,作为第一部分。

2. 先古代,后现代。吕叔湘、张志公等先贤都认为:我国古代文论、诗论、词论中都蕴藏着丰富的辞章学理论,其中有修辞论、风格论、艺法论,具有融合性、综合性的特点。因此,阐释唐、宋辞章论的几部作为第二部分。

3. 先传统,后新学。汉语辞章学是中华传统的文化,而现代科学的修辞学、语体学、风格学则是借鉴外国的相关理论建立起来的新学科,是富有时代气息的新学,为第三部分。

辞章学史、风格学史则是对辞章学和修辞学、风格学研究作纵向总结的,列于相关的部分之后。

本丛书的排列以"内容"的逻辑关系为先后。它们各有建树,各有特色。

与本丛书并行的《海峡两岸教授、博士辞章学丛书》(第二套)六部,它以大学生的学习、研究需要为体系的,包括:《大学辞章学》(已由福建人民出版社推出)、《大学辞风学》、《大学辞体学》、《大学辞令学》、《大学辞艺学》、《大学辞律学》(后五本正在充实作者,联系出版社)。

此外,还有:

以宏观理论组建体系的,有《辞章学导论》、《辞章学新论》(此二书已由台湾万卷楼图书有限公司推出)、《辞章学析论》;《辞章学发凡》、《辞章学起例》、《辞章学流别》(待出)。

近年,我们还将组织以下不同系列的丛书:

以言语规律建构丛书体系的有:《规范辞章学》、《常格辞章学》、《变格辞章学》、《变异辞章学》、《汉语语格学》。

以言语单位建构丛书体系的有:《语音辞章学》、《字词辞章学》、《词语辞章学》、《句子辞章学》、《语段辞章学》、《篇章辞章学》。其中《汉字辞章学》、《篇章辞章学》已组入本丛书。

按辞体建构体系的,有:《文艺体辞章学》、《实用体辞章学》、《融合体辞章学》。在此基础上,还可组织它们下位的丛书。如:

"文艺辞章学"丛书,有:《文艺辞章学导论》、《诗歌辞章学》(含《新诗辞章学》)、《散文辞章学》、《小说辞章学》、《戏剧辞章学》。这套丛书的部分书稿已起动,有待进一步组织、充实作者并联系出版社。

按历代文论、诗话、词话建构体系的则更多,例如:《〈文赋〉辞章论》、《〈文心雕龙〉辞章论》、《〈史通〉辞章论》、《〈文则〉辞章论》等。《皎然〈诗式〉辞章学》已组入本丛书。

按辞章学理论家组建体系的,如《孔子辞章论》、《王充辞章论》、《欧阳修辞章论》、《王骥德辞章论》等。《杨万里诗歌辞章学》已组入本丛书。

按辞章史或辞章学史建构体系的,有其通史及其断代史、专题史等,《中国当代辞章学史稿》已组入本丛书。

其他的,笔者已于几篇论文和专著的章节中作了"展望",本文恕不细述。

三、衷心的感谢

这套丛书得以顺利出版,我们由衷地感谢国家级、顶尖级的语言文学理论家和辞章艺术家:丛书总顾问许嘉璐先生,首席顾问汪毅夫先生,顾问:王德春、张帆、张静、李熙宗、陈满铭、宗廷虎诸先生;感谢本丛书策划杨人懔先生;感谢海风出版社的其他领导和各位责任编辑,感谢热情支持作者帮助发行的台湾万卷楼图书有限公司总经理梁锦兴先生和其他发行部门的经理。

追本溯源,汉语辞章学有今天这样的成果,还要感谢中华民族先贤给我们留下丰富的辞章论遗产,也要感谢现代的施东向、吕叔湘、张志公倡导并对理论研究所作的开拓,给我们以很大的启发;感谢朱德熙、王了一、周祖谟诸教授对辞章学研究的支持;感谢以王德春为首的中国修辞学会批准成立了全国性(二级的)辞章学研究会。

汉语辞章学有今天这样的成果,还要感谢福建教育出版社、上海教育出版社、安徽教育出版社、江西教育出版社、重庆出版社、三秦出版社、人民教育出版社、首都师范大学出版社、海潮摄影艺术出版社、海峡文艺出版社、福建人民出版社和台湾的万卷楼图书有限公司等(以出书先后为序),相继给辞章学研究者推出一部部辞章学的研究成果,让社会认识辞章学、运用辞章学;还要感谢《澳门语言学刊》、台湾《国文天地》、两岸合办的《中文》杂志及其网站以及正拟给辞章学开辟专栏的其他杂志和学报。

汉语辞章学有今天这样的成果,还要感谢热心又有远见的先贤今秀,他们为一部部辞章学著作写评介文章或序言,或在他们的专著中给予评介。感谢诸多语言学、修辞学辞典、修辞学史书的作者给辞章学所作的推介。这些文字集中起来,可以编成一本《汉语辞章学研究评论集》。

汉语辞章学虽然具有鲜明的民族性,有幸的是也受到国际专家的重视,例如菲律宾、韩国、苏联等国学者的有关专著也给予评介。

汉语辞章学是新兴的语言运用的学科,还有许多不完善的地方。限于我们的水平,本丛书从编辑角度讲还有不少缺点,希望社会各界多给批评、指导和支持。

丛书编辑部 郑颐寿执笔

2004.11.18

中国现代语言风格学史稿

海峡两岸教授、博士辞章学丛书(第一套)
总　　目

图书在版编目(CIP)数据

中国现代语言风格学史稿/张德明著 . —福州:海风
出版社,2004. 11

(海峡两岸教授、博士辞章学丛书/郑颐寿主编)
ISBN 7 – 80597 – 479 – 9

Ⅰ. 中… Ⅱ. 张… Ⅲ. 汉语—风格学—研究
Ⅳ. H15

中国版本图书馆 CIP 数据核字(2004)第 124427 号

中国现代语言风格学史稿

张德明 著

*

海风出版社出版发行

(福州市鼓东路 187 号 邮编 350001)

出版人:焦红辉

福建省、福州市计委印刷厂印刷

(福州市斗西路 21 号 邮编 350005)

规格 850×1168 毫米 1/32 14 印张 338 千字

2005 年 2 月第 1 版 2005 年 2 月第 1 次印刷

印数:1 – 1000 册

ISBN7 – 80597 – 479 – 9

H·50 定价:38. 00 元